Herzzeit
Ingeborg Bachmann
- Paul Celan
Der Briefwechsel

バッハマン／ツェラン往復書簡

心の時

中村朝子【訳】

青土社

バッハマン／ツェラン往復書簡　心の時　目次

第5部

バッハマン／ツェラン往復書簡　心の時

編注
ベルトラン・バデュウ
ハンス・ヘラー
アンドレア・シュトル
バルバラ・ヴィーデマン

第1部

インゲボルク・バッハマン／パウル・ツェラン往復書簡

1　パウル・ツェラン（以下Cと略す）からインゲボルク・バッハマン（以下Bと略す）へ、マチス・画帳の中に、詩と献辞、ウィーン、一九四八年六月二四日（？）

エジプトで
インゲボルクのために

お前はその異郷の女の目に言いなさい、「水であれ！」と。

お前は、お前が水の中で知っている女たちを、その異郷の女の目の中に探しなさい。

お前は彼女たちを水のなかから呼び出しなさい、「ルト！　ノエミ！　ミリヤム！」と。

お前は彼女たちを飾りなさい、お前がその異郷の女の傍に横たわるとき。

お前は彼女たちをその異郷の女の雲の髪で飾りなさい。

お前はルトに、ミリヤムに、ノエミに言いなさい、

「ごらん、ぼくは彼女の傍で眠る！」と。

お前はお前の隣のその異郷の女を誰よりも美しく飾りなさい。

お前は彼女をルトを、ミリヤムを、ノエミを悼む痛みで飾りなさい。

お前は異郷の女に言いなさい、

「ごらん、ぼくはこの女たちの傍で眠った！」と。


ウィーン、一九四八年五月二三日。

ひどくきっちりとした女《ひと》に、
　彼女の生れた日の二二年後に、
　　ひどくきっちりとしていない男

2　BからCへ、ウィーン、一九四八年クリスマス、未発送

一九四八年クリスマス

愛する、愛するパウル！

昨日と今日たくさんあなたのことを、もしあなたがお望みならば、私たちのことを思いました。

あなたに手紙を書くのは、あなたにまた書いて欲しいからではありません、そうではなくてそれ

は今私を喜ばせるからだし、私がそうしたいからなのです。それにこの数日のうちにあなたにパリのどこかで会うつもりでしたのに、私の愚かな見栄っ張りの義務感によって私はここに引きとめられて、出発しませんでした。一体どうかしら、パリのどこかで、というのは？　私には全然わからないけれど、でもきっと素晴しかったでしょうね！

三か月前に突然ある人があなたの詩集を贈ってくれました。私はそれが出版されたことを知りませんでした。こんな風だった……、地面が私の下でこんなに軽く、浮かんでいるようで、そして私の手は少し、本当に、本当に少しだけ震えました。それからまたずっと何もなかった。数週間前に、ジュネがパリに向かったとウィーンでは噂でした。それで私もまた一緒に旅に出ました。

私には今なおわかりません、あの過ぎ去った春は何であったのか。—あなたは知っているでしょう、わたしがいつもすべてを完全にきっちりと知ろうとすることを。—美しかった、あれは、—そしてあれらの詩、そして私たちが一緒に作ったあの詩。

私は今日はあなたを愛しく、そしてこんなにもここにいると感じています。そのことをあなたにどうしても言いたいのです、—あの頃私はしばしばそうしなかった。

時間ができたらすぐに、二、三日の予定で行けます。あなたも私に会いたいと思って下さるかしら？—一時間、あるいは二時間。

たくさんの、たくさんの愛するものを！

あなたの

インゲボルク。

3　CからBへ、一九四九年一月二六日、パリ

エコール通り三一番地
パリ、一九四九年一月二六日

インゲボルク、

一瞬、忘れるようにしてみてくれ、ぼくがこんなに長い間、そしてこんなに頑固に黙っていたことを―とてもたくさん心を痛めることがあったのです、ぼくの兄さんがぼくからもう一度取り去ってくれることができなかったほどたくさん、ぼくの良い兄さん、彼の家を君はきっと忘れていないだろう。ぼくに書いてほしい、彼に書くように、いつも君のことを思っていて、そして君のロケットの中に、君が今はなくしてしまったあの紙をしまいこんだ彼に。

ぼくを、彼を待たせないでほしい！

君を抱きます

パウル

4　BからCへ、ウィーン、一九四九年四月一二日

ウィーン、一九四九年四月一二日

愛する人、あなた、

この手紙が来たことがとても嬉しいです、―そして私もあなたをまたこんなに長く待たせてしまいました、全く何の意図もなかったし、気嫌を悪くしていたわけでも全くないのです。あなた自身わかるでしょう、時々こういったことが起こることは。何故かはわかりません。二度あるいは三度、私はあなたに手紙を書いたのですが、それでも送りませんでした。けれども、私たちがお互いのことを思っていて、そしてもしかしたらまだこれからもずっと思い続けるのならば、それが何でしょう。

私はあなたの兄さんにだけ話しているのではありません、今日はほとんどただあなたとだけ話し合っているのです、だってあなたの兄さんを通して私はあなたを愛しているのですもの、そしてあなたは考えてはいけません、わたしがあなたの傍を通り過ぎて行ってしまったとは。―まもなくまた春が来ます、去年はあんなに奇妙で、そしてあんなに忘れがたかった春が。私はきっともう二度と市立公園を歩くことはないでしょう、それが世界全体でありうると知らずには、そしてもう一度あの時のあの小さな魚にならずには。

あなたが心を痛めていたことは、いつも感じていました、―もっとたくさん手紙を受け取ることがあなたの助けになるのか、どうか教えて！

秋に友人たちがあなたの詩を私に贈ってくれました。それは悲しい瞬間でした、なぜならそれ

は他の人から来たから、そしてあなたからの一言もなかったから。けれどもどの行もどの行もがそれを償いました。

もしかしたらあなたを喜ばすかもしれません、よくあなたのことを尋ねられるとあなたにお話しすれば、しばらく前にはグラーツから来た全く見ず知らずの人々にも、彼らを満足させるには、あなたの住所を教えなければなりませんでした。そして小さなナニとクラウス・デムスはいまでも、あなたのことを話すときは喜びに目を輝かせます。

今日は私にはよく理解できます、あなたにとってパリに行くことが正しかったと。もし秋に突然私もそこに行ったら、あなたは何て言うかしら？ 私は博士の学位を得るための口述試験を終えたら、アメリカかパリの奨学金を取るようにと言われています。そのことはまだ全く信じられません。それは素晴しすぎるでしょう。

私についてはあまり話すことはありません。とてもたくさん勉強しました、学業は終わりに近づいています、それと併行して新聞や放送局などのために書いています、以前よりもっと。自分のことを考えず、目を閉じたまま、本来考えていたことの方に向かって行こうとしています。確かに私たちは皆、緊張しきった情況に置かれていて、緩むことができず、多くの回り道をしています。でも私は時々、いつか行き詰まるのではと思うととても苦しくなります。

最後にまだあなたに言いたい、—あなたがわたしのロケットの中に入れてくれたあの紙はなくなっていません、たとえ万一、それがもう長いことその中にないとしても、私はあなたのことを思っています、そして今もずっとあなたに耳を傾けています。

インゲボルク

5　BからCへ、ウィーン、一九四九年五月末／六月初め（？）、未完の手紙の草案

パウル、愛するパウル、
あなたが、そして私たちのメルヘンが恋しい。どうしたらいいかしら？　あなたは私からこんなにも遠く離れています、そしてあなたの葉書の挨拶は、少し前まではそれにとても満足していたのだけれど、もう私には十分ではないのです。
　昨日、クラウス・デムスを通じて、私の知らなかったあなたの詩をもらいました、最近の三つも。これらがこんな風に回り道して私のところに届くのはもう耐えられません。どうか、どうかこんなことを許さないで。だって私のためのものもあるはずですもの。
　私は他の誰よりこれらをよく読むことができます、なぜならば私はその中で、ベアトリクス・ガッセがもうなくなった後のあなたに会うのですから。いつもわたしにとって大事なのはあなたなのです、私はそのことについてあれこれ思いをめぐらし、あなたに向かって話し、あなたのよそよそしい、暗い頭を私の両手の間に受け取ります、そしてあなたの胸から石を押しのけ、あなたの手にカーネーションを切手として貼り、そしてあなたが歌うのを聞きたい。私に関しては何も事件はありません、それだから一層激しくあなたへの思いが不意に沸き起こってしまうのです。すべてはいつも通りです、私は仕事をして成果を挙げています、男の人たちはなんとなく私のまわりにいますけれど、それは何ということでもありません。あなた、美しくて悲しいものが飛ぶように過ぎていく日々の上に広がるのですから。

6　CからBへ、一九四九年六月二〇日、パリ

パリ、四九年六月二〇日

インゲボルク、

「きっちりとではなく」それも遅くなって、ぼくは今年行きます。でも、もしかしたらただ、君の他には誰もそこにはいないで欲しいからだけなのかもしれない、ぼくが罌粟を、とてもたくさんの罌粟を、そして記憶を、同じようにたくさんの記憶を、二つの大きな輝く花束を君の誕生日のテーブルに置く時に。何週間も前からぼくはその瞬間を楽しみにしています。

パウル

7　BからCへ、ウィーン、一九四九年六月二四日

ウィーン、一九四九年六月二四日

あなた、愛する人、

私はそんなこと全く考えていなかったから、今日、前の日に—でも去年も確かにそうだったけれど——あなたの葉書がちゃんと飛んで来ました、私の心の真ん中に、ええそうなのです、私はあなたを愛しています、私はそれをあの頃は一度も言いませんでした。罌粟を私はもう一度感じま

した、深く、本当に深く、あなたはそんなにも不思議な魔法を使ったのです、私はそれを決して忘れることはできません。

時々私は、ここを離れて、パリに行くことより他には何もしたくなくなります、感じることしか、どんな風にあなたが私の手を摑むか、どんな風にあなたが花でもって私をすっかり摑むかを、そうしたら二度と知りたくはないのです、どこからあなたが来て、そしてどこへあなたは行くのかを。私にとってあなたはインドやどこかもっと遠い、暗い、褐色の国から来た人です、私にとってあなたは荒野と海と秘密のものすべてです。私は今でもあなたについて何も知りません、だからしばしばあなたのことが心配になるのです、私は想像できません、あなたが何か私たち他の人々がここでしているようなことをしているなんて、私は私たちのためにお城を手に入れて、あなたを私のところに連れてくるべきなのに、私の呪《まじな》いにかけられた主人であるあなたがその中にいられるように、私たちはそこにたくさんの絨毯を持つでしょう、そして音楽を、そして愛を作り出すでしょう。

私はしばしば考えてみました、「コロナ」はあなたの最も美しい詩です、それは一つの瞬間の完全な先取りです、すべてが大理石となり、そして永遠にそうでありつづけるそういう瞬間の。けれどもここにいる私には「時」とはなりません。私は手に入れられない何かに飢えています、すべては皮相で気が抜けていて、ぐったりして使い古されています、使われる前に。

八月の半ばに私はパリに行くつもりです、ただ数日間だけれど。何故、何のためにと私に尋ねないで、けれども私のためにそこにいて、一晩中ずっと、あるいは二晩、三晩……私をセーヌ川に連れて行って、私たちが小さな魚になってしまい、もう一度お互いを認識するまで、それだけ長い間覗き込みましょう。

インゲボルク

8　CからBへ、一九四九年八月四日（?）、パリ

インゲボルク、愛する人、
ただ数行だけ、大急ぎで、君に言うために、どんなにぼくが喜んでいるか、君が来ることを。

どうかこの手紙がまだ十分間に合って着くように、そして君はいつ到着するかを書いて。君が来ると期待してよいのならば？　それともそうしてはいけないのだろうか、なぜならばぼくは君の旅の理由も、目的も尋ねてはいけないのだから？

焦燥で、愛で一杯です。

君のパウル

これがぼくの電話番号です。
DAN 78－41

9　CからBへ、パリ、一九四九年八月二〇日

エコール通り三一番地
パリ、四九年八月二〇日

ぼくの愛するインゲボルク、

では君は二ヵ月後にようやく来るのですね—何故？　君はそれを言わない、君はどれぐらいかも言わない、君は君の奨学金をもらうのか言わない。その間にぼくたちは確かに、君が提案するように、「手紙を交換」できる。わかっているのだろうか、インゲボルク、何故ぼくがこの数年間、君にこんなに稀にしか手紙を書かなかったか？　パリがぼくを恐ろしい沈黙に押し込んだからだけではない、そこからぼくは再び逃れ出ることができなかったが、それだけではなくて、君がウィーンでのあの短い数週間についてどう考えているかが、ぼくにはわからなかったから。どうやってぼくは君の最初の、そそくさと書かれた数行から推し量ることができただろう、インゲボルク？

もしかしたらぼくは思い違いをしているのかもしれない、もしかしたらこうなのかもしれない、つまりぼくたちは、まさにぼくたちがあんなに互いに会いたいと思っているそこで互いに避け合っているのかもしれない、もしかしたらぼくたち二人に責任があるのかもしれない。ただぼくは時おり自分に言うのだ、ぼくの沈黙は君の沈黙よりもわかりやすいかもしれないと、なぜならばそれをぼくに命じる暗闇の方が古いのだから。

君はわかっている、大きな決断はいつも一人でしなければならないと。君がパリかアメリカか

を選ばなくてはならないかをぼくに尋ねたあの手紙が来たとき、ぼくは、もし君が来るならばどんなにぼくは嬉しいだろうと君に言いたかった。君はわかるかい、インゲボルク、なぜぼくがそうしなかったか？　ぼくは自分に言った、もし君にとって、ぼくも暮らすこの町で暮らすことが本当にいくらかでも（つまりいくらか以上）重要であるならば、君はぼくにまず忠告を求めたりしなかっただろう、その反対だと。

長い一年が今過ぎ去った、確かに多くのことが君に起こった一年が。けれども君はぼくに言わない、ぼくたち自身の五月と六月がどれほど遠くこの年のさらに後ろにあるかを……

どれくらい遠くに、それともどれくらい近くに君はいるのだろう。インゲボルク？　ぼくに言いたまえ、ぼくがわかるように、君は目を閉じるのかどうか、ぼくが今、君にキスするならば。

パウル

10　BからCへ、一九四九年一一月二四日

ウィーン、一九四九年一一月二四日

愛する、愛するパウル、
今は一一月になりました。八月に書いた私の手紙はまだここにあります―すべてはこんなに悲しい。あなたはもしかしたらこれを待っていたかもしれません。あなたは今日でもそれをまだ受け

取りますか？

私は感じています、私は私があなたを助けることはできないということをあまりにわずかしか言っていないと。私は行かなければならないのに、あなたをじっと見て、あなたを取り出して、あなたにキスして、摑んでいなければならないのに、あなたが滑り去らないように。どうか信じて下さい、私はいつか行くと、そしてあなたを取り戻すと。私はたくさんの不安をかかえて見ています、あなたが外の大きな海のなかへと押し流されるのを、けれども私は一艘の船を造って、そしてあなたを孤独から連れ帰ります。ただどうかあなた自身でも少しはそれに手を貸して、それが私にあまりに困難でないように。時とそして色々のことが私たちに逆らっています、けれども私たちが時から救い出そうとするものを時には破壊させません。

近いうちに私に書いて下さい、どうか、そして書いて下さい、あなたはまだ私からの一語を望んでいるのか、あなたは私の優しさや私の愛をまだ受け取ることができるのか、あなたをまだ何かが助けることができるのか、あなたは時おりまだ私に手を伸ばし、そして重い夢で私を暗くするのか、その夢の中で私は明るくなりたい。

それを試みて、私に書いて、私に尋ねて、書くことであなたにのしかかるものすべてを捨て去って！

私はあなたのすぐ傍にいます
あなたのインゲボルク。

10・1　同封物

ウィーン、一九四九年八月二五日

最愛の人、

この手紙は軽いものにはならないでしょう。問うこともなく、そして答えることもなく、一年が過ぎ去りました、わずかな、けれどもとても優しい挨拶とともに話そうとするいくつかのごくごくささやかな試みとともに。それは今日までまだほとんど実現していませんが。あなたはまだ私たちの最初の電話での会話を覚えていますか？　あれはどんなに難しかったか。絶えず私を何かが窒息させました、これまで私たちの手紙を運んでいたのと似ていなくはないある感情が。私にはわかりません、あなたがそれをすぐに見て取るか、けれどもまずはそう仮定してみましょう。

あなたの沈黙は確かに私のとは違うものでした。私にとっては、私たちが今、あなたとあなたの動機については話すつもりがないということは自明のことです。それらは私にはつねに重要であるし、そしてこれからも重要でしょう、けれども、もし何かを慎重に吟味しようとするならば、そうならばあなたに関しては何もありません。私にとってはあなたはあなたです、私にとっては、あなたには何の「責任」もありません。あなたは一言も言う必要はないのです、けれども私にはどんなに小さな一言も嬉しいのです。私に関しては話は別です。私は確かに私たち二人のうちで単純な方でしょう、でも自分のことをより説明しなければならないのは私の方なのです、なぜならば理解するのはあなたの方が難しいのだから。

私の沈黙は何よりも、私があの数週間を引きとどめようとしたということなのです、それがそうだったように。私は他のことは何も望みませんでした、まさに時々あなたからの一枚の葉書によって、私が夢を見ていたのではなくて、そうではなくてすべては、そうだったように本当だったのだ、ということを確認すること以外は何も。私はあなたを愛していました、全く変わらずに、「栗の木々のあちら側」だった次元で。

それから今年の春が来て、そしてすべてはより強く、よりあこがれに満ちて、そしてガラスのカヴァーから現れ出ました、その下に私はそれを置いたのでしたが。多くの計画が生まれました、私はあなたに再会するためにパリに行こうとしました、けれども私はあなたに何の目的で何のためにかは言えません。私にはわからないのです、なぜ私があなたを欲しているのか、そして何のためにか。それが私にはとても嬉しいのです。いつもはそれがわかりすぎるほどよくわかるのですから。

この年は私にとってとても多くのことがありました、私は少し先に進みました、私はたくさん仕事をしました、私は最初のものを二、三書いて片付けました、とてもたくさんの疑い、ためらい、希望とともに。

まだあなたは覚えていますか、あなたが多くの事柄で私の率直さゆえにいつもいくらか絶望していたことを？　私にはわかりません、あなたが今何を知ろうとして、何を知ろうとしていないのか。けれどもあなたは想像できるでしょうね、あなたの後、時は私にとって男性たちとの関係を持たずに過ぎてはいかなかったことを。当時このことに関してあなたが持っていた一つの望みを私はあなたのためにかなえました。そのことも私はあなたにまだ話していませんでした。

けれども親密な関係になったものはありません、私はどこにも長くはとどまりません、私は昔よりも落ち着かず、誰とも何か約束するつもりもないし、することはできないのです。私たちの五月と私たちの六月はどれほど遠くこれらすべてのさらに後ろにあるのか、とあなたは尋ねます。一日もです、あなた、愛する人！　五月と六月は私にとって今日の夕方、あるいは明日の昼です、それはまだ何年たっても。

あなたはあまりに厳しく書きます、私がパリかアメリカの二者選択を迫られたとき、私がどんなに奇妙に振舞ったかと。私はあなたのことがあまりによくわかります、だから今、あのことをそんなふうにあなたが受け取ったことが私にはとても悲しい。私がそれに対してどう答えても、間違っているでしょう。もしかしたら私はそれでもって見極めようとしたのかもしれません、あなたにとって私がまだ大事なのかを、よく考えた末にではなく、むしろ無意識に。それでもって私はあなたとアメリカのどちらかを選ぼうとしたのでもありません、そうではなくて私たちから離れて何かを選ぼうとしたのです。そうするとさらにあなたにわからせるのが難しくなるのです、計画というものはどんなにしばしば一晩のうちに片付けられ、別の顔を持つことになるかを。今日は奨学金のことが問題になっていても、それは明日にはもう問題になりません、なぜならばある決まった期日までに応募しなければならず、その期日を守ることができない、それから証明書が欠けている、それを調達できない。今日私は二つの推薦状を手に入れるところまできました、一つはロンドンへの奨学金のため、一つはパリへの奨学金のためです、けれども私は、それがどうなるか、確かに言うことはできないのです、そして私がこの申請をするのは何か特定の考えがあるからではないのです、ただどれかがいつかは実現することを期待しているだけなのです。さらにその上私を私的な旅行でパリに一緒に連れて行こうとする人もいます。それはいつかは実現するだろうということはかなり確かに思えます、すでに一度ほとんどそうなりかかったのですから。目下は私自身が障害となっています、なぜならば私の博士の学位のための最終試験が、全くありえないほど長引かされているのです。

あなたはあらゆることから、私があなたからとても遠くにいると思い測るのでしょう。私があなたに言えることはただ一つのことだけです、どんなにそれが私自身に本当でなく思えるとしても、私はあなたのとても近くにいます。

私があなたと生きているのは一つの美しい愛です、そして私がそれを最も美しい愛であると言わないのは、ただ言い過ぎてしまうことを恐れるからです。

パウル、私はあなたのかわいそうな美しい頭を受け取り、それを揺すり、それにわからせたいのです、そうすることで私がたくさんのことを言っているのだと、私にとってはあまりにたくさんのことを、というのもあなたはもっとわからなければならないのですから、一語を見つけるのが私にはどんなに難しいかを。私はあなたが、私の書いた行間にあるすべてを読みとってくれることを願っています。

11 BからCへ、ウィーン、一九五〇年六月一〇日

ウィーン、五〇年六月一〇日

愛する人、
まもなくナニがパリに行きます、それで私は彼女に頼むつもりです、私が手紙では言うことのできないことについて、あなたと話し合ってもらうようにと。
だから私はただたくさんの、たくさんの思いを先に送り、そして期待するつもりです、私たちがまもなく、インドと再び境を接している、そして私たちがいつか夢見たあの夢たちと境を接している水を見ると。
けれども、もしあなたにはもうできない、あるいはもうすでに次の海にもぐってしまったのならば、私を連れて行って、他の人たちのためには空いている手で!
あなたにとても感謝するつもりです、
インゲボルク

12 BからCへ、ウィーン、一九五〇年九月六日

ウィーン、一九五〇年、九月六日

最愛の人、
今、私たちの友人、ナニとクラウスが、戻ってきて、私は一晩中彼らと話すことができました。それで初めて、どんなに多くの誤解が私たちの間にあったかがわかりました。私の言うことを信

じて、私は、少なくとも意識的には、私をあなたからあんなに遠ざけ、あなたと疎遠にさせた、あれらの間違いを犯したのではないのです。私はここ数週間ひどい病気でした。ありとあらゆる随伴症状を伴う神経虚脱障害が私を萎えさせて、正しく反応し、何かを決めることをできなくしました。その上私は思ったのです、——誤解の一つにすぎないのだけれど——私は自分であなたに書くべきではないと。

ごめんなさい、もしそれでもあなたが、私がここを立ち去るのを助けることができたなら！　私に招待状を送ることを試してみてはくれないかしら？　私は一〇月には行けるかもしれないし、それまでに、パリでの最初の時期を乗り越えるために十分なお金も多分手に入れられます、あなたにあまりに重荷にならないように。

愛するパウル、これ以上書くのは難しいのです、なぜならば私は感じているから、すべてはようやくまたよくなると、もし私があなたに向き合って、あなたの手を握り、あなたにすべてを、すべてを話す機会を持つならば。

私にあなたの返事を待たせないで、それがどういう結果になろうとも！

私はあなたを抱いています、そしてたくさんの思いをこめてあなたのもとにいます！

インゲボルク。

13　CからBへ、パリ、一九五〇年九月七日

パリ、一九五〇年九月七日

ぼくの愛するインゲボルク、

ここにローゼンベルク博士が君をパリに招待する手紙を同封します。これがヴィザを獲得するのに十分であるよう期待しています。どうか直ちに必要な処置を取って、そしてすべては順調にいっているか、ぼくに知らせて下さい。ぐずぐずしないで、インゲボルク。もし君が本当にパリに来ようとするならば、そうであるならばともかくすぐに来たまえ。君はここでの滞在に関して心配する必要はない、何もありません。君が来ることがぼくは嬉しい、そして君はもしかしたら今もうここにいたのかもしれないのに、君がナニの手紙に間に合うように返事をしていたならば。どうか領事館がヴィザの件を長引かせなければいいのだが。いずれにしても君はいくらかそれを追い回さなければならないだろう。クラウスはフランスの状況を知っているから、君にあれこれ助言してくれるだろう。

ぼくがナニから直接聞き、そしてまた手紙で知らされた限りでは、君は深く悲しんでいた、インゲボルク。ぼくが悪かった。けれどもパリが君からその悲しみを取り去るとぼくは信じている、まさにその悲しみを。そしてその時にはぼくがパリの手助けをできるかもしれない。わかるかい、ぼくは長い間闘わなければならなかった、パリがぼくを正しく受け入れ、そしてぼくをその一員に数えるまで。君はぼくのように一人にはならない、ぼくがそうだったように、あんなに孤独で見放されていることにはならない。なぜならここで戦い取る最初の権利はまさにこのことなのだ

から、つまり自分自身がこんなに長い間保護されることもなく、そう、何もわからぬままに向き合ってきた事物から、自分の友人たちを保護するということ。
クラウスとナニが君に話しただろう、どんなにパリは美しいか。君がそれに気付くとき、その場にいることを、ぼくは喜ぶだろう。
すぐに返事をくれたまえ。ぼくは君を抱きます
パウル

クラウスとナニにくれぐれもよろしく。

14　BからCへ、ウィーン、一九五〇年九月七日の後

最愛の人、
あなたの愛情のこもった手紙、招待状、そしてあなたが私のためにしてくれるすべてのことに、とても、とても感謝しています。私はすぐにすべてに取り掛かり、領事館に行き、そして今ヴィザを待ち焦がれています。いつ私が行ける目途がつくのか、目下のところまだわかりません、でも一〇月の第一週には出発できればと願っています。
もちろんこんなに重大で重要な旅の前にはするべきことがたくさんあります、気がかりなこと

もたくさんあります、どうやって私はここで―そしてどれくらい―私の住居を引き払えばよいのか。さらに私の本についてフィッシャー社でどんな決定が下されるのか、いまなお待っている状態です。でも私は、たとえドクター・ベルマンから報せがなくても出発します、そうできるようになればすぐに。到着した時にあまりに疲れ果ててあなたに抱きつかないように、インスブルックとバーゼルで、それぞれ一日か一晩、知人のところに寄るつもりです、―それからすっかり疲れを取ってパリに行きます。今はこれ以上書くのは難しいです。私たちを待っている一緒に過ごすたくさんの日々のために、すべてを取っておきましょうね。

出発、あるいは特に到着がいつか、もっとわかればすぐに、また書きます。

お目にかかったことはありませんが、どうかローゼンベルク博士に心からの私の感謝を伝えて下さい！

本当にすぐに

あなたの

インゲボルク

15　BからCへ、ウィーン、一九五〇年九月二七日

最愛の人、

私はほんのわずかな安心をあまりに焦がれているので、それをまもなく見つけるのに不安を覚えるほどです。あなたは私に本当に寛大になってくれなければならないでしょう――あるいはむしろ私には手を焼くなんてことは全然ないかもしれません。私は見捨てられて、絶望して、ひねくれてしまっています。そしてわかっているのです、私はこの内にかかえる問題すべての解決をパリにだけ期待してはいけないということを、そうではなくて多くのことが私に、そして多くのことが私たちの関係にかかっているのだろうということが。

私は起こることを楽しみにし、恐れてもいます、恐れのほうがまだ勝っています。どうか私に対して優しくして、そして私をしっかりと摑まえておくように努めてみて下さい！　時々私には、すべてはもつれた夢であるように思えるのです、そしてあなたなんて全然存在していなくて、パリもなくて、ただ私を放そうとしない、私を押しつぶす、恐ろしい、百の頭を持つ貧困というヒュドラしかいないんじゃないかと。

私のヴィザは一〇月五日に取りに行くことになっています。それで本当に済めばよいのですが。その上必要なお金も到着すれば、私は、久しぶりに、また幸福になれるのに。

あなたを抱きます、愛する人、そしてあなたにまもなく私の出発を知らせます！

あなたの
インゲボルク。

一九五〇年九月二七日

16　CからBへ、パリ、一九五〇年一〇月一四日かその後

愛するインゲボルク、
四時半だ、そしてぼくは今ぼくの生徒のところに行かなくてはならない。ぼくたちのパリでの最初の逢瀬だった、ぼくの心臓は本当に高く鳴っている、だが君は来なかった。

ぼくは今日まだあと二時間授業をしなければならない、遠くまで行かなければならない、そして八時四五分頃ようやく戻ってくる。

君のアイロンのプラグがランプにささっている。だけど用心して、ドアをしっかり閉めて、君がアイロンをかけているとホテルの人に気づかれないようにね。君の手紙も書いて。手紙を待つのは辛い。

そしてぼくが君に向かって話したとき、ぼくをかすめたものについて、少し考えて。

パウル

17　CからBへ、おそらくパリ、一九五〇年一〇月一四日の後、あるいは一九五一年二月二三日の後

愛するインゲ、

ぼくは一時四五分頃戻って来る―どうかそれまで待っていてくれないか

パウル

18　BからCへ、ウィーン、一九五一年七月四日

最愛のパウル、

今夕クラウスがパリに行きます。私は彼にこの手紙と他の手紙も、つまりずっと前に書いたのと、そしてその後に書いたのも持っていってもらうつもりです。たとえあなたが私に書く時間が見つけられないとしても、あなたがどんな具合か近いうちにクラウスから知ることができればと思います。

どうか、あなたの詩に関してすべてのことをよくよく考えて下さい。ユンガーを通したり、ドーデラーを通して事を進めるのは間違ってはいないのではと思います。

とりわけ私が一番重要な手紙をいつもタイプライターで書いたことを悪く取らないで下さい。タイプで書くのは私にはあまりにも習慣に―あるいはそれ以上に―なってしまっているので、私の心にかかっている言葉をインクで紙に描くことがもうほとんどできないのです。

今日フランス研究所に行ってきました。そこで、もしかしたら次の夏学期（一九五二年二月か三月）にパリに行けるかもしれないということを探り出してきました。クラウスのことはとても

好きになりました、私たちは最近よく会って、話をしています、だからもし私たち四人がお互いを決して見失わないならば、素晴しいでしょう。

愛をこめて
あなたの
インゲボルク。

ウィーン、一九五一年七月四日

18・1　同封物

五一年三月

パウル、愛する人、
復活祭の月曜日です、そして私は初めて床を離れました、病気の後で、それはとてもひどかったわけでありませんでしたが、私にはとても重要でした、私をまるで奇跡のように助けに来てくれたのです。というのも私には、ここでどうするのが正しいのか、そしてここでどうするのが私にとって正しいのか、もうわからなかったのです。第一の間違いは、私が一週間、これまで通りのウィーンでの生活をまた続けてしまったことでした、まさにまるで何もなかったかのように。そして突如絶望にかられ、ヒステリックにそれを打ち切って、そして家から出まいとしたのです。でもその時に知りました、いつまでもこんな風に続くことはありえないと。それからさらに、ある事が外から起こりました、とてもひどい、おそらくこれまでで一番ひどいある事が。それから妹が来ました、そしてこの流感が。今は戦争中の爆弾投下の後のように静かです、煙が次第に消えていき、もう家は立っていないことを発見して、何を言ったらいいのかわからなかった、あの時のように。一体何を言えばよかったのでしょう?

明日にはもしかしたらもう外出して、仕事を探すかもしれません。いつも何かは見つかります。電話は今日は静まりかえっています——ひそかに、陽気に同意しているよう。

秋にはパリに行くかもしれません。でもまだ何も決まっていません。けれども、もしここにとどまらなければならないとしても、悲しまないつもりです。私はこんなにたくさん手にし、こんなにたくさん受け取ったから、まだ長い間足りるでしょう。そしてまた、もし足りれば——人は本当にわずかなものでやっていけます。どっちみち後になっていつか、私たちはほんのわずかな荷物しか持っていけないのです、もしかしたら全く何も。

私が今日すでに、「私たち」二人について何か言うとは期待していませんよね、私は今はよく考えられません、私はまずすべてから離れなければなりません、ただ私は恐いのです、そうしたらあなたからもあまりに遠くなってしまうのではと。

どうか私に時々手紙を書いて下さい。私には曖昧に書きすぎないで、穏やかに物語って、私たちの窓のカーテンがまた燃えてしまって、人々が通りから私たちを眺めていると——

心から

あなたの

インゲボルク

ナニに私から心からの挨拶を伝えて。

ミロ・ドールはとても喜びました。

七月四日、この手紙だけ同封します、—これは多くのうちの一つです、大部分はもう握りつぶしてしまいました—あなたに少しは事情がわかるようにと。

18・2 同封物

一九五一年六月

愛する人、どうか、あなたの詩をクラウスに言付けて下さるか、あるいはあなたがそれらを近いうちに私に送って下さい。私は今、ついに、ドイツと良い関係を結びました、それもあなたのことを知っていて、とても関心を持っているある男性によってです。私は何でもやってみて、彼に大いに働きかけるつもりです。でも草稿は八月の半ばか末までには、私の手元になければならないのです！（その男性はハイミート・フォン・ドーデラーです、ベック出版社の、ドイツで二番目に古い出版社です、コッタの次に、—私たちはもう長時間あなたについて話しました）。

18・3　同封物

ウィーン、一九五一年六月二七日

愛する、愛するパウル、

まもなくクラウスがパリに行きます。私があなたに書いたたくさんの手紙を彼に持っていってもらうつもりです、間違っているのも、正しいのも、私はそれらを発送する勇気が皆目持てなかったのです。彼はあなたに、ここについて語るべき最も重要なことを一番うまく話せるでしょう、他の、もっと重要なことについても少しは、それは言うことが難しいか、そもそも言えないことなのですが。

私がそれをやってみるべきかどうか、私にはわかりません。

私はあなたがこんなに、こんなにも恋しくて、時々それでほとんど病気になるほどです、そしてただあなたにもう一度会うことだけを願っています、どこかで、でもいつかではなく、まもなく。けれどもあなたがそれにどう、そして何と答えるかしらと想像してみると、とても陰鬱になります、わたしがこんなにも片付けてしまいたいあのいくつもの古い誤解が顔を出すのです。

あなたはそもそもまだ覚えていますか、私たちが、それでもやはり、お互いにとても幸福だったことを、私たちが互いにとって一番ひどい敵であったあの一番ひどかった時でさえも？

なぜあなたは私に一度も手紙を書いてくれなかったのですか？　ジュネ夫人はまだパリに来なかったのですか？　何故あなたはもう感じないのですか、私が今もあなたのところへ行きたいと願っていることが、私の狂った、乱れた、矛盾だらけの心と一緒に、それは時々、相変わらずあなたに逆らって動いてはいますが。――私はゆっくりと理解し始めたのですから、なぜ私があんなにあなたに抵抗したのか、何故私がそうすることを決してあきらめないかもしれないのかを。私はあなたを愛しています、そしてあなたを愛そうとしないのです、それはあまりに手に余ることであり、そしてあまりに難しいことなのです。けれども私はあなたを何よりも愛しています—今日私はそれをあなたに言います、あなたがそれをもはや聞かない、あるいはもはや聞くつもりがないという万一の場合を覚悟しても。

秋より前には私はウィーンから離れることは絶対にできません、とてもたくさん仕事があって、引き受けた職を平気で放棄することはできません。その後、もしかしたらドイツに行って、見てまわり、しばらく留まるかもしれません。反対に私のパリの奨学金は一九五二年に延期されました。どうやってこのことに耐えたらよいのか、まだわかりません、それまでこの時間を切り抜けるためには、アメリカに一番行ってみたいと思います。—けれども私があなたにここでお話する計画はすべてとても曖昧です。全く別な風になるかもしれません—ここにとどまらなければならず、私が今年達成しようと望んだものすべてを何も達成できないということだってありえるでしょう。

私からの愛情のこもったものすべてと愛情すべてを受け取って、このたくさんのキスと抱擁を、それをあなたは受け取れないけれど、一つの思いの長さの間あなたの傍にいさせて……

あなたの
インゲボルク

19　CからBへ、一九五一年七月七日、ルヴァロア・ペレ

パウル・ツェラン
ドクター・W・アードラー気付
ヴィラ・シャプタル一四番地
ルヴァロア・ペレ
（セーヌ）

ルヴァロア、一九五一年七月七日

ぼくの愛するインゲ、
一週間前にジュネ夫人が君の小包を持ってきてくれた、そして昨日クラウスが君からの他の贈り物を持ってやって来た——みんな本当に、本当にありがとう！　何通もの手紙も心からありがとう、ジュネ夫人がやはりぼくに届けてくれるはずだった最初の手紙はつい数週間前に受け取った、ジュネ夫人はとても親切に、それをウィーンにいるうちに出してくれたのだ、ザール河畔にしばらく滞在することを見込んで、そしてぼくを待たせないようにと。
これらの手紙に返事を書くのは難しい、インゲボルク、そのことは君にはわかっている、君はぼくよりよくわかっているくらいだ、なぜならば君はぼくたちが今いる状況を一つの観点から概観することができるから、それはこの状況が起こったことにとって決定的（責任があるとは言わないが）だった。ぼくはつまり言いたいのだ、君には君自身の人格の輪郭がもっとはっきりと見

えるだろうと、ぼくよりも、このぼくは―何よりも君のあまりに頑固な沈黙によって―いくつもの問題に直面している、それらを解決することは別の問題をまた生むだけなのだ、つまり人がそれらにあまりに長いこと意味や意義を与えるので、最後には結局それらの前に不条理となって立ち、どうやってそうなったかを問うことはできなくなる、ということによって生じるような種類の問題を。もしもぼくが関与していないのだったら―そうだったらどんなにそれは魅力的だろう、そしてまた意味もあろう、この二重の「自分自身を上回るもの」を、ぼくたちの、だがやはり血で供給されている現実のこの弁証法的に累乗される影のようにぼんやりとしている様を追跡することは！　しかし、ぼくは関与しているのだ、インゲ、そしてだからぼくには、君の手紙の一つで、君が用心深く線を引いて消した、だけれども読めないまでは消さなかったあの箇所で、君がぼくたちの関係の「類例的なもの」と名づけるものは理解できない。どうやってぼくは自分自身を見せしめにしたらよいのか？　このような見地はぼくには全く関係のないことだった、ぼくの目はひとりでに閉じてしまう、もしそれがとあるひとつの目にほかならないのであって、ぼくの目ではあってはならないようにと要求されるならば。もしこの目がそうでないならば、ぼくは詩を書かないだろうに。

　ぼくたちが立っていると思っていたところでは、インゲ、そこでは思考が心のために口を利いてあげるのだ、だけれどもその逆ではない。でもいままさにその逆のことが起こったことを、一つの手の動きが、たとえそれが困難な瞬間にはまだ許される唯一の動きであったとしても、起こらなかったことにすることはできない。何も繰り返すことはできない、時間は、生存の期間はただ一度だけ立ち止まる、それはいつか、そしていつまでかを知ることは恐ろしい。

難しいのだ、君に、まさに君に指摘することは、とっくに何よりも君自身のものとなっているものを、―けれどもねえ、君は果たしてその方が正しいと思っているのですか？　軽々しく遠くに囁かれた一語によって世界を、それがいずれにしてもすでにそうあるよりも、もっとわからなくすることの方が？

ぼくは嬉しいのに、ぼく自身に言うことができたなら、君は起こったことをそれが実際にそうだったように感じていると、撤回されることはできないけれども、真実に忠実な記憶によって呼び戻すことはできるだろう何かとして感じていると。そのためには―そしてそのためにだけでなく―君には落ち着くことが必要だ、インゲボルク、落ち着くことと確信が、そしてぼくは思うのだが、君はそれらを、他の人々にではなく、何よりも君自身に探し求めるべきなのだ。君には一つの奨学金が約束されている、インゲ、それならばこの奨学金に向かって働いてくれたまえ、そして君をパリからまだ隔てている時間をアメリカ行きの旅行によって切り抜けようとしないでくれたまえ。なぜまたアメリカなのか？　あんなに経験というものを成果で測りたがるまさにそこで経験を積むことが一体本当に重要なのか？

君はこれまで君の同年齢の大抵の人々よりも、インゲ、多くを人生から手に入れてきた。君に対して閉じられたままだった扉はないし、さらに何度も繰り返し君には新しい扉が開かれる。君は苛立つ理由はないのだ、インゲボルク、そしてもしぼくが一つお願いを言っていいならば、それはまさにこうだ。考えてくれたまえ、すべてはなんと速やかに君の意のままになるかを。そしてさあ、君の要求をほんの少し引っ込めてくれたまえ。

君には、ぼくたち他の人々よりも、多くの友人が、君のために尽力してくれる多くの人々がいる。もしかしたら多すぎるのかもしれない。というよりも、君の道がどこに通じるのかわかっているると思っている人々が多すぎるのかもしれない。だが彼らは知っていなければならないのに、彼ら自身がすでに歩んだその道は、友人に忠告しようとする時に、彼らが必要とされるような見通しをつけることを保障するものではないということを。ぼくは感じている―そしてこの感情をぼくはいろいろな面から確認する―、人はウィーンではごくごく稀な場合にしか本当に、そうだと称しているものそのものでもあるということはないと。つまりぼくが言いたいのは、ウィーンで音頭を取っている人間たちの多くは大抵の場合、保塁で固めた一つの耳とでしゃばりの一つの口を持っているということだ。こう断言することは、君は信じないかもしれないが、君と同様にぼくをも苦しくさせるのだ、というのもぼくは、そうは言ってもやはり、ウィーンに愛着を感じているから。ぼくはこれらすべてを君に言う、なぜならばぼくは君にある種の成功に用心するよう警告したいから、つまりそれはごく短命でしかなく、そして君のように困難なものに住み着いている人間たちはそれを避けるすべを心得るべきなのだ。

けれどももうよい忠告はたくさん！　あともう一言、つまり、君にはわかっている、これらの忠告の背景にはどんなに辛い体験があるかを。

ぼくについては報告することはたくさんはない。ぼくは今六週間ほど知人のところに住んでいる、パリの郊外に、とても小さな家に、その窓からは三本の菩提樹の木が見える。街頭の騒音もない、ぶらぶら歩く学生たちもいない、「Paris by night」を味わうアメリカ人たちもいない……だが一台のタイプライターがある。ぼくはまたアポリネールの詩を翻訳した、もしかしたら『メルクール』が掲載するかもしれない。

ぼくの詩について君が骨を折ってくれたことに何よりも感謝します。ぼくはハイミート・フォン・ドデラーはとてもよく覚えている――ぼくに彼の住所を送ってくれますか？　ヒルデ・シュピールに会う機会はありましたか？　彼女は年鑑に発表されたぼくの詩をミュンヘンの『ノイエ・ツァイト』でとても好意的に批評してくれた――ぼくは直接彼女に感謝したかったのだけれども。彼女がパリに来るかどうか君は知っていますか？

愛するインゲ、もう終わりにしよう。ぼくにもっと頻繁に、そして規則的に書いてくれるようにという願いで終わりにしよう。

すべての愛すべきそして美しいものを！

パウル

20　BからCへ、ウィーン、一九五一年七月一七日

ウィーン、一九五一年七月一七日

愛するパウル、

あなたの手紙を両手の中に抱くことができてとても嬉しいです、そしてこれで私たちは会話を始めることになったのだと期待します、私たちにとって――ごめんなさい、やはり私はそう仮定してしまいます――二人にとって重要であるかもしれない会話を。あなたが私の手紙に書かれた最も親

密な事柄に対して答えざるをえないこと、それは私の心をとてもぞっとさせます、でも私は、苦渋を覚えるには、あなたをあまりにも理解し、そして尊重しています、そして私は、あなたがあまりに曖昧なものや「遠くに囁かれたもの」の殻を剝いて、それから確認することのできるものを、話すことのできるものを取り出したところから続けましょう。

私はおそらく何か不明瞭に表現したに違いありません、もしあなたが、私が「起こらないように・する・ことができる」と信じていると思っていたのだとしたら。そして私は今日、全くあなたの考えている意味で、真実に忠実に思い出すということに賛成です。でも私の心の片隅で私はロマンティックな人間のままだったのです、そのせいで私は、たとえ無意識的にではあれ不正直に、私がかつて、それが私には十分美しく思えなかったので、見捨てたあるものを美化して連れ戻そうとしたのかもしれません。

あなたの忠告に対して私はいくらか途方に暮れています。あなたがアメリカ旅行について考えていることは—それはついでに言えばほとんど実現しそうもありませんが—私にはとても重要ですが、けれども私は必ずしも知らないのです、どれくらい事を分けてクラウスがあなたにそのための前提条件を説明することができたのか—私はいずれにしてもアメリカで数々の体験を集めようとは考えていません、あの国に対する私の考えはあなたのそれと非常に一致しています、私は私の英語力に磨きをかけるという機会より他にはそれには何も期待していません。そのことを私はここで強く薦められました、そして私の道は容易になるかもしれません、もし私の知識が、ここで私が働いている「会社」に役立つことになるのだとしたら—さらに待遇がよくなれば経済的に有利な結果となるでしょう。まさにこの点で私はここでとても困っているのです、そして私は本当のところわからないのです、私が恐れるべきなのはどちらの方なのか、私の魂を失うことか、というのは人はそれをつねに覚悟しなければならないから、それとも私の魂を持ち続けることか。オーストリアでの生活はここ数年あまりに厳しく、あまりに望みのないものになってしまったので、人は、毎日新たに順応するためには大変な勇気が必要です。だからあなたが私の成功と呼ぶものは、それに対してあなたはいつも―そして私は今日そもそも同じくらい―懐疑的でありましたが、私にはとても疑わしくなり、私は人が私の何を羨むのか自問せざるをえません。私のことを正しく理解して下さい、私は自分に同情するつもりもないし、同情されるつもりもありません―私はそれをただはっきりさせたいだけなのです。私がいろいろな要求を、もしかしたら高すぎる要求をするということを、私は悪いとは思いません。でもあなたが私に対して咎めることはすべて正しいです、私が気が短く、不満そうだということも、けれども私の落ち着きのなさは、それを私は確信していますが、人々が迷い込む道の方へとは駆り立てはしません。私は何度も自分自身に反対する方を選ぼうとしました、けれども私はもう一度、そして何度も何度も、私と、絶えず私とともにあった何かとてもはっきりとしたものとの間で、容易に片付けようとする、快適さを求める、気に入られたがる、さらにそれ以上である人間と、私がそれによって本当に生き、それを、結局、金輪際―私はそれをただこんなに凡庸にしか言えませんが―やめない、そういう別の人間との間で、選ばなければならないでしょう。

ウィーンは―もしかしたら他のどの場所とも異なり―中途半端なもののための土壌です、そして人は本当に用心しなければならないのです、精神的に滑って転ばないように。けれどもここでは、それは逆説的に響きますが、まさに今私の奇妙な職業が加勢してくれています（仕事《ジョブ》という言い方の方が実際もっと的を射ているかもしれません）、その職業は私にはっきりさせてくれます、私は私に残されているわずかな時間で何をするべきかを、私がどれほどつつましくあらねばならないかを、そして時にそのかされる無計画な支出はいわば自ずからわずかなものに、重要なものだけに限定されます。

ヒルデ・シュピールについては目下のところほとんど知りません、彼女は四月にウィーンにいましたし、数週間前にはまだロンドンにいたことは確かです—このことは彼女とのインタヴューを載せたあるドイツ語・英語雑誌からわかりました。彼女の住所はヒルデ・ドゥ・メンデルスゾーン夫人、ウィンブルドン・クローズ二〇番地、ロンドンSW二〇です。

ハイミート・フォン・ドーデラーはまだ八月一杯オーストリアにとどまります、彼は今日田舎に行きましたが、毎週ウィーンに来て、郵便をみたりするつもりでいます。彼の住所は、ウィーン、八区、ブフフェルトガッセ六番地です。

あなたのル・ヴァロアでの静かな数週間のためにたくさんの素晴しいものを願います。ナニとクラウスに会う機会はありますか？　その後またエコール通りに戻りますか？

あなたはオーストリアに来るという計画を断念したのかどうか全然書いていませんでした。つい先ごろのウィーン・ゼツェッシォーンであなたの詩が読まれました。あなたの名前はここでますます広まっていくと感じています。

どうか私に手紙を書いて下さい、クラウスが私に委ねたあなたの詩をドーデラーに渡すべきかどうかも、あるいはあなた自身がそれを彼に送るつもりかどうかを。

私は夏中ウィーンにとどまります、もしかしたら五日間の休暇をもらい、ザンクト・ヴォルフガングの妹を訪ねることができるかもしれません。だからあなたは私にはいつもゴットフリート・ケラー・ガッセ宛に書いてくれればいいのです——どうかそうして！

インゲボルク

21　BからCへ、ザンクト・ヴォルフガング、一九五一年八月三〇日

ザンクト・ヴォルフガング、八月三〇日

愛するパウル、

あなたが私の手紙を今度は受け取るといいのだけれど。あの時は、あなたが封筒に書いていた住所に宛てて出したら後になって初めて手紙の本文に完全な住所が書いてありました。

そうこうするうちに私はザルツカマーグートに来ました。私の休暇はとても短くて、たったの一週間です、でも悲しくはありません、だって日々はこんなに美しいのですから、それにウィーンでは新しい、前よりもよい仕事が私を待っています、それは確かに大変でしょうが、でもどの点でも以前のよりは満足すべきものです。私は、かなり自主的に、ロート・ヴァイス・ロート放送局で学術的な放送を脚色し、いわゆるスクリプト部で皆で放送劇をやっつけ仕事で片付けることになります。いずれにしてもそれは職業教育といえるでしょう、そしてそもそも保証ということを考えるのが許される限りにおいては、私が大学に戻るまでの数年間を私に確保してくれるで

しょう。

私は本来の文学欄とは今のところは関係していないけれど、あなたに尋ねたいのです。クラウスから受け取ったあなたの新しい詩から一つの番組を編成してもいいかしら。私はもうすでにドクター・シェーンヴィーゼ（ザルツブルク）と話をしましたが、彼はそれを彼の局で引き受けるかもしれません。そこからさらにそれはもう一度ウィーンのスタジオに戻され、放送されるかもしれません。（もっともアナウンサーとしてエーディト・ミルを起用できるかどうかは、私にはわかりません。）

クラウスは、ミルシュタットから来て、すぐに私を訪ねてくれました。とても嬉しかったです、私は彼がとても好きになりましたし、そしてもしもナニも来れば、人跡未踏の地ウィーンが前より恐ろしくなくなります。

パリの奨学金はこれらの新しい出来事すべてとは関係ありません、おそらく九月末か一〇月初めには、私に決定が下りたかどうか知らされるでしょう。

愛するパウル、もし私が今日自分自身の望みを、私自身の本当の望みを尋ねるならば、そうしたら私は答えるのにためらいます、そう、もしかしたら、私たちには願う権利がないということに、私たちは何か課題のような仕事を果たさなくてはならないということに、私たちがいつもしていることは効果がないということに、人はそれでも朝の八時から夜の六時まで、一枚の紙に一つのコンマや一つのコロンを置くことが重要であるかのようにしなければならないということに、納得さえしたかもしれません。

けれどももう一度望みということに話を戻せば――なぜならば私だけが何かを望むのではなく、

他の人々もそうなのだから。あなたは今度の冬に、例えばクリスマスに、オーストリアに来ることができるかもしれないと思いますか？　あなたはここにいる間のことを心配する必要はありません、どうかしばらく休養し、もてなされていると感じ、くつろいだ気持ちになってほしいのです。どんな傷つきやすさも静めて下さい、それを私は、私からだけでなく、クラウスの、ナニの、さらに他の幾人もの人たちの代わりに言います、皆があなたがここに来ることをとても願っています、私は「ほんのちょっと」、と望みますが、オーストリアの味方をします、オーストリアはまだあなたに対するいくつもの義務をまだ果たしていません、そして私は、あらゆることの後に、まだ私に残されている詩人であり人間であるあなたに向かって話します。

挨拶とたくさんの思いをこめて！

インゲボルク

22　CからBへ、ロンドン、一九五一年九月一〇日

五一年九月一〇日

愛するインゲ、君の二番目の手紙はロンドンのぼくのところに届いた。ここにぼくはあと二日間います（その後はぼくの住所はまたもとのエコール通り三一番地です）、ぼくは君の成功を喜び、ぼくの詩についての君のこんなに親切な尽力に心から感謝しています。君にパリから詳しく書き

ます。

すべての美しいものを！
パウル

23 BからCへ、ウィーン、一九五一年九月二五日、未発送

ウィーン、一九五一年九月二五日

愛するパウル、

近いうちにあなたから去年頂いた指輪をあなたに返送するつもりです。ただ私にはわかりません、私がそれを簡単に郵便で送ってよいのか、それとも誰かがパリに行くまでじっと待っていなくてはならないのか。私は問い合わせたらすぐに、最初の、簡単な方法の方を選んでいいかどうか、あなたにすぐに書くつもりです。

私はあらかじめ断っておかねばなりません、私はついに今ナニと二人きりで会う機会を持てたことを。それで色々なことが話題になりました、私にとってそれを知る必要のある色々なことが。その際に私を驚かせたのは、指輪を返してほしいというあなたの望みより、あなたがそれに結びつけるいくつもの記憶でした。あなたの家族のこの形見を持ち続けることがあなたにとってとても大事だということは、私にはとてもよく理解できたでしょうに、そして私はただそれゆえに

一瞬でもこれをあなたに返すことをためらわなかったでしょうに、私はそれを絶対に誤解しなかったし、だから傷つけられもしなかったでしょうに。

けれども今私は、ナニの、たとえ非常に思いやりはあるとしても彼女の様々な暗示的言葉から受け取らざるを得ませんでした、あなたを、それとも私を、この「贈り物」の前提への記憶が不快にさせたということを。あなたがあなたの心の中で—そしておそらくナニに対しても—表明する私に対する疑いは、私にはあまりにひどいものに思え、私は今、私がそれを聞いてから二日間というもの、はっきりと考えるためにも、私に襲いかかろうとする苦しみと絶望を表さないためにも、なおもじっと我慢しなければならないほどです。

パウル、あなたは本当に信じているのですか、私がこの指輪を、それについての話を私が知っていて—そしてその話は私にとって神聖だということはあなたは私に対して非難することはできませんでした、あなたは私に数多の非難をしましたが—気まぐれから、私がそれを見て、それを気に入ったからといって、自分のものにしたのだろうなどということを？　私はあなたの前で弁明するつもりはありません、私は自分が正しいと主張するつもりもありません、なぜならばここで問題なのはあなたや私ではありません、いずれにしても私には—そうではなくてただ、私が代表しているものがこの指輪が象徴しているものに対して持ちこたえることができるかどうか、ということなのです。そして私はあなたに何も言うべきものはないのです、私の良心はこの指輪を嵌めていた死者たちに対して持ちこたえるということ以外には。私はこれをあなたからの贈り物として受け取り、嵌め、あるいは保管してきました、いつもその意味を承知して。

今日私には多くのことがもっとはっきりしました、つまり、私にはわかります、あなたが私を嫌悪しているということを、そしてあなたが心の奥底で私に不信を抱いているということを、そして私はあなたを気の毒に思います―私はあなたの不信に近づくことはできないのですから―そしてそれを決して理解しないでしょうから―私はあなたを気の毒に思います、なぜならばあなたは、一つの失望を克服するために、あなたにこの失望をもたらした別の者を、こんなにもあなたと他の人々の前で破壊しなければならないのですから。

私がそれでもあなたを愛しているということが、あれ以来私の問題になりました。私はいずれにせよ、あなたのようには、あれやこれやの方法で、あれやこれやの非難でもって、あなたを片付けてしまったり、あなたを忘れたり、あなたを私の心から押しのけようとは思っていません。私には今日わかっています、私は決してそうすることはできないのかもしれない、けれども私の誇りのなにものも失うことはないということを、あなたがいつか、あなたの私への思いを、何かとても悪いものへの思いのように、落ち着かせたのを誇りにするであろうように。

どうか忘れないで下さい、私にあなたの詩の件で手紙を書くことを。私たちの個人的な衝突で私たちの他の取り決めが損なわれることは、私は望んでいません。

24　BからCへ、ウィーン、一九五一年一〇月四日

愛するパウル、

今日ドクター・シェーンヴィーゼと話しました。私はクラウスと詩を選び、それらを数日のうちにザルツブルクに送るつもりです。もちろんまだなかなか放送するには至りませんが。『ヴォルト・ウント・ヴァールハイト』はあなたの二つの詩を載せました、「どんな風に時は枝分かれするのか」と「さあ眠れ」を――この号はただ残念なことにまだ出ていません――私は棒組みゲラ刷りだけ持っていて、それをまた返さなければならないのです。それが店頭に出たらすぐに、一部あなたの手元にいくことになっています。

たくさんの心からの挨拶とともに
インゲボルク

ウィーン、五一年一〇月四日

25　CからBへ、パリ、一九五一年一〇月三〇日

エコール通り三一番地
パリ、一九五一年、一〇月三一日

ぼくの愛するインゲ、
この生はなんといっても様々な怠慢からできているように思える、そしてもしかしたらあまりに長いことそれらの謎を解くのにかまけないほうがよいのかもしれない、そうでなければ一語も前に進まない。そうしようとする手紙たちは、痙攣しながらさらに手探りする指の下で、それらがそこからもぎ取られるべきだった領域に戻っていった。これほどぼくは今君に深い恩義がある、そしてロンドンからのあの小勅書は――君の手紙たちに、贈り物たちに、骨折りたちに対する一切合切なのだが――ぼくの頭の中でひらひら舞っている。だからすまなかった、そしてさあもういい加減に互いに話し合おう。
ぼくは少し知らせたい、報告したい――おそらく一番はっきりしていることを。ロンドンでは、穏やかさ、くつろぎ、いくつもの庭や本、そぞろ歩き。誰にも会わなかった、エリーヒ・フリートと会った以外には、彼は元気づけてくれる、思いやりと暖かさによって生き返らせてくれる。疑いもなく詩人として非常に明らかな、強烈な才能の持ち主だ。その他の「精神的ウィーン」（訳注：ナチス・ドイツからの解放を訴える亡命者たちの団体「精神的オーストリア連合」のことか?）の息子たちではハンス・フレシュにだけ会った、彼をE.F.が、ぼくが彼のところで詩を読んだ夕べに自宅に招いたのだった。ヒルデ・シュピールには残念ながら会わなかった、彼女はあの時点ではまだオーストリアにいた。ぼくはエーリヒ・フリートのところに原稿を置いてきてしまったのだが、それは数日前からシュピール夫人のところにあるらしい。（彼女からの短い文面からそれが推測できる）。
パリとの困難な再会、つまり、部屋と人間探し――両方ともがっかりだ。くだらないおしゃべりをされる孤独、溶けた雪景色、世間に向かって囁かれる私的な秘密たち。要するに、陰鬱なものとの陽気な戯れ、当然文学のために。時おり詩が仮面のように思える、それが存在する理由はただ、他の人々がその背後に自分たちの死んだ後に聖人に列せられる日常の渋面たちを隠すことができるものを時々必要とするから、という、そういう仮面のように。

だがしかし冒瀆の言葉はもうたくさんだ—この地球はこれより丸くなるはずはないのだから、そしてパリではこの秋もまた栗の木々が二度目に花咲いた。

愛するインゲ、ぼくは『ヴォルト・ウント・ヴァールハイト』*に二つの詩が載ったことについて君とクラウスに感謝しなければならない—もしかしたらそれらはこうした方法によっても堡塁で固められていないどれか一つの耳に届くかもしれない。今、ベルリンの雑誌『ダス・ロート』もぼくの詩を何篇か採用したと聞いたら、君はきっと喜ぶだろう。それらは二月に出る次の号に掲載される。さらにぼくの何篇かがスウェーデン語に翻訳されるそうだ。それからまたドイツ語になるといいのだが。

君は気付いただろうか？　ぼくはふりをしているのだ、ぼくはあたり一帯の家々をくまなく歩き回っている、ぼくはぼく自身の後ろを追いかけ回している……もしぼくが本当に知っていさえしたら、今何時を打ったのか！　だがあれは本当にぼくの戸口の前にあったのか、ぼくが転がしてどけようとしたあの石は？　ああ、語はただ空中を通り抜けて来る、そして来るのだ—ぼくはそれをまた恐れるが—眠りの中で。

クラウスが君に、インゲ、ぼくが彼に先頃送った二つの詩を見せただろうか。ここに新しい、「最近の方」の詩を同封する。最後のにならなければいいのだが。（残念だ、君がもっと言葉を惜しもうとしなければなあ！）

そして君は、インゲ？　仕事をしていますか？　どうかそれについて何か言ってほしい、わかったかい？　そして君の計画は？　ぼくは良心が痛む、なぜならばぼくはルヴァロアからの手紙で君に、君が行くつもりだった渡航を思いとどまるように勧めたから―ぼくは今すべてを撤回します。ぼくの判断はあの頃とても浅はかだった。

伝えられることはすべてぼくに知らせてほしい、そしてそれだけではなくてさらに、もしかして時々、人が一人きりでいて、そしてただ遠くにだけ話すことができる時に見つかるもっとかすかな言葉たちの一つを。そうしたらぼくも同じことをしよう。

これらの時刻の最も明るいものを！

パウル

* 美しく脇に置いて目立たないようにして彼はそれを載せた、この親愛なるハンゼン・レーヴェは……（訳注：原文はフランス語）

同封物：詩「水と火」

26　BからCへ、一九五一年、ウィーン、一一月一〇日〜一二月一六日

ウィーン、一九五一年一一月一〇日

最愛のパウル、

あなたの手紙は、あなたが想像できる以上に、こんなにも、私を喜ばせました、そうです、私は自問します、あなたがここ数日ほどこれほど私の近くにいたことはあったかしらと―なぜならばあなたは、初めて手紙で、本当に私のところに来たのです。私が喜んでいるのを誤解しないで、私は確かにあのたくさんの苦いものを聞き取っているのだから―ただ私にはあなたが私にそれについて書いてくれることができた、ということが嬉しいのです。

私はあなたを理解しています、私はあなたとともに感じることができます、なぜならば私は私自身の感情が私に告げることがただ確認されたように思うからです。私たちのまわりの様々な熱心な企ての無意味さ―それはそもそもそうなのか―、私自身が今参加している文化活動、これらすべての不快な活動、愚かであつかましい会話、媚びること、重要視される今日―それは日々私にはますます異質なものに感じられます、私はその只中に立っています、そして他の人々が楽しく騒ぎまわるのを見ることはひたすらますます不気味に思えるばかりです。

私にはわかりません、あなたが気づいているかどうか、私にはあなたの他には、私があの「別のもの」を信じることを確かにしてくれる人は誰もいないのだと。私の思いは絶えずあなたを探し求めているのだと、私にとって最愛の人間としてだけでなく、自分自身見捨てられながらも、私たちが立てこもった場所を守り抜いている人間としても。

まず私はあなたに答えましょう。つまり、私はあなたの詩が発表されたことを喜んでいます。どうかお願いですから『ヴォルト・ウント・ヴァールハイト』のことでお礼を言ってはいけません――、そう、あなたはそもそも私に感謝してはならないのです、決して、だってそうした瞬間には何か、たとえこれ以上詳しく説明できないとしても、あなたに対する深い負い目といったものがそれだけ私をさいなむのです。あなたがヒルデ・ドゥ・メンデルスゾーンとコンタクトが取れたら素敵なのに。私は彼女がとても好きだし、ある程度までは尊敬もしています。――では少し私について話しましょう、とても凡庸な報告になるでしょうけれど、そしてあなたは私の言うことを信じなければいけません、私の考えや行動は私が外に向かってしていることで全てではないということを。

あなたは私がロート・ヴァイス・ロート放送局で「スクリプト・ライター・エディター」として働いていることをもう知っていますよね。私は二人の男性と二人の秘書と一緒の部屋で働いています。この二人の男性と一緒に私はラジオのために戯曲を改作します、それと並行して時々自分自身でも自作の放送劇を書き、毎週、映画批評をし、無数の、ほとんど例外なく感心しない原稿を読み、吟味しなければなりません。私がしようとしていることはいつも感心しないというわけではありません、オーストリアにとっては私たちが聴き手に提供しているものはかなりに思い切ったものでもあります、エリオットからアヌイまで、けれども奇妙なことに私たちはそれで成功もしているのです。もしかしたらあなたは私のことを悪く取るかもしれません、私が驚くほど「有能」であることを。私はいくらか成功し、まあまあの地位を手にできました、短期間で、そして多くの点で満足してはいないけれども、自分の仕事がまずまず好きで、そして働けることが嬉しいです。私は決心しました―でもそれが実行されうるかどうかはわかりませんが―一年間だけここにとどまって、それからドイツに行くと、ドイツの放送局に―もし私がこの職人仕事を完全にマスターしたら。私は偶然によって放送局に入り、この仕事を職業として選ぶなんてことはこれまで頭に浮かびませんでしたが、今、私にチャンスが与えられるのを見ると、それも最悪のチャンスではなく、もし今日ある程度まともな職業を手に入れるのはとても難しいということを考えれば、私はそのチャンスを利用したい気分なのです。それで私はあなたがそれについてどう思うか聞きたいのです、だってそれは、あなたにはどんなに奇妙に思われるとしても、その場合私は「私たち」のことを考えているからです。

愛するパウル、私はあなたが私のことを今日もう愛していないことを知っています、あなたが私をあなたのところに受け入れることは考えていないということを―そしてそれでも私はまだ望むこと、仕事をすること、希望を持ってあなたとの一緒の生活のために、私たちにある程度の経済的安定を差し出し、私たちがどこかで新しく始めることを可能にする土台を準備すること、それより他に何もできないのです。

約束したり、誓うことはもうするつもりもないし、できません。私はむしろ一つの証を探し求めます、あなたがそれを受け取るか、受け取らないかは全くどうでもよいのです。もしかしたらそれはあなたの目には間違った、悪い証かもしれません。けれども私は私が生の「この」面をよりよく「果たす」ことができることを、私が、もしあなたを愛していると称するならば、その証明を果たさねばならないと確信するようになったのです。

あなたがここにはいないことが私にすべてをより容易に、と同時により困難にします。私は胸がしめつけられるほどあなたが恋しい、でも今はあなたのところに行く機会がないということが嬉しい。私はもっと確かにならなければなりません、私はあなたのためにもっと確かにならなければなりません。

返事はしないで―あなたがそれをあなた自身からしなければならない場合は別として―私がこの手紙に書いたことに対しては。ただどうか私に手紙は書いて下さい、私に書いて、私があなたのことをわかっているために、そして私が素早く逃げ去っていく日々や出来事と、この多くの人々と、この多くの仕事とこんなに一人きりで向き合わないように。

ついさっきまでナニとクラウスが私のところにいました。ナニは中央税務署の近くに部屋を見つけました、そしてそれをとても喜んでいます。あなたがクラウスに送った二つの詩は知っています、私はそれを他の詩と一緒にしました。今日クラウスのために「水と火」を書き写しました、あなたがそれを彼に送らなくてもよいように。

この詩について言うならば、これは私にとって全く新しく、そして思いがけないものです、これは私には、まるで連想の束縛が突破され、一つの新しい扉が開いたように思えます。これはあなたの一番美しい詩かもしれません、そしてこれが「一番最後の」一つであるとは心配していません。私はこのことについて言いようもなく幸福で、そしてあなたの暗い時の中へ向かってあなたのために希望に満ちています。あなたはしばしば私があなたの詩にかかわらないと非難しました。どうかお願いです、そう考えるのはやめて下さい—そして私はこの一つの詩ゆえにそう言うのではありません、そうではなくて他の詩のためにも。私は時おりただそれらだけによって生きて、呼吸しています。

私の最上のいくつかの願いを受け取って、そして—もしあなたから一語乱用することが許されるならば—「思い出してごらん　ぼくが　いまあるものであったことを」！

インゲボルク

愛する人、私は今日別便でクリスマスの小さな小包を送りました、それがあなたを少しは喜ばせるように。クリスマス・イヴのためのすべての、すべての願いを受け取って、そして私はあなたのことをとても思っているということを思うようにしてみて。

ナニとクラウスはもうすでにあなたからの知らせをとても待っています。

一九五一年一二月一六日

26・1　同封物

愛するパウル、

ウィーン、一九五一年一一月三日

私はもうこんなにじりじりとあなたからの知らせを待っています、ヴァーグナー嬢があなたのところに行ったのかどうか知りたいからというよりも、もうこの年もどんどん暮れていき、クリスマスが近づいてきているからです。私はナニとクラウスに会う度に、私たちはあなたのウィーンへのクリスマス旅行のことを話しています、でもあなたが本当に来るつもりがあるのか、そして来られるのか、わからないのです。

私はあなたに来るように強く説いてすすめるべきかどうかわかりません。もちろん心底からそれを願っています、だってあなたにこれほどたくさん話すことがあるのですから。一通の手紙に私は自分を委ねたくはないのです、なぜならば私の手紙はいつも誤解をパリに運んだから。私は、もしあなたが来られないことになるのだったら、クリスマスにあなたのところに行ったのですが、ただ今すでにわかっているのは、私は二日間しか休みが取れないだろうということです、そしてそれはパリへの旅行としては実際あまりに時間が少なすぎます。

では別のことに関してです。あなたはドイツのグルッペ四七の春の会合に招待されます、それは西ドイツのどこかで開催されます。ミロ・ドールはまもなくそれについてあなたにもっと正確なことを書くと思います。私も、もしその時期が私の休暇と重なれば、休暇は大体四月か五月に取ることができますが、行くことができます。グルッペ四七は二つの賞を出します、一つの賞は二〇〇〇マルク、一つは一〇〇〇マルクです。それを抜きにしてもあなたにはとても重要でしょう、なぜならばドイツの全ジャーナリズムが招待されているからです、ドイツの放送局の文学関係者などなどが、彼らはただちに最もすぐれた物語、詩などなどを買います。

私はいつも働きすぎているということを除けば、まあ元気です、この先どうなるのかじっくり考えることがほとんどできません、私にわかっていることといえばただ、少なくとも一年間この職で耐え抜くつもりだし、そうしなければならないということ、この「職業訓練」は私のためになるということだけです。その後は私はもちろんもう一度パリに行きたい―アメリカにではなく、イギリスにではなく―今、私ははっきりと感じています、私にはただフランスだけが意味があると、そうです、私は、もしそこで暮らす可能性が何かあるならば、それ以外にはどこでも暮らしたくないということを。

27 BからCへ、ウィーン、一九五二年一月二六日

ウィーン、一九五二年一月二六日

私の愛するパウル、

もうこんなに長い間あなたから便りがありません。あなたが私の手紙と小包を受け取ったのかどうかわからないし、あなたがオーストリアに来るのかどうかもわかりません。けれども非難するつもりではないのです。私はただ心配しています―あなたがどんな具合なのか、そして「どこに」あなたはいるのか、全くわからないのです。

特に私は一つのことをあなたに書きたいのです、というのは、四月末に私は最初の休暇がもらえます。それはたったの二週間か三週間ですが、でも私は何をおいてもあなたのところへ行き、

そしてあなたの様子を見たいと思っています。ヘラー一家がまた私を受け入れてくれるでしょう。でもあなたは、私はあなたゆえに行くことをわかっていて下さい。

近いうちに手紙を書いて下さい、どうか―長い手紙でなくていいですから。ただどうか生きているしるしを！―そしてもしあなたが私が来ることをいくらかでも喜んでくれるならば嬉しいのですが。

私は相変わらず、仕事がとてもたくさんあります、素晴しいのも、不満足なのも、そしてほとんど息をつくことができません。日々は飛んでいきます、そして不変のものを意識しつづけることは難しいです。にもかかわらず私はいつも、そして絶えずそれを意識しています、そしてこの不変のものの一つがあなたなのです。だって私の一部はいつもあなたのもとにあり、あなたの一部はいつも私のもとにあるということを何か変えることのできるものは何もないのですから。

インゲボルク

28　CからBへ、パリ、一九五二年二月一六日

一九五二年、二月一六日

愛するインゲボルク、

ただぼくには君の手紙に返事を出すことがあまりにも難しいゆえに、今日まで書かなかった。こ

れはぼくが一つの答えを探し求めてから君に書く最初の手紙ではありません、けれどもどうか今度こそぼくが発送もする手紙となるように。

　ぼくが言おうと決心していることはこうです、すなわち、もはや取り返しのつかないことどもについてもうこれ以上話さないようにしよう、インゲ―それらはただ傷を再びこじ開けようとするだけだ、それらはぼくに怒りと腹立たしさを呼び覚ます、それらは過ぎ去ったことを脅して追い立てる―そしてこの過ぎ去ったことはぼくにはこんなにもいつも一つの過失に思えたのだ、君はそれを知っている、ぼくはそれを君に感じさせた、そう、わからせたから―、それらは物事を一つの暗闇の中に沈める、そのうえに人はずっと居続けねばならない、それらをもう一度拾い出すためには。友情は救い出しに来ることを頑固に拒む、―君はわかっているのだ、君が望むのとは反対のことが起こっていることが、君は作り出すのだ、君の前に時間が必ずしも小さくはない間隔で撒き散らす二、三の語でもって不明瞭なことを。ぼくはそれを今もう一度無慈悲に非難しなければならない、あの頃君自身にしなければならなかったように。

　いや、もうぼくたちは取り返しのつかないことをあれこれ考えあぐねるのはやめようではないか、インゲボルク。そしてどうかぼくゆえにパリに来ることはしないでほしい！　ぼくたちは互いに傷つけあうだけだろう、君はぼくを、そしてぼくは君を―それにどんな意味があろうか？

　ぼくたちは十分に互いのことがわかっていて、ぼくたちの間にはただ友情しか存続し得ないということを自分たちにわからせた。他のことはどうしようもなく失われてしまった。もし君がぼくに書くならば、そうならばこの友情が君にとって大事だということがぼくにわかるのだ。

さらに二つの問い、つまり、ドクター・シェーンヴィーゼはもうぼくの詩の番組を作るつもりがないのではないだろうか？　ミロはぼくに手紙を書いてこない、だからドイツへの招待も流れたのではないだろうか？

ヒルデ・シュピールからは二ヵ月ほど前に親切な手紙をもらった、いまのところそれで全部だ。彼女は出版者の見込みがあるかどうか問い合わせたぼくの手紙には返事をよこしていない。

ぼくはこの詩に関する事柄にとても苦しんでいる、だが誰も助けてはくれない。まあ、いいさ

（原文はフランス語。Tant Pis.）

近いうちにまた手紙を書いてほしい、インゲ。君が書いてくれれば、ぼくはいつでも嬉しい。ぼくは本当に嬉しい

パウル

一九五二年二月二一日

29　BからCへ、一九五二年、ウィーン、二月二一日

小包は残念ながら受け取らなかった、なくなってしまったにちがいない。

愛するパウル、
昨日一六日付のあなたの手紙を受け取りました。―ありがとう。それにもかかわらずあなたにいくつか質問することを許して下さい、でもあなたが私たちの間の友情の可能性を信じているならば、それに答えることはあなたには難しくないでしょう。
つまり私はあなたを新しい問題に直面させ、あなたに私たちの関係を、私たちがそれを断念したところで受け入れるよう要求するつもりはないのです。私はあなたゆえにパリに行くことはしません。でもそれでも遅かれ早かれ、私は行くかもしれません、―私の仕事柄その可能性は少なくないのです。そして私はあなたに、誤解が生じないために、尋ねたいのです、あなたは私がいつ来るのか知るつもりがあるのか、あなたは私を、例えば、その場合迎えに来てくれるつもりがあるのか、あるいはないのか？　私に再会するのはあなたにとって不快なのか？　私がこう尋ねるのを怒らないで、でもあなたの手紙で私をとてもおぼつかなくなりました、私はあなたを理解します、そしてまた私はあなたを理解しません。すべてがどんなに困難だったか私にはいつもわかっています、―あなたの嫌悪の念やあなたの「怒り」はもっともです―私が理解しないことは、そしてそれを私は一度は言わねばなりません―このすさまじい非宥和性、この「決して許さず、そして決して忘れない」ということ、あなたが私に感じさせるこの恐ろしい不信です。私は昨日あなたの手紙を、何度も何度も、読んで、とても惨めな気持ちになりました、すべてが私にはとても無意味に、むなしく思えます、私の努力、私の生、私の仕事が。あなたが激しく非難する「不明瞭なこと」とは私が空に向かって話していることの結果なのだ、ということを忘れないで。私にはもう埋め合わせをする可能性は残されていない、そしてそのことが人の身に起こりうる最悪のことです。私の状況はますます不気味になります。私は一か八かの勝負に出て、そして負けました。これ以上何が起ころうと、私にはどうでもいいのです。私は、パリから戻ってから、もう以前生活していたようには生活することができません、私は実験することを忘れてしまいました、私はもうそうするつもりもありません、私はそもそももう全く何も欲しません。私がもう一度そのことについて話し始めるのかと心配しないで—私は過ぎ去ったことについて言っているのです。

他のことについて話しましょう。シェーンヴィーゼはあなたの詩を放送します—彼は来週ウィーンに来ます、そして彼と私たちのスタジオの間の話し合いでこの「点」も好ましい結果になると、私は確信しています。遅れているのはあなたやわたしのせいではなく、非常に外的な様々な問題のせいです。放送局はちょうど大きな危機を乗り越えたところです、いくつかのことが変わりました—そしてその間ずっとあまりにも多くの技術的な問題がありました、それは大企業の場合重要であり、その結果本来の仕事が非常におろそかにされました。それよりもっと悲しいことは、ヒルデ・シュピールから何も便りがないことです。でもがっかりしないで！　気にしてはいけません。

どうか、覚えておいて下さい、私たち—ナニ、クラウス、私、そして他の大勢が—あなたのことをとても思っているということを、そしていつか私たちのうちの誰かがきっと両手が自由になって、すべてのことをもっと良い方向に変えるのに充分な影響力を持つであろうことを。

インゲボルク

29・1　同封物

私は最後の段落を切り取りました、
あなたの手紙がその間に来たからです。

ウィーン、一九五二年二月一九日

愛するパウル、

昨日クラウスがアート・クラブであなたの詩を読みました。私は出席できませんでしたが、というのもそんなに早く放送局を出られなかったので、でも朗読会の後でナニとクラウスに会いました。私たちはまだしばらく一緒に座って、一杯のワインをあなたを祝して飲みました。私たちのまわりはいくらかパリのようでした、そして人々もほとんどドゥ・マゴの人々のように見えました。でもこれらすべてはそんなに重要ではありません、パリの雰囲気を私たちにもたらしたのはあなたの詩なのですから、あるいはそれから消えずに残っている輝きです、そして私たちはあなたが同じ時間にパリで一体何をしたのかしらと考えました。もしかしたらパリでも雪が降ったかもしれません、ここのように、そしてもしかしたらあなたはオーストリアを懐かしみ、そして私たちのことを思ったかもしれません。もしかしたらあなたは小さな雪の球をあなたのバルコニーから投げたかもしれません、そうしたら私たちはそれを受け止めたでしょう。

あなたの詩の後には静まり返ったということです、そして耳が傾けられました、あなたが望むことのできる限りよく。

私はあなたのために最近の批評を集めました、でもそれを同封しないで、自分で持っていきます。五月には―私は本当に五月の最初に行けるでしょうから。そしてまたクラウスが話してくれました、彼は誰かからあなたがニーチェ全集を欲しがっていると聞いたと。私たちはそれを一部見つけるようやってみます、一朝一夕というわけにはいかなくても、でも私の書店で出発前には手に入れられるといくらか期待しています。リヒテンベルクもまだ希望カードに乗っていますか？

コスモス劇場でハンス・ティミヒが―それはなかなか素晴しかったのですが―三つの詩を読みました。「死のフーガ」「心を夜に……」そして「さあ眠れ……」を。

お金はクラウスが引き出しました。

30　BからC宛、ウィーン、一九五二年四月八日

愛するパウル、

近いうちに多分あなたはシュトゥットガルトのディ・ドイチェ・フェアラークスアンシュタルト社からハンブルクでのグルッペ四七の会合の招待状を受け取るでしょう。ついにそこまで進んだことを私はとても喜んでいます。ミロ・ドールは、ちょうどまた戻ってきたところですが、私にすぐにそれについて知らせてくれました―私は彼が出発する前にすべてについて話し合っておきました。でも私は明日か明後日になってようやく彼と会って詳しく話すことができます、なぜな

らば目下のところ私はまたとても忙しくて、ほとんど真夜中前には放送局から帰れないのです。けれども私はようやく初めて再び希望に満ちています。今やすべてが良い方向にいくにちがいありません。そしてまた私は、ここであなたの名前が月を追うごとに広まっていくのを、それは非常に多くの人々にとってすでにある完全にはっきりとした輪郭を持つ概念になったということに気付いています。

私は時々、あっという間に、一瞬、あなたのところに行き、そしてあなたに言いたくなります、辛抱して、もう少し辛抱して、と――けれどもあらゆることがすでにどんなに難しくなったか、そしてどんなに疑わしくなったか、私は知っています、そしてあなたがもう長い間、あまりに長い間待ちに待ったことを。けれどもどうかもう少し辛抱して、それでも!

クラウスは目下のところギリシャにいて、復活祭に戻ってきます。ナニはケルンテンに行きました――、そうです、私も行くはずだったのです、少なくとも数日間、私の妹が復活祭に結婚するのですから、でもまたもや私は出かけられないような状況です。すでにクリスマスの時そうでした――ただ今回は私は前よりも少し不機嫌です、なぜならば私はあそこが恋しく、両親にまた会いたいのです。その上ここ数ヵ月は特に大変でした。ナニは私が「影」になったと主張します、でもそれほどひどくはありません、それはいくらか真実ではあっても、別の意味で。――私はトーマス・ウルフの戯曲を翻訳し、それはここのラジオで初放送されました。それから自分で放送劇を一つ書きました、それは今やはりラジオ・ブリュッセルとスイスで上演されることになっています。成功は私を喜ばせます、けれどもすべてがこんなに速く過ぎていき、淡くてはかないのです、そしてただ激しい疲労感と脱力感だけが残ります。

一つのことがあなたを喜ばせるでしょう、と言うのは、私はつい先頃ヘルメン・フォン・クレーボーンと知り合いになりました。彼女は特別感じがよくて、人間らしいと思います、そして私たち二人はあなたについて話すことができてとても幸せでした。彼女はもう長いことあなたから便りをもらっていません。彼女に一度書いてもらえないかしら？

愛するパウル、今回は近いうちに私に手紙を書いてとお願いしてもいいかしら。私はあなたがドイツに行くのか、そしていつ、ということを是が非でも知りたいのです。もし私があなたの手助けをして—私の力の及ぶ限りで—この旅行の組織的な事柄や技術的な事柄を容易にすることができるならば、私にそれを言わなくてはいけません。ミロ・ドールは善意はありますが、でもいくらか当てにできないところがあります。

数日前に『フルヘ』のフィーヒトナー教授と同席しました。あなたのことが話題になりました、そして彼はすぐにあなたの詩のために—見通しとしては夏に——一つの欄を用意しようと決めました。この可哀相な人は実際並外れて勇気があり、しばらく前から、この極めて保守的な雑誌に新しい方向を取ろうと試みています。それで彼は最近の一つの号でベンをいくつか載せることができました、自分の職を失わずに。

私はあなたにもっと話すことはできるかもしれません、でももうとても晩くなったし、私の目は一人でに閉じます—そしてあなたをいつか驚かせることができるように、いくつかのことは取っておきます。

毎日神様にあなたをお守り下さいと頼んでいます。

インゲボルク

ウィーン、一九五二年四月八日

31　BからCへ、ウィーン、一九五二年五月六日

五二年五月六日

愛するパウル、

もし私が病気でなかったら、あなたにもっと早く手紙を書いていました、—それで私はクラウスにあなたに数行書いてほしいと頼まなければなりませんでした。けれども今日ついにもっと正確なことを聞き知ったので、ぐずぐずしないであなたに知らせましょう。

ハンス・ヴェルナー・リヒターの招待は、私が推測したよりもっと後に出されたのでしょう、というのもイルゼ・アイヒンガーも昨日初めて彼からの葉書を受け取りました。会合は五月二三日から二五日まで開かれます、つまりハンブルクで、会合の場所自体はまだ知らされていません。でも北西ドイツ放送が一台バスを用意し、参加者たちをミュンヘン、シュトゥットガルト、フランクフルトで拾います。このバスは二二日火曜日にミュンヘンを出発します、つまりこの日のうちにシュトゥットガルトに、そして最後にフランクフルトに向い—そこから直接ハンブルクに行きます。もし万が一あなたがミュンヘンではなく、他の二箇所のどちらかで乗車したいと思うならば、あなたは間に合うようにシュトゥットガルトのディ・ドイチェ・フェアラークスアンシュ

タルト社と、フランクフルトのフィッシャー出版社、ファルケンシュタイナー通り二四番地に問い合わせねばならないでしょう、彼らはバスはいつ火曜日のうちに通るのか、どこで止まるのか知っています。

でもこうした旅行の技術的な事柄については数日内に—というのもハンス・ヴェルナー・リヒターがウィーンに来ます—もっと詳しく書いて知らせてあげられます。

ミュンヘン、もしくはシュトゥットガルトかフランクフルトへの旅費は間に合うように都合して下さい。そこからはあなたは北西ドイツ放送局とディ・ドイチェ・フェアラークスアンシュタルト社のお客さんです。招待状には確かに会合の期間中の宿泊と食事は自費だとありますが—今までそうだったことはないので、それについて心配する必要はありません。

さらにあなたは一緒に行く人たちの中にミロ・ドールを見つけるでしょうから、彼は他の誰よりもうまく、どんな組織上の問題に関してもあなたを助けてくれることができます。

今はどうかただ書いて下さい、あなたが一体行くつもりがあるのかどうか、つまり私に、というのも私が五月半ばまでにドイツからの「だらしなく」なってきたことすべてをとてもうまくきちんとしておけるように。

ツヴィリンガー一家はウィーンに来ました。私は彼らに二度会いました。おそらくあなたにもう電話して私からの挨拶を伝えているでしょう。

これがただ事務的な手紙になったことで気を悪くしないでね。私は今、あなたからの生きているしるしをやきもきしながら待っています。

やってくる時に対する私のすべての希望を受け取って！

ハンゼン・レーヴェが五月一五日に行きます――パリに。彼はまもなくあなたの詩をまた『ヴォルト・ウント・ヴァールハイト』に掲載するつもりです。

インゲボルク

32　BからCへ、ウィーン、一九五二年五月九日、ハンス・ヴェルナー・リヒターとミロ・ドールからパウル・ツェラン宛の日付のない葉書と一緒に

愛するパウル、
もうものすごく晩いのですが、あなたにまた急いで書かねばなりません、というのはハンス・ヴェルナー・リヒターが不意にウィーンに来ました。私はすぐに彼と話をしました。残念ながら私のひそかな危惧は正しかったのです。あなたへの招待状は発送されていませんでした――何らかの理由があってではなく、組織上の不具合のせいで。リヒターはいまあなたにこのカードを書きました、それが本当に発送されるように私が預かりました。これはそう読めるよりももっと心を込めて書かれています、そして私は本当にあなたは行くべきだと確信しています。どうかすぐにエルンスト・シュナーベルに、NWDRの局長に、手紙を書いて下さい、リヒターがあなたを、ウィーンから、参加者のリストに載せたと、ハンブルクでも間に合うように事情がわかるように。

時間がぎりぎりになるとしても、ただまっすぐハンブルクに行って下さい、私があなたにもう一度他の指示を出さなければならない場合は別として。というのもミュンヘンからハンブルクへのバスはもう定員オーバーということです。だからどうか、二二日の夕方か、遅くとも二三日にはハンブルクの北西ドイツ放送局に来るようにして下さい（ハンブルク一三、ローテンバウム・ショセー一三二〜三四番地）。会合自体は二日間から三日間ですが、あなたはその後まだ数日北西ドイツ放送局のお客さんです。宿泊と食事は心配する必要はありません。帰りの旅費も同様です！　つまり今問題なのはただハンブルクへの旅費を工面することだけです。それでクラウスとナニと私は、あなたと話し合う時間がもうないので、あなたのオーストリアの謝礼を、五月一五日か一六日にパリに行くハンゼン・レーヴェに持たせるか、あるいは何か別の方法で間に合うようにあなたに転送するよう決めました。それでもあなたはまもなくまたウィーンでいくらかお金を手に入れます、というのも『ヴォルト・ウント・ヴァールハイト』と『ディ・フルへ』とロート・ヴァイス・ロートは近いうちにまたあなたの詩を掲載し、放送するからです。さらにもう一つ。参加者は各自三〇分、未発表のものを、詩か散文を、読むことができます。それでも私はこの三〇分をすっかり使うのではなく、およそ二〇分にするように忠告します。そして絶対に「死のフーガ」を—何といってもやはり—私はグルッペ四七を少しは知っていると思いますので。

そしてどうか、原稿はすべて持ってきて下さい。

私はすべてがうまくいくと確信しながら期待しています。もちろん、あなたの滞在が私たち皆が願うような結果を生むということを保証することはできませんが。ごめんなさい、私はあまりに眠くて、ただただあなたにすべてをできるだけ正確に説明しようとだけしています。あなたはこの情報を最終的なものとしてみなしてよいと思います。
良い旅を、そしてすべてが、すべてが成功しますように！
インゲボルク
ウィーン、一九五二年、五月九日

32・1

拝啓ツェラン殿、
あなたが「グルッペ四七」の会合に参加して下されば幸甚です。会合は五月二三日から二五日にハンブルクで開催されます。五月二二日が到着日です。あなたがいらっしゃる場合には、どうか北西ドイツ放送局、エルンスト・シュナーベル（局長）室に知らせて下さい。そこで詳細はすべて教えます。
敬具
ハンス・ヴェルナー・リヒター

愛するパウル！　あなたが来ることを期待しています。あなたは滞在費についてあまり心配しないように、旅費をかき集めて、そして来たまえ。

心から

あなたの
ミロ

33　BからCへ、ウィーン、一九五二年七月一〇日

ウィーン、一九五二年七月一〇日

愛するパウル、

今、私はもうこれ以上あなたからの手紙を待つつもりはありません。でも近いうちに私に手紙を書くように試みて下さい、どうか、私はそれでもあなたがどうしているかとても知りたいのです！　ミュンヘンから私はさらにシュトゥットガルトにも行き、そこでドクター・コッホと話しました、彼はあなたが断ったことでとてもがっかりしていました。彼はもうすでにあなたのために朗読会を企画していて、それはおそらくとても重要なものになったでしょう。フェアラークスアンシュタルトの社長のディンゲルダイはあなたと知り合いになりたがっていました。あなたは是が非でもコッホに手紙を書かなければなりません、これらの翻訳やもしかしたら詩集が実現するためには。フランクフルター・ヘフト―出版社―がそれにとても興味を持っていることも忘れないで。

そして何よりも、ローヴォルトにすぐに原稿を送って下さい。私は私のをもちろん送っていま

せん、なぜならばもう一度「他の者が漁夫の利を得るために」私たちが利用され、ニーンドルフの二の舞をすることを私は望まないからです。あれは私のせいではありませんでした、そしてあなたはそれを私のせいにしました―あなたは今私にどんな有罪判決を下すでしょう？　だから私が原稿を送れないということをわかって下さい。私はローヴォルトにここ数日内に最終的な断りの手紙を書くつもりです。

ナニとクラウスに再会しました。彼らにあなたのこと、そしてドイツでのあの日々のことを話すのは私にはとても辛かったです、あなたが今日、距離を置いた後に、それについてどう考えているかわからないだけ一層。私自身にしても何故あんなに緊迫した状況になったのかまだ判然としていません。ただはっきりとしているのは、私たちの最初の会話が去年の私のあらゆる希望と努力を打ち砕いたということ、あなたは、私があなたを今まで傷つけたよりももっと上手に私を傷つけることができたということです。私にはわかりません、あなたが私に、ある時点で、つまり私があなたのところに行くと、あなたを取り戻そうと、あなたと一緒に「原生林」の中に、どんな形であれ、行こうと、すっかり決心した時点で、言ったことを、それを今日まであなたは自覚したのかどうか。そして私にはただ理解できないのです、なぜあなたが、あなたが別の誰かのところに行くと私がすでに知ったその数時間か数日の後に、私がこのドイツの「原生林」であなたの傍にいなかったと非難することができたのか。あなたがとうにもう私から去ってしまったのに、どうやって私があなたの傍にいられるというのですか。このことはもうとっくに起きたことで、そして私はそれを感じなかったということ、私はこんなにも何も知らなかったということを考えるとぞっとします。

それでも私はあなたがそう心に決めたこの友情が役に立つか試してみましょう。それはまだ当分混乱を免れることはないでしょう、あなたの私に対する友情がそれを免れることができないように。

それでもこうして私は今もすべての心を傾けてあなたのもとにいます。

インゲボルク

ナニはひどく怒っています、* 私が原稿を持って帰らずに、あなたに渡してしまったので。どうか一部すぐに私たちに送って下さい。

さらに私は至急ある番組と『フルへ』のために最近の詩が、一〇から一二くらい必要です。フィーヒトナー教授はちょうどまた私に電話をしてきて、それについて尋ねたところです。「水と火」と「私を苦くせよ」が入っていてほしいのだけれど、どうですか？

* 彼女は本当に私をひどく非難したのです！

34　BからCへ、ウィーン、一九五二年七月二四日

ウィーン、一九五二年七月二四日

愛するパウル、

郵便を待つのはどんなにへとへとに疲れることか、あなたがわかっていれば。あなたは私に本当に手紙を書くことができないのですか？　私はもしかしたらあまり賢くない手紙を書いたのかもしれません、でも私は、私にとってますます暗く、重くのしかかるようになる状況の中で、私を意気消沈させることに対して距離を保つことはできません。これは終わりのない夏です。そして私はこれらすべてが一体どうなるのかと自問しています。

一瞬の間私は考えました—なぜならばナニとクラウスがそれを推測したから—あなたはグラーツに来るのではないかしらと、でも私の感情が私を欺かないならば、あなたはそうしないでしょう。むろんあなたがハンゼン・レーヴェのウィーンへの招待を受けることを期待していますが。オーストリア・カレッジはあなたに飛行機で来てもらうつもりです。（あなたはそれができると思いますか？）もっともあなたはこの一〇月の招待を秋になって、ハンゼンがアメリカから帰って来てから、受け取ることになっています。

M．D．は、フランクフルター・ヘフト社とディ・ドイチェ・フェアラークスアンシュタルト社があなたと話し合ったと教えてくれました。彼はあなたの詩がＤＶＡ（訳者注：ディ・ドイチェ・フェアラークスアンシュタルト社）で出版されることを見込んでいます。それの何が本当で、何が本当に実現するのでしょう？

私は八月の終わりか九月の初めに、休暇で、妹とイタリアに行くつもりです、数日だけですが、でも私は本当のところ、彼女が一度ケルンテンから外に出ることをとても喜んでいるから喜んでいるにすぎません。

ウィーンは死んだように静まりかえっています、それはここではまだ最上のことです、けれども私とこの町との疎遠はもはや何によっても説明することはできません。八月に私はパリに行くことができました、ある会議に、でもあなたは私が誰かと一緒にぼんやり座って、私には関係のない事柄に参加する気はないということを理解してくれるでしょう。それは私にはパリへの裏切りのように思えるのですが。私はいつか別の時に一人で行くつもりです。

私はもうここにこれ以上とどまるつもりはなく、ハンブルクか海辺に行くという考えをドイツで抱いていたことをあなたは知っています。でも私は変化を目指して努力する勇気がないのです、そうするべきなのでしょうが。私は私に向かって投げられるボールをみな落としてしまい、こうしてとどまらざるを得ないのでしょう。この途方に暮れて、弱っている状態を私は恐ろしいと同時に快く感じています。けれどもこれも上手く言い得ていません、そして私の態度の理由を完全には適切に表現してはいません。

少し書くようにやってみます。前よりも骨が折れ、うまくはいきませんが。私はあなたに何か送ってもいいかと尋ねたことがあったかしら？　もしかしたらそれを助けてくれないかしら。でも私にとってもっと重要なのはあなたがあなたについて話してくれる一通の手紙です、私への返事でなくとも。私は無視されることにはもう耐えることができます。

私に書いて、どうか！

インゲボルク

35　BからCへ、ウィーン、一九五二（？）年八月一五日

愛するパウル
どうかお願いですから、あなたの詩を送ってもらえないかしら？　『フルへ』と放送局はそれを至急必要なのです！　クラウスとナニのために一冊まとめてくれれば―前のと同じように―それで十分です、私はそうしたらお願いした詩を書き写して、そしてナニとクラウスにそれを返します。

インゲボルク
ウィーン、八月一五日

36　BからCへ、ポズィターノ、一九五二年九月一六日

ポズィターノ、五二年九月一六日

愛するパウル、
もしかしたらここ数日のうちにあなたからの手紙がウィーンに来ているかもしれません―それなのに私はそこにはいません。
私は妹とイタリアに向かいました、そして本当のところこの旅に多くのことを期待していまし

た、これが私を別の考えに導いてくれることを、私をもっと楽にしてくれることを、ここ数ヵ月の重圧が私から遠く離れていくことを期待していました。けれどもむしろもっと悪くなりました。この国は私を病気にします、そして私は計画していたよりも早く帰るつもりです。

本当だったら私は初めのうちにあなたに手紙を書いて、あなたがこちらに来られないかと尋ねるつもりでした。けれどもそれからあなたは決して来ないだろうと確信しました。今は遅すぎます、そしてこの年は速やかに終わるでしょう、ウィーンでの慣れた仕事と一緒に、何も変わらずに。私はまたパリのことをたくさん考えています、でもどんなにあなたが私の来ることを望んでいないかわかっているので、その度にその考えを打ち消します。私はそこでの過ぎ去ったことを恐れ、そしてそこで、ここでや家でよりもっと孤独になることを恐れています。

どうか、まだでしたら、私にまた書くようにやってみて。

インゲボルク

37 CからBへ、『罌粟と記憶』の中の献辞、パリ、一九五三年三月

インゲボルクのために、

小さな壷一杯の青さ

パウル
パリ、一九五三年三月

38　BからCへ、ウィーン、一九五三年六月二九日

ウィーン、一九五三年六月二九日

今日初めて詩集に対してお礼を言うのを許して下さい。私はその勇気がなかったのです。今ナニとクラウスがパリについてたくさん話してくれています、それで私にはこの手紙を書くのがもうそれほど難しくないように思えます。

八月に私はウィーンを離れます、イタリアへ、そしてもう戻らないつもりです。

私が五月に行かなかったことを今申し訳なく思っています。

私にとってこの詩集は私が携えていく最も貴重なものです。

あなたにすべての幸福を願っています、そしてそれが今あなたのもとに向うことを知っています。

インゲボルク

39　BからCへ、ウィーン、一九五三年七月一八日

ウィーン、一九五三年七月一八日

愛するパウル、

ナニとクラウスが、あなたがオーストリアの抒情詩のアンソロジーを編んでいると話してくれました。私は喜んであなたに何か送ります、けれどもどうか私の詩をそれに取らなくてはならないと思わないで下さい。ただそうする責任を負えるとあなたが思うならばそうして下さい。私にとってはあなたの決定はいかなる場合でも正しいです。

ただ一つの条件は、この詩は『シュトゥーディオ』シリーズの『猶予された時』（フランクフルトター・フェアラークスアンシュタルト社、一九五三年）から取っているという注をどこかに載せなければならない、ということです。そこからこの詩集が九月に出版されます。

ケルンテンの住所（クラーゲンフルト、ヘンゼル通り二六番地）経由でこれから数ヵ月の郵便は私のところに届きます。八月一日まではまだウィーンにいます。

あなたによい夏を願っています。

インゲボルク

同封物：詩「知らせ」、「三月の星たち」、「落ちよ、心よ、時の木から」、「ある軍司令官に」、「ウィーン郊外の大きな風景」

40　Bとともに、ナニ・デムスとクラウス・デムスから、Cとジゼル・ツェラン－レトランジュへ、一九五三年、八月一日

［ナニ・デムス］一九五三年八月一日

私たちは別れを告げるために集まっています――インゲのウィーンでの最後の日です。暗く美しい、ただ「事情に通じた者たち」にだけ知られている場所で、私たちは次にいつかパリで集まることを願って乾杯します。［クラウス・デムス］私たちには皆わからない、これからどうなるのか、その素材はほとんど知られていない。けれどもひょっとして私たちは言えるかもしれない、いつも美しかったと。一時的な「いつも」、このように計り知れないほど深い場所たちによって散りばめられて――「ここから」すっかり遠く。川を行く者たちは、夜の像の中に入る世界の岸を小麦のように白く見る――塀は今真っ黒です、けれどもそれは、もしあなたが来れば、あれほど明るくなるはずです。グラスは空です、けれどもそれは一杯になるでしょう、もしあなたが来れば。

［ナニ・デムス］誠実さを込めて、

ナニ――クラウス――インゲボルク

［ナニ・デムス］ジゼルに心を込めて。（原文はフランス語）

41　BからCへ、サン・フランチェスコ・ディ・パオラ、一九五三年九月二日

サン・フランチェスコ・ディ・パオラ
カーサ・エルヴィーラ・カスタールディ
フォーリオ・ディスキア
（ナポリ）
（一〇月一二日まで）

サン・フランチェスコ・ディ・パオラ
九月

愛するパウル
どうかあなたのアンソロジーのためにどの詩を取るつもりなのか、近いうちに私に書いて欲しいのですが。フランクフルター・フェアラークスアンシュタルト社は二、三の原稿を別のドイツのアンソロジーのために手離すと書いてきています。そしてもしそこにたまたまあなたの方にも掲載されるものが載ることになったりしたら、具合が悪いのではと思います。でももちろん私はあなたの最初の選択にまかせます。

一〇月半ばに私はドイツに行き、もしかしたら一一月に短期間パリにも行けるかもしれません。でもこれからのことはまだ完全に見当がつくというわけにはいきません。私はここでとても調子がいいので、これからどうなるのか考えたくないのです。私は一軒の小さな古い農家に住んでいます、全く一人きりで、「日照りで枯れた海」という名の、自然のままの、美しい土地に、そして時々もう二度と「ヨーロッパ」に戻らなくてもいいようにと願っています。

インゲボルク

42　BからCへ、『猶予された時』の中の献辞、ローマ（?）、一九五三年一二月

パウルのために――
慰められるために、交わされながら

インゲボルク
一九五三年一二月

43　Bから、ハイミート・フォン・ドーデラーとハンス・ヴィンターとともにCへ、ウィーン、一九五五年一月七日

私たちがここで失い、あそこで自身を獲得するだろう――私たちが固く信じているように――詩人に、心からの挨拶を！

ハイミート・フォン・ドーデラー

五五年一月七日

フォン・ヴィンター氏はパリでの出会いについてこんなにたくさん話してくれたところです。とても嬉しかった！　インゲボルク

ここのすべての善良な人間はあなたを愛し、私たちとともにあなたに挨拶を送っています。私はしばしば、そして喜んで「翻訳者は裏切り者」（訳注：原文はイタリア語でTraduttore-Traditore。「翻訳には誤訳がつきもの」という意味の慣用的表現）とそれに類した会話のことを思い出しています。心を込めて

ハンス・ヴィンター

44　BとCの間で交わされた会話メモ、ヴッパータール、一九五七年一〇月一一日から一三日の間

［インゲボルク・バッハマン］
あなたはいつ行くの？
そしていつあなたは戻って来るの？

［パウル・ツェラン］

ぼくは今日八時頃デュッセルドルフに行く。
ぼくは明日の朝戻って来る

ぼくはそれ以外にも何度も行く。
ぼくには思える、君はしばしばまた戻って来られると。

45　CからBへ、パリ、一九五七年一〇月一七日（?）

読んで、インゲボルク、読んで。

君のために、インゲボルク、君のために――

「白い」そして「軽い」

三日月型砂丘、無数に。

風隠れで、千倍に――お前。
お前と　そして腕、
それでぼくは　むき出しのまま　お前に向かって伸びた、
失われた女よ。

光線たち。それらは一団となってぼくたちに吹き寄せる。
ぼくたちは　その輝きを　その苦痛を　その名前を身にまとう。

白く、
ぼくたちに兆すものが、
重さを持たず、ぼくたちが交わすものが。
「白い」そして「軽い」――それらをさまよわさせよ。

遠いものたち、月に近く、ぼくたちのように。それらは築く。
それらは岩礁を築く、
そこでさまようものは砕ける、
それらは集める
光の泡と飛び散る波を。

さまようものは、岩礁からこちらへ合図を送って。
額たちを
合図して呼び寄せる、
ぼくたちに貸されたそれらを、
映すために。

額たち。
ぼくたちはそれらと一緒にあちらへ転がっていく。
額たちの岸。

お前は今眠っているのか?
お眠り。
海の挽き臼がまわる、
氷の明るさで　誰にも聞こえず、
ぼくたちの目のなかで。

他の同封の詩は、「夜」「手紙と時計のある静物画」「ぼくは来る」「ブルターニュのマチエール」の献辞のないタイプ原稿。

46　CからBへ、パリ、一九五七年一〇月一八日

ラインの岸
（ごみ運搬の小船　Ⅱ）

水の時刻、ごみ運搬の小船が
ぼくたちを夕べに運ぶ、ぼくたちは、
それと同じように、急いではいない、ひとつの死んだ
「何故」が艫に立っている。

・・・・・・・・・・・

積荷を下ろされて。肺が、水母が
ひとつの鐘に挨拶する、ひとつの褐色の
魂の突起が
神聖さに傷ついた息に到達する。

パリ、一九五七年一〇月一八日

47　CからBへ、パリ、一九五七年一〇月二〇日

ケルン、アム・ホーフ

心の時、
夢みられたものたちが
真夜中の数字のかわりだ。

いくつかは　静寂のなかへ話しかけ、いくつかは　黙り、
いくつかは　自分の道を行った。
追放されたものと道に迷ったものが
いたのだ　故郷に。

・・・・・・
お前たち　ドームよ。
お前たち　眼に映らぬドームよ、
お前たち　耳に響かぬ水よ、
お前たち　ぼくたちの奥深くにある時計よ。

パリ、ブルボン河岸、日曜日、一九五七年一〇月二〇日、

午後二時半——

48　CからBへ、パリ、一九五七年一〇月二三日

一九五三年一〇月二三日

ぼくは理解できる、インゲボルク、君がぼくに書かないことを、書くことができないことを、書かないだろうことを、というのも、ぼくはぼくの手紙や詩で君を苦しめている、前よりももっと。

これだけは言ってほしい、ぼくは君に手紙を書こうか、君に詩を送ろうか？　ぼくは数日間ミュンヘンに（あるいはどこか他のところに）行こうか？

君は理解しなければならない、こうしかぼくにはできなかったと。こうしなかったら、ぼくは君を否定することになっただろう——それはぼくにはできない。

落ち着いて、そしてタバコを吸いすぎないように！

パウル

49　CからBへ、パリ、一九五七年一〇月二五日

五七年一〇月二五日

今日は郵便のストライキだ、君からの手紙は今日は届けられない。

フランスの新聞でこの格言を読んだ、「偉大な心たちにとっては彼らが感じる混乱を広めることはふさわしいことではない。（訳注：原文はフランス語で Il est indigne des grands cœurs de répandre le trouble qu'ils ressentent.）」

それでも！　ここで今。

二時間後、

まだこのことを、それは言わないままでいてはいけない。

あの「……あなたはそれが何を指し示しているのかわかっています」はこう補わなければならない、生の中を、インゲボルク、生の中を、と。

なぜぼくはこのことすべてについて話したのか。それは君からあの罪の感情を取り除くためにだ、世界がぼくにとって沈み去った時に、君の中で目を覚ましたあの感情を。それを君から永遠に取り除くために。

君はぼくに書くべきだ、書かねばならない、インゲボルク。

50　CからBへ、パリ、一九五七年一〇月二六日〜二七日

口の高さに、感じられるのは――
暗闇の植物。

（光よ、それを探す必要はない、お前は
雪を撚った糸のままで、
お前の獲物を摑んでいるがよい。

どちらも正しい――

触れられることも　触れられないことも。
どちらも罪を覚えながら愛について語る、
どちらも存在し　そして死のうとしている。）

葉の傷痕たち、蕾たち、繊毛。
見つめるもの、昼を知らず。
殻、真実で　開いて。

唇は知っていた。唇は知っている。
唇はそれを最後まで黙して語らない。
一九五七年　一〇月二六〜二七日

51　BからCへ、ミュンヘン、一九五七年一〇月二八日

ワタシハ　キョウ　カクツモリデス　ソレハ　ムズカシイ　ゴメンナサイ
インゲボルク

52　BからCへ、一九五七年一〇月二八〜二九日

月曜日、一九五七年一〇月二八日

ミュンヘン

パウル、

二日前にあなたの最初の手紙が届きました。それ以来毎日返事を書こうとしながら、それが果たせず、何時間にもわたってあなたと絶望的な話し合いをしています。

何という簡略化を私はこの手紙でしなければならないことでしょう！　それでもあなたは私を理解するでしょうか？　あなたはそれに加えて思い浮かべるでしょうか、私がただ詩だけを目の前にしている、あるいはただあなたの顔だけを、あるいは「わたしたち二人はまた」を、そういう瞬間についても?!

忠告を求めることは私にはできないのです、誰にも、それをあなたは知っています。

私はあなたに感謝します、あなたが奥様にすべてを話したことを、なぜならばそれを彼女にら。「話さないでおく」ことは、もっと罪深いでしょうから、彼女を貶めることにもなるでしょうから。なぜならば彼女は彼女であるようにあるのだから、そしてあなたは彼女を愛しているのですから。けれども彼女が受け入れるということと彼女が理解するということが私にとって何を意味するのか、あなたはわかっていますか？　そしてあなたにとって？　あなたは彼女とあなたたちの子供のもとを去ってはなりません。あなたは私に、それはもう起こったのだ、彼女のもとをもう去ったのだ、と答えるでしょう。でもどうか、彼女のもとを去らないで。私はその理由を言わなければならないですか？

もし私が彼女と子供のことを考えざるをえないならば――そして私はいつもそのことを考えざる

をえないでしょう―私はあなたを抱擁することはできないでしょう。それ以上は何も私にはわかりません。補足は「生の中に」とあらねばならないと、あなたは言います。それは夢みられたものたちに当てはまります。けれども私たちはただ夢みられたものたちでしょうか？　そしていつも何か補足が起こったではありませんか、そして私たちはすでにもう生の中で絶望しているのではないですか、今も、私たちに問題なのは一歩だ、外へ、向こうへ、一緒に、と思っているこの時にも？

火曜日です。私はまたもやこれ以上わからなくなりました。朝の四時まで起きていて、無理やり書き続けようとしました、でも私はもう手紙に手を触れることができませんでした。最愛のパウル。もしあなたが一一月の末に来ることができるなら！　私はそれを願っています。私は願ってもいいでしょうか？　私たちは今、会わなければなりません。

王女への手紙で、私は昨日、逃げるわけにはいかず、あなたについてほんの二三行書かなければなりませんでした、「心をこめた」二三行を。以前には、そうはいっても、もっと容易でした、なぜならば私はあなたの名前を口にしたり、書いたりすることができればとても幸せだったから。今私は、あなたの名前を自分の胸にしまっておけなくなると、あなたに赦しを請わねばならないような気がするほどです。

けれども私たちはもうすでに、私たちが、他の人々の間で、この先どういうことになるかわかっています。ただそれは私たちをもはや引きとどめないでしょう。

私は一週間前にドナウエッシンゲンに来たとき、突然、すべてを言いたい、すべてを言わなければならないと思いました、あなたがパリでそれをしなければならなかったように。でもあなたはしなければならなかった、一方私はそれを決してしてはならない。私は確かに自由です、でもこの自由の中で途方に暮れています。わかりますか、私が何を言っているのか？　でもそれは長々と鎖のように連なるいくつもの考えから、束縛から生まれた一つの考えにすぎません。

あなたは私に言いました、永久に私と和解したと、あなたがそう言ったことを私は決して忘れません。私は今、考えなければならないでしょうか、私があなたをまた不幸にし、また破滅をもたらすと、彼女とあなたにとって、あなたと私にとって？　人がこんなにも呪わしいものであろうとは、私には理解できません。

パウル、私はこの手紙をこのまま送ります、もっときっちりとすることを願ったのですが。――私はケルンであなたにさらに言うつもりでした、あなたに頼むつもりでした、「逃亡の途上の歌」をもう一度読んでほしいと。二年前のあの冬、私は疲れ果てていました、そして、拒絶を受け取りました。私は無罪の判決を受けることをもはや期待しませんでした。何のために？

インゲボルク

火曜日　夕方です。

私は今朝書きました、私たちは今会わなければならないと。

それは私がすでに感じた、そして私に対してあなたに大目に見て欲しい不明瞭さです。というのも私はこの言葉から離れることはできないからです、「あなたは彼女と子供のもとを去ってはなりません」。

教えて、私があなたに会いたいと願い、そしてあなたにそれを言うことを、あなたは矛盾していると考えるかどうか。

53　CからBへ、パリ、一九五七年一〇月三一日～一一月一日

一九五七年一〇月三一日

今日。手紙の来た日。

破滅、インゲボルク？　いいえ、絶対に違う。そうではなくて、真実だ。というのはこのことはおそらく、ここでも、反対概念だから、なぜならばそれは根本概念だから。

多くのことを飛ばして。

ぼくはミュンヘンに行きます、一一月末に、二六日頃に。

飛ばしたことに戻って。

ぼくには確かにわからない、これらすべてが何を意味するのか、わからない、ぼくがそれをどう呼んだらよいのか、定め、もしかしたら、運命と使命、名前を探すことは意味がない、ぼくにはわかっているのだ、そうなのだと、永遠に。

ぼくも君のような調子だ、つまり、ぼくが君の名前を口にしたり、書いたりするのが許されるならば、そうする時にぼくを襲う戦慄と争うことがなければ、ぼくにとってそれは、なんといってもやはり、心の底からの喜びだ。

君もわかっている、君は、ぼくが君に出会ったとき、ぼくにとって両方だった、つまり肉体的なものでありそして精神的なものだったと。このことは決して別々にはなれないのだ、インゲボルク。

「エジプトで」を思い出してほしい。ぼくはそれを読む度に、君がこの詩の中に現れるのが見える。君は生の根幹だ、なぜならば君はぼくが話すことを正当化するものであり、正当化するものであり続けるからという理由からも。(そのことをぼくはおそらくあの時ハンブルクでもほのめかしたと思う、どんなに本当のことを話しているかちゃんとわからずに。)

けれどもそれだけでは、つまり話すことだけでは断じてない、ぼくは君とともに黙っているつもりでもいたのだから。

暗闇の中の別の方角。

待つこと、ぼくはそれも吟味した。けれどもそれは、生がなんらかの方法でぼくたちに歩み寄るのを待つということではないだろうか?

ぼくたちに生は歩み寄らないのだ、インゲボルク、それを待つこと、それはおそらくぼくたちにはふさわしくない存在のあり様だろう。

存在すること、そうだ、それは可能だし、許されるのだ、ぼくたちには。存在すること―互いのために。

そしてもしただ数語があれば、短く(訳注:原文はフランス語で alla breve)、手紙が一通あれば、一月に一度、そうすれば心は生きることができるだろう。

(だが、一つの具体的な質問、それに君はすぐに答えなくてはならない。いつ君はテュービンゲンに行きますか、いつデュッセルドルフへ? ぼくもそこに招待されている。)

ぼくが今再び、話す(そして書く)ことができるということがわかりますか?

ああ、ぼくは君にまだたくさんのことを話さなければならない、君自身ですらほとんどわかっていない事どもも。

ぼくに書いて。

パウル

追伸

奇妙なことに、ぼくは国立図書館に行く途中で、『フランクフルター・ツァイトング』を買わなければならなかった。そして君が『猶予された時』と一緒に送ってくれたあの詩を偶然発見した、紙切れに書かれた、手書きのあの詩を。ぼくはそれをずっとぼくのためのものと思っていた、そうしたらそれが今またぼくに向かって来る—なんというつながりか！

五七年一〇月一日

許してくれ、インゲボルク、昨日のあの馬鹿な追伸を許してくれ—ぼくは多分もう二度とあんなふうに考えたり、話したりしないつもりだ。

ああ、ぼくは君に対してこんなにも不当だった、この何年もずっと、そしてあの追伸はおそらく、ぼくが途方に暮れているのに加勢しようとしたぶり返しの一つだったのだろう。

「ケルン、アム・ホーフ」は美しい詩ではないですか？　ぼくはそれをつい先頃アクツェンテのために渡した（そうしてよかったかな？）のだが、ヘララーは、それはぼくの最も美しいものの一つだと言った。君によって、インゲボルク、君によって。それはそもそも生まれただろうか、もし君が「夢みられたものたち」について話さなかったならば。君からの一語―そしてぼくは生きられる。そしてぼくが今また君の声を耳にすることができれば！

54　CからBへ、パリ、一九五七年一一月二日

万霊節

五七年一一月二日

ぼくは何をしたのだろう？
夜は受精されて、まるで
この夜よりももっと暗い
別の夜がありえるかのようだ。

鳥の飛翔、石の飛翔、描かれた
千の軌道。視線たち、
奪い取られて、摘み取られて。海、
味見されて、飲み尽くされて、夢うつつの間に消え去って。一刻、
魂に暗くされて。次の時刻、一筋の秋の光、

道を辿ってきた
ひとつの盲目の感情に捧げられて。別の、多くの、
場所を持たず　自ずから重く――見つけられて　そして避けられて。
捨て子たち、星たち、黒く　そして言葉に満ちて――
破られた誓いの名前をもらって。

そして　いつか（いつ？　それも忘れられている）――
脈が逆らう拍子を敢えて取ったところで、
逆鉤を感じて。

55　CからBへ、パリ、一九五七年一一月五日

傾いて走る二本の線は（恋人同士も同じだが）
傾きの角度いかんに拘らず交叉する。
だがわたしたちの愛は正真正銘の平行線、
無限遠まで走っても、出会わない。

だからわたしたちを結んでくれるが、
宿命に嫉妬深く防げられる愛は
心の天文学での合であり、
惑星の天文学での衝である。
／アンドルー・マーヴェル「愛の定義」（訳注：原語は英語、星野徹訳）

一九五七年一一月五日

短いニュースを一つ、インゲボルク、これでもってぼくは君の返事に先んじるかもしれない。今日テュービンゲンから手紙が一通来て、ぼくに一二月の第一週を提案している、ぼくは受諾するつもりだ。そうしたらこの旅行でまずフランクフルトを経由することになるだろう、そこでぼくはフィッシャー社で、ぼくが今取り組んでいる小さな翻訳の報酬を受け取るつもりだ、二九日か三〇日にミュンヘンに着ける。ぼくは二、三日滞在できる、三、四日、ねえ、君は今でもそれを望んでいますか？

ジゼルはぼくが君のところに行くつもりだということを知っている、彼女はそんなにも勇気がある！

ぼくは去りはしない、否。

そしてもし君が、ぼくが時々君のところに行くことを望まないのならば、そうしてみよう。けれども一つのことを君は約束しなければならない、ぼくに書くことを、ぼくに知らせることを、一月に一度。

昨日君に三冊の本を送った、新しい住居のために。（ぼくがこんなに多くの本を持っていて、君がそんなに少しというのは公平ではない。）ラビ・ナハマンの話はぼくは全く知らない、でもそれは本物の本だった、それを君は持っていなくてはいけなかった、そのうえぼくはブーバーを愛している。

君はこの英語のアンソロジーは知っていた？ ひょっとしたらぼくはそれをもう、君がパリに来たときに持っていたかもしれない——いずれにしても後でぼくはそれを失くしてしまった。それから、列車の中で、別々に別れていく列車の中で、ぼくはヴッパータールで贈られた一冊の英語のアンソロジーを開いた、そしてぼくが以前とても好きだった一つの詩を読んだ、To His Coy Mistress（訳者注：「羞しがる彼の恋人」（星野徹訳））だ。それでぼくは戻ってから数日の間、それを訳そうと試みた、それは難しかったがついにできあがった、あと数行、さらに手を入れる必要があるけれど——そうしたら君に送ろう。マーヴェルの他の詩も読んでほしい、ダンと並んで彼はおそらく最も偉大な詩人だ。そして他の人たちも、彼らは皆それに値する。

万霊節の詩を一箇所訂正して、今はこうだ。

捨て子たち、星たち、黒く　そして言葉に満ちて——
沈黙で粉々にされた誓いの名前をもらって。

56　CからBへ、パリ、一九五七年一一月七日

一九五七年一一月七日

君に、数日前にできた二つの翻訳を送ってもいいだろうか、それはぼくをヴッパータールで引き受けてくれた女性（クレー＝パリさん）に頼まれたもので、彼女はリメスからフランス語のアンソロジーを出すことになっている。

多くはない、ぼくにはわかっている、だが少しの間、君の目はそれに向けられるだろう。

昨日ぼくは、数日のうちに引っ越すことになっているので、いろいろな古い書類を引っ掻き回さなければならなかった。そうしたら偶然一九五〇年の日記式手帳を見つけた。一〇月一四日のところに、インゲボルクという書き込みを見つけた。君がパリに来た日だ。一九五七年一〇月一四日にぼくたちはケルンにいた、インゲボルク。

お前たちぼくたちの奥深くにある時計よ

パウル

ぼくはテュービンゲンでの朗読は一二月六日に決めてもらった、だからその前かその後に君のところに行ける――どうか君が決めて。

同封物：アントナン・アルトー（訳注：Antonin Artaud, 1896-1948）の、「祈り」とジェラール・ド・ネルヴァル（訳注：Gérard de Nerval（＝Gérard Labrunie）, 1808-1855）の「シダリーズ」の翻訳。

57　BからCへ、ミュンヘン、一九五七年一一月七日

木曜日
今週はひどすぎます。そして私は、この週が終わってしまう前には手紙を書き終えないのではと心配しています。私は仕事でほとほと疲れ切っています、パウル、ごめんなさい、実際そうなのです。私は弱って震えがきています、でも来週の初めにはもっとよくなります！　あなたへの手紙を一〇分間で書くことはできません！
すべてについてありがとう、――あなたにはわかっています。
インゲボルク
一二月一日まで私はやはりこのペンションにいるつもりです。

58　CからBへ、パリ、一九五七年一一月九日

モンテヴィデオ通り二九番地の二
一一月二〇日以降、ロンシャン通り七八番地、パリ一六区

一九五七年一一月九日

インゲボルク、愛する人！

手紙を一通、今日も、ぼくはやめることができない、ぼくはこれらすべてでもって混乱を引き起こすだけなのだと、君がそれについて論じられるのを知りたくはなかった話をしているのかもしれないと、自分に言っているのにもかかわらず。すまない。

一昨日ぼくは王女のところに行った、(ぼくの最初の訪問の時のように) すぐに君のことが話題になった、ぼくはのびのびとした気持ちで君の名前を呼んでいいということが嬉しかった、王女はずっと「インゲボルク」について話した、それでとうとうしまいにはぼくも言った、インゲボルクと。

ぼくが彼女の言うことを正しく理解したのだったら、君は、「作品を一つ」「une piece」書いた。ぼくはそれを読んでいいだろうか、それをぼくに送ってくれるだろうか？

それから、ぼくは感情が溢れるままに、あることをしてしまった、それはもしかしたらぼくに許されることをはるかに越えたことだったかもしれない。というのは、王女はB．O．の春号へのドイツ語の寄稿について話した、そしてぼくは (全く突然というわけではない、と白状しなければならない) ぼくたち二人が、君とぼくが、テクストを選び出すのはどうだろうかと彼女に提案することを思いついた。それはかなり出すぎたことだった、すまない、君は、おそらくこれまでのように、自分一人でそれを選べるのだから、一体何のためにぼくが必要だろう？　気を悪くしないで、インゲボルク、ここでこんなふうに表明したことは、ただこうした「君の・もとへ・行きたい」ということだけだったのだから、突然 (あるいは全くそんなに突然というわけではないが) 一つのチャンスに気づいたように思ったのだ、議論の余地のないものに、そしてこのチャンスは、少なくともこれは、奪われたくなかったのだ。王女は了解した、だってぼくは彼女を奇襲したのだから。でも決めるのは君です、もし君がそれを望まなければ、すべて元通りに落ち着かせよう。

ボッテーゲ・オスクーレ、それはわずかな暗さとひそやかさを約束する—ぼくたちはここで互いに手を差し伸べあって、いくつかの言葉を交わしてもよいだろうか？

明日、君は君の新しい住居に移る、そうしたら、ぼくは近いうちに行き、君と一緒にランプを探しに行ってもいいだろうか？

パウル

59　BからCへ、ミュンヘン、一九五七年一一月一四日

ミュンヘン、一九五七年一一月一四日

パウル、私はまだ新しい住居に入居していません——一二月一日までまだ待たなくてはなりません。家主の女性が昨日電話してきて、もうそこに手紙が一通、最初の手紙が、「モンテヴィデオ」から届いていると言いました。ちょうど今それが来ました、あなたからでした。パリの消印はモンテヴィデオとしかはっきりと読めません。

私はこんなにたくさんの手紙に対して返事を書いて、感謝しなければならないのに、これらの素晴しい本に感謝しなければならないのに。だからそうしましょう、今日のあなたの手紙にすぐに返事をすることで、いいでしょう？

（いずれにしても、あなたが来るのはいつだって素敵です、一一月の末か、一二月の初めに、テュービンゲンに！）クリスマスまで私はずっとミュンヘンにいます。ここを離れることはできません、あまりに仕事が多いし、新しい仕事はまだ私にはあまりに新しすぎるから。

王女が話していた作品は、『コオロギたち』の英訳です。でもあなたはこの放送劇を知っているのではないかしら。

もしあなたが彼女を手助けすることになれば、とても素敵でしょう。私はいつも、そうしたことを決めるのには尻込みしてしまうのですが、でも今回は、春に、彼女は孤軍奮闘していました。それでクラウスをB．O．に連れて行き、さらに何人か目的にかなった名前を挙げることが私には大事だったのです。すべてを度外視しても、私が王女を心から尊敬している、ということはあなたは理解できるでしょう、もしあなたが彼女ともっとよく知りあえば。あなたが彼女に助言しようとしていることはただ嬉しいだけです。

「万霊節」は素晴しい詩です。そして「ケルン、アム・ホーフ」……あなたはまた書かねばなりません、あなたが書かねばならないように。私はあなたにまだ言っていませんでしたが、ここ二、三年、時々あなたの詩に対して懸念するところがありました。今、それは取り除かれました。他の色々のことについては三週間後に一緒に話しましょう——私は一人であまりに途方に暮れています。

私は時々パリのあなたに向かって話しています、まるであなたが一人でそこにいるかのように、そしてしばしば急に黙り込んでしまいます、そこのすべてのものと一緒のあなたに気づくと、このすべてのものと一緒の私のことに気づくと。でも私たちはこれから、もはや混乱ではなく、明晰さをもたらすようにしましょう――そしてランプを探しに行きましょう！

インゲボルク

60　CからBへ、パリ、一九五七年一一月一六日

パリ、一九五七年一一月一六日

今日また君から手紙が来た、本当にありがとう。

お願いが一つ。今すぐにでも王女に手紙を書いて、ぼくと一緒に彼女を助けてドイツ語のテクストを選ぶ用意があると言ってくれるだろうか？　それからどうか彼女に、H．M．エンツェンスベルガー（ノルウェー、ストランダ）に何部かB．O．を送ってほしいということも言ってくれたまえ。（ぼくはもうすでに彼女に頼んでいるが、彼女はそうこうするうちにそれをまた忘れてしまっているかもしれない。）

ぼくはヴァルター・イェンスにB．O．のために短い散文を頼もうか？　君が他に誰を考えているのかも、どうか教えてほしい。他の事はみなこれからミュンヘンで話し合うことができるね。

ぼくは行く、君がぼくに決めさせるから、テュービンゲンでの朗読会の後にそちらへ、つまり一二月七日か八日に。
明日ぼくは引っ越します。もし君が手紙をくれるならば、どうか新しい住所に、つまり、
パリ一六区、ロンシャン通り七八番地
(電話番号：Poincaré 39－63)
ランプ探しのように
パウル

61　BからCへ、ミュンヘン、一九五七年一一月一六日

パウル、愛する人、
私はあなたに、私はいつでも構わないと書きました。でも今あなたにどうしても一一月には来ないでとお願いしなければなりません。
どうかテュービンゲンの後に、つまり一二月四日より後に来て。そうしたら私はもっと身体が空きます。
今は土曜日の夕方です、私はほとんど家から出ずに、仕事を次々と片付けようとしています、でも本当にゆっくりとしか進みません。一五分だけ、空気を深々と吸うために英国庭園に行きま

した。そこには小さな池がいくつもあって、それは私にウィーンの市立公園を思い出させます、そして私たちが立っていたあの橋を、うっとりと。

インゲボルク

62　BからCへ、ミュンヘン、一九五七年一一月二二日

木曜日

七年前にあなたの誕生日を一緒にお祝いしたのが最後でした。愚かに、そして悲しく。でも今、私はしばらくの間あなたの傍に座って、あなたの目にキスします。最後の最後まで私はパリのあなたに何か送るつもりでした、でもそれからやはり私はどうしてもそこへあなたに何かを送ることはできないと感じました。あなたはそれを隠さなければならないか、あるいはまた辛い思いをしなければならないでしょう。

私はここで、あなたのためにあなたへの贈り物を用意してあります、そしてあなたが来たら、あなたは私のところでそれを探すのです。（私たちの最後の手紙は行き違いになりました―それらがもう一度、あるいはこれが初めてとして、そうできますように！）私はあなたのことを思っています、パウル、そしてあなたは私のことを思って！

インゲボルク

63　CからBへ、パリ、一九五七年一一月二三日

一九五七年一一月二三日

ただ一行だけ、君に感謝する一行を、心から、すべてのことに対して。

ぼくたちがぼくたちの心をあの頃、死へと駆り立てなければならなかったなんて、あんなに多くの取るに足らないことで、インゲボルク！　誰にぼくたちは耳を傾けたのだろう、ねえ、誰に？

今ぼくはまもなく行くのだから。長くではない、一日だけ、それとももう一日――もし君がそれを望み、許してくれるならば。

そうしたらぼくたちはランプを探しに行こう、インゲボルク、君とぼくで、ぼくたちで。

パウル

64　BからCへ、ミュンヘン、一九五七年一二月二日

一二月二日
いつ来るの、愛するパウル？　テュービンゲンから電報を打って、あなたを迎えに行けるように。
（フランツ・ヨーゼフ通り九a番地、ミュンヘン一三へと）

もうあと何日もありません……

インゲボルク

65　CからBへ、一九五七年一二月五日

木曜日

明後日、土曜日、ぼくはミュンヘンに行きます——君のもとに、インゲボルク。

駅に来られますか？　ぼくの列車は一二時〇七分にミュンヘンに着きます。君が来られない時には、ぼくは三〇分後にフランツ・ヨーゼフ通りの君の家の前で、行ったり来たりするつもりです。

明日はテュービンゲンです（住所は、ホテル・ラムかオーズィアンデルシュ書店）。

あと二日、インゲボルク。

パウル

66　CからBへ、『言葉の格子』の二一編の詩の原稿の束に書かれた献辞、ミュンヘン（?）、一九五七年一二月七日から九日の間（?）

インゲボルクのために

67　CからBへ、『罌粟と記憶』の二三編の詩に書かれた献辞、ミュンヘン（?）、一九五七年一二月七日から九日の間（?）

f.D.

詩「夜には　お前の身体は」、「フランスの思い出」、「夜の光」、「お前からぼくへの幾歳」、「遠方の賛辞」、「全生涯」、「コロナ」、「旅にあって」、「エジプトで」、「烙印」、「心を夜に」、「結晶」、「夜に、愛の振子が」、「さあ　眠れ」、「こうしてお前は」、「堅固な城塞」、「鳩たちのなかで一番白い鳩が」、「心臓と脳から」、「風景」、「静かに！」、「水と火」、「アーモンドを数えよ」に。

u.f.D.

詩「彼女は　その髪を」に。

68　BからCへ、『猶予された時』の中の献辞、ミュンヘン（?）、一九五七年一二月七日から九日の間（?）

ミュンヘン、アム・ホーフ

インゲボルク

69　CからBへ、フランクフルト・アム・マイン、一九五七年一二月九日

フランクフルト、月曜日夜

インゲボルク、ぼくの愛するインゲボルク―

ぼくはあれからもう一度列車から外を見た、君も振り向いた、でもぼくはあまりに遠ざかっていた。

それから喉が締め付けられそうになった、とても激しく。

そしてそれから、ぼくがコンパートメントに戻ると、とても奇妙なことが起こった。それはあまりに奇妙だったので、ぼくはそれに身を委ねた、ずいぶん長い距離をずっと―ぼくはそれを君にここで報告しよう、それがぼくを襲ったように――けれども君は今どうか、ぼくがあんなに自

分を抑えられずに行動してしまったことを許してくれなくてはいけない。

つまり、ぼくはまたコンパートメントの中に戻り、そして君の詩集を書類カバンから取り出した。ぼくは澄み切った明るいものの中に溺れるような気がした。

ぼくは目を上げ、窓際に座っていた若い女性が『アクツェンテ』を取り出すのに気づいた、最新号を、そして彼女はそれをめくりはじめた。彼女はページを次々とめくり、ぼくの視線はそれを追っていくことができた、ぼくの視線には分かっていたから、君の詩と君の名前が出てくるだろうと。それからそれは出てきた、そしてめくっている手が止まった。そしてぼくはもうそれ以上めくることがやみ、目が、繰り返し、繰り返し、読むのを見た。繰り返し、繰り返し。ぼくはとてもありがたかった。それから一瞬、誰か君が朗読するのを聞いて、君を見て、そしてああ君なのだと認めた人なのかもしれないと思った。

それでぼくは知りたくなった。それで尋ねた。そしてあれは君だったのだ、さっきのは、と話した。

そしてぼくはその女性を、若い小説家を、彼女はミュンヘンでデッシュ社に原稿を渡してきたところで、そして彼女が説明するには詩も書いているのだが、コーヒーに誘った。それからぼくは彼女がどんなに君のことを賞賛しているかを聞いた。

ぼくは不注意なことはほとんど言わなかった、インゲボルク、でも彼女はおそらくもう察していただろう、彼女にとっては一つの体験だったのだから。

それからぼくは彼女にぼくの二冊の詩集を贈り、ぼくが列車を下りてからそれを読んで欲しいと頼んだ。

それは若い女性で、三五歳くらいで、おそらく事情がわかっただろうが、でもそれを言いふらすとは思わない。ぼくは本当にそうは思わない。怒らないでほしい、インゲボルク。どうか怒らないで。

それはそれほど奇妙だった、それほどそっくりぼくたちの世界から来ていたのだ―ぼくが感謝しなければならないその人は、目の前にいたのが誰だったかわかっただろう。このことについてぼくに何か言ってほしい、一言―どうか！

ぼくは今、君がこの女性に挨拶の手紙を書いたらとも思う、ここにその住所を書いておく。

マルゴート・ヒンドルフ
ケルン－リンデンタール
デュレナー通り六二番地

ぼくにパリに一行書いてほしい、ぼくは水曜日にはそこにいる。

フランクフルトでは、八時だったが、すぐにカシュニッツさんに電話した―誰も出なかった。明日の朝もう一度かけてみるつもりだ。

ぼくは君にまた会わなければならない、インゲボルク、ぼくは君を愛しているから。

パウル

ぼくはここでクリストフ・シュヴェリンのところに泊まっている、そして、ぼくたちの本が隣り合って並んでいる。

70　BからCへ、ミュンヘン、一九五七年一二月一一日

水曜日

パウル、愛する人、
ホテルにはこの皺くちゃの紙しかないのです、他のものはみなフランツ・ヨーゼフ通りの燭台の傍にあります。今日の午後そこであなたの手紙を受け取ってきました。それは奇妙で美しい話で、今わたしたちのものです。なぜ私が怒るのでしょう？　ただその女性に手紙は書きません、ごめんなさい、私はこれ以上何も大事なことを付け加えることはできません。（それに他の人に手紙を書くのは大変なのです。）

夕方、月曜日の夕方、私は、手に黒いペニーを持って、ピーパー社にも行ってきました、そしてすべてはうまく行きました。私はすぐにホテルに移ることもできました―ここに（「ブラウエス・ハウス（訳注：青い家）」という名前です）金曜日の朝までいます。

電話は今日変更しました、番号は、もとのままで、337519です。他のは線を引いて消してかまいません。

今は毎日が余韻に満ちています。でもあなたは今私のためにジゼルをなおざりにしてはいけません。義務からではなく、解放から。私たちは誰にすべてを感謝することができるでしょう？

インゲボルク

71　CからBへ、パリ、一九五七年一二月一二日

ドウカ　モラスニ　マダ　シヲ　ワタサナイデ　チカイウチニ　マタアウマデ

パウル

72　CからBへ、パリ、一九五七年一二月一二日

パリ、木曜日

ぼくは一昨日カシュニッツさんのところに行った。ぼくは彼女に君の手紙を渡した、そして君の薔薇を、それは赤く、濃く、七本あった。そしてぼくから同じだけ、同じようなのを。彼女はそれをひとまとめにした。

どうだろうか、ブレーメン（一月二六日）の後ケルンでまた会うというのは、ゆっくりと。たった今、君に電報を送った、君に、モラスのために決めた詩をまだしばらく手元にとどめておくように頼むために。というのは、ヘレラーが、彼はアクツェンテに近いうちにケルン詩を載せ

るのだが、それにさらにもう数編欲しがっていて、ぼくは彼に最も美しいのを渡そうと約束したのだ。明日にはどれにするかを君に知らせる。

フーヘルは何も書いて寄こさないので、全部渡してしまうと彼に書こう。そうすればモラスのためにも十分残る。

ズーアカンプ社では皆とても親切だったが、そこでハンス・ヘネッケに会った。ぼくはミュンヘンから来たと言わざるをえなかった、彼はぼくが君に会ったかどうか知りたがったのでぼくは肯定した。そうしたら彼に君の住所も渡さなければならなかった。

エンツェンスベルガーから手紙が来た。それによれば、王女は彼にB．O．の約束した号をまだ送っていない。

ぼくたちは彼に今度も詩を送るように要求すべきだろうか？　いずれにしてもぼくはネリー・ザックスに寄稿を頼む。

インゲボルク、インゲボルク。
ぼくはこんなにも君で満たされている。
そしてまたわかった、ついに、君の詩がどんなであるか。
フランクフルトへの列車の中での話について何か言ってほしい。

73　CからBへ、パリ、一九五七年一二月一三日

一日そしてまた一日

フェーンのようなお前。静寂が
ぼくたちとともに　二番目の
明らかな生のように歩んだ。

ぼくは勝った、ぼくは負けた、ぼくたちは
陰鬱な奇跡を信じた、大枝が、
大きく天に書かれて、ぼくたちを運んだ、
月の軌道のなかへ伸びていった、ひとつの明日が
昨日のなかへ上っていった、ぼくたちは
燭台を取りに行った、ぼくは
お前の手のなかに泣いた。

パリ、五七年一二月一三日

74　BからCへ、ミュンヘン、一九五七年一二月一六日

月曜日夕方

パウル、あなたの薔薇が届きました、私が入居した時、だからもうほとんど何も欠けているものはありません、ただこの手紙のためのインクだけを除けば。それからお金が来ました、やはりそれはクリスマスとここでの始まりのためにとても嬉しいです。ありがとう！

たった今、詩が来ました。あなたはそれを一三日に、金曜日に書きました、私が燭台のところに引き移ったときに（それだけまだかかったのですもの）。

私はこの住居で疲れていて、でも幸福です、とてもたくさん働かなくてはなりません、でももうそれで不機嫌にはなりません。

インゲボルク

追伸

私は明日エンツェンスベルガーの件でB．O．の編集部に手紙を書くつもりです。王女は自分でできますが、彼女にそのことで厄介をかけたくないのです。もしまだ余地があれば、エンツェンスベルガーを採って下さい、でももう多すぎるのではないかと思います。

水曜日の朝、私は帰郷します。

75　CからBへ、アポリネールの詩の翻訳の載った抜き刷りの中の献辞、パリ、一九五七年クリスマス

インゲボルクのために、一九五七年クリスマス

パウル

76　BからCへ、ミュンヘン、一九五七年一二月二七日

ミュンヘン、一九五七年一二月二七日

せめて年の瀬にあなたに一通手紙を送ります！　本はちょうど二四日に着いて、ツリーの下に置かれました。なんてそれらは美しいのでしょう！

今日、燭台のために一本の美しい蠟燭を買いました。私はクラーゲンフルトから急いでまた戻って来なければなりませんでした、ある仕事のために。あなたにこれを知らせるだけなのを許してね。これから数日とてもたくさん働かなくてはなりません。

ウィーンから（！）思いがけず、そこで二週間のうちに朗読してほしいという電話を受けまし

た。私は受諾しましたが、行くのはとても不安です、たった一日、二日であっても。取り消したいほどです。どうか思いの中で私に付き添って、あそこの醜悪なものが私を動揺させることができないように！　あそこでの私たちの時間が唯一私を守ってくれます。

けれどもあなたは今、どんなふうに暮らしているのですか？　私に教えて。

インゲボルク

77　BからCへ、ミュンヘン、一九五八年一月一日

愛するパウル
私はちょうどギュンター・アイヒとH・ハイセンビュッテルにB．O．のために手紙を書いたところです、というのも王女が今日、原稿が一月一五日までに必要だと書いてきたからです。（もしあなたがもうすでにそれをしていても、構いません）。でもお願いです、あとまだ誰に⁈
ここはとても寒いです。そして仕事が全部ここ数日のうちに殺到しています。
インゲボルク

あなたがホルトゥーゼンに尋ねますか、それとも私がしましょうか？　イェンスを忘れないで、場合によってはグラスを。

78　CからBへ、パリ、一九五八年一月二日

五八年一月二日

インゲボルク、最愛の人、ぼくに何が言えるだろう？　君はウィーンに行く、ぼくの心は君に付き添っていく、心配しないで——ナニとクラウスのところに行きたまえ。（君はクラウスにベルヴェデーレに——オーストリア絵画館に——電話すればいい、七二—六四—二一　あるいは七二—四三—五八）

いつ君はベルリンに行く、いつハンブルクに、キールその他に？　どうかぼくに知らせてくれ、ぼくはそれを知らねばならない。二六日にぼくはブレーメンに行く、おそらく二、三日かかるだろう——ぼくたちは、もし君もそこの北の方に来るならば、帰りにケルンで会わないか？

おいで、インゲボルク。

パウル

君は小さなカレンダーと二冊の手帳を受け取った？

ボッテーゲ・オスクーレに関して、ギュンター・アイヒとホルトゥーゼンは王女にまだ何も送ってきていない——君が彼らに寄稿を頼めるだろうか、それともぼくがそうしようか？　君はぼくのこの問いにすぐに返事をしなければならない、王女はテクストを一月一五日までに欲しがっている。

原稿はこれまでぼくにはネリー・ザックス、ヘレラー、エンツェンスベルガーしか送ってきていない。K・L・シュナイダー（ハイムの遺稿）とハイセンビュッテルからは返事なし。ぼくは二人にもう一度書いてみる。

君は他に誰か知っている？

ぼくは送付された原稿の写しを君に送ろうか―どこに？

どうかすぐに返事をしてほしい。

79　CからBへ、パリ、一九五八年一月三日

一九五七年一月三日

ただ数行だけ、インゲボルク、君のボッテーゲの手紙に答えるために、というよりもむしろぼくが昨日君宛に書いた返事を補うために。
昨日の夕方、ぼくたちのドイツ語の部のもう一つの「呼び物」が来た、つまり、ゲオルク・ハイムの未発表の詩、「役者」が。
これまで送られた原稿は、
ネリー・ザックス
ヘレラー

エンツェンスベルガー
君が王女に詩を渡しますか？　ぼくは多分「酔いどれ船」を渡すけれども、とても嬉しいというわけではない、自分自身も担当した選集に自分も一緒に入るというのは。
君の示唆に従って、たった今イェンスに手紙を書いたところだ。／ぼくは彼にすでにテュービンゲンで短い散文を依頼していたが、彼には手持ちがなかった、今日彼に、まだ未完の、戯曲の断片を依頼した（それが存在することをぼくは今朝聞き知った）。／
グラスには数日前に手紙を書いた、ハイセンビュッテルには、二度目のを、昨日。まだ返事なし。
ぼくは、もし君が適当だと思えば、シュレールルスに書くこともできるが。彼はおそらく何か持っているだろう。ぼくはそうしてもいいけれども。
どうかすぐに返事を下さい！
君の
パウル
つまり君がギュンター・アイヒとホルトゥーゼンに、何か送ってほしいと言うのだよね？　一番いいのはぼくに一部コピーを、校正のために。

80　BからCへ、ミュンヘン、一九五八年一月六日

五八年一月六日

私の愛する人、
今私たちは急に、他の人たちの原稿について色々手紙を交わさなければなりません。でも私はそれを愉快に思います、だって私たちがともかくまた書けるようになってからというもの、どんな事でも私は歓迎しますもの。

　私はアイヒに手紙を書きました、彼は何もありません。ホルトゥーゼンも多分何もないでしょう、でも彼は私にまた電話してくるでしょう。ハイセンビュッテルからは私もまだ返事をもらっていません。イェンスを忘れないで、そして場合によってはグラスを。そうしたら十分でしょう。*

私は一月一一日にクラウスともウィーンで話してみます——もしかしたらもう一度何か彼のを載せることができるかもしれません。どう思いますか？　どうかそれについて私にウィーンの彼の住所宛に書いて下さい、私はもう金曜日にはここを発たなければならないので。そして土曜日の午後一七時に朗読します。あなたにこのことをこんなにきっちりと書きます、なぜならばあなたが私のことを思い、私から恐れを取り除いてくれるのを切に望んでいるから。——

ハイムの遺稿はもちろんとても重要でしょう。

どうか私に写しを送らないで、私はすべてを了解しているのですから、そして私たちは名前について同意しているのですから。

私は今マルティン・ヴァルザーにも書くつもりです、彼のことを私は高く評価しています、そ

れに何か散文があった方がいいのではと思います。

カレンダーは今から楽しみです、でもまだ届いていません。

あなたの詩に対する感謝はまだとってあります、なぜならばそれはこの手紙にはふさわしくないから、これは急いで出さなくては！

インゲボルク

＊ザックス、エンツェンスベルガー、ヘレラーで。

81 CからBへ、パリ、一九五八年一月七日

ひとつの手

テーブル、時刻の木材でつくられて、
米の料理と葡萄酒が置かれて。
食べたり、沈黙したり、飲んだりする。

ぼくが接吻したひとつの手が
口たちに　光をかざす。

パリ、一九五八年一月七日

82　BからCへ、ミュンヘン、一九五八年一月八日

愛する人、
たった今またあなたからの手紙が来ました。そして私はまだ速達でエルンスト・シュナーベルとヴァルザーに尋ねることができると思いつきました。私はそうしたところです、というのはそうでないと私たちは散文を全然持っていないからです。私はシュレールスは完全に適切だとは思いませんせん、客観的ないくつかの理由から。でもそうするとむしろ他の幾人かに番が回らざるを得ないでしょう。けれどももしあなたがそれでもやはりそれを今回は望むのであれば……
私は詩はありません、そうではなくてもしかしたら散文を、でもそれはまだ確かではありません、私はこんなにすることがあって、どうしてよいかわからないくらいなのですから。
あなたは絶対に王女に何か渡さなくてはなりません、だってあなたは編集者ではなくて、他の誰よりも求められたのであり、そして他の寄稿を集めるのは彼女に対する親切や好意なのですか

ら。だからあなたのためらいは間違っていると私は思います。

今ユージン・ウォルターにも手紙を書いて、何を期待していいかおおよそのところを教えます。

一五日を過ぎたら、私たちはまた普通の手紙を書くことができます、ありがたいことに。

インゲボルク

83　CからBへ、パリ、一九五八年一月一一日

土曜日

君は今読んでいる
ぼくは君の声を思い出している。

84　BからCへ、ウィーン、一九五八年一月一三日

月曜日、五八年一月一三日

パウル、

ウィーンからの一枚。すべてがここではあまりに奇妙だったので、ほとんど語ることができないほどです。考えていたよりもひどく、考えられるよりはましでした。

ナニとクラウスは私たちのことを喜んでくれて、本当に素晴しい、心からの友情を示してくれました—問題をはらんだどんな時でも。私は発つ前に、あなたに合図します。私を好きでいてね！

インゲボルク

85　BからCへ、ミュンヘン、一九五八年一月一八日

土曜日

五八年一月一八日

プルーストが届きました。なんて美しいのでしょう！（でもあなたは私をこんなにも甘やかします！）

私にもう一度電話してくれたあの夕方、私はあなたが私に尋ねたことをずっと考えずにはいられませんでした、ぼくは行こうか、と？　そう尋ねられることが私にとってどんな意味を持つのか、あなたにはわかりません。私は突然、泣かずにはいられませんでした、ただそれはわたしのためにあるから、そして私にはそれは一度もなかったから、ただそれ故に。

よい旅を、楽しんで、そしてたえず存在するささいなことにあなたの喜びを邪魔されないように。私は場所についてもっとよく考えてみて、そしてあなたにブレーメン宛に手紙を書きます。今度は私があなたを守ります！

インゲボルク

86　CからBへ、パリ、一九五八年一月二一日

火曜日

ぼくは明後日発つ、それから土曜日の朝までケルンにいる、君に金曜日の一〇時頃に電話するつもりだ。

いずれにしてもぼくはブレーメン（もしくはハンブルク）から君に電報を送る、ぼくがすべて終えたら。

ぼくがミュンヘンに行くのが一番簡単ではないだろうか？

急いでいてすまない（そしてひどい紙を）

パウル

どこか途中で会うのもどうか考えてみてほしい。ヴュルツブルク、フランクフルト、ハイデルベ

ルク等などあるだろうから。それともブライスガウのフライブルク、バーゼル、ストラースブール。

でもぼくはミュンヘンにも行ける、速い列車のどれかで。

ブレーメンのぼくの住所はまだわからない、どうやら、評議会のゲストハウス（あるいはそのようなもの）らしいが

87　Bから C へ、ミュンヘン、一九五八年一月二六日

ワタシハ　アナタヲ　オモッテイマス

インゲボルク

88　Cから B へ、一九五八年一月二七日

アス　ジュウジサンジュウサンプン

パウル

89　BからCへ、ミュンヘン、一九五八年二月二日

土曜日夕方

パウル、

私をあんなに苦しめ、悩ませた仕事は終わります。そしてあなたに今すぐに手紙を書き送りましょう、私の目が閉じる前に。

新しいゴル事件についてです。お願いです、事件はあなたの中で滅びさせて下さい、そうしたら、それは外でも滅びるのです。私にはしばしば、迫害は、私たちが迫害される用意がある限りにおいてのみ私たちに手出しすることができるように思えます。

真実によって、あなたはそれを超越することになるのですから、そしてそうすることであなたはそれを上の方から拭い去ることができます。

私は「ファスィル」(訳注：原語はフランス語Facile)を受け取りますか?　それは本当に軽く、そして容易になりました、そしてあなたは一瞬でも私が不安だと考える必要はありません。ケルンの後で私はとても不安でした。今はもうそうではありません。

私の最後の不安は私たちのことではなく、ジゼルとあなたのこと、そしてあなたが彼女の重い

美しい心をなおざりにするのではということです。でもあなたは今またわかって、暗闇を彼女のためにも撤回することができるでしょう。私がそれについて話すのはもうこれが最後です、そしてあなたはそれに対して私に答える必要はありません。

あなたが旅立った後、私は初めて喜んでまた仕事に取りかかりました、何時間にもわたる、単調なタイプ打ちすら、私には喜びでした、そして私は明るくひたむきにやっています。

それもまたよくはないですか？　今まもなくテュービンゲンに向かいます。あなたの跡を辿って。

インゲボルク

90　CからBへ、パリ、一九五八年二月八日

五八年二月八日

五月―デュッセルドルフでの朗読会―は遠い、ぼくはそれほど長く待てるかどうかわからない、ぼくはこのたくさんの時間をずっと書くことで切り抜けるようにやってみる。
奇妙だ、ぼくが今度ロシア語からあるものを翻訳したのは、それは、ぼくが思うに、革命のあの詩だ、ここにそれがある（すまないが、ぼくはオリジナルをフィッシャー社に送ってしまった、君には写ししかあげられない）―できれば、これが君に気に入ったかどうか教えてほしい、ぼくは奇妙な音域を広げているのだから……

二番目の、昨日訳したのは、エセーニンの詩だ、彼の最も美しいものの一つ。
君は『ファスィル』を手に入れた？　ぼくにそれを教えてほしい。
君が放送劇の写しをぼくに送ってくれることができたらなあ！
君にはわかっている、インゲボルク、君にはわかっているのだ。

パウル

同封物：アレキサンドル・ブロークの翻訳「十二」とセルゲイ・エセーニンの翻訳「わたしの故郷にわたしはもはや暮らしたくない」。

91　CからBへ、一九五八年二月一二日

五八年二月一二日

一つお願いだ、インゲボルク
ジゼルに君の二つの詩集を送ってほしい――ぼくは彼女に、君がそうしてくれるだろうと言った。

パウル

92　BからCへ、ミュンヘン、一九五八年二月一七日

一九五八年二月一七日

パウル、私はほとんど書くことが、返事をすることができません。それほどたくさんの仕事、それほど疲れて消耗してしまっていて。本は今日か明日には送ります！

「十二」の翻訳には本当に驚きました。これはとてもよい―そして無鉄砲だと、でもそれ故にとてもよいと思います！　エセーニンの詩は愛さずにはいられません。でも私は最後の行を読んだとき、無意識に rollen（訳注：転がる）の代わりにもう一度 fallen（訳注：落ちる）と思いました。fallen のほうが私には美しく思えます、まさに繰り返されて、もっと切迫して。

テュービンゲンとヴュルツブルクの後で―どちらの場所もとても感じがよかったです―流感にかかりました、そして今は数日前からフェーンです、空気はやけに暖かく、狂っています。私は意気消沈しています、でもただそのせいだけ。

インゲボルク

93　CからBへ、パリ、一九五八年二月二七日

一九五八年二月二七日

ポール・エリュアール

夜は祝われた

夜は祝われた、ぼくは君の手を摑む、
ぼくは目覚めている、ぼくは君を支える
ぼくの力の限り。
ぼくは刻む、深い畝溝よ、君の力の
星を石に。君の身体の
善良さ——ここで
それが芽吹き、開花してほしい。
ぼくは自分に言い聞かせる　君の
声を、両方とも、ひそやかな声と
皆が聞いている声とを。
ぼくは笑う。ぼくは君が
高慢な女に出会うのを見る、まるで彼女は物乞いしているようだ、ぼくは君を見る、君は
狂人たちに畏敬の念を寄せる、君は
単純な者たちのもとへ行く——君は湯浴みする。
そっと

ぼくは額を今君のそれと調和させる、それを
夜と一致させる、今感じる
その背後の奇跡を。君はぼくには
未知の見知らぬ女になる、君は君に似ている、君は似ている
愛するものすべてに、君は
その都度異なっていることを。
（訳注：原文はフランス語のまま Nous avons fait la nuit。これは「ぼくたちは夜に参加した」と訳せよう。そこでは「夜」には政治的行動と性愛的な意味の両方が込められていると考えられるが、ツェランのドイツ語訳もそれを置きかえ「夜」は抵抗運動と性愛の両方の意味をかけているととらえられよう）

94　BからCへ、ミュンヘン、一九五八年三月四日

パウル、私はベルリンには行きませんでした。私たちが話した後すぐに病気になってしまいました（流感、中耳炎）―そして今ようやくいくらかよくなりました。ここの気候はそれほど嫌なものです。今週末にはまた戸外に行けます。そして一九日にようやくベルリンに行きます。私は結局のところただそのことをあなたに言いたかっただけなのです、でも心配しないで！

一言私に書いて下さい。ただすべてうまくいっているかどうか、あなたは仕事をしているかど

うかを、私の愛する人。

インゲボルク

一九五八年三月四日、火曜日

95　CからBへ、パリ、一九五八年三月一四日

ゲンキデスカ　ホウソウゲキハ　ホントウニ　ウツクシイ　ホントウニ　ホンモノデ　ウツクシ
イ　キミハ　ソレヲ　シッテイルヨネ　アカルクテ　イチバン　アカルイモノヲ　インゲボルク
ボクハ　キミノコトヲ　イツモ　オモッテイル

パウル

96　BからCへ、ミュンヘン、一九五八年三月二三日の後と一九五八年四月三日

三月末

パウル、
そんなに多くのことはここには書かれないでしょう、この手紙には。私はベルリン以来全く空っぽです、役所をいくつも走り回ることですっかり疲れきってしまっています、というのも私のパスポートにはスタンプが一つ欠けていて、私は出立することに、「追放」されることになっているのです、四月に。けれども今日ラジオに「スイッチが入」ったので、すべてうまくいくかもしれません。これらの単語やこの世界！　それでもショックがあまりに大きかったので、私はもうここに長く留まる気がなくなりました、放送局での口もおそらく引き受けないつもりです。私にはそれはできません、そのことをここ数日で体験しました、この先さらにどうなるのか私にはまだわからないけれども。私にはできません。

そしてその上―そして特に―ドイツの政治的展開に意気消沈してしまいます。

四月三日です。書類に関してはすべてうまくいきそうです。

今一週間の予定で出発します、復活祭の間中、そして空気と田舎を楽しみにしています。

私の愛する人、今太陽までが輝いています、そしてまもなく五月になります。それを楽しみにしましょう。私は幾度も自分に言い聞かせます、あなたが私のことを思っていると。あなたもあなたに言ってみて、私があなたのことを思っていると。

インゲボルク

97　CからBへ、パリ、一九五八年六月六日

パリ、一九五八年六月六日

不穏な時だ、インゲボルク。不穏な、不気味な時だ。どうやってそうではなくなろう、もうすでにそうだったのだから。あれこれする？　人は答えようとする、あれかこれか決める、ペンチを感じる。

ぼくはたくさん仕事をした、ここ数日、それでも、元金の回収の見込みなしに（訳注：原語はフランス語）。オシップ・マンデリシュタームの詩を一八編訳した、それを君に近いうちに送る。新しい詩集もほとんど出来上がっている。これらすべて――何のために？

君の心を信じて、インゲボルク、それを眠らせないでおいて、いつでも、そしてどこでも。

そして二、三行書いてほしい。

パウル

98　BからCへ、パリ、一九五八年六月二三日

月曜日、一九五八年六月二三日

パウル、

私はパリにいます（誰もそれを知りません）―でもあなたもここにいるのかしら―それともまだドイツですか？　私はあなたに会って話をしなければなりません。どうか水曜日一六時にカフェ・ジョルジュ・サンクに来て下さい、今はそれより適当なところが思いつきません、そういう名前のメトロの駅の隣です。もしあなたが水曜日にここにいないのならば、もう一度手紙を書いて、別の日に来てくれるようにお願いします。

そしてどうか、もし知り合いに会ったら、私がここにいることについては何も言わないで下さい。

もちろんジゼルは別です。

水曜日は私の誕生日です。十年前に私たちは私の二二歳の誕生日を祝いました。

あなたが私に電話をくれたとき、私はすべてがどうなるのかまだわかりませんでした。でも私は、あなたが私を助けるために理解してくれようとするだろうことがわかっています、何か忠告してくれて、あるいは途方に暮れて。あなたがただいてくれて、私を数時間じっと見てくれれば
―

インゲボルク

同封物：詩「わたしたちが薔薇たちの雷雨のなかで向くところは」。

99　CからBへ、アルチュール・ランボーの「酔いどれ船」の別刷りの中の献辞、パリ、一九五八年六月

インゲボルクのために――

パウル

パリ、一九五八年六月

100　BからCへ、ナポリ、一九五八年七月一六日

ナポリ、ヴィア・ジェネラーレ・パリーズィ六番地
一九五八年七月一六日

パウル、私はあれからやはりさらにナポリに向かいました、この先ミュンヘンに「滞在する」ために、だからここに夏の終わりまでいるつもりです。でも私はどこにいようと、悲しくて、すべてから遠く隔たっています。私は仕事を始めます、そして仕事以外のことは何も考えないつもりです、目を上げないつもりです。時々戦争になるだろうと思えます。どのニュースも発言も、い

まだかつてないほど邪悪なものや狂気をのぞかせています。私たちはまだ何をすることができるのでしょう？　教えて。私は絶望してあなたのことを思います、それからまたサン・ルイ島でのあの午後のあなたのことを、あれは、まるで私たちは釣り合いを保っているかのようでした、雨の中で、そして私たちをもはやタクシーは運び去る必要はなかったのに。

私はジゼルと子供があなたを囲んでいて、あなたが二人を囲んでいるということが嬉しいです、――一つの守り、守りというものがここにある限りの。

そして私たちは――ああ　パウル、あなたはわかっているでしょう、そしてわたしはただ今はそれに対する言葉を知りません、私たちを摑んでいるものがすっかりとその中にある言葉を。

インゲボルク

101　CからBへ、パリ、一九五八年七月二一日

一九五八年七月二一日

インゲボルク、君の手紙が、幾通もの君の手紙が来た、今日。

ぼくたちはどうなるというのか、ぼくにはわからない、こんなにたくさんの恐ろしいことが起こっている。

この二つのエセーニンの詩を受け取ってほしい、これを訳すのは素晴しかった、今またその前

にヴェールが下りている。
つねに寄港地が、あのエスカールがあるだろう（訳注：原語はフランス語）。
パウル

ぼくたちは田舎に行く、一週間の予定で。

同封物：セルゲイ・エセーニン「春の雨が最後の涙を流して泣いている」と「お前たち、畑たち、数えられない」の翻訳。

102　BからCへ、ナポリ、一九五八年八月一〇日

ヴィア・ジェネラーレ・パリーズィ（どうか：パリーズィ！）
ナポリ、一九五八年八月一〇日

パウル、愛する人。
これらの死んだような日曜日の一つ。私はまたマンデリシュタームのページをめくります、そして一番新しいエセーニン詩を再読しています。「……お前は枝の葉を歌わない」。私はそれでも書きます、そしてそれを臆病に喜んでいます、ゆっくりと書いていています、まだ何も決まっておらず、片付いていません。そしてそれ以外は何もありません。この孤独の中でほとんど無関心に等しい。他の日々と同じ一日。人間はいない。ハンスは隣で仕事をしています、私たちは時々ここの皆と同じように週末には映画を見に行きます。まあまあいい生活です、いったん納得すれば、本当に必要なものはわずかです。どっちみちほんの一息つく間にすぎないでしょう、私たちに許されるこれらの一息つくわずかな間のうちの一つ。そして「解決」はおそらくないでしょう、それを私は探し求めてきました、そしてもしかしたらもう一度探し求めようとするかもしれませんが。人は質問しないように気をつけます、これほどの明白に無意味な場合には。どんな上位の者をあなたは知っているのでしょう？　だから私はあなたを守るように誰にも頼むことができない、ということも考えます。私はただあなたの身体にまわすための腕しか持っていないということ、あなたがそこにいるならばただあなたに何か言うためのわずかな言葉しか、あなたに私の名前をパリに送るための一枚の紙しか。ああ、パウル。

インゲボルク

ジゼルはとても親切な手紙を書いてくれました、そしてあなたたちの田舎の日々について。エリックはどうしていますか？　彼は私に電話してくれないかしら？　彼の小さな電話で。

103　CからBへ、パリ、一九五八年九月一日

パリ、一九五八年九月一日

君はまだナポリにいるのですか、インゲボルク？（ぼくは、君が九月にはまたミュンヘンに行くつもりだったことを覚えています。）

ぼくの八月は、四つの詩を除けば、空っぽでした、九月はおそらくたくさんの興奮をもたらすでしょう、ぼくの機嫌は最上ではありません。

二週間ほど前にネスケがここに来ました、レコード録音のために。ぼくは君にずいぶん愚かな葉書を書きました―君は怒っていないですよね？　君はどんな具合ですか、インゲボルク、君と君の仕事は？　君はぼくに何か送るつもりでした―どうかそうして下さい！（ぼくは君に新しい詩を送ろうか―どこへ？）

君の出立の直後に王女が電話してきました。彼女はそれから君にも手紙を書きました、ミュンヘンに、原稿料の件で―君はその手紙を受け取りましたか？　ヘレラーは彼の原稿料をまだ受け取っていません、ぼくは他の人たちもまだ待っているのではと心配しています、ぼくにはこのことはとても具合が悪いのです、どうか王女に、もし彼女がまだそうしていないのならば、原稿料（それは『アクツェンテ』のそれより少なくはないはずです）を振り込むように手紙を書いて下さい。このことで君を煩わせるのを赦してほしい―ぼくは王女の好意は本当にささやかにしか受けることを許されていないと感じているのです。

さらにもう一つ、というのは、ぼくはカール・クローロが、彼は数ヵ月前からここで暮らしているのですが、何度も尋ねるので、君はここにいたと、ただほんの一瞬だけで、その時彼自身はブリュッセルにいたと答えました。（彼があまり何度も尋ねるので、もしかしたらベルから、ベルにも彼はここで会ったのですが、聞いたのではと考えるほどでした。ネスケからは君はスペインにいると聞きました。）

九月に、多分一四日頃、クラウスが来ます、彼が来るのをぼくはとても楽しみにしています。君は、今もうすでに―あと二、三の詩と「エングフュールング」を付け加えたら―一冊詩集ができると思いますか？　フィッシャー社は、この本が出るのはようやく春になってからであるにもかかわらず、もう今、つまり九月末に、原稿を欲しがっています。ぼくにはすべてがあまりに不十分に思えます！

二、三行書いて、インゲボルク！

君の
パウル

104　BからCへ、ミュンヘン、一九五八年一〇月五日

ミュンヘン、五八年一〇月五日

パウル、愛するパウル、
私はこんなに長い間沈黙していました、それでもあなたのことをこんなに思っていました、というのも、私があなたに、手紙を一通だけでも書けたかもしれない時でも、そこには実際に起こったことは書かれなかったでしょう、だから沈黙の方が私には誠実であるように思えたのです。それでも私はとても苦しみました、特にパリのこの過ぎ去った不安な日々におけるあなたたちのことが心配だったから。
　この八月と九月、それは疑いで満ちていました、そして起こった新しいこと。あなたは覚えていますか、ある午後、私たちがロンシャン通りから外に出かけて、一杯のペルノーを飲み、あなたが冗談を言ったのを—私は恋をしたのではと？　あの時はそうではありませんでした、そして後になってこんなに奇妙にそれは始まったのです、ただ私はそれをそう呼んではならないのです。ほんの数日前に私はケルンテンから、そこについ先ごろまでいたのですが、帰って来ました……私はやはり別なふうに始めなければ。それを急いで言わなければなりません。ここでのこの数日、ミュンヘンでの最初の数日に、マックス・フリッシュが来ました、私に尋ねるために、それができるかどうか、彼と暮らすことが、そして今ではそれは決まりました。私はあと三ヵ月ほどミュンヘンに留まり、それからチューリヒに移ります。パウル、もしあなたがここにいたなら、もし私があなたと話すことができたなら！　私はとても嬉しいのです、私は好意と愛と理解につつまれてとても大事にされています、そしてただ時々私自身のことを悲しんでいます、なぜならば一片の不安と一片の疑いが、それは私自身に関することで、彼に関することではありませんが、完全には去らないからです。私は思うのです、あなたにこのことを言ってよいと思いますが、私たちにはわかっているのです、—誰か別の人間と一緒に暮らすということは私たちにはほとんど不可能だということを。けれども私たちは互いを欺かないし、欺こうとはしないということがわかっているのだから、それでも何かよいことが生じるかもしれません、毎日の努力から、それを私は今やはり信じているのです。

私はあなたの考えが知りたいのです、あなたがこの手紙を手から離して置く時に。何か私のためによいことを考えて！

いつあなたは来ますか？　私がどこかへ行きましょうか？　あなたが私のところに来ますか？　教えて！　私はそれを公然とできます、そしてこれからはずっとそうできるでしょう、それもまた私にはとても嬉しいのです。

私に今あなたの詩を送って、新しいものを全部！　そして私に一言言って！

インゲボルク

追伸

六週間ぐらい前に私はもう一度ユージン・ウォルターに手紙を書きました、今はまたきちんとなったと思います、私はあなたの手紙が来る前にそれをしました。私はナポリを立つときに、ローマで降りて、王女を訪ねようと思いましたが、とにかくできませんでした、人々に会うこと、そうしたことすべてが、私にはできませんでした。本当に自分の意志に反することがミュンヘンでは（私はまだあと四週間テレビのために働かなくてはなりません）あまりに多く、人々に再会して、三ヵ月分の郵便、私はすっかり自分が思慮分別を失ったように感じ、あらゆることをごちゃごちゃにしています。

でもクラウスがここに来ました、階段を上って来ました、私がトランクを下ろし、ちょうど駅から来たときに、そして彼は満足して喜んでいました、パリとトリーアから、それは素敵でした、そして私たちは二晩過ごしました、それから彼は絵を持ってウィーンに戻っていきました。どんなに何度も私は「パウル」と言うことができたでしょう……

I.

105　CからBへ、パリ、一九五八年一〇月八日

パリ、一九五八年一〇月九日

ぼくの愛するインゲボルク！

ぼくは何かよいことを君のために考えなくてはいけない、と君は言います―ぼくは喜んでそれを考えています、ぼくはそれを、よいものがこのようにはっきりと話し、ぼくに先んじて考えている君の手紙のように、考えています。大事にされること、好意、愛、そして理解、君はそれについて語っています、そしてすでに、それについて語ることができるというこのことだけで、それは君を擁護するためにあるに違いないということが証明されています。もしかしたら、君はあまり長くミュンヘンに留まらない方がよいのでは、つまり、三ヵ月は長い時間です。

君は仕事もできましたか？　ぼくに何か送ってくれようとしたことを忘れないで、散文か詩を。

ぼくはぼくの心に言います、君に幸せを願うようにと―それは喜んでそうします、自から。それは君が期待し、信じるのを聞いています。

パウル

106　BからCへ、ミュンヘン、一九五八年一〇月二六日

日曜日、一九五八年一〇月二六日

パウル、

ありがとう！　あなたはすでにもっと先を見ていました、私に、理由はわかりませんが、告げました、私はもっと早く行くべきだと。そして実際に今私はもう間もなくミュンヘンを発ちます、一一月一五日に。私は秩序と安息に焦がれています、それなのにここにはただ喧騒しかありません、あまりに多くのどうでもよい事ども、こんなに多くの障害、それを私は日に日に強く感じています。

私はまずは市内に私のための住居を借ります（チューリヒ、ホネッゲー・ラヴァター気付、フェルデック通り二一番地）、でもやがて、春には、近くの田舎にいくつもりです。

まだなお日々は骨の折れるものでした、多くの疑い、絶望に満ちた。でも人は様々な不安をただ現実の中にだけ運び入れて、それをそこで解決することができます、思考の中においてではな

く。

けれどもあなたはいつ来るのか、私たちはいつ会えるのか言いません。あなたは詩を送っていません！　私からあなたの手を取り上げないで、パウル、どうかそうしないで。

そしてあなたについて、あなたの日々について私に書いて下さい、私はあなたがどこにいるのか知らなければなりません。

あなたの美しい手紙、あなたの親切なそれ、もう一度、そしてさらに何度も、私がそれを喜んでいること――「静寂」ではなく。

インゲボルク

107　BからCへ、チューリヒ、一九五八年一一月二〇日

フェルデック通り二一番地
ホネッゲー気付
チューリヒ／スイス
電話：34 97 03

一九五八年一一月二〇日

パウル、

あなたの誕生日が近づいています。私は郵便を日と時刻まできっちりと正確にさせることはできません、でもあなたと私をまた。

ここはこんなに静かです。最初の文を書いてから半時間が過ぎました、そして過ぎ去った秋がこの秋の中に押し入ってきます。

インゲボルク

108　BからCへ、『マンハッタンの善い神様』の中の献辞、ミュンヘン（?）、一九五八年一一月

パウル、あなたのために。

インゲボルク
一九五八年一一月

109　CからBへ、アルチュール・ランボー「酔いどれ船」の中の献辞、パリ、一九五八年一一月二四日

インゲボルクのために——

パウル

パリ、一九五八年一一月二四日

110　CからBへ、パリ、一九五八年一二月一日

一九五八年一二月一日

愛するインゲボルク、

お願いが一つ、君が王女に手紙を書いたか、もしくは個々の原稿料の額を告げたかどうか、ぼくに知らせてほしい。というのも原稿料は今日まで振り込まれていない。ぼくにはこのことは具合が悪いどころではないのです。でもぼくはローマに手紙を書く前に、やはり君からもっと詳しいことを知りたいのです。

すべてのよいものを！
パウル

111　BからCへ、チューリヒ、一九五八年一二月二日

フェルデック通り二一番地
チューリヒ、一九五八年一二月二日

愛するパウル、
私は王女に手紙を書きました。ただしその前にすでにローマから一通手紙を受け取っていたのですが、その中に私には理解しがたい文章が書いてありました、「I am waiting for a hit（?）with what I should pay for the last issue with Germans. I long to get this in order...」と。そして私は特にネリー・ザックスのために書きましたし、期待もしています、王女から近いうちに返事がもらえて、どんな種類の障害があるのか、もしそれがあるのならばですが、わかるのではと。
「酔いどれ船」とクラウスの詩をありがとう！
（私は今もう一度ユージン・ウォルターにも手紙を書くことを考えています、今回何が起きたのか理解できません。）

私にはまだ気が重いのです、ここから、この新しいものから、外へ出て行くのは、手紙を書くことによってにせよ、何にせよ、あらゆることについて考えることは、時々私はとても疲れてしまいます、そしてあなたも黙りこんでしまっているように感じられます、私はそれを理解しようとしています、様々な困難なことが、去年何度もそうだったように、話し合いを重ねることで解決されるのを見たいと望んでいます。

インゲボルク

112　CからBへ、パリ、一九五八年一二月二日

五八年一二月二日

愛するインゲボルク、

君にボンでのぼくの朗読会について書かれた一つの報告の写しを送ります。(この手紙は一人の学生が書いたものです。) どうか、君がどう考えるか、ぼくに教えてほしい。

パウル

112・1　同封物（ジャン・フィルゲス、手紙の抜粋）

「……他の人々は、あなたがタイトルを告げたのはハインツ・エルハルトの滑稽さに非常に通ずるものがあったという意見でした。（私はこの意見には同意できません。）しかし特に人々が襲いかかったのはあなたのホザンナの箇所のパトスでした。カリカチュアの形を取った、公正でない一つの批評が朗読の後に私の目にとまりました。そこには身をかがめた姿勢で自分の鎖に逆らって荒い鼻息を立てていきりたっている一人の縛られた奴隷の姿が描かれています。そのスケッチの下にはこう書かれていました（そしてここからが卑劣です）、ダヴィデの息子にホザンナを！　と。」

113　BからCへ、チューリヒ、一九五八年一二月一〇日および二三日

五八年一二月一〇日

パウル、

私はあなたの問いかけとこの手紙についてとくと考えていますが、私が考えていることをすべて書き留めることはできません。ただ結論から述べることしかできません。私は、これに対する答はないのだと思います、あなたにとっては、あなたからは、この報告に対しては。これは屑籠行

きです。私たちは知っているのだから、こうした人々がいるということを、ドイツにも、どこでも、そしてもし彼らが突然皆消えてしまったとしたら、私たちはやはり驚くでしょう。—むしろ、人が、自分のために選び出すことのできない人間たちが集まっている中に入っていく時に、それでも、耳を傾けようとし、他の人々のことを恥ずかしく思っている人たちのために朗読する覚悟があるかどうか、という問題なのです。実際には、ただそこからのみ何かがなされうる、判断が下されねばならない、ということなのです。

どうやって悪をこの世から無くすことができるのか、私にはわかりません、そしてそれをただ耐え忍ぶべきなのかどうか、それもわかりません。けれどもあなたは存在し、影響を与え、あれらの詩はそれだけで感銘を与え、あなたをともに守ります—これが答であり、この世界で釣り合いをとるものです。

一二月二三日

クリスマスがこんなに近づいているので、私は急がなくてはなりません。今朝あなたたちからの小包が届きました。私はそれを明日、まずはクリスマスツリーの下に置き、それから開けましょう。先週あなたたちに小包を一つ送りました。そしてそれがちゃんと、間に合って届くようにと切に願ってもいます。年が明けたらすぐに数日の予定で両親に会いに行きます。いくつかのことを相談しなければなりません。弟は次の実習をイスラエルで行なおうとしています。彼は全く一人でそう思い立ちました、だから私はそれを一つの理由から、と同時に理由はなく、喜んでいます。

私は明日あなたたちのことを思いましょう。エリックのことを、彼はこの夕べを本当のものにしてくれるでしょう。私たちにはそれは難しいのですから。

愛をこめて。

インゲボルク

追伸。王女は手紙をくれました。彼女はネリー・ザックスに一〇〇ドル送り、ハイムに支払い、そして今他の人たちにも小切手を送っています。あなたはすでに何か受け取ったかどうかもどうか教えて！　私はいずれにせよあなたの返事を待たないで、それについてもう一言彼女に手紙を書くつもりです、すべてがきちんとなるように、私はそうします、なぜならば彼女は私に、遺漏のないように注意してほしいと求めているからです、つまりそれはごく当然のことなのです。

I.

114　Bから、ジゼル・ツェラン＝レトランジュとCへ、プレゼントのための小さな献辞のカード、一九五八年　クリスマス（?）

ジゼルのために、パウルのために（訳注：原語はフランス語）

インゲボルク

115　CからBへ、アレキサンドル・ブローク「十二」に書かれた献辞、パリ、一九五八年クリスマス（?）、一九五九年一月末／二月初め（?）

インゲボルクのために――

パウル

116　CからBへ、パリ、一九五九年二月二日

一九五九年二月二日

インゲボルク、ぼくは自分に言っています、君が予告した手紙が来ないのはただ君にはそれを書くのが難しいからだけなのだと、つまりぼくが電話でまくしたてて、そうでなくとも難しかったことを一層難しくしてしまったからなのだ、と。だからどうか数行でいいから書いてほしい、ぼくにはわかっているのだから、ぼくにとって何が、またもやこの不快なボン事件において、問題なのかが、きみにはわかっている、ということが。

ぼくは三月になってようやくドイツに行けます—もしぼくが君のために何かすることができると君が思うならば、ぼくは喜んで君と話すためにどこかに行くつもりです、もしかしたらストラースブールかあるいはバーゼルへ。あるいは君にはむしろパリに来るほうが望ましいでしょうか？


すべてのよいものを、インゲボルク！

パウル

117　BからCへ、チューリヒ、一九五九年二月八日

チューリヒ、一九五九年二月八日

パウル、手紙をすぐに書かなかったのは、ひとえに私がここで数日間辛い日々を送っていたからです、興奮にかき乱されて、その上流感も、ひどくはありませんが、何もできない気分です、仕事ができません、でも以前は具合が良かったのに。今また、から回りする絶望、意気消沈。

私はあなたにどうしても会いたい、ただバーゼルかストラースブールが適当かどうか思案して

います、今回、私にとってのこの変化の後で初めて会う場合に。私たちはチューリヒで会えないでしょうか？　その理由は、マックスにとっては、もしあなたと彼とが会うことになれば、その方がすべてが簡単なのでは、ということです。彼は私に、もうかなり前に、彼を締め出さないでほしいと頼みました。私はうまく説明しているかどうかわかりませんが―彼にはわかっています、あなたが私にとってどんな意味を持つのか、そして私たちが会うことを、バーゼルでも、あるいはパリや他のどこかでも、つねに正しいと思っています、でも私は、私が彼と一緒のあなたを避けている、あるいはあなたと一緒の彼を避けている、と感じさせないほうがよいのではと思うのです。

あなたがこのことをどんなふうに思うか教えて！　接点を見つけることは容易ではない、あなたにとっては、もしかしたら難しくさえあるかもしれない、ということは想像できますが、でもそれでも互いに気づくことはできるのでは。そして私たちがチューリヒでは互いのために十分時間が取れないだろうと心配する必要は全くありません。

私は今まだ、私たちが再会したいと思っていることについてマックスとは話していません、なぜならば私はまずあなたの返事を知りたいからです。

どうか、パウル、それは別として、というのも私はまだあの電話について言いたいことがあるのです、―あなたは私が何かを間違って理解するかもしれないと推測し始めると、そうなる時だけ私を困難にさせるのです。どうか私に言って下さい、言わなければならないことは何でも、よく考えたことでなくても、よく考えたことでも、それは私の前では同じなのです、つねに正しく、そしてつねに同じなのです。

あのブロークは素晴しく美しいです、楽々と荒々しく、そしてドイツ語による一つの驚かせる突破です。それは私を幸福にします、それはこんなにも完全なものなのです！

まもなくあなたの詩が世に出ます、再び私たちの時から。（カバーに気を配るのを忘れないで、予期せぬ不愉快なことが本当に起こりやすいのですから。）

私はこんなにも、こんなにもたくさんあなたのことを思っています！

インゲボルク

118　CからBへ、パリ、一九五九年二月一一日

郵便はがき

Fräulein
Ingeborg Bachmann
in Zürich
Feldeggstraße 38
bei Honegger

ウィーンからの挨拶。　第一区。アム・ホーフ

119　BからCへ、チューリヒ、一九五九年二月一八日

ただ一つ、短い文章です、これはある音楽の本の中に掲載されます。あなたに今取り組んでいるいくつかの習作を見せることができるまでにはまだしばらく時間がかかるので！

インゲボルク

同封物：エッセイ「音楽と文学」の原稿、保管されていない。

120　CからBへ、パリ、一九五九年二月一八日

五九年二月一八日

インゲボルク、

ぼくは君に数日前に一枚の古いウィーンの絵葉書を送りました、今ぼくが思うには、それは、宛先が完全に正しくはなっていませんでした―どうかそれが君に届いていればいいのですが。（ぼくはその絵葉書をとある古本屋で見つけました、河岸で、一年以上前にあの詩が思い浮かんだのとほとんど同じ場所で。）

ぼくは喜んでチューリヒに行きます、インゲボルク、もしかしたら五月に。でももしかしたら

その前にも君たちがここを通りかかるのでは？

ぼくはマンデリシュタームを訳しています、秋にはその本が出るはずです、フィッシャー社から。

上機嫌でいてほしい、インゲボルク、ぼくに手紙を書いて―そして送って、もしできるならば、数ページ。

クラウスは二六日にフィッシャー社で朗読します、君からカシュニッツさんにそこに行ってほしいと頼めないかしら？

すべてのよいものを、インゲボルク、すべてのよいものを！

パウル

121　CからBへ、パリ（？）、一九五九年二月二三日

一九五九年二月二三日

数行だけ、インゲボルク、君に尋ねるために。ハンス・ヴァイゲルが、彼は今、新しいオーストリアの文学に対する彼の貢献を、一つの愛書家向きのアンソロジーの分だけ増やそうと考えているが、君にも、もしくはピーパーに問い合わせてきたかどうかを。ぼくのところにたった今、ドイチェ・フェアラークスｰアンシュタルト社の照会が届いたところだ、（この出版社はついでに

言えば、どうしてもこの機会にぼくをこれ以上ないほどに卑劣に侮辱するつもりだ……)。ぼくはこの「名誉」をあまりにも喜んで拒絶しよう、けれどもそれは、もし君もそうしたならば、そうした場合にだけおそらく意味があるだろう。だからどうか、ぼくに数行書いてほしい。

パウル

122　BからCへ、チューリヒ、一九五九年三月二日

三月一五日以降、ハウス・ツム・ランゲンバウム
ゼー通り
チューリヒ近郊ウエティコン
電話番号：92 92 13（チューリヒ）

一九五九年三月二日

愛するパウル、
私は実際、人は批評に対して何かできるとは思いません、投書は普通ではありません、私の知る限りでは、掲載もされません。人はただ試みてみて、何人かの人々にその本に注意を向けさせ、そうすることでひょっとして、それがもし批評されていないとして、別の批評を、埋め合わせする批評を、受けとれるかもしれません。
私は昨日それらの詩についてクノ・レーバー（あなたはもしかしたら彼のことを覚えているか

もしれません）に話しました、彼はラジオ放送のために論評をしているので。ヴェルナー・ヴェーバーには私自身でノイエ・チュルヒャー・ツァイトング紙のために詩集を渡します。もちろんそれに関心を起こさせるのは必ずしも容易というわけではないでしょう、私たちはそれが時にとても時間がかかることを自分たちの経験から知っていますよね。私の最初の詩集は出版されてから一年たってようやく、実にぐずぐずと、ここそこで、批評されるようになりました。けれどもそれでも時の経過は詩にとって有利に働きます、そしてクラウスの詩にとってもそうなるでしょう、それを私は信じています、そして私たちや他にも友人たちがいるのです―そのことはもう短期間で少しは効果を及ぼしているではありませんか。モラスはもう一度何か掲載します、そして私は、もしあなたがそれを適当だと思うならば、FAZのシュヴァーブ・フライシュに書いてもいいですけれど、彼が今、まさにこの狭量な批評の後で、その新聞にクラウスの詩を一篇もう一度掲載するように。

あなたの声が聞けて素敵でした、それが私の書き物机の上にあるあの白いケースからやってくる度に、嬉しくなります。二週間後に私たちは湖畔の別の住居に引越します、チューリヒの近くの―市内で何か見つけるのはとても難しいです。私たちは五月一日にここを発ってローマに行くことはとてもできないのではと思います、というのも私は出発の前に本を仕上げておかねばならないのに、多分仕上げることができないでしょう。

それは本当に大変です、すべては本当に疑わしいです、このたくさんの文やページは。人はすべてを見失うわけではないということだけが、私には今、確かに一つの成果のように思えます。

私はむしろパリに行きたいのですが、私もあなたと同様の状況で、目下のところ身動きできません、引越しがまたもや目前に迫っています、だからどうか少し我慢して下さい。シャールの翻訳に関してはまた手紙を書きます、私はそれをまだ全部読んでいません、本当に少しずつしかできません。

ヴァイゲルからは何も言ってきません、出版社も照会を受けていないようです。だから何をあなたに頼んだらいいのかわかりません。もちろん、もし何とかできて、私が問い合わせを受けることにでもなるとしたら、否と言いたいです、このように野卑な言葉をいろいろ吐かれた後では。けれどもまた一方で、私を無意味に刺激し、対処できないような言葉をさらにもっと呼び覚ましてしまうのではないかと恐れています。私は途方に暮れています。さしあたりあなたはあなたで判断を下すのでどうでしょうか。

愛する人、こんなにも辛いことがたくさんあります、それを考えることだけでも。でも脇に放り出すようにやってみて下さい、できる限り。それに無駄に力を費やす価値はありません。

もしあなたが五月に来ることができるなら！……

マックスが挨拶を送ります。彼もそれをとても喜ぶでしょう。

あなたの本を楽しみにしています―そしてどんな合図も！

インゲボルク

123　CからBへ、パリ、一九五九年三月一二日

一九五九年三月一二日

愛するインゲボルク、

何よりも君の賞についてお祝いを言わせてほしい。盲人たちがその場に居合わせるのだから、彼らのうちの一人は見たにちがいない―ひょっとしたら数人さえもが。

報告できることはあまりないのです。ぼくは日々色々と卑劣な言動を体験しています、有り余るほど潤沢に供されて、どの街角でも。最後の「友人」は、彼はぼく（とジゼル）に嘘をつくというプレゼントをしてくれましたが、ルネ・シャールという名前です。構いませんとも。ぼくは彼を訳したのですから（残念ながら！）、ところが彼の感謝は、ぼくはそれを以前にすでに、もっとも少なめにですが、もらうのが許されたのですが、なかったのです。

虚偽と卑劣な根性、ほとんど到る所に。

ぼくたちは孤立して途方に暮れています。

マックス・フリッシュによろしく―

幸せでいて、そして気楽にしていてほしい―

君のパウル

124　CからBへ、『言葉の格子』の中の献辞、フランクフルト・アム・マイン、一九五九年三月二〇日

インゲボルクのために

フランクフルト・アム・マイン、パルメンガルテンにて
一九五九年三月二〇日

パウル

125　CからBへ、パリ、一九五九年三月二二日

パリ、五九年三月二二日

君は本を受け取りましたか、インゲボルク？（ぼくはそれを金曜日にフランクフルトで出しました、愚かなことに印刷物として航空便で―それが無事に届いたのだったらよいのですが。）

奇妙なことにぼくはこの瞬間、それはある重要さを持っていることが分かっています。

君のパウル

126　BからCへ、ウエティコン・アム・ゼー、一九五九年三月二三日

アイスルパウル　コレラノシヘノ　バルメンガルテンヘノ　NOUS DEUX ENCORE ヘノ　ニュウジョウケンヲ　アリガトウ　コレラノシヲ　アリガトウ

インゲボルク

127　BからCへ、チューリヒ、一九五九年四月一四日

パウル、

火曜日でも水曜日でも、つまりあなたが望み、可能なように！　私はあなたを迎えに行きます。あとは私に到着時刻を手紙で知らせるか、電報を打って下さい、お願い！

そして今待っています。

インゲボルク

一九五九年四月一四日

128　CからBへ、パリ、一九五九年四月一八日

五九年四月一五日

愛するインゲボルク、

申し訳ない、ぼくは来週には行けると思ったのだけれども行けません、でも再来週になったら、というのもぼくは―ずいぶん前から約束していたのです―イギリスの年取った叔母のところに行かなければならないのです、彼女は、もしぼくが彼女を、すでに一度そうしたように、見捨てたら、ぼくのことを赦さないでしょう。どうかがっかりしないで下さい、ぼくは、もし君たちにとって都合がよければ、四月末に行き、二日か三日滞在します。

君の

パウル

129　BからCへ、チューリヒ、一九五九年四月二〇日

五九年四月二〇日

愛するパウル、

私たちは来週でも全くかまいません、そのことをあなたに急いで言いたかったので！　来て、あ

なたにとって一番都合がよいときに。私たちは何も予定していないし、仕事をして、あなたと一緒の日々のためによい天気を願っています。
でもやはり近いうちに来て。

インゲボルク

130　CからBへ、パリ、一九五九年四月二二日

一九五九年四月二二日

ぼくの愛するインゲボルク、
ぼくはまた書いている、もう今日にも、残念ながら君に、君たちに、来週も行けないと言うために。というのはイギリス旅行をぼくたちは延期しなければならなかった、というのもエリックが百日咳がまだすっかり治まっていなかったのに加えてさらにひどい鼻風邪を引いてしまったのです。その上ぼくはフィッシャー社からマンデリシュタームの翻訳のことで攻め立てられています、遅くとも五月一五日にはそれを渡さなければなりません、つまりもし期限を厳守するつもりであり、そして本を秋には出したいと思うならば、ひたすら「そのことに没頭」しなければなりません。確かに訳し終えてはいますが、まだタイプで打っていません、そして残念ながらまだ数箇所すべて明らかというわけではないところがあります。

君たちは五月二〇日頃までチューリヒにいるでしょうか？　どうか気を悪くしないで下さい、君にはぼくがどんなに行きたかったかわかっています。

君のパウル

131　BからCへ、ウエティコン・アム・ゼー、一九五九年五月一六日

五九年五月一六日

愛するパウル、

許してね、私がようやく、あなたがマックスと電話で話した後になって手紙を書くことを！　あなたがこの沈黙を誤解しなかったことが嬉しいです、というのも私はただひたすら病気のことで忙殺されていたからです。今ようやく一人お手伝いさんを見つけ、家事や看病が前よりうまくいくようになったところです。

あなたたちが来るのは素敵です。私たちは喜んでいます。私は今通りの向こうのホテルに部屋を探しに行ってきます。そして木曜日にはあなたたちをチューリヒに迎えに行きます。どうかその前に電報を下さい。

伝染病の危険についてもう少し話すつもりでした。というのもそれはジゼルやエリックによりもむしろあなたに関係するのです、というのは黄疸はまず第一に「男性の病気」だからです。そして黴菌は空中をさまようのではなく、ただただ直接的にのみ感染します、同じお皿から食べる

ことによって、等など、だからそうしたことは避けねばなりません。このことをあなたに告げるのは、一方ではただあなたを安心させるためであり、他方ではしかし、何も起こらないとは完全には請け合えないということをあなたに注意するためです。とはいえ私にはこれは稀な病気であるように思えます、そしていずれにしても人はすでにそれに対する疾病素因を持ち合わせているに違いありません。愛するパウル、つまり両方のことが言えるのです、私たちはそれが危険ではないということを喜んでいるし、信じているということ、でも、もしあなたたちが怪しく思ったとして、私たちは一瞬たりとも気を悪くしないし、それは完全に理解できるということです。

私はよい天気になるよう気を配り、ちょっとした快適な遠足を考えましょう。代官屋敷のあるグライフェン湖は近くです、うっとりするほど素敵です、そして他にも色々と。

ええ、来て！

あなたの

インゲボルク

132　BからCへ、ウエティコン・アム・ゼー、一九五九年五月三一日

ウエティコン、一九五九年五月三一日

最愛のパウル、

あなたたちが来なくて本当によかった！　あなたたちが来るつもりだった木曜日にマックスの病状は急に悪化して、金曜日に、つまり一〇日前に、彼は入院しました。今は一部、人工栄養を受けています、すっかり弱っていると感じています、本当のところ私に会ってもいけないのです、――それでも私たちは三週間ほどきちんとした治療を受ければ出立できるくらいになるのではと期待しています、キアチャーノへ、肝臓に効くイタリアの湯治場へ、そこは最良かあるいは最良のうちの一つです。

私も具合がよくありません、おそらくこんなにも私には何もできないから、こんなにも無用な人間となっているからもあるでしょう。それに私は仕事もできません、そのための時間は今までになくこれほどたくさんあるのに。私たちは今、こうした、そしてさらに他のいくつかの理由から、私が二週間くらいのうちにまず先に行き、ローマへ、そこでもっと安いカンパーンニャ州に私のための小さな夏の住まいを探す、ということで意見が一致しました、そうすれば私はそこから二時間でキアチャーノに行くことができて、マックスを訪ねることができます。

パウル、では私たちはどうしましょうか？　どうやって、そしていつ、私たちは会えるでしょう？　私には目下のところ、この私の中にますます広がっていく殺伐とした心情では、ほとんど何も思いつきません。あなたたちはどれくらいクリムルにとどまるのですか？　たとえあなたたちが六月一五日より前か、あるいは六月一五日頃に来られたとしても、あなたが望み、そしてまたマックスが望むように話をすることはほとんどできないでしょう、彼は面会謝絶で、部屋にはドアのところに窓が一つあって、それ越しに話すことができますが、それはあまりにわびしいです、そして彼は始終憔悴しきっているし、まだこの先もずっとそうでしょうから、私たちは彼が内的にも外的にも回復するまで、秋まで延ばしたほうがいいのではと思います。

そうしたら私たちにとってまた会う可能性は残るでしょう、でも私は実際一五日か一六日に、それどころかもしかしたらもう六月一四日には発たねばなりません。私は地図を眺め、あなたたちの場所が近いのではと期待しました、でもそれはとても遠い。あなたに何か方策はありますか？　ジゼルとエリックに私からたくさんの愛を伝えてね。

ああ、パウル、私はすっかり凍えきっています、外の急激な冷えこみや他にも色々のことで。

インゲボルク

133　BからCへ、ローマ、一九五九年七月九日

ヴィア・デラ・ステレッタ二三番地
ローマ
電話：56 30 39

一九五九年七月九日

最愛のパウル、
電報をありがとう！　そして許してね、私が今日ようやく手紙を書くのを、それもただこんなに

少ししか書けないことを。私は殺伐とした心情と憔悴のあまり自分の意志を理解させることができません、そしてもう何週間もこうなのです。マックスは来るはずでした、今、ここのサナトリウムに、ローマ近郊の肝臓の湯治場に、それなのに今彼はまずドイツに、バート・メルゲントハイムに行かなければなりません。私は今日彼から手紙を受け取りました、彼はあなたがチューリヒに来て、彼とウエティコンで連絡を取ろうとしたと書いています。でも彼はタールヴィルの友人のところにいました、病院とサナトリウムの間の日々をしのぐために。八月にはマックスはこちらに来ます、それで私はここに九月二〇日までとどまります、それから私は、少しお金を稼ぐために、飛行機旅行をして、それについて何か書くことになっています、そもそも仕事をするべきなのですが、できません、私にはすべてがばらばらに砕け散っていきます。パウル、私たちはそのうち話しましょう。今はこんなに辛い、私のことを我慢して。

インゲボルク

134　CからBへ、シルス・バゼルジア、一九五九年七月一五日

ペンジオーン・シャステ、シルス・イム・エンガディン、一九五九年七月一五日

ぼくの愛するインゲボルク、

君はローマにいます、お願いですから、王女に尋ねて下さい、なぜ彼女はあの時ぼくから手に入れたボッテーゲ・オスクーレのために寄せられた原稿に原稿料を払っていないのか。グラスは、ぼくは彼にチューリヒで会ったのですが、彼の原稿料をいずれにせよ今日まで受け取っていません。ぼくはこのことで非常に具合の悪い状況にいます、ぼくは原稿料を約束したのですから。

あの全くとんでもないユージン・ウォルターに宛てて書いた何通もの手紙が、その中には書き留めも一通ありますが、返事のないままになっています。単にいい加減なのか、それとも、残念ながら推察せざるをえないように、他の事情があるのか？ どうかこの不快な状況からぼくが抜け出るのに手を貸してほしい、どうかぼくに明らかにしてほしい。

ぼくたちは二四日までここにいます、それからぼくたちは、何よりもこんなにたくさんの休暇から休養するために、パリに戻ります。

ぼくもいつも調子がいいというわけではありません。

すべての愛するものを

君の

パウル

135　CからBへ、シルス・バセルジア、一九五九年七月二〇日

ぼくの愛するインゲボルク、
昨日マックス・フリッシュがここに来ました、不意に、ぼくはそれに対して全く心の準備ができていませんでした、チューリヒの知り合いたちも、つまりアレマン夫妻が来ていて、少し話しましたが、おそらくただほんの一瞬でした、彼とぼくが期待していたように。

ぼくの調子は―ぼくのこの間の手紙が愚かに告げていますが―よくはありません、若きパルクを訳したにもかかわらず、またすっかり自分が、そしてすべてが厭になってしまいました、書くとは一体何なのか―そして書くことに習熟した者とは一体？　そしてその上……

ぼくは君にボッテーゲ・オスクーレの原稿料の件で手紙を書く前に、別の手紙を書いていました―でも出しませんでした。それは今ここに、中途半端な考えや問いをみなかかえたままあります……

もしかしたら君がフランクフルトの講師の職を引き受けたのはやはり正しいのかもしれない―ぼくたちは皆すでにもう妥協のうちに奥深く入り込んでいるのだから。

でもジェット機の世界飛行は、インゲボルク、やはり少し違うかもしれません、つまり、君にこう言うのを許してほしい、ぼくの中で何か本当にぼくの一部になっているものがそれに反対していて、そしてそれ故に、つまりぼくはそれをぼくから剝がすことができないから、君にその全体をもう一度よく考えるように頼んでいるのだと。もし君がそうできないならば、それならばぼくはもろもろの思いをこめてあの上のスピードの中に座り、君を無事にまた家に連れ帰るという

ことが君にはわかります。
ぼくたちは数日のうちにパリに戻ります―どうかそちらへ書いてほしい！　頻繁に書いてほしい！

君の
パウル

135・1　同封物

ペンジオーン・シャステ、シルス・バセルジア　　一九五七年七月一一日

ぼくの愛するインゲボルク、
ぼくはいくらか心配していました。今はそれほどではありませんが、だって君はローマにいるのだから、つまりなんとか我が家に、そして、少なくともぼくのイタリア語が主張するところでは、小さな星通りに……

ぼくたちは一週間前からここに来ています、ザルツブルクなまりの雨の数週間、ウィーンでの一週間の滞在、ジェノヴァの近郊（もっと正確には、モンテロッソ。リリー・フォン・ザウターが人気《ひとけ》がなくて、とても、とても静かだと勧めたのです……）を猛スピードで走り回った一日、

チューリヒの三日間の後に。

ウィーンから君に電話しようとしました、夕方に。君はいませんでした、おそらくラント通りの郵便局からではなく、西駅からかけたのが悪かったのでしょう。

ぼくは少し仕事をしました、何かある悪魔が、今ぼくが、ぼく自身がはかどる代わりに、あの若きパルクを翻訳するのを望んでおり、五一〇行のうち四六〇行を翻訳しました、この悪魔かあるいはその親戚が今ぼくをさらに助けてくれますように！

君の手紙が来る前に、ぼくは新聞で君がフランクフルトへの、つまり大学への「招聘」を受け取ったことを知りました―。心の底からおめでとうを言います！（けれども、ここだけの話だが、それは一体本当に講義できるのだろうか？　そうすべきなのだろうか？「仲間よ、これは断じて本なんかじゃない、これに触れた者は実は人間に触れているのだ！」（訳注：酒本雅之訳参照）ぼくは指先にまで届く魂の突起たちがとうに大部分の人々から手術で取り除かれたのではと恐れます、ちなみにヒューマン・リレーションという名において……）

インゲボルク、あまりにたくさん飛びすぎないでほしい！　ぼくたちが「大地に固定され」ていることを君は知っています……（それはそうと、この一言はヴッパータールで生まれたのですから、「連盟」は一〇月に君を招待しましたか？　君は行きますか？）

もう一つお願いです。どうかカエターニ王女に、なぜぼくから手に入れた原稿に対する原稿料が振り込まれなかったのか、尋ねて下さい。グラスは、ぼくは彼にチューリヒで会ったのですが、いずれにせよそれを受け取っていません、おそらく他の人々もでしょう。（どうかエンツェンスベルガーに尋ねて下さい。）ぼくにとってこのことは非常に具合が悪いのです、その上ぼくは、一体裏に何がひそんでいるのかと自問しています―と言うのも何かが、あるいは誰かがその裏にひそんでいるのです！）

ぼくはここの上のほうに座っています―ニーチェはそれをぼくに許してくれるでしょう！（君は覚えていますか、彼はすべての反ユダヤ主義者を射殺させようとしたのを？　今、彼らは多分メルセデスに乗ってこちらへ上ってくるでしょう……）

元気を出すように、インゲボルク―

ぼくは君にこのリンドウは渡さないでおきます、だからフタマタタンポポとたくさんの野チシャとともにいます。

君のパウル

136　CからBへ、パリ、一九五九年七月二六日

一九五九年七月二六日

パリ、再び―ローマはここほど暑くないといいのですが……

先週の水曜日にマックス・フリッシュがもう一度シルスに来ました、ぼくたちは一時間（かそれ以上）シャステを散歩しました、それは好ましい会話だったと思います。君は―彼はそれについて話しましたが―エンガディンに上って行くことで、彼の手助けをすることはできないのかしら？　そうしたら、そこには、空気、溢れる光、カラマツの木々、間近なむきだしの岩石……（それから一度君にはアルプ・グリュームにも行ってほしい、そこではこの地球が必ずしも人間たちのために創造されたのではないということが非常にはっきりとわかります。）

一つお願いです、インゲボルク。もしかしたらローマでこの本が見つからないでしょうか。Renato Poggioli, Pierte di paragone, Firenze 1939です（これには「マンデリシュタームの注釈」が入っているのです）。数ヵ月前にフリンカー書店を通じて注文しましたが―うまくいきません。君の誕生日の本をどこに送ったらよいのか、どうか教えて下さい！

そして君が何をしているのか、そして考えているのか、それも教えてほしい！

君の

パウル

137　BからCへ、ウエティコン・アム・ゼー、一九五九年八月五日

ウエティコン・アム・ゼー、ハウス・ラングゲンバウム

一九五九年八月五日

私の愛するパウル、

こんなに多くのことに対してあなたに答えましょう。最後のものから始めます。ローマではとても具合が悪かったので、私は突然出立しました、スクオルへ、それからそれが正しかったことがわかったので、今マックスと私はまたウエティコンにいます。

あなたたちがもう一度会ったことを喜んでいます、でもどんなに私もそこにいたかったことでしょう！ あなたたちのすぐ後にひどい寒気がエンガディンに侵入してきました、私にはそこはもう秋のよう、ほとんど冬のようでした、降ったばかりの雪が峠に積もっていました。でも私たちは、もし天気がまた良くなれば、もう一度、数日シルス・マリアに行くかもしれません、そうしたらあなたが私に最後の手紙で挙げてくれた道を歩くつもりです。

ボッテーゲ・オスクーレに関して。私は一度、ローマで、本当に最初の頃、マリー・ルイーゼ・フォン・カシュニッツに付き添って編集部に行きました。彼女も彼女の原稿料を受け取るつもりでした。けれども編集部は変わっていて、ユージン・ウォルターの代わりに数ヵ月前から若いアイルランド人がいて、彼は彼女に、お金はないと思う、としか言えませんでした。王女はローマではなく、パリにいます。ウォルターにも私は一度会いました、彼は、何かの意見の相違で、王女のところをやめたか、やめさせられました、でも彼は私に、もう一度彼女にまだ原稿料を受け取っていない作家たちのリストを見せようと言いました。（私は私にわかる限りの名前を彼に知らせるつもりです。）——パウル、確かに非常に不愉快な状況です、私にとっても、私はヴァルザーに原稿を依頼したのですから、でもそれはさしあたりただごたごたのせいだけと言えます。その裏には何もひそんでいません、おそらく彼女の手に負えなくなったという以外には、とはいえ彼女は非常に年取っており、多分助言も間違っていたのでしょう。（エンツェンスベルガーにはすでに私がすべてを説明しました。グラスにも、もし彼がまだここにいるか、また来るならば、私がそれを伝えられます。）

飛行機旅行とフランクフルト大学のゼメスターは私の心にとても重くのしかかっています。その申し出を両方とも、精神状態が正常でなく、もはやなすすべを知らないという時に引き受けてしまいました。それでも飛行のほうがずっと心配ではありません、だからあなたの疑念に完全に同調するというわけではありません。あなたは妥協ということに触れ、私たちは皆すでにそれをしているのだと言います、そのことが私には一番ショックでした、私自身にとってそのような考えはあまりにも無縁のものだったから、これまで―私にとっては妥協はフランクフルトで始まります、なぜならば私はこのことで、私が決してしようとは思わなかったことをするのではと恐れています、そして今何か逃げ道を探しています。これはもうほとんど取り消すことはできないのだから、私にわかっているこの危険を、文学的な諸問題について長々と論じることはしない、つまり「について」話すことはしないということで対処してみようと思っています、無駄話にさらにもう一つ無駄話が付け加わらないように。

どうか、パウル、私に書いて下さい、人は大いなる疑いをもって、そして多くの疑いからそれでも何か言うことが許されるとあなたは思うかどうか！

飛行機旅行については私の考えは違います、私はそれを大変ではあるが、それに対してこれこれしかじかのお金をもらう一つの仕事だと思っています、そして私は私が書こうと思うことをただ書きさえすればよいのです、それがまずいものであろうと、つまらないものであろうとも、でも私はそれ故に自分でなくなったり、自分のことを描き損なったりはしません。危険は本当にただ「名誉ある」フランクフルトだけにあると思っています、というのは怪しげなものが明々白々ではないところでは、それと一緒に滑ってしまいます。飛行機旅行はおそらく馬鹿げているでしょう、でも私は何か愚かなことをすることは恐れません。その後で私はエリックに少なくとも話すことができます、ゾウたちは本当はどこにいるのか、そして南洋はどんなふうに見えるか、そして頭を横に振っている彼の父親は、私がもう二度と行かないと約束すれば、大目に見てくれるでしょう。

パウル、この旅は一〇月末にロンドンで終わりますので、私はパリ経由で戻ることができると思います。私はそれを望んでいます。そうしたら私たちはまもなく会えるではありませんか。

今日ネスケ氏が電話をしてきました、ハイデッガー記念論集のための寄稿の件で。それで私はそれについてあなたに質問しなければなりません、というのもそれは私にとって妥協の一つですから。どうか、もしできるならば、私にそれに対する短い返事を下さい―私はどうしたらよいかわかりません。私は何年か前に批判的なハイデッガー論文を書きました。そして私はこの勤勉な義務的修行に価値を認めてはいませんが、ハイデッガーに対する見解は決して変えていません、彼の政治的な過ちは私にとっては論外であることに変わりはありません、そしてまた、依然として、そのための侵入箇所を彼の思索に、彼の仕事に認めます、しかし同時にまた、私は彼の仕事を本当に知っているのですから、その仕事の意味と価値がわかっており、その仕事に対しては断じて批判的にしか向き合うつもりはないのです。—つけ加えて言えば、もしも今ついにヴィトゲンシュタインのドイツ語版が作られるならば、私は喜んで序文を書くでしょう—そしてもし私がそれを書かないほうがよいということにでもなれば、それはそれでいいのです、私は自分の能力が十分ではないのではと思いますから、でもそれは心から望むことではあるのです。

私はこの論文集のために寄稿を求められているということを、もうずいぶん前から知っていました、私はそれを望んでもいましたし、ハイデッガーが私の詩を知っていると聞いた時は嬉しかったです、でも数ヵ月来私はためらっており、そのためらいを認めてはいなかったのですが、今、それを認めます。（もし私がネスケを断るとしたら、それは説明なしにするつもりです、と言うのも余計なおしゃべりはしたくありません、そしてまた侮辱も、私はただ私自身に対して正しく振る舞いたいだけなのであり、あなたに尋ねたいのです。そして何よりもあなたを惑わしたくはないのです、あなたが承諾したからといって。というのは型にはまった正しい振る舞いなどはないのですから。私たちはあくまで生き生きとしているでしょうから。）

近いうちにまた書きます。わたしはあなたのことをたくさん思っています。

あなたの

インゲボルク

138　CからBへ、パリ、一九五九年八月一〇日

パリ、一九五九年八月一〇日

君の質問に答えるのは簡単ではない、でもやってみよう、今すぐに。

　ハイデッガー記念論集についてだが、ネスケはぼくに数日前に書いてきました。その手紙にはリストが添えられていて、このリストにぼくは載っていました、問い合わせのないままに。というのは、ぼくはネスケに一年前に、もしもこの論集に参加する他の人たちの名前を前もって知らせてくれたならば、自分も寄稿を考えましょうと言ったのですが、ネスケはその約束を守らなかったのです。つまりそれを彼はしなかった、それどころかそれについては疑いもなく彼には（まずいい加減な）理由があって、ぼくはこのリストに載っていて、いまや、できるだけ早く、詩を送るように求められています……つまりこれがコンテクストであり、そしてそれはまた他の点でも考えさせられるコンテクストです。だからぼくは何も送るつもりはありません。だがこうしてネスケは、きっと偶然ではなく、ぼくがそうしやすくしたのです。ぼくはまた、あの頃ネスケが同じく寄稿を約束したとぼくに話していたマルティン・ブーバーが載っていないのにも気づきました。ここまでは直接的なこと。ハイデッガーに戻ります。ぼくは、君にはわかっているが、確かに、フライブルク大学学長就任演説や他のあれこれを誰よりも無視することのできない者だ。けれどもぼくはまたぼく自身に言うのだ、特に今、ベルやアンデルシュのようなこれほど特許を与えられた反ナチを非常に具体的に身をもって知ったところで、自身の様々な過ちを飲み込むの

に難渋する者、まるで決して過ちを犯したことがないかのようには振る舞わない者、自分にこびりついている汚点を隠さない者のほうが、自分が当時非の打ち所がなかったということに(ぼくは問わざるを得ない、そしてぼくにはその根拠があるが、本当に、そしてあらゆる点で、非の打ち所がなかったのだろうか?) 非常に快適かつ有利に、こんなに快適に、身を落ち着けて、それ故、今そしてここで——もちろん「私的」にのみであって、公においてではなく、というのもそのことは周知のように名声をそこねるから——まさにあっと言わせるような卑劣な行為をすることができる、そういう者よりもましだと。言い換えれば、ぼくはハイデッガーはもしかしたら色々わかっていたのかもしれない、と自分に言うことができる。ぼくには見えるのだ、どれほど卑劣な根性がアンデルシュやベルの中に潜んでいるかを、さらにぼくには見えるのだ、シュナーベル氏が「一方で」アンネ・フランクについての本を書き、その本の原稿料を無視できないほど寛大に何らかの補償の目的のために使い、だが「他方で」その同じシュナーベル氏がフォン・レゾーリ氏に彼の本に対して、あの——なんという背景か!——あれほど素敵に、そしてあれほど愉快に、そして、そうでしょう、あれほど機知に富んで、すべての、もちろん「ナチズム以前の」反ユダヤ主義を並べ立てる術を心得ている、あの本に対して賞を授けるのが(それから、ぼくが——けれどもいざというときに、どうして一体ぼくでなければならないのか?——彼を叱責したら、ぼくがそうした「形」ゆえに大いに傷ついているという様子を示すのだ)。

このことが、ぼくの愛するインゲボルク、ぼくには見えるのです、ぼくには見えるのです、今日では。

さてでは君のフランクフルトの講師の仕事についてだが、ぼくは、真の疑念をいくつも持っていた、そして今も持っているのだ―そしてそれを君に言わずにいるのは間違いでしょう。こうすることによってツンフトが（そしてそれだけではないが）文学をいわば帽子に飾りとして挿すのだ、ということは別にして―そして、申し訳ないが、このことはともかくドイツ連邦共和国的なひけらかしの一つなのです、このようにして今や「私たちは」ともかくオックスフォード同様に上等です―、人が、詩というものを心ゆくまで賞味することで（というのも一つのプログラムがあるのだから、そしてまた、全く確かな筋から聞いたところでは、「第三の」もその一つなのです）、この心の「仕事の能力」を非常に美しく実演してみせるということは別にして―こうしたことすべて（さらに他の色々のこと）を別にして、ぼくにはほとんど信じられません、「詩学」に、詩がぼくたちの暗い空の下で、目指したところに向かうのを助けることができるとは。けれども、そしてぼくはこのことを、例えば君がそれらのこと全部をもはや取り消すことができないからという理由から言うのではありません、けれども、それでもそれを試みたまえ、そうだとも。君にまだ完全にははっきりと見えていないかもしれない何かが、一つの小さな不可視性が、非常に明瞭に思われるものの前で目がどもるということが、おそらく君があれやこれやを真に伝えるのを助けるでしょう。（傍注：ぼくははっきりと表現されるものに完全に賛成です。）

さてそれから君の飛行です、インゲボルク、どうか飛びたまえ、君がそれをやめることができないのならば。でも君がやめることができるのならば、それならば飛ばないでほしい。結局のところ君の「自由」なのです、それについてそうかこうか書くのは。ただし君が飛ぶことにはちょっとした巧緻な宣伝効果という考えがあずかっています。というのも君が飛ぶということ、まさに君が、そのことが、インゲボルク、人々を満足させるのです。（君はそれを仕事と呼びます。どうかその付加価値を考えてみてほしい、そしてその場合、君が書く詩がそれに寄与するということをよく考えてほしい。）そして、インゲボルク、ほんの少しそこにいたということ……これこれの時間の南洋やゾウたち……君はむしろエリックに一頭のゾウを、それは、もし君が運がよければ、野ねずみにとってもよく似ているそれを書いてくれる方がいいのではないだろうか？ けれども（ここでもまた）、ぼくたちのこの時代に飛行機が運行される—なぜ君も飛ばなくてはならないのだろう、もしかしたら君は、ただ数回数えるほどしか凧を上げたことのないこのぼくには、全く見ることができなくて、そして君が見えるようにして初めて見えるようになる何かを、こうして飛ぶことで獲得するのだろうか？ ではすべてのよいものを、空中でも！

マックス・フリッシュによろしく！

君のパウル

君は一〇月末にヴッパータールに来ますか？

139　BからCへ、ウエティコン・アム・ゼー、一九五九年九月三日

ウエティコン・アム・ゼー
五九年九月三日

愛するパウル、
私は飛行は取り止めにしました。いったん引き受けた義務からのがれ出るのはとても大変でした、そしてここ数日はそれで過ぎました。あなたにこれより以前には、あなたにそれを確実に言えるまでは書きたくなかったのです。今は前より明るい気持ちです。まだフランクフルトは残っていますが……

もちろん私はハイデッガーの件であなたが言っていることは理解できます、そして私は依然として、拒絶が侮辱になる、ましてや判決になることは望まないという考えですから。「ヴァレリー」が届きました、私の誕生日の本が、私がどんなにそれを喜んでいることか！　でもあの時、パリで、あなたは私に兄弟姉妹本たちを直接下さることができたのに。いつあなたにまた会えるのでしょうか？　冬に、フランクフルトで？　あなたは私に翻訳を送ってくれるかしら？

ここは静かです、うまくいっています、私は少し仕事をしようとしています、でもいつも疲れている気がします、始める前にもう、様々な疑いに疲れ果てているような。

私は考えて、考えています、でもいつも、私がもはや信頼を置いていない、もはやそれで自分自身を言い表すつもりはないこの言葉で。──ごきげんよう、愛するパウル。

インゲボルク

一九五九年九月七日

140　CからBへ、パリ、一九五九年九月七日

インゲボルク、ぼくは嬉しい、君が飛ばないことが。

今、君が最終的に断ったので、ぼくは君にこうも言える、このニュースにはぼくにとって何よりも不気味なものがあり、それがぼくにあらゆる（副次的な）論拠を見つけさせたのだと。

ぼくは本当に嬉しい、君が飛ばないことが。

フランクフルトは、断らないでほしい、どうか、絶対にうまくいくでしょう。

ハイデッガー記念論集について。ネスケは、ぼくはそのことを一秒たりとも疑わないが、汚い人間です。レコードに関するぼくの体験から、そしてさらに断りもなしにぼくがリストに載った後では、ぼくは他にも色々あるが特に次のことも自分に言わざるを得ません、この記念論集では、それが印刷されて手元に届いたら、以前には触れられなかったあれやこれやの名前がそこに載っているということもありうるだろうと（フリードリヒ・ゲオルク・ユンガーは実際もっとも素敵な人々の一人ですらありません……）、そしてぼくは断じてその名前の隣に行ってはならないと……だからぼくはただ言うだけにしました、ぼくは希望すると、彼が、ネスケが、ハイデッガー

の七五歳の誕生日にもう一度記念論集を出す場合には、時期を逸することなくぼくに知らせてくれるようにと……

（ぼくはそしてまた、確かに、「存在の牧人」ではありません……）

君に若きパルクの最初の三分の一を送ります、インゲボルク。これは『ルントシャウ』の校正刷です―目下のところぼくの持っている一番読みやすいテクストです。どうか読み終えたら、ぼくに返してくれたまえ。一〇月初めにはおそらく全部清書し終えるだろうから―今ぼくの考えは全くそこに向かおうとしていないが―そうしたら君にそれを送ります。

マンデリシュタームはまもなく出来上がるでしょう、でもそれに関してもうすでにあまりに嫌なことを色々経験したので、その本が出来上がることについてはあまり約束できません。（ついでに言えばぼくはそれ以外でもまた暗闇の中に入り込んでしまっています。）

君はヴッパータールに来るでしょうか？　ぼくは二、三の朗読会に招待されています、その一つはウィーン（！）の、ブルク劇場のマチネー。でもぼくは読み飽きています、これらすべての手紙にまだ返事をしていません。その他にぼくはエコール・ノルマルのドイツ語講師の職を引き受けました、何よりもそれが伴う月給のために。ぼくは当分沈黙している中を抜けていかねばならないと思います。

すべてのよいものを、インゲボルク！

パウル

同封物：ツェランによる手書きの訂正のある、『ディ・ノイエ・ルントシャウ』中の彼のポール・ヴァレリーの

「若きパルク」の翻訳の一部の発表のためのページ組み。

141　CからBへ、パリ、一九五九年九月二二日

お願いが一つ、インゲボルク。若きパルクをぼくに送り返してくれませんか？というのもぼくはタイプ打ちの原稿に訂正を書き加えていなかったことに気づいたので……

五九年九月二二日

君は元気ですか？　元気だと、ぼくは望みます、元気だと。

パウル

142　BからCへ、チューリヒ、一九五九年九月二八日

キルヒガッセ三三番地

チューリヒ、五九年九月二八日

パウル、

今まで返事をしていなくてごめんなさい。私はここ数日のうちにチューリヒに引越します、小さな仕事場へ、それは思いがけず私たちのものになったのですが。マックスはウエティコンに残ります、私も残りますが、でも私たちはこのように近くにいては全く仕事ができませんでした。これは冷静に行った決心であって、何も変えるものではありません。

私は自分のために「若きパルク」にいくつか注をつけました。それをあなたに言ってもいいかしら？

三ページ、一六行：

Der Geist-er ist so rein nicht, daß（この語順のほうがよくないかしら？）

五ページ、下から三行：

die Wange glüht, als flammt' drauf etc.（　,ではないかしら？　なぜならばあなたは現在形と取り違える可能性がある場合、他のところでもそうしているから）

最後のページ、四行：

Mein Sinn........, als schlief' er-（ここで、なぜならそうでなければ過去形と捉えてしまうかもしれないから。）

これですっかり全部です。この翻訳はとても難しいに違いありません、これほど自由に動きが取れない場合には。これは美しいです。

私はヴッパータールには行きません（私は招待もされていないと思います。）

あなたの講師の職について何と言ったらいいかわかりません。あなたがそうしなければならないのが私には辛いです、でもそれは少なくとも沈黙していようとする時にとってはよいかもしれません、活動として。その仕事が耐えられるものなのかどうか、節度を守っているものなのかどうか、私に書いて下さい。

ごきげんよう、パウル
インゲボルク

あなたは私にキルヒガッセに手紙を書いてくれますか？　私は一〇月一日にそこに越します、その家は古くて「シュタインハウス（訳注：石の家）」と呼ばれています、町で一番高い家で、ツヴィングリの家と、ビュヒナーの家と、ゴットフリート・ケラーの家の間にあります。

同封物：ツェランによる手書きの訂正のある、『ディ・ノイエ・ルントシャウ』中の彼のポール・ヴァレリーの「若きパルク」の翻訳の一部の発表のためのページ組み。

143　CからBへ、パリ、一九五九年一〇月一七日

五九年一〇月一七日

愛するインゲボルク、
同封の批評が今朝来ました―どうかそれを読んで、君はどう考えるか、ぼくに教えて下さい。
パウル

143・1　同封物（ギュンター・ブレッカー、『言葉の格子』の書評）

図形としての詩

パウル・ツェランの新しい詩集のタイトルは非常に的確であると同時に暴露するものである。この詩集の筆致は実際、言葉の格子である。ただこの格子越しに何が見えるのかということが問われる。それは―ツェランの場合つねにそうであるように―答えるのは難しい、なぜならば彼の抒情詩は稀にしかある対象に向き合うことはないからだ。通常その言葉による針金細工は蜘蛛の糸のようにいわばいくつもの言葉の線自身から繰り広げられる。ツェランの横溢するメタファーは例外なく、現実から引き出されるのでもないし、現実に仕えるものでもない。まあまあよく理解でき、まあまあ鋭く眺められ、まあまあ純粋に感じられる現実としての比喩は彼の場合には例外でしかない。彼の比喩的な言葉は独特の恩顧を糧としている。読者は比喩の自然発生といったものに参列し、それらを区分けしたいくつもの言語面に組み立てるのだ。重要なのは見方ではなく、組み合わせ方なのである。

ツェランが自然を関与させる場合ですら、それは自然詩の意味で抒情詩的に命名することではない。詩「夏の報告」の中のジャコウソウの絨毯は酔わせず、それには香りがない―この抒情詩に全体として当てはまりうる一つの語。ツェランの詩はおおむね図形である。それが具象性に欠けていることは音楽性によって必ずしも埋め合わせされていない。確かにこの作者は好んで音楽的概念を用いる、すなわち、『罌粟と記憶』のとても有名な「死のフーガ」や、あるいはここにある詩集の「エングフュールング」。だがそれらはむしろ五線譜の上のかあるいは無音の鍵盤の上の対位法的練習である（訳注：傍線や括弧や矢印はツェランが付けたものと考えられる）―目の音楽、視覚的スコア、それらは響きへと完全に解放されてはいない。これらの詩においてただ稀にしか響きは、それが意味を与える機能を持つことのできる地点にまで仕上げられていない。

ツェランはドイツ語に対して、詩を書く彼の大抵の仲間たちよりも大きな自由を持っている。それは彼の出自に拠るのかもしれない。言葉のもつコミュニケーションという性格は阻まれ、他の者たちほどは彼を苦しめない。もちろん彼はまさにそのことによってしばしば空虚なものの中で動き回るように誘惑される。我々にとって彼の詩の中で最も説得力を持つように思えるのは、彼が彼の組み合わせを喜ぶ知性の外にある現実との接触を完全には放棄しなかったものである。例えば詩「夜」の冒頭の数行のような詩行、つまり、

砂利と岩屑。そして　かけらの音がひとつ、かすかに、
時刻の語りかける言葉となって。

特に美しい、ここで夜の不安（よろける「砂利と岩屑」！）が物音によって静められ、「かすかなかけらの音」が鎮静の響きを帯びる様は、例えば、そっくりと非常に暗い母音に置かれた「Zu-

spruch der Stunde」（訳注：「時刻の語りかける言葉」）という表現。あるいは詩「世界」で葉の落ちた樹幹が旗になり、その下で見捨てられた人間が戦う様、つまり、
／二つの木の幹が…………旗の。／
これらは純粋な抒情詩的メタモルフォーゼであり、それは自己にあまりに没頭した組み合わせを超えている。この方向でこの作者のこれからの発展を想像できるかもしれない、全く彼の主張するところの意味において、すなわち、詩人とは「現実に傷つき、現実を探しながら、その存在とともに言葉に向かう」人間であるという。
ギュンター・ブレッカー、デア・ターゲスシュピーゲル、ベルリン、五九年一〇月一一日

144　BからCへ、チューリヒ、一九五九年一一月九日

キルヒガッセ三三番地
チューリヒ、月曜日／一九五九年一一月九日
愛するパウル、
私はドイツに少しだけ行って、ひどい脳炎にかかって帰って来ました。それですぐに返事が書け

ませんでした。そして今は別のことのせいで、今までそうしたようには返事を書くことができません。というのはマックスがあなたに書いた手紙について私が知っているということが、それに起因する私の様々な不安や私の困惑が、すべてに暗い影を投げかけているからです。私はその手紙が出されるのを阻止できたのに。でも今でもそうする権利はなかったと思っています、それでまさにこれからの数日あやふやななかで耐え抜かなければなりません。

私は出発点に戻り、あなたに――これらすべてとは切り離した――返事を差し上げたいと思います。けれどもその返事は私の手から滑り落ちそうです。私が充分自立していないからではなく、私には最初の問題のうえに氾濫するように新たな問題が押し寄せてくるからです。

ブレッカー氏はあなたに、何らかの形で、返事をしましたか、そして何を？　彼が時に行き当たりばったりに、そして非常に軽率に、その批評で侮辱することができるのを私は知っています、このことが私にも、私の第二詩集が出た後に降りかかってからというもの。今度のことは別の理由があるのか、反ユダヤ主義がその理由なのか――あなたの手紙を受け取ってから、私はそれも考えました、確信してはいません、私は。ですから彼の返事について尋ねるのです。――もう一度別のところから始めさせて下さい。すなわち、パウル、私はしばしば、あなたの詩がどんなに賛嘆されているか、どんなにその影響が大きいか、そうです、ただあなたの名声故に（私にこの言葉をこの一回だけ使わせて下さい、そしてそれを撥ね付けないで下さい）それにけちをつける試みが繰り返しなされるだろうと、どんな方法を取ってでも、ということがあなたには全然わかっていないのではと思います、そして最後には動機のない攻撃というものもあります――まるで普通ではないことは耐えられない、耐え難いものであるかのように。私はあなたに何よりも電話がかけたい、これらすべての件で、でも今回は電話の前で尻ごみしています、なぜならば本当に短くしか話せないし、私はあなたがどんな状態にあるのかわからないからです。

私は一一月二五日と二六日にフランクフルトに行きます、それからその後もう一度二週間、一二月に、講義のために。

もし私たちが会うことができるならば！　もしあなたがフランクフルトに冬には絶対に来ないならば、私がパリに行くようにしてみましょう。

愛するパウル、私の心を占めていることのうちのあまりに僅かしかここには書きとめられていません。あなたの感情がそれを補うことができるならば、私があなたに再会するまで！

あなたの
インゲボルク

145　CからBへ、パリ、一九五九年一一月一二日

パリ、一九五九年一一月一二日

ぼくは君に一〇月一七日に手紙を書きました、インゲボルク——、切羽詰まって。二三日になって、相変わらず返事は来ず、ぼくは、同じ様に切羽詰まって、マックス・フリッシュに手紙を書きました。その後も、この窮状が相変わらず続く中、ぼくは君たちに電話で連絡を取ろうとしました、

何度も―無駄でした。

君は―ぼくはそれを新聞で知りましたが―グルッペ四七の会合に行き、「すべて」という題の物語で、非常な喝采を浴びました。

今朝君の手紙が届きました、今日の午後にはマックス・フリッシュの手紙が。君が書いたことは、インゲボルク、君は知っています。

マックス・フリッシュがぼくに書いたことは、君は同じく知っています。

君はまた知っています―というよりもむしろ、君はそれをかつては知っていました―、ぼくが死のフーガで言おうとしたことを。君は知っている―いいえ、君は知っていた―だからぼくは今君に思い出させなければなりません―、死のフーガもまたぼくにとってそれなのだということを、すなわち一つの墓碑銘と一つの墓であるのだと。死のフーガに関して、このブレッカーがそれについて書いたこと、まさにそのことを書く者は、その者はこれらの墓を汚すのです。

ぼくの母もただこの墓しか持っていません。

マックス・フリッシュはぼくの虚栄心や野心を疑っています。彼はぼくの窮し切った手紙に返事をくれました―そうです、それはただの一行だけでした。だがどれほど多くのことをぼくは（愚かにも）当てにしてよいと思ったでしょう！―「作家の」様々な問題に関する、そう例えば、「文学批評すべてに対する我々の態度」に関する、いろいろな洞察（訳注：原語はフランス語 Aperçus）や推測とともに。―いいえ、ぼくはここで、マックス・フリッシュは自身の手紙の写しを取ってあると推測しますが―ぼくも今写しを取って書いています……―、さらにもう一つの文を引用せずにはいられません、それは、「というのも万が一でもほんのかすかでもそれが」／とは「虚栄心と侮辱された功名心の気持ち」を言っていますが／「あなたの怒りのなかにあるとしたら、死の収容所に呼びかけることは、許されない、途方もないと私には思えます。」―こうマックス・フリッシュは書くのです。

君は、インゲボルク、ぼくをぼくの「名声」でもって宥める。

どんなにぼくに辛くとも、インゲボルク―そしてぼくは辛いのです―、ぼくは君に今頼まなくてはなりません、ぼくに手紙を書かないで、ぼくに電話をかけないで、ぼくに本を送らないでと。今は、ではなく、ここ数ヵ月は、ではなく―ずっと。同じことをぼくは、君を通じて、マックス・フリッシュにも頼みます。そして、どうか、君たちの手紙を君たちに送り返すような状況にぼくを陥らせないで下さい。

まだ色々のことがぼくにははっきりとわかりますが、この手紙はもうここまでにします。

ぼくはぼくの母のことを考えなくてはなりません。

ぼくはジゼルと子供のことを考えなくてはなりません。

ぼくは君に心からすべてのよいものを願います、インゲボルク！　ごきげんよう！

パウル

146　CからBへ、パリ、一九五九年一一月一七日

五九年一一月一七日

ぼくは君のことを心配しています、インゲボルク——

それでも君はぼくのことを理解してくれなければなりません、というのも、ぼくの救いを求める叫び——君はそれを聞きません、君自身のもとには（そこに君はいるとぼくは思うのに）いない、いるのは……文学の中にです。

そしてマックス・フリッシュは、彼はこの「ケース」——それは叫びなのです！——を自身にとって文学的に興味あるものにします……

だから、どうか、手紙を書いて下さい、あるいはぼくに——電報で——君のキルヒガッセの電話番号を送って下さい。

（どうか電話はかけないで下さい。来客があるのです。ロルフ・シュレールス……）

パウル

147　BからCへ、チューリヒ、一九五九年一一月一八日

水曜日　昼、

たった今、あなたの速達が届きました、パウル、ありがたいことに。再び息をすることができるようになりました。昨日私は絶望のうちにジゼルに手紙を書こうとしました、その手紙は書き終わらないままそこにあります、私は彼女を動揺させたくありません。でもあなたを通して今、心から姉妹のような感情を請いたいのです、あなたに私の苦しみを、葛藤を、―ひどかったあの手紙の私のぎこちなさを翻訳してくれる感情を、私にはあの手紙は生存しえなかったことがわかります。

ここでのここ数日は、あなたの手紙以来―恐ろしいものでした、すべてが揺らぎ、壊れかかり、今はどちらもがどちらにもこれほど多くの傷を与えています。でも私はこのことについて話すことはできないし、話すことは許されません。

私たちについて私は話さなければなりません。あなたと私がもう一度行き違うことはあってはなりません、――もしそうなったならば、私は破滅するでしょう。あなたは言います、私は私自身のもとにはいない、そうではなくて……文学の中にと！　いいえ、とんでもない、あなたは考えをめぐらしながらどこに向かってさ迷っていくのでしょう。私は、どこにいようとも、ただしばしば気後れしそうになるだけなのです、様々な重荷に崩れそうになるだけなのです、たとえただ一人の人間であっても、自己破壊や病気によって孤独になる者を支えるのは難しいです。私はもっと多くのことができなければなりません、私にはわかっています、そして私はそうできるようになります。

私はあなたの言うことを聞くつもりです、でもあなたも私の言うことを聞くことで、私を助けて下さい。私は今、電話番号を書いた電報を打ちます、そして私たちが言葉を見つけることを祈ります。

インゲボルク

148　BからCへ、チューリヒ、一九五九年一一月一八日

342987　タダシ　コンバン　デハナク　サア　ワタシタチハ　コトバヲ　ミツケマショウ

インゲボルク

149　クラウス・デムスとともにBからCへ、チューリヒ、一九五九年一一月二〇～二一日

チューリヒ、一九五九年一一月二〇／二一日

私たちはあなたに、パウル、挨拶を送ります――
あなたの一番近しい、あなたの一番忠実な友

インゲボルク

クラウス

150　BからCへ、チューリヒ、一九五九年一一月二三日

オンガクヲ　タンジョウビノタメニ　ソシテ　スベテノ　ヨイモノ　スベテノ　ウツクシイモノヲ　アナタニ　ネガイマス

インゲボルク

151　BからCへ、チューリヒ、一九五九年一二月二一日

月曜日、
五九年一二月二〇日

愛するパウル、
私はこれほど長い間ためらった挙句、誕生日のお祝いの言葉だけ送りました。私はあなたに言えることを思いつくか、何か助けに来てくれることを期待していました、私たち皆を助けるために。あなたと私だけが狼狽しているのではないのですから。そしてまた期待していました、クラウスがあなたにここの困難な状況についてさらに伝えてくれることを、私が手紙でできるよりももっと上手に。私は昨夕クラウスと一時間会いましたが、ほんの少ししか話せませんでした、二本の

列車の間にカフェのラウドスピーカーの騒音の中では。そして後になって初めてすべてが再び私の上に崩れ落ちてきました、問い、問い、そして私には依然としてわからないままのように思えます、クラウスの親切で大変な骨折りにもかかわらず。―パウル、私はだからとても直截にいくつかのことを言わねばなりません、曖昧さを残さず、何も宙ぶらりんのままにしておかないためには。手立てを、それを私は電話では思いつきませんでした―覚えていますよね？　前もって言っておかなければならないことがあります。ことの発端はあなたがマックスの手紙を返事に値しないとみなしたことにあります、そして、私宛の手紙に書かれた心を傷つけるあの拒絶によって、侮辱が彼にとっては、あなたと私が互いのために救いとなる言葉を見つけた後でもそのまま残っている、ということにあります。このことは彼には当てはまりえないのです、なぜならば彼の手紙が何よりも原因だったのですから、いえ、むしろ、それは色々な考えを悪化させただけです、私に対しても、なぜならば、まるで私にはただあなただけが重要であるかのよう、あなたの苦しみだけが、私たちの関係だけが、と見えるのです。あの時、あなたの最初の手紙とそれがマックスと私の間に引き起こした災禍の後で、私がすべてのことを気遣わなくてはならなかった時に、私にできたことはただ一つのことだけでした、―それについては沈黙すること、(するともっとひどいことになりました、のしかかるような沈黙が私たちの間に)。そして先日旅行の途中で寄ったヒルデスハイマーが私に話してくれました、マックスはあなたにとって「疑わしい」のだと、その場にいたのは私一人で、それについてはマックスに言っていません。でもこの知らせに私は愕然としました、そして理解できません、あなたが私に何を期待しているのか、どうやってこうして黙って甘受することを、恥じ入ることを、私たちがともに生きている一人の人間が私たちにすることが許される本当にわずかな要求と両立させたらいいのか。私は時にあまりにもわけがわからなくなり、立ち去りたいと願うほどでした、ここを永久に、そしてあなたに二度と会わないようにと願うほどでした、それ故に、そして私は両方を離さないでいるか、それとも両方を失うことしかできないと考え、それは不可能であるとわかったからです。でも可能性はあります、あらねばなりません、ただ一人ではそれを生み出すことはできません。あなたはマックスに手紙を書かなければならないと私は思います、どんなふうであろうとも、けれども明白に、明確になるように。そして私には、何が彼には耐え難いのかがわかります―あなたたちの間にあることが私によって決着をつけられることになると考えることです。

パウル、私はあなたがどんなひどい時を生き抜いてきたか、おぼろげにわかります、でもここで起こったことをあなたがおぼろげにもわかるかどうか―しばしば私は疑います。私はクラウスにもすべてを話すことはできませんでした、それは不可能でした。

その上これらの重荷が、フランクフルト、数週間前から昼夜なく働くこと、助けなしに二つの家政を司ること、これ以上ひどく何もかもが同時に起こることはありえないでしょう、そして、ただもう倒れてしまわないことが時々不思議に思えます。これ以上こんなふうにはとてもやっていけません、学期が終わり次第、私たちは出発するつもりです、田舎に、南スイスか北イタリアへ、ずっと、―それまですべてを耐え抜くことができさえすれば。

今はさらにクリスマスが。私はケルンテンには行きません、休みなく働かねばなりません、祝祭にはならないでしょう。―私は今日の午後ジゼルに手紙を書きました、―あなたは絶対に彼女を苦しめすぎてはいけません、あなたたちが幸せでありますように、そしてエリックがいます、私はしばしば彼のことを考えます、そして彼がいるのだからと。

インゲボルク

152　BからCへ、チューリヒ、一九五九年一二月二八日

五九年一二月二八日

愛するパウル、
感謝します、あなたとジゼルに、もう一度、クリスマス・イヴの電話を。私はあまり話せませんでした、そして私のフランス語は全くめちゃくちゃでした、でもよかったです、そうだとしても。そして今はもっと穏やかになりましょう、私たち皆、そしてまた会う時まであの会話はそのままにしておきましょう。
時々手紙を書きます、あるいはあなたに送ります、本の一部ができたらすぐに、原稿を、―それをもうずっとあなたに見せたいと思っています、でも推敲が今うまくはかどっていません。
もう一度ありがとう―そしてジゼルにもそう伝えて下さい。

インゲボルク

153　BからCへ、チューリヒ、一九五九年一二月二九日

火曜日夜

愛するパウル、

ロルフ・シュレールスからブレーメンの事件について聞きました、それから私は彼に今電話をかけなければならなかったので、というのも私は住所を知らず、「呼びかけの言葉」をどうしたらいいか迷っていたので、私はさらに聞きました、あなたがとても心配していると、そのことで。パウル、どうか安心して下さい、あなたが考えていることは私は理解できますけれども。というのも残念ながらこういうことなのです、つまり受賞者の誰かがお金を工面し、返すことは多分できないでしょう、そしてそれでもって誰も助けることにはなりません、私は、よりにもよって評議会がこうした示威行動によって得するならば、それに意味があるとは思えません。逆に、あなたの考えによって、もう一つ別の考えが浮かびました。私は思うのですが、そうもしかしたら示威行動が意味をもつかもしれません。つまり、私たちは、あなたと私と他の人たちで、私たちの力に合ったお金を出し合ってみることはできないかしら、そしてそれをギュンター・グラスに、賞として渡すのです—そうしたら審査委員会の判断が裏付けられ、評議会に一番効果のある戒めを与えることにならないかしら。私にはわかりません、もしかしたらこの考えはとても馬鹿げているかもしれません。あなたがどう思うか知らせて！　でも私は、もし何かすべきであるならば、意味のある何かがなされるのであってほしい。

評議会に宛てた私の手紙の写しを同封します、私が書いたことをあなたに知ってもらうために。

そしてあなたがあまり心配しすぎないように！

インゲボルク

153・1　同封物

インゲボルク・バッハマン
キルヒガッセ三三番地／チューリヒ

一九五九年一二月二九日

自由ハンザ都市ブレーメン評議会宛
ブレーメン州首相官房

拝啓、
私は三年前に自由ハンザ都市ブレーメン文学賞を受賞するという名誉に与った者として、審査委員会の今年度の決定に対する貴殿の拒否に不満を申し述べさせていただきます。著名な審査委員会の、私の知る限りでは、特にフォン・ヴィーゼ教授ならびにルドルフ・ヒルシュ博士もその一員でいらっしゃいますが、判断は否認されてはならないし、その決定を無に帰すことはできない、と私は思います―そうでなければ、過去のあらゆる是認された決定ならびに未来の貴殿が是認するかもしれないであろうあらゆる決定はあさましい時宜にかなった茶番であると判定されます。それゆえ、審査委員会がその判断を固持することを、そして貴殿、すなわち非常に尊敬申し上げる評議員殿、ならびに貴殿、すなわち非常に尊敬申し上げる評議会の方々が、私たちの誰にとっても不可能ではない道を見つけることを—私を、そしておそらくこの賞を授与されたどの作家たちをも驚愕させ、不安にせざるを得ないようなこのように根本的に徹底的に間違った行動を悟り、翻意する道を見つけることを、私は望みます。

敬具

一九六〇年一月三日

154　CからBへ、パリ、一九六〇年、一月三日

すべてのよいものを、インゲボルク！

ぼくは君たちにマンデリシュタームを送りました、昨日、君たち二人に。

ヒルデスハイマーから今日好ましい手紙が来ました、ぼくははっきりさせるものに明晰なもので応じました、どうか君もそうして下さい。

君のパウル

(ブレーメンの評議会には一二月三〇日に書信電報を送りました。)

155　BからCへ、チューリヒ、一九六〇年一月二二日

一九六〇年一月二二日

パウル、
ドクター・ヒルシュはあなたに、フランクフルトはどうだったか多分話したでしょう。私はもう少しで残るところでした。でもおそらく残らなかったほうがあなたには好ましかったでしょう、そうでなければあなたは私に知らせてくれたでしょうから。

マンデリシュタームの詩をありがとう。これは本当に素晴しい本になりました、私にはシャールやヴァレリーの翻訳よりも重要です。ブロークと並んで一番好きなものです。でもあなたはまたあなたのための仕事ができていますか?

フランクフルトは私にほっと一息つかせません、私は、数時間空いた時間を探しています、去年生まれたものをようやく清書できるために。

すべての、すべてのよいものを!

インゲボルク

（ヒルデスハイマーと私の間はすべてうまくいっています。）
もう一つ、あなたはボッテーゲ・オスクーレから原稿料をすでに、あるいはついに受け取りましたか、あるいはいまだに受け取っていませんか？　私は突然ローマから手紙を受け取りましたが、その件について問い合わせています。

156　BからCへ、チューリヒ、一九六〇年二月一日

一九六〇年二月一日

これは最初の物語です。私はこれについて何もいえません、ただ望むだけです……
挨拶を！

あなたの
インゲボルク

同封物：物語「すべて」

157　BからCへ、チューリヒ、一九六〇年二月一九日

一九六〇年二月
チューリヒ

愛するパウル、
起こったことすべての後に、私は、私たちにとってもはや「この先」はないと思います。私にはもはや不可能です。
これを言うのは私にはとても辛い。
あなたにすべてのよいものを願います。

インゲボルク

158　ハンス・マイヤー等、Bも一緒に、Cへ、ライプツィッヒ、一九六〇年三月二九日から三一日の間

（一九六〇年四月二日）

愛するパウル・ツェラン、この葉書はあなたに私たちが心からよろしくと告げるのにまさに十分美しく、意味深いです。私たちは、あなたにも、ここに続く詩人たちと同様に、私たちの大学の客として挨拶できることを強く願っています。心から　あなたのハンス・マイヤー

心からの挨拶を
ゲオルク・マウラー

心をこめて！　あなたのペーター・フーヘル
インゲボルク
友情のこもった挨拶を
エルンスト・ブロッホ　　ヴェルナー・クラウス
インゲ・イェンス
ヴァルター・イェンス。――　カローラ・ブロッホ
ヴェルナー・シューベルト　　インゲブルク・クレッシュマー
ハーエムエンツェンスベルガー　　シュテファン・ヘルムリン

159　CからBへ、パリ、一九六〇年五月一九日

/Poincaré 39-63/

パリ、一九六〇年五月一九日

ぼくは君に書きます、インゲボルク。

君はまだ覚えていますか、ぼくが君に言ったことを、ぼくが君に最後に会った時、一年前に、パリで、タクシーの中で、君が発つ前に？

ぼくはそれをまだ覚えています、インゲボルク。

「冒険に突進しないで、インゲボルク」──そうぼくは君に言いました。君は冒険に突進しました、君がそれを一度もわかっていないということが……その証拠です。

ぼくをあまりにも誹謗したがる者たちすべての言葉を君は文字通り信じています。ぼくには君は一度も尋ねません。ぼくについて嘘で固められたものすべてが君にとっては明白なのです。ぼく自身に君は気づこうとしない、認めようとしない、尋ねようとしない。

インゲボルク、君はどこにいるのですか？──するとこのようにブレッカーのような輩が姿を現すのです、墓を汚す者が来るのです、ぼくは君に書きます、絶望の中で、そして君にはぼくのためには語も音節も残っていない、君は文学の様々な会合に行く。（たとえ何らかの文学賞の場合でも、君は書く「火曜日夜」と。）

そしてある日──ぼくは君にもう一度すべてを数え上げませんが──ぼくは手紙を一通受け取るのです、そこで君はぼくと「起こったことすべての後に」絶交するのです……

君は恥ずかしくないですか、インゲボルク？

ぼくは君に書きます、インゲボルク。

ぼくはネリー・ザックスに会うために二四日にチューリヒに行く、ということを君に言わねばならないという理由からも、君に書きます。

君が彼女を飛行場で迎えることを知っています。ぼくはそこへ君に同行したかったのに──ところがぼくはネリー・ザックスに言わざるをえなかった、ぼくにはその可能性は奪われたと。もし君がそれでもそれが可能だと思うのであるならば、今すぐそうネリー・ザックスに言いたまえ、そして言って下さい、どうか、ぼくにも。ネリー・ザックスはそれをきっと喜ぶでしょう。

そしてもし君が、ぼくたちが話し合うことを望むならば、そうぼくに言って下さい、どうか、それも。

ぼくは君のことを悪く思っていました、インゲボルク、ここ数ヵ月―もし君が今、一瞬君自身となりえるならば、そうしたら、君にはわかります、なぜなのか、そしてどうしてなのか。

そして―どうか―。今は、君がぼくに返事をするか、あるいは返事をしないうちには、他の人たちに助言を求めないでほしい―君自身に問いたまえ。

パウル

160　CからBへ、ポール・ヴァレリー「若きパルク」の中の献辞、パリ、一九六〇年五月三〇日

インゲボルクのために、

一九六〇年五月三〇日

パウル

161　BからCへ、チューリヒ、一九六〇年六月七日（?）

愛するパウル、

「若きパルク」をありがとう。これがこんなに美しく印刷されているのを見て嬉しいです――あなたがした、とても報いられることはできない、素晴しい仕事に対してのわずかな報いであっても。

あなたたちが気持ちよく家に帰り、色々妨害を受けずに暮らしていることを願っています。ネリー・ザックスは一三日の月曜日、一六時一五分に、一五時〇五分にチューリヒを発つ飛行機でパリに着きます。あなたもわかっているように、彼女はただあなたのためにそちらへ行きます。私は彼女がまだここにいた数日間とても幸せで、確信に満ちていました、そして受け止めてもらっていました。彼女は大きな心を持っています。

ごきげんよう――

あなたの

インゲボルク

162　BからCへ、ウエティコン・アム・ゼー、一九六〇年七月一〇日

ウエティコン・アム・ゼー
ハウス・ツム・ランゲンバウム
一九六〇年七月一〇日

ありがとう、愛するパウル、素晴しい本を！　誕生日は素敵でした、でも人は年を取ることを身震いせずには習得できません、なぜならばこんなに多くの限界が設けられるのですから。
あなたたちはもう田舎にいるのかもしれません。あなたたちがとても元気でいますように！

インゲボルク

163　BからCへ、チューリヒ、一九六〇年八月二八日

六〇年八月二八日

愛するパウル、
今、書きかけの幾通もの手紙を部分的にもう追い越してしまいます。この二週間、家族と一緒で、そしてボビーのことで心配し、動き回り、それからさらに不安にさせるあなたのいくつもの知ら

せ――たくさんのことがありました。電話ですでにあなたに、ストックホルムからは知らせはないと言いましたが、言うのを忘れていました、私はネリー・ザックスが以前出した葉書を遅れて受け取り、そこに彼女は、ヘラ・アッペルトフト嬢気付、HJALMAR SÖDERBERGSVÄGEN 16e,ストックホルムという住所を記しています、でももしかしたらこの住所はもう合っていないかもしれません、その可能性はとても高いでしょう。私にもよい知恵が浮かびません。私たちは水曜日の朝出発するところです、――どうか、もし私のためになんらかの知らせがあれば、大体九月一四日頃マドリード、郵便局留めで手紙を受け取れるように手紙を書いて下さい! 一〇月一〇日から私はまたウエティコンにいます。

そうです、そしてクラウスの反論ですが、パウル、私はあなたに言わなければなりません、残念ながらクラウスにも書かねばなりません、私にはそれがよいとは思えないと、それは私には、この形では、ただ不利になるとしか思えないと。私はドクター・ヒルシュに書式を引き受けてくれるよう頼むより他にもっと適切なことを提案できません。様々なデータがこの原稿では埋没してしまっていて、効果を表していません、そして私には調子も間違っているように思えます。

マリー・ルイーゼ・カシュニッツからも、ドクター・ヒルシュからも、私は何も聞いていません、でも彼らがこれについてどんな意見を述べるのか知りたいです。

ごきげんよう、あなた、ジゼル、エリック、――良い夏の終わりをあなたたちに願います、そしてマックスからもくれぐれもよろしくということです!

あなたの

インゲボルク

164　Bとマックス・フリッシュから、ジゼル・ツェラン‐レトランジュとCへ、マドリード、一九六〇年九月一一日

マドリード、六〇年九月一一日

愛するジゼル、愛するパウル、
私たちがこちらに来たのは早すぎました、南国と暖かさが私たちを誘うから、明日さらに先に進みます、そしてあなたたちに挨拶を送ります！

インゲボルク

人がこのような旅で体験するのと同じだけ体験することができるならばなあ！

心をこめて　あなたたちのフリッシュ

165　CからBへ、「山中の対話」の別刷りの献辞、パリ、一九六〇年一〇月二九日

インゲボルクのために、

パウル

パリ、一九六〇年一〇月二九日

166　CからBへ、パリ、一九六〇年一一月一七日

六〇年一一月一七日

ぼくの愛するインゲボルク、

君は、君たちはまだチューリヒにいますか？　ぼくは二五日にそちらに行きます、ぼくはドクター・ヴェーバーと話し合わなければなりません。

一一月一一日の『ヴェルト』誌にほとんどこれ以上のものはないような下劣なことがまた載りました。『クリスト・ウント・ヴェルト』にも。（キリストと……）

君にはわかりますか、インゲボルク、ぼくにはわかっていましたとも、ビュヒナー賞もこの数多の陰謀を阻止することはないだろうと……君たちの反論が出るのは素晴しい――心からぼくは君に、君が君の名前をそれに記したことを感謝します。達者であれと願います、ローマおよび世界に対して（訳注：原語はラテン語で urbi et orbi、教皇の大勅書などの呼びかけの言葉）。

君の

パウル

167　BからCへ、ウエティコン・アム・ゼー、一九六〇年一一月一八日

六〇年一一月一八日

愛する、愛するパウル、

二五日には私はここにいます―だから会いましょう！　私は本当に嬉しいので、パリのあの雨の日にあなたをもう一度見つけたことを喜ぶことができます。私たちはこの世界を片付けるための方策と手段も見つけましょう。私はドクター・ヴェーバーに来週会います、私たちはこのことについて話し合うつもりです、彼は私に新聞も色々見せてくれることになっています。ソンディはある新聞で非常にうまく応酬したそうです。

私はほんの数日だけローマにいて、マックスがうまく始められるように、必要なものを整えたりしました。今私はあと四週間ここにとどまり、閉じ籠り、仕事をしなければなりません、それはここでだけできるのであって、こうしかできないのです。どうか私に書いて下さい、いつあなたが来るのか、私があなたを迎えに行けるように。電話はかけないで、というのも電話は外してしまったのです！　そしてあなたはどこに泊まるつもりですか？　私はここにと言いたいのですか、ただこのアパートはあまりにスイス的なので、それはできません。

私は駅に立っています―

あなたの

インゲボルク

168　BからCへ、ウエティコン・アム・ゼー、一九六〇年一一月二三日
オタンジョウビニ　ココロカラノ　アイジョウヲコメテ　チイサナ　ツツミガ　ココデ　マッテイマス
アナタノ　インゲボルク

169　CからBへ、パリ、一九六〇年一一月二四日
明日一五時四九分　日曜日夕方まで　チューリヒ
どうかアーバンか近くに部屋の予約を
感謝している君のパウル

170　BからCへ、ガートルード・スタインの『三人の女』の中に挿入された献辞、ウエティコン・アム・ゼー（？）、一九六〇年一一月二五日から二七日の間

愛するパウル
誕生日に
いくつかの十一月の日々に
あなたの
インゲボルク

171　CからBへ、パリ、一九六〇年一二月二日

何かが起こらなければならない　ぼくはもうこれ以上待てない　どうか電話して下さい

P.

172　BからCへ、ウエティコン・アム・ゼー、一九六〇年一二月三日

アナタニ　デンワ　シヨウト　シマシタガ　ムダデシタ　ヒミツバンゴウハ　コウヒョウ　サレテイマセン　ドウカ　アサノ一〇ジゴロ　ワタシニ　デンワシテクダサイ　アルイハ　アナタノバンゴウヲ　デンポウデ　シラセテ　クダサイ

アナタノ　インゲボルク

173　BからCへ、ウエティコン・アム・ゼー、一九六〇年一二月三日

土曜日夜

パウル、

ジゼルにもうすでに一番重要なことを書いたところです。今晩私はさらにヒルシュフェルトと話し合い、彼は出版者に手紙を書くことになりました。

何かが起こりますとも、何てことを言うのですか、でもまだ数日そしてまた数日と時間がかかるでしょう、効果が現れるまでには、それをあなたは理解しなくては。パウル、愛する人、あなたは仕事をして、絶えずそのことを考えないようにしなければなりません、それではあなたは荒廃してしまいます、それはなりません。

たくさんの、たくさんの心からのよい思いを！

あなたの

インゲボルク

174　BからCへ、チューリヒ、一九六〇年一二月五日

六〇年一一月五日

愛するパウル、

ドクター・ヴェーバーは流感にかかり、会う約束はもう一度一週間繰り延べられました。クルト・ヒルシュフェルトのために私は資料をそろえました、一番重要なものを、彼が出版者にそれを一緒に送れるように。彼は手紙を書くことになっています。『タート』誌にはまだ何も出ていません、でも遅れているのでしょう―それとも私が買ったのは違う号。水曜日の朝私は三日の予定でフランクフルトに行かなければなりません。そうしたらまた書きます！

愛をこめて。

インゲボルク

175　BからCへ、ローマ、一九六〇年クリスマス

パウル、
よいものはよいままであり、その他のものはよくなりますように！
インゲボルク
一九六〇年クリスマス

176　Bとマックス・フリッシュから、ジゼル・ツェラン - レトランジュとCへ、一九六〇年一二月二四日

タノシイ　クリスマスデ　アリマスヨウニ
インゲボルク　ト　マックス・フリッシュ

177 Cから、Bとマックス・フリッシュへ、一九六〇年一二月二七日

モンタナ、一九六〇年一二月二七日

愛するインゲボルク、愛するマックス・フリッシュ！

ぼくたちのクリスマスのお祝いの言葉は数日前からさすらっています。というのは、ぼくは電報をまず「ヴィア・ジュリア一五二番地」に、それから「一二五番地」に、それからこの番地も間違っていることがわかったので、最後に、ウエティコンの古い住所に送りました。許して下さい、遅れたことを。（出発の慌しさのなかでぼくは電話でメモしたローマの住所をぼくの机の上に置いてきてしまったのです。）

もう一度、この手紙でも。すべての楽しく明るいものを君たち二人に！


ぼくは明後日にはもう戻ります、チューリヒ経由で。／さらに次のことも、情報として。つまりレオンハルトがぼくに、クリスマスの挨拶と一緒に、アベルの記事を送ってくれました、この事件は、そう彼は表現しているのですが、最も好ましいのは「耐え抜く」ことだと、と彼は書いています、ぼく自身が返事をすることだと……

至るところにこうした使者たちがいます。というのも、昨日ぼくはここで、モンタナで、数年前にぼくをパリに訪ねてきた一人の男性に会いました、エンリケ・ベックに。ぼくがもう読んだかと尋ねてきました、『クルトゥール』誌の最新号（一二月）でぼくについて書かれていたこと

を……／

心からの挨拶と祝意を！
パウル

178　BからCへ、ローマ、一九六一年一月三日

一九六一年一月三日

愛するパウル、
電報をありがとう、そしてあなたの手紙もありがとう！　『コマス・ヘフト』誌はすべて全部が、その代わりにきっちりと二四日にこちらに着きました、郵便の奇跡によって、でもいつも郵便が奇跡を行なえるわけではありません。—数日前にあなたに書いた手紙を一通同封します、あなたに知っておいてもらいたいことがいくつか書いてあるので。この手紙はあなたを休暇中に煩わさないように、初めは出さないつもりでした。『クルトゥール』誌を調べてみましたが、何も載っていません。ドクター・ヴェーバーはチューリヒであなたにレオンハルトの件で助言することができたことと思います。
まもなくビュヒナー賞の受賞者たちの声明が出されるところでしょうね。

あなたをローマに招待するのは春まで延期させて下さい、というのも冬は素敵ではありません、一日中がたがた震えています、そしてわたしはいつも病人か半病人のような気がしています。すべてのよいものを、愛するパウル！

あなたの

インゲボルク

178・1　同封物

愛するパウル、

今、レオンハルトから、というのも彼の記事を押しとどめた後で私は彼に手紙を書いたのですが、短い報告が来ました。彼が書いているところによれば、彼はあなたにその記事を送ったそうです（それを私は阻止しようとしたのに、あなたがそれを見なければならないなんて！）、というのも、彼が今「ジャーナリスティックな」立場！からするべきことのために私が彼に渡した根拠がどうやらあまりに少なすぎたようなのです。あなたはわかっているはずですが、ドクター・ヴェーバーは、私かあるいは私が名前を挙げる誰かがそれに対して応酬するのは無意味でよくないと思っています、というのも何も応酬すべきことはないのですから―アベルはまず一度間違いを正さねばなりません。レオンハルトは明らかに特に何か「ジャーナリスティックで、興味深いもの」を彼の新聞のために欲しがっているようです、そしてそれには応ずることはできません。アベル自身も今私に手紙を寄越しました、彼は『ノイエ・ルントシャウ』誌の私の「反論」のテクストを非難しています、いくつかの表現を。彼に返事をしないままでいることは差し支えありませんが、でも多分私は彼に返事をするでしょう。彼は若いと思います、そして一語がもしかしたら彼に彼の不正を悟らせることを助けるかもしれません。

私にはあともう少しだけ時間が必要です、まだ色々私たちのために整えなければならないので。ここでの始まりは容易ではありません。どうかモンタナが素敵で、あなたたちの気分が良くなりますように。

私はものすごく落ち込んでいます。

あなたの
インゲボルク
ヴィア・ジュリア一〇二番地
ローマ六〇年一二月二三日

179　CからBへ、パリ、一九六一年一月九日

パリ、一九六一年一月九日

ぼくの愛するインゲボルク、

ちょうど今、君の二通の手紙が来たところです—ぼくはそれにすぐに返事を書くつもりです、大急ぎで、というのもウルム通りに行かなくてはいけないので。

『ヴェルト』誌のアベルの最初の記事は君は知っています。それは卑劣な誹謗に基づいています—「問われ」ています、ぼくが死んだ人々から盗んでいるかどうかが—そして数々の適切に歪められた「引用」と日付に基づいています。「反論」とペーター・ソンディの論説の後で、このことは、『ディ・ツァイト』誌とその棒組みゲラ刷りを参照せよ、邪魔されずに、つまりいまだにますます進行しています。

もしアベルが君に手紙を書いたら、インゲボルク、それは挑発です。どうかそれに耳を傾けないで下さい！　絶対に、インゲボルク！

マウラーは、ぼくは一昨日聞いたのですが、一二月三一日の『ヴェルト』誌で、C．G．が彼に語らせた「剽窃のマイスター」という言葉を取り消しました。

インゲボルク、忘れないでほしい、このいわゆる遺稿は—証明できます—一つの製造されたものだということを。G．の死後、いくつかのドイツ語で書かれた詩行があった。それらに関してC．G．が申し立てた日付、つまり一九五一年、一九五六年、及び一九六〇年という日付が、そしてまた彼女が一九五一年と一九六〇年に『夢の草』のために書いた序文の二つの「版」の比較が、ここで修正がなされたのだということを、そしてそれはどんなふうに、そしてなぜなされたのかをはっきりと示しています。

ぼくが訳した三つの連作詩をC．G．は、自分でそれらを「改作し」た後に—これも証明できます――自分の名前で発表しました。（ルフターハント出版社はこれらすべてを精確に知っています。）

もう一度、インゲボルク、アベルは悪意をもって（訳注：原語はラテン語で mala fide.）行動しています。挑発されないで下さい！

君とマックス・フリッシュのために、この手紙に、『バウブーデンポエート』の複写コピーを同封します。君たちが何が　どうやって　なしとげられるのかがわかるために……

すべてのよいものを！

君のパウル

『クルトゥール』誌ではなくて、『パノラマ』誌だということを、ぼくは君たちにもう書いたのだけれど……

同封物：クレア・ゴルの論説「パウル・ツェランについて知られていないこと」の複写コピー。

180　BからCへ、ウエティコン・アム・ゼー、一九六一年一月二〇日

ウエティコン・アム・ゼー

一九六一年一月二〇日

愛するパウル、
お手紙ありがとう！　『パノラマ』の件ですが、唯一適切なのはきっと、フィッシャー社がこの編集部に『ノイエ・ルントシャウ』を送ることでしょう、添え状と一緒に、編集部が蒙を啓かれ、誤りを正すために。
　ではアベルには書きません。私は手紙の草案を作り始めていたのですが、実際そうすれば、不快なやり方に巻き込まれるし、他方に善意があるということはあまりに不確かです―まさにすべてが本当のところ不利な証拠になります。ですがこれほど人は善意というものを信じ、誘惑に乗ってしまいたくなるのです……
　私はしばらくの間まだここ、スイスにいるつもりです、二月初めまで。その後は三月二〇日までは住所不定です、というのは旅行しなければならないので（朗読会）。そして三月末にまたローマに行きます。そうしたらあなたも近いうちに来るといいのですが。

あなたのインゲボルク

181　BからCへ、チューリヒ、一九六一年一月二七日

六一年一月二七日

愛するパウル、
学生新聞の『ノティツェン』に載っていた記事を同封します！
愛を込めて。
インゲボルク
同封物：ユルゲン・P・ヴァルマン論説「パウル・ツェランに対する誹謗」のオリジナル。

182　BからCへ、ウエティコン・アム・ゼー、一九六一年一月二八日

六一年一月二八日

愛するパウル、
あなたを支持する論説が他にもまだいくつか出たと聞きました、一つは『ノイエ・ドイチェ・ヘフテ』のソンディのもの、一つは、『ノイエ・ルントシャウ』に関して、『ダス・シェーンステ』に載ったもの。残念ながら私はそれらを手に入れていないので、送ることができません。マウラーが東独で自身の悪意のある主張を撤回したということもとても重要で、効果があるでしょう。機嫌をよくしていてね、あなたには本当にそうしていてほしいのです。
あなたの
インゲボルク

183　Bとマックス・フリッシュから、Cへ、ローマ、一九六一年四月二五日

シンパイ　シテイマス　ウエティコンノ　スマイヲ　ジユウニ　ツカッテクダサイ　カギハ　グントハルトケニ

インゲボルク　ト　マックス・フリッシュ

184　Cから、Bとマックス・フリッシュへ、パリ、一九六一年四月二五日

一六区、ロンシャン通り七八番地

愛するインゲボルク、愛するマックス・フリッシュ、

ぼくは君たちに感謝しています、ぼくたちは君たちの電報に感謝しています。

立ち去ること―それはぼくたちにはできません。ここにいて、ここにとどまること、ぼくたちはそれを、特に日曜日から月曜日にかけての夜、唯一適切なこととして感じました。(このことは何らかの予測とは関係ありません。)

もういちど電報をありがとう

心から

パリ、一九六一年四月二五日

パウル

185　Cから、Bとマックス・フリッシュへ、パリ、一九六一年五月二日、未発送

パリ、一九六一年五月二日

愛するインゲボルク、愛するマックス・フリッシュ、

数日前にぼくはマリー・ルイーゼ・カシュニッツに手紙を書きました―彼女が君たちにぼくの手紙を見せてくれたことと期待しています。

カーザクが―彼はこの事件での唯一の陰謀家ではありません―あのナチ・マルティーニと一緒になって平然とやってのけたことには、君たちは無関心ではいられません。

心から

186　BからCへ、ローマ、一九六一年五月三一日

ヴィア・デ・ノターリス　1F

ローマ　　　　　　　　　　　　　　　　　　　　六一年五月三一日

愛するパウル、

お手紙ありがとう。今やありがたいことに最悪のことは回避されました。私はあなたたちがそう決めたことも理解できます、それでもあなたたちにいつでもわかっていてほしいのです、この可能性があるのだということを、私たちがあなたたちのためにいるのだということを！

私たちはしばらく旅に出ていました、ギリシャに、その前も後も住居探しは難しかったのですが、今それは解決しました、私たちはまさに引越すところです、そして新しい住所は一枚目に書いてあります。

フィッシャー社からクレール・ゴルの手紙を受け取りました、あなたはそれについて知っているとも書いてありました。これに対しては単に返事することはできない、それだけだと思います。あるいはそれについてのあなたの考えは違いますか？ 私がこれをただまだ屑籠に放り入れなかった理由は、あなたがこれに何か重要性を認めるかどうか知りたいからで、ただそれだけです。予想外のものは何もありませんでした、—新しい卑劣な嘘の羅列です、古い嘘が底をつくと。

—

ビュヒナー賞のスピーチをもう一度読みました、大きな喜びをもって、そして今はまたエセーニンの詩をすべて。なんて美しいのでしょう、これらは、あなたによって見いだされて。あなたは私のウンガレッティの試みはもっと大目に見てくれなくてはいけません、それは近いうちに送れますが、一枚ずつ……

あなたはローマに来るつもりはありますか――？　新しいこの住居には客室も一つあり、それは待っています。（私たちは二年の期限で借りました。）

ごきげんよう、私の愛するパウル、ジゼルによろしく、そしてマックスからあなたたちにくれぐれもよろしくと。

たくさんの、時に心配でたまらない思いをこめて――

あなたの
インゲボルク

187　BからCへ、『三十歳』の中の献辞、ローマ、一九六一年六月四日

パウルのために――
インゲボルク
六一年六月四日

188　BからCへ、ジュゼッペ・ウンガレッティ『詩集』の中の献辞、ローマ（?）、一九六一年夏

パウルのために――

インゲボルク
一九六一年夏

189　CからBへ、パリ、一九六一年九月一一日、未発送

愛するインゲボルク。

ぼくは、特に『フォーアヴェルツ』の挑発（これは絶対に最後ではありません）の後では全く元気ではありません。ぼくは自分に言っています――そしてそれはやはり全くエゴイスティックな考えではないかもしれません――、君とマックス・フリッシュと話すことは助けになるかもしれない、明らかにし、解明するかもしれないと。

　だから君とマックス・フリッシュにそのような話し合いをお願いします。

　ぼくは残念ながら君たちのところには行けません――だからどうかここに来て下さい、いつか一度、明日か明後日、でもそれをすぐにもぼくに知らせて下さい。

心から君たちにすべてのよいものを願います！

パウル

六一年九月一一日

190　CからBへ、パリ、一九六一年九月二七日

ロンシャン通り七八番地

(Poi 39 - 63)

六一年九月二七日

ぼくの愛するインゲボルク、

ぼくは長いこと書かなかった、君に誕生日のお祝いを言うのを怠った、君に君の本に対してお礼を言うのを。—今ぼくにその埋め合わせをさせてほしい。

すべての、すべてのよいものを、インゲボルク！

ぼくは自分に言うのだ—そして今それをマックス・フリッシュにも言う—、ぼくたちの間に入り込んだのは、ただ誤解でしかありえないと、もしかしたら解きほぐすのが難しい誤解、だがそれでもただそれだけだ。

だから一緒にそれを片付けるようやってみよう。ぼくは話し合いを信頼しています、インゲボ

ルク。そうです、ぼくたちは話し合おう――ぼくはマックス・フリッシュにもそれを願います。

愛を込めて！
パウル

191　BからCへ、チューリヒ、一九六一年九月二七日以降、未発送

愛するパウル、

数分前に私たちは電話で話しました――それでもあなたの手紙にまず返事をすることを試みさせて下さい。私には、私たちの間に入り込んだのは誤解なのか、あるいは明らかにされなければならない何かなのかどうか、わかりません。私はそれを別な風に感じています。つまり、度々の沈黙の侵入、ごくごく簡単な反応も起こらないこと、私を途方に暮れさせる何か、なぜならば私はただ推測するしかできず、その推測でもって私は道に迷わざるを得ないのです、するとまた私はあなたから聞きます、今のように、聞きます、あなたの具合が悪いと、そして沈黙の中にいるのと同じように私は途方にくれたままで、わからないのです、どうやって抜け出られるのか、どうやって私はいつかまた元気に生き生きとなりえるのか、あなたに対して。時々私にも非常にはっきりと理由がわかることもあります、去年のひどい時期のいくつかの事柄、出来事、それらを私は理解できません、今日でもまだ、それらを私は忘れようと努めます、なぜならば私はそれらを

認めるつもりはないから、なぜならば私はあなたがそれをした、言った、書いたのであってほしくないから。今もまた私はぎょっとさせられます、あなたが私に電話で、あなたが何かについて陳謝しなければならないと言った時、私にはあなたが何を言っているのかわからないのですから、でももうまた不安になります、何かが私をまた辛い目に合わせるかもしれないと思うからというよりも、それがどんなに友情に対して私を臆病にするかを感じるから、同情や、すべてがあなたにとってもっとよいものに変わりますようにという願いを越えた友情においては。こうした感情では私には足りないのです、そしてあなたにとってもまたそれはそうに違いないのです。

愛するパウル、言うのが難しいいくつかのことを言うのには、今はまた適当な時ではないのかもしれません、でも適当な時というものはないのですから、そうでなかったら私にはもういつかその決心がついていたはずです。私は本当に思うのです、大きな不幸はあなた自身の中にあると。外から来るあさましいものは―そしてあなたはそれが真実なのだと私に断言する必要はありません、私はその大部分を知っているのですから―確かに毒します、でもそれは克服することができます、それは克服しなければならないのです。それに適切に対峙することは、今、ただあなただけにかかっています、あなたはわかっているのですから、あらゆる説明も、どんな擁護も、それがどんなに正しいものであったとしても、あなたの中でその不幸を弱らせはしなかったことを、私はあなたが話すのを聞くと、まるですべては一年前そうだったのと同じであるかのように、まるで多くの人たちが努力したことはあなたには何の価値もないかのように、まるでただ別のこと、苦痛、悪意のあること、愚かさだけが重要であるかのように私には思えます。あなたは友人たちも失くします、なぜならば人々は感じるからです、彼らの反論が彼らには必要に思える時であっても通らないということ、それはそうした事よりもあなたには重要ではないのだと。容易に反論は同意よりももっと不幸な結果になります、でも時にはそのほうが役に立つのです、そしてたとえ人が自分一人での方がもっと上手に、他の人々よりも、誤りはどこにあるのか見つけ出すのだとしても。でも他の人たちのことはやめておきましょう。

私がこれまで蒙ってきた多くの不当な発言や侮辱のなかで、私にとって最もゆゆしいものはつねにあなたから受けたものです―私がそれに対して軽蔑や無関心さでもって答えることができないからでもあります、つまり私はそれに対して自分を守ることができないのだから、私のあなたに対する感情がいつもあまりに強いままであり、私を無力にするのだから。確かにあなたにとって今問題なのは第一に他の事柄、あなたの苦境です、でも私にとっては、それが問題でありうるためには、問題なのは第一に私たちの関係なのです、他のことが論議できるようになるためには。あなたは言います、あなたは私たちを失いたくないと、そして私はそれを自分に「君を失いたくない」と置き換えます、なぜならばマックスとのこの表面的な関係は―私がいなければあなたたちは多分決して知り合わなかったでしょう―あるいは別の前提でもって、それに私は、私によって作り出されたこれらの前提よりももっと多くのチャンスを与えますが―だから私たちは正直に言いましょうよ、互いを失わないためには。そして私はまさに自問します、私はあなたにとって誰であるのか、こんなに長い年月の後に誰であるのか?と。一つの幻影、それとももはや幻影にはふさわしくない一つの現実? というのも私にとって多くのことが起こりました、そして私は私である者になりたいのです、今日、そしてあなたは私に今日気づきますか? まさにそれが私にはわかりません、そしてそれが私を絶望させます。一時、ヴッパータールで私たちが再会した後、私はこの今日というものを信頼しました、私はあなたを、あなたは私を、一つの新しい生において確認しました、そう私には思えました、私はあなたを受け入れました、ジゼルと一緒にだけではなく、あなたにとって私たちの時の後に起こった様々な新しい感動、様々な新しい苦悩、そして様々な幸福の可能性と一緒に。

あなたはいつか私に尋ねました、私がブレッカーの批評をどう思うかと。今あなたは私に私の本の、もしくは本たちのお祝いを言います、そして私にはそこにはブレッカーの批評が入っているのか、他の批評もみな入っているのか、わかりません、それともあなたはあなたを攻撃する一つの文は私を攻撃する三〇の文よりも重要だと言うのですか？　あなたは本当にそう言うのですか？　そしてあなたは本当に、創刊以来私への悪意をかきたてる雑誌が、例えば『ダス・フォールム』が、やっとあなたの弁護をする気になったという理由で正当化されるのだと言うのですか？　愛する人、私は普通は決して誰かに不平を言ったりはしません、こうした卑劣さについて、でもそれらは私の頭に浮かんできます、こうした卑劣な行為をやりかねない人々が突然あなたを引き合いに出すと。あなたは私を誤解してはいけません。

私はすべてを平静に、時にはあまりにゆゆしい場合には我を忘れて、乗り切ることができます。私は、誰かに、助けを求めて、頼るとは、あなたであっても、考えつきません、なぜならば私は自分をもっと強いと感じているからです。

私は不平を言ったりしません。私は、そうとは知らずに、知っていました、私が進もうとし、進んできたこの道は薔薇で囲まれてはいないだろうことを。

あなたは言います、人々があなたの翻訳を台無しにすると。愛するパウル、それは、もしかしたら私がわずかに疑いを持った唯一のことだったかもしれません、あなたの告げたことを言っているのではありません、そうではなくてその影響です、でも私は今あなたの言うことを完全に信じます、というのも私も今、専門的な翻訳家の悪意を感ぜずにはいられなくなったからです、彼らの干渉を私も予測していませんでした。人々は面白おかしく私の間違いをあげつらいます。イタリア語が私よりもできない人々も、それは私の気持ちを傷つけはしないでしょうが、そしてもっとできるのかもしれない人々も、でもいずれにしても、ドイツ語の詩というものがどうあるべきか全然知らない人々が。わかりますか、私はあなたの言うことを信じるということを、すべてを、すべてを。ただ私は信じません、陰口が、批評が、あなただけに限られているということは、なぜならば私も同じくらい信じることができるでしょうから、それは私だけに限られていると。そしてそれがそうだということを、あなたが私に証明できるように、私はあなたに証明できるでしょうから。

私にできないこと、それは、それをあなたに完全に証明すること。なぜならば私は匿名の紙切れもそうでないのも投げ捨てるから、なぜならば私は私がこれらの紙切れよりも強いと信じているから、そして私は、あなたが、これらの、何の、何の意味もない紙切れよりも、強くあることを望みます。

けれどもそれをあなたは認めようとしないのです、それが何の意味もないということを、あなたはそのほうが強いことを望むのです、あなたはあなた自身をその下に生き埋めにしようとするのです。

それがあなたの不幸です、そのことが私にはあなたの身に起こる不幸よりももっと強いのだと思えます。あなたは犠牲になろうとします、でもあなた次第なのです、そうならないのは。そして私はソンディが書いた本のことをどうしても考えざるをえません、私にショックを与えた、なぜならば私はあなたのことしか考えなかったから、あのモットーのことを。確かに、それは、それは来ます、それは今外から来るでしょう、でもあなたはそれを是認します。そしてそれはあなたがそれを是認するか、それを受け入れるかどうかという問題なのです。でもあなたがそれによって打ち負かされるならば、そうなればそれはあなたのことであり、それは私のことではないでしょう。もしあなたがそれに応じるならば。あなたはそれに応じます。あなたがそうすることが私には腹立たしいのです。あなたはそれに応じます、たとえそうすることによってそれに道を空けてやることになるとしても。あなたはそのせいで駄目になる、そういう者になろうとしています、でも私はそれをよしとすることはできません、あなたはそれを変えることができるのですから。あなたはあなたに関して人々が責任を負うことを望んでいます、それを私は阻止することはできないでしょう、あなたがそれを望むことは。どうか私の言うことを理解して下さい、〔判読不明の言葉〕から。すなわち、私は世界は変わることができるとは思いません、でも私たちにはできます、そして私はあなたにそれができることを願います。ここで着手してほしい。「道路清掃夫」がそれを掃いて捨てることができるのではなくて、そうではなくてあなたにそれができるのです、あなた一人が。あなたは言うでしょう、私があなたにとってあまりに多くのことを求めすぎると。それでも私はそうします。（でも私は私にとってもそう私自身に求めます、だからあなたにこのことを敢えて言うのです。）他のことは何も求めることはできません。私はそれを完全に果たすことはできないでしょう、そしてあなたはそれを完全に果たすことはできないでしょう、でもそれを果たすことを目指す途上で多くのことが消えてなくなるでしょう。

私はしばしばとても辛くなります、あなたのことを思うと、そして時々私は、この詩に対して、このあなたが書いた殺害の非難に対して、私があなたを憎悪しないということで自分を許すことができなくなります。あなたが愛する一人の人間が、一人の無実の者があなたを殺人の罪で咎めたことが今までありましたか？　私はあなたを憎みません、それは狂気の沙汰です、でもいつか何かをまっすぐに正しくしようとするならば、それならばここからも始めるように試みて下さい、私に答えることを、返事ででではなく、書いたものによってではなく、そうではなくて、感情において、行為において。私はそれを待っています、他のいくつかのことを待つように、返事ではなく、謝罪ではなく、なぜならば謝罪では十分ではありませんし、また私はそれを受け入れることはできないでしょうから。私は、あなたが私を助けることによって、あなた自身を、あなたがあなた自身を助けることを、期待しています。

私はあなたに言ったことがあります、あなたは私のことでは全然苦労しないと、でもそれがどんなに本当であろうとも—あなたが私には他の者よりも手を焼くだろうということも本当です。私は幸せです、あなたがルーヴル・ホテルで私に向かってくる時、あなたが陽気でのびのびとしている時、私はすべてを忘れて、あなたが陽気であることが、あなたがそうなれることが嬉しい。私はジゼルのことをとても考えます、それをおおっぴらにすることは私の柄ではないけれど、少なくとも彼女に向かっては、でも私は本当に彼女のことを考え、そしてあなたにはない彼女の大きさと毅然とした態度を尊敬します。そうすることをあなたは今わたしに許してくれなければなりません。でも私には、彼女の自己否認、彼女の美しい誇り、そして彼女の忍耐は、あなたの数々の嘆きにまさると思えます。

あなたの不幸において彼女はあなたによって充足されます、でもあなたは何らかの不幸において決して彼女で充足されないでしょう。私は、私が承認することで夫が充足されることを求めます、でもあなたはそれを彼女に認めはしません、なんという不当。

192　BからCへ、バーゼル、一九六一年一〇月二四日

六一年一〇月二四日

私の愛するパウル
毎晩、ほとんど毎晩、私は長い手紙を書き続けようとしました。それを今送ることはできません、それはあまりに多くのことを欲しているのですから。むしろ私はそれをパリに持って行き、そして話し合うことで補い、そしてあなたによって補ってもらいたい。何かがもっと明らかになるために、ただあなたと私にだけかかわる何かが。あなたが認める数々の誤解が私にはわかりません。私はただ、もはや便りが来なくなったとき、私の本はあなたに気に入らなかったのだろうとだけ考えました。
私はあなたに目下のところまだ何日と言うことはできません。一一月五日か七日まで―マック

スの劇場の仕事が終わるまで—行くことはできません。その後は私は一人きりでパリに行けます。マックスはとても疲れきっているので、そしてもっと疲れきってしまうでしょうから、どうしても彼はすぐにローマに帰らなければなりません。

あなたの具合が前よりも良くなっていることをとても望んでいます。とても願っています、そして来週には私がいつ行けるか書きます！

ジゼルにくれぐれもよろしく。

インゲボルク

193　BからCへ、ローマ、一九六一年一二月五日

六一年一二月五日
ヴィア・デ・ノタ―リス　1F
ローマ

愛する、愛するパウル、
毎日のように私は手紙を書こうとしました、でも私たちの帰りの旅は、そして私にとってはさらにその間のもう一つの旅は、私に何をする暇も許しませんでした。もしそれでも私が少なくともなんとか、他の人たちができるように、手紙を一通、一時間で、あるいは一晩で書くことができ

るならば—でもうずっと前から病気のようです、私は書くことができません、日付を書いたり、あるいは紙をタイプライターに入れるともう身体の具合が悪くなります。

あなたがようやくのところ前より具合が良くなっていてほしいし、そう願っています、あなたがもっと健康を維持することができるようにと、あるいはさらにもっと、何か新しい平静さや落ち着きがあなたをもう一度すっかり健康にしてくれることができるようにと。

しばしば私には、あなたも確かに、どれほどあなた次第であるのか、そしてあなたがあなた自身を理解するところからあなたは心の落ち着きを取り戻すことができるのだということをわかっているように思えます。

私たちの様々な課題はますます難しくなります。それらを学びましょう。

ジゼルによろしく、そしてあなたたちに、あるいはあなたに、できるならば、来てほしい！

すべての愛するものを、すべてのよいものを。

あなたの

インゲボルク

194　Bとマックス・フリッシュから、ジゼル・ツェラン‐レトランジュとCへ、ローマ、一九六一年一二月

一九六一年一二月

愛するジゼル、愛するパウル、
私たちはあなたたちに素敵なクリスマスと、よい、よりよい時を願います！
インゲボルク
マックス・フリッシュ

195　CからBへ、パリ、一九六三年九月二一日

ロンシャン通り七八番地
パリ、一九六三年九月二一日

愛するインゲボルク、
ぼくは、君はロシアにいたと新聞で読んで、君のその旅をとても羨んでいました、特にペテルスブルクの滞在を。でもそのすぐ後に、八月末に、フランクフルトでクラウス・ヴァーゲンバッハから、それは全くそうではないと、君はむしろ具合が全く良くなくて、ようやくまた退院したと

ころだと聞きました。―それからぼくは君に電話をかけようとしましたが、君はまだ電話を持っていませんでした。

今、君に、ただ数行だけ、書きます、君に同じように数行書いてほしいから。君の具合はどうなのか、どうかぼくに知らせて下さい。

ぼくは必ずしも喜ばしいとは言えない数年を後にしました―「後にしました」、そう人々が言うように。

数週間のうちにぼくの新しい詩集が出版されます―様々なものがそこには織り込まれています、ぼくは時おり、それは定められたのも同然なので、一つのまさに「芸術から遠い」道を歩いてきました。一つの危機の記録、もし君が望むならば―でも詩作とは、もしそうであるのでないならば、何でしょう、つまり根本的には？

だからどうか数行書いて下さい。

ぼくは君にすべてのよいものを願います、インゲボルク
心をこめて
パウル

196　CからBへ、フランクフルト・アム・マイン、一九六七年七月三〇日

愛するインゲボルク、
ドクター・ウンゼルトから、フライブルクから来てみたら、三日前にアフマトーヴァ事件について聞きました。それからぼくはシュピーゲル誌を買いました。
君がピーパー社にぼくをこのロシアの女流詩人の——彼女の詩はかなり前から知っています——翻訳者として推薦してくれたことに心から感謝します。マンデリシュタームは彼女の最も忠実な崇拝者の一人でした。
　もしかしたら君はぼくに数行書いてくれるかもしれません。その場合は、どうかこの住所に、P.C. 高等師範学校、ウルム通り四五番地、パリ五区。

すべてのよいものを！
心をこめて
パウル

フランクフルト、六七年七月三〇日

第2部

パウル・ツェラン／マックス・フリッシュ往復書簡

197　パウル・ツェラン（以下Cと略す）からマックス・フリッシュ（以下Fと略す）へ、パリ、一九五九年四月一四日

ロンシャン通り七八番地

パリ、一九五九年四月一四日

親愛なるマックス・フリッシュ、
私は昨日電話をかけました、突然、あなたが、いつかのように―でもあの時は私はそれを知らずにでしたが―電話に出て下さるのではないかと期待して。というのも、私はあなたに助言を願いたかったのです、対話を、チューリヒで、バーゼルで、あなたに尋ねたかったのです、どうすべきかを―というのは何かがなされなければならないからです！―これらすべてのますます増大していく虚偽と卑劣さとヒットラー的乱痴気を目の当たりにして。つまり、私は数時間前に一通の手紙を受け取りました、ハインリヒ・ベルから、一通の手紙を、それは私にもう一度証明するのです、どれほどの卑劣さが、人々があまりにも騙されやすく―しかし誰が、人間への信頼を保持

したいとするならば、自分たちの「騙されやすさ」を放棄しようとするでしょうか？――、「重要である」者たちの一人に数えた人間たちの心の中にあるかを。

しかしああ、彼らに、彼らが本当は何をしているのか、そして何であるのか、それをはっきりとわからせるやいなや、彼らはたちまちにしてもとの自分に戻ってしまうのです。この（決して新しくはない）体験を私は今、ベルに関して味わいました。私はそれを覚悟していなかったわけではありません。しかしそれがこのように起こるだろうとは、彼の下劣さにおいてこれほどはっきりと、とは、それは本当に予期していませんでした。

それで私はあなたに電話をかけました、あなたとインゲボルクに尋ねるために、私はこうしたすべての問題や困惑を――それらをあなたは知っているはずです、それらはずいぶん前から、ありとあらゆる姿をして！――携えてチューリヒに行ってもいいだろうかと、例えばあと一週間のうちに。どうか、この時期があなたたちに都合がいいかどうか私に知らせて下さい、私は行くのを後にずらすことも――本当に――できます（そしてそれまで、そしてそれを越えてさらに、私の問題と一緒に生きていくことが）、もしかしたら五月に、オーストリアへの旅行の途中で（そこで私たちは夏を過ごすつもりです）あるいは六月に。

この手紙が慌しく、脈絡がなくて申し訳ありません、そしてあなたに心からの挨拶を申し上げます。

あなたのパウル・ツェラン

198　FからCへ、ウエティコン・アム・ゼー、一九五九年四月一六日

ウエティコン、五九年四月一六日

尊敬する、そして親愛なるパウル・ツェラン、

たった今あなたの手紙が着いたところです。私はその前にインゲの手紙を郵便局に持っていきました。すぐにいらっしゃい！　この手紙があまり自発的に聞こえないとしたら、どうか大目に見て下さい、私はあなたに昨日自発的な手紙を一通書いたのです、でも奥方様がその中の一つの付随的な文を、あるくだらない文を、あるおしゃべりな文を、VW（訳注：フォルクスワーゲン）についての、それであなたを迎えに行き、ここに連れてくるつもりなのですが、不適切だと思いました、けれど私はこのような手紙を、自発的なそれらを、殺菌したくないのです。それで口論になりました！――それはそうとして私が皺くちゃに丸めたその手紙は、あなたに言おうとしていました、あなたと会うことを私は心から楽しみにしていることを、それを私はもうしばらく前から望んでいたことを、私はそれを怖じる気持ちがあることを、なぜならば私はあなたについてたくさん知っているから、インゲを通じて、そして本当にわずかしか知らないから、怖じる気持ちはインゲ故ではなく、あなたの作品故です、それに私は賛嘆しています、私が近づける限りにおいて、そして怖じる気持ちの理由は、私はそのすべてに近づけるわけではないからです、今にいたるまで。ウエティコンのほうがバーゼルよりもよいのではないかと思います、バーゼルではレストランからレストランへ誰かに出くわしてしまいます。ここの近くには、この住いから二百歩先に、感じのよいホテルがあります、そこにあなたは泊まれるでしょう、そしてここならば私たちは落

ち着けます、あちこちドライブすることもできます。滞在が短すぎないように！　一つの会話を何度も繰り返しながら、そのことについて一晩寝てよく考えたら、自分のことをもっとよくわからせることができる、そういうチャンスが与えられねばなりません。数日間留まれませんか？　私は楽しみにしています、という私の言葉を信じて下さい。

期待のうちに、そして心からあなたの

マックス・フリッシュ

199　CからFへ、パリ、一九五九年四月一八日

一九五九年四月一五日

親愛なるマックス・フリッシュ、

あなたの手紙が着きました、インゲボルクの手紙も。どうもありがとうございます！

でも私は今まだ来週には行けません、再来週になったら、というのも私はたった今、ある義務を思い出させられたのです、それを逃れることはできません、というのも甥の義務です、数ヵ月前に私がしていた約束です、ユダヤ教の復活祭にロンドンに行くという、年取った叔母のところに。そして今私は、かつてエジプトから出発したことを全然覚えてはいないけれど、この祭りを祝うつもりでいます、イギリスで、私の親戚たちのところで、彼らは、たとえ発酵していないパ

ンをもはや食べなくとも、この祭りを執り行います（もしくは仕事は休みます）。というわけで私たちは来週半ばにロンドンに行きます、その後私は四月二八日か二九日にチューリヒに行けるでしょう――都合が悪くなければいいのですが。

心からの挨拶を
あなたのパウル・ツェラン

200　FからCへ、シュールス、一九五九年七月二〇日

シュールス、七月二〇日

親愛なるパウル・ツェラン！

私の医者たちが、ここととチューリヒで、私にシルス・マリアへ逃げていくのを禁止しました、残念ですが。そして私に縁起でもないことを言います、もし私がそうしたらと。それで私は屈しました、それにローマは私が思ったよりも遠い。――私は嬉しかったです、今も嬉しいです、あなたに会えて、パウル・ツェラン。もしかしたら私は（こっそりと）水曜日にもう一度シルス湖に行くかもしれません。私はあなたの奥様にさようならを言い損ないました。私から奥様によろしく伝えて下さい。

あなたのマックス・フリッシュ

201　CからFへ、パリ、一九五九年一〇月二三日

五九年一〇月二三日

親愛なるマックス・フリッシュ、
ヒットラー的乱痴気、ヒットラー的乱痴気、ヒットラー的乱痴気。ひさしつきの軍帽（訳注：ひさしつき軍帽はナチス突撃隊員に特徴的な制帽であったが、戦後に新しく組織されたドイツ連邦軍もまた同様の、それに非常に似た帽子を制帽としていた）。
見て下さい、どうか、ブレッカー氏が、リヒナー氏の恩恵にあずかるドイツの次世代の第一級の批評家が、ああ、カフカとバッハマンの論文の著者が書いていることを。

お元気で！

あなたのパウル・ツェラン

201・1　同封物

パウル・ツェラン
ロンシャン通り七八番地（第一六区）
（書留）

パリ、一九五九年一〇月二三日

ベルリン、『ターゲスシュピゲール』誌文芸欄編集部宛

私は、事がドイツで今またしても起こっているように、貴殿の望むらくは多い読者の誰かが貴殿の本年一〇月一一日号に掲載された私の詩の批評（書評者：ギュンター・ブレッカー）について、それについて述べられねばならないことを述べたとは思えません。それ故それを私自身で述べます。すなわち、それは、まさにドイツ語―私の母語―に対する私のより大きな自由と同様に、私の出自に拠るのかもしれません。

私は貴殿にこの手紙を書きます。つまり、言葉のもつコミュニケーションという性格は私を他の者たちほど阻んだり、苦しめたりしません。私は空虚なものの中で動き回っています。「死のフーガ」は、その詩の軽薄な作者と私は今日呼ばれなければならないのですが、実際に一つの図形であり、そこでは響きが、意味を与える重要性を持つことのできる地点にまでは仕上げられていません。重要なのはここでは見方ではなく、組み合わせ方なのです。アウシュヴィッツ、トレブリンカ、テレージェンシュタット、マウトハウゼン、数多の殺害、数多の毒ガスによる殺害。つまり、この詩がそれを思い出すところでは、そこでは肝要なのは五線譜の上の対位法的練習です。

実際、今こそ―それはその者の出自に拠るのかもしれない―完全には記憶を失わずにドイツ語の詩を書く者を暴露するべき時が来たのでした。その際「組み合わせを喜ぶ知性」、「香りがない」とかいう、これほど信頼のおける表現がとりわけ好適です。ある種の作家たちは―それはその者の出自に拠るかもしれない―それはともかくある日のこと自分自身を暴露します。そうしたらその自己暴露を簡単に示唆するので十分です。それに続いて人は異議を唱えられずにカフカに

ついてさらに書くことができます。
しかし、貴殿は異議を唱えるでしょうが、例えば「出自」といったものを書評者はあくまであの図形の作者の生誕地として理解しています。私は貴殿に賛同せざるを得ません、ブレッカーの現実は、何よりも彼の書評の最後の親切な忠告は、まぎれもなくこの見解を物語っていると。つまりこの手紙は、もし貴殿が今、一つのピリオドを打ってけりをつけながら言うならば、この書評とは何の関係もないのです。ここでも私はあなたに賛同せざるをえません、実際、と。何も。全く。私は空虚なものの中で動き回っています。

（パウル・ツェラン）

追伸：この手紙で下線で強調したものはすべて貴殿の寄稿家であるブレッカーの筆によるものです。

他の同封物：ギュンター・ブレッカーの論説「図形としての詩」の写し。

202. FからCへ、ウエティコン・アム・ゼー、一九五九年一一月三日、未発送

ウエティコン、五九年一一月三日

未発送

親愛なるパウル・ツェラン！

これはあなたに答えようとする手紙の四度目の試みです、というのもこれ以上よくはなりえないので。大目に見ていただきたい！　最初のはもっと心がこもっていました、しかし真心は書き写すことはできません。私たちは友人でしょうか？　私はどの程度あなたが私のことを重要視しているのか、あなたのサークルの外に認めることができるのか、全然わかりません。シルスでの私たちの短い出会い。私は、あなたの名前が、もうすでにずっと、一人の詩人の名前が、インゲボルクによって私自身の生活の中の一つの名前になっていたのに、ようやくあなたの顔とあなたの声を認めて嬉しかった。私にわかっているのはこうです、つまり、あなたは私に反ユダヤ主義者ではないという信用をくれた。ただそれだけでは私はまだあまり自由にはなれません。私の言うことがおわかりでしょうか？　私は、あなたが私を一人の信頼のおけるアンチ・ナチという役割に還元するのではと、少しばかり危惧しています。あるいは一人の信頼のおけないそれという役割に、もし私がこのブレッカー批判にあなたが期待するように反応しなければ。あなたは友情の心構えができているでしょうか、もし私があなたに賛成でない場合に？　私はある傷をかかえて生きています、それはもちろんあなたが私につけたものではありません、ヒットラーでもありません、しかしそれでもある傷をかかえて、病的なまでに敏感になって、あまりにも簡単に私は自分が裏切られ、引き渡され、嘲られ、締め出され、見捨てられたと感じてしまうのです。中間的な色調というものは私に毒を注ぎます、そして私を虐げるには不熱心さで十分なのです、そしてしばしば、あまりにしばしば私は、私の単なる幻覚によって自分が傷つけられないように、私の理性を正当防衛からくる素晴しい独善に変えないために、全力を使います。何のために私はこれを言うのでしょう？　あなたのように傷ついて私に相談する者は、一人の傷ついた者のところに来るのだということを知らなければなりません。あなたに対しても、親愛なるパウル・ツェラン、私は尊敬されたいという欲求によって自分が自由ではないように感じ、あなたに同意したい気持ちにかられます。けれども私はこの件におけるあなたの態度には同意できません。私はあなたの新しい詩をこの夏しばしば読みました、すでに病院にいる時から、後になっても繰り返し、繰り返し、なぜならば私にはその一部は容易ではなかったから。それから私はずっと考えています、コミュニケーションがうまくいかない場合はそれは私のせいだと。私は自分には資格がないと感じ、黙ります。今、ブレッカー氏が、彼のことは知りませんが、それについて書いていることは、私の意見ではありません、いずれにしても私はそれを一つの意見の試みだと思います。多くの意見が許されているのですから。私は彼のテクストはよくないと、怪しげな言い回しがなくはないと思います。それはあなたに認めなければなりません。しかしあなたにとって問題なのは、批評家が否定的な意見を述べることではなく、政治的な兆候なのです。多分あなたの言うことは、これに関しては、残念ながら正しいでしょう。あなたが私や他の人々に期待する友情から出た行為は、私たちがあなたの言うことを、あなたの反論の鋭い洞察力に導かれて、正しいと認めることで果たされるのでしょうか？　私はあなたのことをあまりに知りません、親愛なるパウル・ツェラン、私は例えば、反ユダヤ主義の疑いが締め出された場合、あなたがあなたの詩人としての仕事に対して限定を置く批評にどのように反応するのか、わかりません。私はあなたを決して私と同一視するつもりはありません。私はあなたについて知らない、けれども私についてては知っています、私が時おり、を。私を誉めない批評家は政治的にせよ、何にせよ、疑わしい人物だと断言して喜んでいることを。大抵はまさに疑わしい人物たちなのですから、残念なことに。私の場合には、私が反ユダヤ主義の立場から非難されたり、誤解されるという疑いは当てはまらないのですから、私はどの方向を向いたらいいのでしょうか？　私は自分自身に打ち勝たねばなりません、それは面倒で厄介な仕事の繰り返しです。その場合私を傷つけるのは、激しい酷評よりもむしろ称賛という中間的態度なのだということを経験しました。それは批評家がどこに私の目下の弱点や私の限界すべてを見ているかを私に示します。大抵はその批評家を彼自身の齟齬でもって打ちのめすのは非常に難しいというわけではありません、けれどもそれが私にどんな得になるでしょう？　私の鋭い洞察力が私の独善の共犯者になる、それだけです。ある年齢から、つまりいくつかの業績によって外に看板を掲げられるようになると、人は不成功の場合に対してよりも、自分の可能性そのものの限界が明らかになっていくことに対して悩むようになるのです、そして大きな、また普通ではない可能性を持つ者も、つまりあなたのような者でさえそれに悩むのではないかと想像できるのですが。この関連において、死の収容所の名を挙げることは、私にはどうも厭な気持ちがします。それは私に強いるのです、あなたのブレッカーの批評についての憤りは、このような批評が一人の作家のなかに惹起することのできるあらゆる他の感情の動きから完全に逃れているのだということを、信じることを。私はそれを信じるつもりはありません。あなたは私にそれを強制します。というのはもしもあなたの中に、この批評に関して、ほんのかすかでも傷つけられた虚栄心があるのだとしたら、そうならば死の収容所の名を挙げることは、許されない、途方もないことに私には思えます。私の言うことを誤解しないで下さい、親愛なるパウル・ツェラン、私はヒットラー的乱痴気の兆候についてのあなたの驚愕を疑いません、それは私をも驚愕させます、そしてもし「ひっとらーテキランチキ、ひっとらーテキランチキ、ひっとらーテキランチキ、ヒサシツキグンボウ！」というあなたの叫びが一つの文学批評との関連においてなされたのでなかったならば、それはそれ以外にもあなたには腹立たしいのかもしれませんが、私は政治的問題に立ち入ったでしょうに。それは私にはできないのです、政治的なものにおける同意は、それをあなたは当然私に期待していますが、私たちの間でしっくりこない、黙ることによってしっくりこないものをただ覆い隠すだけでしょう。それ故私はそれを思うとあまりいい気持ちはしません。あなたは私に手紙を強制します、結果としてあなたが私を、ベルや多くの、そしてほとんどすべての者たちのように、帳簿から消すことになるか、それとも友情の、それがまだ始まっていないうちに、その友情の終わりを意味する沈黙をもたらすかもしれない手紙を。もしかしたらあなたは友情なんて全く必要としていないのかもしれません、けれどもそれが私が提供できる唯一のものです。

心をこめてあなたに挨拶を

あなたの

203　FからCへ、ウエティコン・アム・ゼー、一九五九年一一月六日

ウエティコン、五九年一一月六日

親愛なるパウル・ツェラン！

私はあなたにもう四通の手紙を書きました、長いものを、それからさらに五通目を、短いものを、全部うまくいきません。けれどもあなたに返事をしないでおくわけにはいきません。一体私はあなたに何を書いたらよいのでしょうか？　あなたが私に期待しているかもしれない政治的同意は、あなたの短い手紙でそれ以外に私の心を動揺させるものを、つまりあなたの個人的問題をただ覆い隠すだけでしょう、それについて話すことに私はふさわしくありません、特にあなたがそれをそれ自体としてではなく、政治的な、客観的な問題として私の前に置くのですから。私は真に困惑しています、私がそう言うのを信じて下さい、そして数日来あなたへの手紙に取り組んでいます、私は幾日も午前中一杯、そして夕方一杯をそのために使ってきました。あなたは私に反ユダヤ主義者ではないという信用をくれた。わかりますか、私の言うことが、もし私があなたに、ただそれだけでは私はまだあまり自由になれないと言うならば？　あなたが私にそれ以外にどんな信用をくれるのか、私には全くわかりません。私は、人と人との間は、もし私があなたの言うことをあっさりと正しいと認める場合、あなたと私の間がそうなるであろうようにはならないということを経験しています、そして私は、もし私が信頼のおけるアンチ・ナチという役割に還元されるならば不安です。あなたの手紙は、親愛なるパウル・ツェラン、私に尋ねてはいません、あなたの手紙は私が真であることを実証するチャンスを私に与えます、もし私がブレッカーの批評にあなたのように反応するならば。私を挑発するのはそれなのです。私は、これほどたくさんの手紙を書き損ねた後に、あとはただこう書こうとしました、「あなたは正しい、あなたは正しい」と。私は諦めようとしました。何と私にとって辛いことでしょう、親愛なるパウル・ツェラン、諦めるとは。シルスでの私たちの出会い。私は本当に嬉しかった、私は、あなたの名前が、もうすでにずっと、一人の詩人の名前が、他ならぬ私自身の生活の中の一つの名前になっていたのに、ようやくあなたの顔とあなたの声を認めて嬉しかった。私はあなたが恐かった、今また恐い。あなたは友情の心構えができているでしょうか？　そしてもし私があなたに賛成しない場合に、それでも？　私はあなたに請け合うことはできるでしょう、ヒットラー的乱痴気の数々の兆候は私をも同様に驚愕させると、さらに示唆することもできるでしょう、新しい数々の脅威は、私たちがまさに知っているように、昔のヒットラー的乱痴気とはほとんど似通っては認識されえないだろうと。けれどももし私たちが政治的なもののなかに立ち入っていこうとするならば、私たちは、私たちが文学批評すべてに対してどのような態度を取るかという問題と混じりあう可能性のあるあらゆるケースからは離れなくてはならないのではないかと思うのです。私はあなたについては知らない、けれども私については知っています、私が時おり、私の野心を傷つける批評家は政治的に疑わしい人物だと断言して喜んでいることを。そして私を、例えば、最も傷つけるのは、それは激しい酷評ではなく、それは称賛という中間的態度なのです、それは、その批評家が（どんなにみすぼらしくしか自分の考えを述べられないようとも）私の目下の弱点や私の限界すべてを嗅ぎつけたということを私に示すのです。ある年齢から、つまり私たちがいくつかの業績によって外に看板を掲げられるようになると、私たちは不成功の場合に対してよりも、私たちの可能性そのものの限界が明らかになっていくことに対して悩むようになるのです、そして大きな、また普通ではない可能性を持つ者も、つまりあなたのような者でさえそれに悩むのではないかと想像できるのですが。気を悪くしないで下さい、親愛なるパウル・ツェラン、もし私が、公然の誤解は、それが反ユダヤ主義から来ているという疑いが応用できない場合でも、それはどんなに侮辱的であるか、を思い出すとしたら。「ひっとらー的乱痴気、ひっとらー的乱痴気、ヒサシツキグンボウ！」とあなたは書きます。私はブレッカーの批評はよくないと、怪しげな言い回しがなくはないと思います、それをあなたに私は認めます、もし他のことも言うことが許されるならば、つまり、私はあなたの反論は、それが言語的明敏さの傑作であるとしても、それもまたよくないと思います。あなたは私に強制します（そして私はあなたを自発的に尊敬しますとも）、あなたを尊敬することを、つまり疑いを持たずに信じることを、あなたが、親愛なるパウル・ツェラン、私や他の人々を襲う様々な感情の動き、虚栄心や傷つけられた野心という感情の動きから完全に免れていると。というのも万が一でもそれがほんのかすかでもあなたの怒りのなかにあるとしたら、死の収容所に大声で呼びかけることは、許されない、途方もないことに私には思えます。誰にそれを私は言いましょうか！　もしあなたがブレッカーのような批評を一つの政治的な現象に仕立て上げるならば、それはある点では正しい、と私は思います、ですけれども他の点では正しくありません、そして一つの問題はもう一つの問題を歪めます。あなたが私を見放すことになるかもしれない、それとも友情の、それがまだ始まっていないうちに、その友情の終りを意味するそういう沈黙をもたらすかもしれない、そういう手紙を出すことは私には簡単なことではありません。もしかしたらあなたは、私が友情という名のもとに理解しているものなど全く必要としていない、望んでいないのかもしれません、けれどもそれが私が提供できる唯一のものです。

心から　あなたの

マックス・フリッシュ

204 FからC宛、『ドン・ジュアンへの注解』の中の献辞、ウエティコン・アム・ゼー（?）、一九五九年末

パウル・ツェラン
のために

混乱した一年の
終わりに

マックス・フリッシュ
一九五九年

205 FからCへ、ビュヒナー賞受賞スピーチ「亡命者たち」の別刷りの中の献辞、ウエティコン・アム・ゼー、一九六〇年五月二七日

パウル・ツェランのために

ウエティコンにて、

六〇年五月二七日
心をこめて　MF.

206　CからFへ、パリ、一九六〇年五月二九日

親愛なるマックス・フリッシュ、
あなたにもう一度、ウエティコンのあなたのもとでの話し合いに感謝したい。
　多くのことが、私にはわかっていますが、言葉の中に入ろうとしませんでした、摑まえられませんでした。でももしかしたらまさにそれが私たち二人の得たものかもしれません。つまり、あれほどくっきりと輪郭が現れたことは、それは心理的なものの――それは疑いもなく必然的なものの一つです――おかげでしたが、私が思うに、その裏面を持っています――。距離、空間、事物が時間の中に立つこと、これらすべてがそこでは解消されます。（私たちの話し合いにはそれが解消されないまま残っていました。）
　私は本当に思います、ここで「一役買っている」、私たち皆に――ああかこうか――一役買っている何かがあると。私がここで言うのは、私があなたとの話し合いで「客観的な魔力」と呼んだものです――それを実際にはこの名前で呼びませんでしたが。「偶然」はもしかしたらそのもう一つ別の補助語かもしれません、例えばそれが私たちに転がり込んだ、そして転がり込むものである

という意味で。「運命」といった語もここでは時に「助けとなりながら」歩み寄るかもしれません。これらすべてと私たちはおそらく触れているのでしょう、私たちが書く時には。

心からの挨拶とともに
あなたの
パウル・ツェラン

パリ、一九六〇年五月二九日

207 CからFへ、トゥレバビュ・パル・ル・コンク、一九六一年七月末／八月初め（?）、中断された草案

親愛なるマックス・フリッシュ、
この手紙は真心から出たものです—私はあなたにこれをただそのように受け取っていただきたい。
あなたは見逃さなかったかもしれません、私に対して扇動された、シュレールス＝モントシュトラールが発表したものがどんな段階に入ったか。あなたは見逃さなかったかもしれません、それは何を目的としているか、そして種々の親切すぎる証人たちの助けによって一体何がすでに成し遂げられたか。あなたにはわかっています、それは禁治産の宣告の言葉に等しく、そしてまた—私は物書きなのですから—その物質的側面も持っていることを。

あなたはさらにわかっています、私はこれらすべてに対して反論することはできません、ああだこうだと滑稽にされた山師の、詐欺師の、泥棒のモチーフに対してと同様に。この出来事全体が意図的にどんな明白さも無視しているのです―私は、本当に大変努力して、私自身にそれを十分に証明しました。

数々の歪曲はあまりに歴然として図々しいものです―それは喜んで大目に見られ、推し進められています。数々の誹謗も同様です。最も陰険なものの一つがある種の弁護です。そして様々な二重の芝居―そこでは（しかしここでも多くの人々はもうずっと前から事情がわかっています）その監督は全く信じられない場所に座って、全く信じられない道具や手段を使っているのです。

ここでただ本当に簡単に言わせて下さい、ここにいました、そしてここに今もいます、おそらく最初から、仲介人である扇動者が、と。そしてその罠に私は―けれどもあなたとインゲボルクも―異なった方法で掛かったのです。

親愛なるマックス・フリッシュ！　あなたは私に、私がブレッカーの論説について激怒した時―あれもまたすでに明白にこのコンテクストに置かれるべきものでした―あなたの友情を申し出て下さいました。あの時は私たちの間には誤解がありました―私はそれを取り除くことに誠実に努めました。私は、あなたがそれを今私に拒むとは思えません。私はあなたと意見交換することをお願いします、そしてあなたにパリに来ることをお願いします。なぜならば、あなたは、私があなたに提示して説明したいと思っていることを、それをあなたに見せなければ信じることができないでしょうから。それはたくさんなのです、マックス・フリッシュ、とてもたくさんなのです。

インゲボルクは、「反論」は命取りになると、「調子」が間違っていると考えた時に、正しくわかっていたのです。ですがあの音頭取りは、ただ一つの意味においてだけでなく、ルドルフ・ヒルシュでした。

けれども

208　CからFへ、トゥレバビュ・パル・ル・コンク、一九六一年八月二二日、未発送

ケルモルファン、トゥレバビュ・パル・ル・コンク（フィニステール県）、一九六一年八月二二日

親愛なるマックス・フリッシュ、

あなたは見逃さなかったかもしれません、私に対して扇動されたものが今どんな段階に入ったか、そして一人の物書きにとって、彼の名前もしくは彼のペンの信用が今やこうして失われるのを見ることが、何を意味せざるを得ないか。

もっともこれでただもう前より明らかになりました、なぜこの―本当にみえすいた―遺稿のペテン全体とそれと一緒に起こった数々の誹謗がこれほど長い間大目に見られ、推し進められたかが。明らかになったのはまた「一方の人々」と「他方の人々」の協力です。偶然にではなく頭韻する誇張表現をもったフォーアヴェルツ「論争」はそれについて―もまた―説明します。

私にとってはそれは、私が今やこの事柄全体の本当の―信じられない場所に座っている―監督を知っているという利点があります。

私はまた自分に、あなたとインゲボルクを欺くことが成功したに違いないと言います。それは最初の最初からこうした人々のやり方でした―そしてそれらは少なくないのです、マックス・フリッシュ！―、いろいろな歪曲や挑発でもって私と私の友人たちの間に楔を打ち込むことは。

そして私はついに自分に言います、あなたは、もしあなたが、私がはっきりと見て（そして聞いて）いるものをすべてはっきりと見るならば、それに対して、ここで最終的に狙いを定められたものとして、すなわち人として、反対してくれるであろうと。

インゲボルクによろしく！

心をこめて
あなたの

209　CからFへ、パリ、一九六一年九月二三日、未発送

パリ、一九六一年九月二三日

親愛なるマックス・フリッシュ、

私はあなたとインゲボルクに意見交換することを心からお願いします。

私は信じることができません、あなたに、どこからこれらすべての挑発が―シュレールスは多くのうちの一人にすぎません―来ているのかわからないとは。私は信じることができません、あなたに、何が、そして誰がここで工作しているのか―そしてなぜか、がわからないとは。

あなたにはわかっています、私について書かれ、無責任に言い広められていること、それを読んだり、聞いたりすることが一人の物書きにとって何を意味するか。（そして何という「証人たち」がそれに賛同していることか！）

そしてあなたにはまたわかっています、私がこれらすべてに対して反論できないことが、これまでのことすべてに対するのと同様に。なぜならばこうした輩たちの誰にとっても真実は問題ではないのです。だからまた、あらゆる明白さに反して、こうしたすべての途方もない下劣な言動。

私は考えられません、あなたがこれらの事柄を無関心に傍観しているとは。（私に関しては、私はついに「一方の人々」と「他方の人々」の協力についてはっきりとわかりました―「ユダヤ的」関与についても……）

私たちはたくさんの虚偽に取り巻かれています、マックス・フリッシュ。そして多くの虚偽が私たちの間に入り込みました。それらすべてを解明し、取り除こうではありませんか―私はあなたとインゲボルクにそれを心からお願いします。ですから一緒にそれをしようではありませんか。

私はあなたたちのところに行ってもいいのですが―あなたたちにパリに来て下さいとお願いしなければなりません。

そして同時に私はあなたに秘密厳守をお願いします。

心をこめて　あなたの

パウル・ツェラン

親愛なるマックス・フリッシュ！　どうか、私がビュヒナー賞受賞者たちの声明に対してお礼を申し上げられなかったことを理解して下さい。つまり人身攻撃や文学的な貨幣偽造を暴く代わりに、殺された者は「賄賂がきかないこと」が保証されます……私はロベスピエールではありません、マックス・フリッシュ！　私はあなたやまた他の皆のような人間です。それ以上でなく、それ以下でもなく。

そしてこの――恐ろしい――ネリー・ザックス・オマージュの件。どうやって私はゴルの証人で共同偽造者であるピントゥスと並んで発表することができるというのでしょう?!

＊　私たちは――あなたとインゲボルクと私は――挑発されました、マックス・フリッシュ。実に様々に、実に倒錯的に……。

210　CからFへ、パリ、一九六一年九月二七日

パリ、六一年九月二七日

ロンシャン通り七八番地

親愛なるマックス・フリッシュ、
私はしばしば自問します、なぜこんなに多くの沈黙が私たちの間に入り込んだのかと。

それはただ誤解であるだけかもしれません、重大な、きっと、けれどもそれでも一つの話し合いが、そう私は信じています、片付けることのできるそういう誤解。

すべてを解明するようにやってみようではありませんか、これを最後に！

新聞で私は、あなたが秋にケルンに行くと知りました―そうなれば私には遠くありませんとも。

あるいはあなたは近いうちにパリに通りかかりますか？

私は同時にインゲボルクに書きます―同じ意味で、同じ希望のうちに。

心をこめて
あなたのパウル・ツェラン

211　CからFへ、パリ、一九六一年一〇月一〇日

六一年一〇月一〇日

親愛なるマックス・フリッシュ、
ドクター・ウンゼルトから、彼はさきほど電話してきたのですが―私はネリー・ザックス・オマージュにまだ間に合って参加できました―、あなたがチューリヒにいると知りました。ドクター・ウンゼルトは、あなたが私に、彼が覚えていると思うところでは、数ヵ月前に書いた一通

の手紙のことも言っていました――この手紙は私に届きませんでした、親愛なるマックス・フリッシュ！　私自身は十日ほど前にあなたとインゲボルクに書きました、あなたたちのローマの住所に宛てて。
本当に近いうちにゆっくりと話をすることのできる機会が生まれるといいのですが！

心をこめて　あなたのパウル・ツェラン

212　FからCへ、『アンドラ』の中の献辞、ローマ（?）、一九六一年一二月

パウル・ツェランの
ために

心をこめて
マックス・フリッシュ
一九六一年一二月

第3部

インゲボルク・バッハマン／ジゼル・ツェラン＝レトランジュ 往復書簡

（第3部　吉本素子訳）

213　ジゼル・ツェラン－レトランジュ（以下Gと略す）からインゲボルク・バッハマン（以下Bと略す）へ、パリ、一九五七年（？）クリスマス前

親愛なるインゲボルク、
あなたに心からクリスマスおめでとうございますと言わせて下さいね！
ジゼル・ツェラン

214　BからGへ、ミュンヘン、一九五七年一二月二四日の前

あ、い、あなたに心からありがとう――親愛なるジゼル！
インゲボルク

215　GからBへ、パリ、一九五七年一二月二九日

ロンシャン通り七八番地
パリ一六区
一九五七年一二月二九日

親愛なるインゲボルク、
あなたの薔薇は二四日の夕べ、私の傍にありました、本当にきれい、本当にきれいでした！　あなたからそれを頂いてとても感動したので、あなたに長い手紙を書ければよかったのですが、私にはそれができないのです、許して下さいね。
この薔薇を本当にありがとう、私の傍に大切に取っておきます、あなたから頂いたものです、とてもきれいでした！

ジゼル

216　GからBへ、パリ、一九五八年一月二三日

ロンシャン通り七八番地
パリ一六区

一九五八年一月二三日

親愛なるインゲボルク、

今夜初めてあなたの詩を読みました、とても長い時間をかけて。私はそれらに衝撃を受けました。それらを通して多くのことを理解し、パウルがあなたのもとへ戻った時に、私が多分示した反応を恥ずかしく思います。今夜からあなたを前より少しわかったと思います。あなたがこの六年間の間苦しんだにちがいないすべてのことが私には理解できます。インゲボルク、あなたの詩のいくつかを読みながら、私は泣きました。私は理解し、そして私は自身を恥ずかしく思いました。世間の人々は本当にあなたに対してあまりに不当でした。すべてのことがなんて不公正になされていることでしょう！

あなたもご存知ですが、私はパウルが十月にケルンから帰って来た時に、彼がとても遠くへ遠ざかっていくと感じて苦しみました……でもあなたははるかにもっと苦しんだのですね、はるかにもっと。

あなたの手を握りたいわ、インゲボルク

ジゼル

217　BからGへ、『猶予された時』と『大熊座の呼びかけ』の中の献辞、ミュンヘン、一九五八年三月一〇日

ジゼルへ。

インゲボルク

ミュンヘン、一九五八年三月

ジゼルへ
影たちの下に、薔薇たち。

インゲボルク

ミュンヘン、一九五八年三月一〇日

218　GからBへ、パリ、一九五八年四月五日

ロンシャン通り七八番地

パリ一六区

一九五八年四月五日

親愛なるインゲボルク、
ずっと前からあなたの御本のことであなたにお礼を言いたいと思っていました、もっと早くそうできなくてごめんなさい。
何度もあなたのことを、何度もあなたの詩のことを考えています

ジゼル

219　GからBへ、ロシュフォール・アン・イヴリヌ、一九五八年七月三〇日

ル・ムーラン
ロシュフォール・アン・イヴリヌ
（セーヌ＝エ＝オアズ県）

一九五八年七月三〇日

親愛なるインゲボルク、
あなたのこんなに優しいお手紙ありがとうございます！
あなたとお近づきになれて、私は本当にとても嬉しかったし、パリで私たちの家に来て下さる

ことに同意して下さったことを感謝しています。

あなたが、陽の光が溢れ、とても良いお仕事ができ、そしてまた何かあなたの心がとてもなごむようなことのある良い夏をお過ごしになるよう願っております。あなたのためにこういうことを願ってもいいでしょうか?

パリでの仕事にまた戻る前に、私たちは、パウル、エリック、大きなボールと私は、田舎で二週間を過ごしに来ました。パウルは何匹かカワカマスを釣り、エリックは蝶を追いかけ、私は二人をじっと見ています。

あなたと同じように、中東の事件が私たちをとても不安にさせ、私たちは世界にもう少し平和があるようにと切に望むのですが。でも、平和になることを本当に期待することができるでしょう。

あなたのことを何度も考えています、私たちがまもなくあなたに再会できますように、そしてあなたが私たちにご自身のことを書いて下さいますように。私たちのまわりにはほんのわずかの友達しかいません!

ジゼル

私がどんなにあなたのフランス語が上手なことに感嘆したか、あなたはご存知ありません! あなたがこんなに上手に私の言葉を話すのは、私にとって真の喜びです。

220　GからBへ、ヴァルト・イム・ピンツガウ、一九五九年六月一三日

ホテル・ヴァルダーヴィルト
ヴァルト・イム・ピンツガウ
（ザルツブルク）
オーストリア

一九五九年六月一三日

親愛なるインゲボルク、
私たちがあなたのことをとても考えているとあなたに言うためにに、ほんの一言だけ書いています。マックス・フリッシュがまだ良くなっていないのを知って、私たちは残念に思いました。あなたがまもなく私たちにもっと良い知らせを下さることができますよう、お二人とも陽の光が一杯で、良いお仕事のできる、良い休暇をお過ごしになれるよう、期待しています。
心からあなたとともに、心から

ジゼル

221　BからGへ、チューリヒ、一九五九年一一月一七日（?）、中断された草案

キルヒガッセ三三番地
チューリヒ／スイス

親愛なるジゼル、
パウルの手紙の後で、絶望しながら、あなたのもとに来ています、そしてあなたに何を頼んだらよいのかわかりさえしないのです。それが私にはとてもよくわかりますが、同時にそれは私にはあまりに恐ろしいと思えるのです、なぜなら、私の手紙はひどいものだったけれど、あまりに追い詰められた苦しい状況の中で書かれたからです、この苦境を多分後でもっとよくあなたはおわかりになるでしょう、それにこれは今、前よりもっと胸を引き裂くようなものになっています。拒絶されたこんな状態で、どうやって生きていったらよいのかわかりません、なぜならば、マックスを裏切らず、パウルの信頼を失わない振る舞いなどもうできなかったからです、さらに悪いのは、私にはもう、パウルが私に何を望んでいるかもわからないのです。
　私は理由や状況を説明できるでしょう、それはある痛手からきているのです。でも今はその時ではない、特にパウルにとってはその時ではありません。私は追い払われたり、こんなふうに締め出されたりすることには耐えられないと、ジゼル、あなたに言いたいのです―あなたは、私がそうなるのは当然だと思っているのですね、私はこうしたことすべてのために私がこれからどうなるかわかりません……もしあなたがまだ迷っているのでないなら、ジゼル、もしできないのな

ら、お返事しないで下さい。でもいつか私に希望のある一言をかけて下さい、私の過ちすべて（訳注：原文は途切れている）あなたはパウルのもとにいます、そして私は、私がずっと期待していたように、

もう一度私がパウルに会えるようになる時には、そして多分、永遠にずっとパウルにとって重要でなくなる時には、彼が私よりあなたを信頼することの方がよいと思わなくてはなりません。

もしあなたにそれができるならば、ただ、私が数日後に送る小さな小包を彼のお誕生日に彼に渡してほしい、ということだけ、あなたにお願いします。

222　BからGへ、チューリヒ、一九五九年一二月二〇日

キルヒガッセ　三三番地
チューリヒ、五九年一二月二〇日

親愛なるジゼル、

私が、先月あれほど絶望していた時、あなたの助けを求めて、あなたに手紙を出したかったことを、あなたはおそらくご存知でしょう。でも、実際は、あなたがパウルのための苦しみとパウルへの心遣いだけを持つようにと切に望みましたし、またこのことのためにあなたの大変な力のすべてが必要となることを知っています。だから私には言うべきことはほとんど残されていません―でも、私は、相変わらず、どんな言葉、どんな手紙よりも、あなたの力、あなたの存在を信頼

しています。パウルを不幸の中にあって助け、彼をあらゆる不信から、それがいわれもなく存在するところで、解放もするためには、友情だけでは決して十分ではなく、あなたのこの存在とあなたが彼に与えているものすべて、汲み尽くせぬほどの、そして勇敢な愛がなければならないのです。―ジゼル、私はあらためて、私たちが今年の夏会わなかったことを残念に思い、またしばしば、もし私たちが会って話せたら、多くのことがこれほどひどい状態にならなかったのではと思います。私はますます手紙が恐くなっています、なぜなら、人が生きた言葉だけを―そして生きた反論すらを―探す時には、手紙は強情な様で私たちに関係するからです。

数日後にはエリックはサンタクロースを待つでしょうね。でも私たちは待たないし、ほんの小さな奇跡すら待たない……その私たちはお互いのために待たなければならないし、そのために私はすべてが良くなるだろうと忍耐強く待ちながら生きています。

あなたに心から静かで、美しい日々、そして幸福を願っています!

インゲボルク

223　BからGへ、ウエティコン・アム・ゼー、一九六〇年五月二四日

チョウドイマ　チューリヒニ　モドリマシタ　ドウカ　パウルノ　ジュウショヲ　チューリヒニ　デンポウデ　シラセテクレルカ　カレニ　コンバンカ　アスノアサ　三四二九八七二　デンワ

サセテクダサイ
インゲボルク

224　GからBへ、チューリヒ、一九六〇年五月二六日　木曜日夕

親愛なるインゲボルク、

今夜あなたと少しお話できて嬉しかったです、そしてこれからお会いする機会をもっと多く持てるよう期待しています。私はまた、私もいつもパウルを助けることができるわけでもないと、あなたに言いたかったのです。彼の生涯と彼の運命はとても過酷で、彼はとても不幸なので、彼にとって私があるべき姿、私がこうありたいと望む姿であることは、私には容易ではありません。

あなたが多くの難事をかかえているのを、私は知っています、あなたにいくらかの幸福をもたらす真の道が見つけられますよう、心から願っています。今夜、あなたがパウルと一緒にいる時の私の一番大きな望みは、彼があなたを理解でき、そしてあなたが彼を理解できますようにということです。私はあなたにそのことを心から願っています。

エリックが傍で眠っています、彼は幸福です、彼は安心しています。彼はたくさんのことを知っていますが、何も知らないのです――私は彼をできるだけ長い間とても幸せなままにしておき

たいのです、でもそれは長く続くことはありえないだろうとわかってもいます。これほど悪意のある、これほどひどく作られた世界で子供を育てるのはとても難しいことです。どうやって彼を守ったらよいのでしょう？　どうやって彼を助けたらよいのでしょう？　今のところ、それはまだ簡単です、彼は確かに私たちのものだからです、でも子供たちは長い間私たちのものであるわけではありません。この子はどんな時も大きな幸運であり、大きな心配の種でもあります。彼はパウルのもので、パウルに似ており、これからパウルのことを理解できるだろうと思います。

近いうちにまたお会いできますよう、私のことを友達だと思って下さいね、私はあなたの友達です——

ジゼル

225　BからGへ、チューリヒ、一九六〇年六月二四日

六〇年六月二四日
チューリヒ、キルヒガッセ三三番地

親愛なるジゼル、
あなたの手紙はとても心を打つものでした！　あなたにとても感謝しています。あなたの考えが

あの夕べ、私たち皆を助けてくれたことを願っています。あなたたちが発って、そしてネリー・ザックスが発ってから、私はずっと仕事をしています、―この重苦しく暑い夏、どんなに速く時が過ぎてしまうかほとんど気づきません。七月一五日に私はキルヒガッセを去り、またウエティコン・アム・ゼーに行くでしょう。私たちの最初の計画（スペインに行くという）に反して、私たちはそこに九月までとどまるでしょう。私はこの本にもはや終わりが見えないのです。そしてマックスにとっては、治療を再開するために、数日後にもう一度スクオルに行く必要があります。

チューリヒのサーカスで、私はエリックのためにこのハンカチを手に入れました、ピエロたちはこれと同じものを使っています。―もしあなたにサーカスの雰囲気をお伝えできたら―私にそう手紙を書いて下さいね！　あなたたちをこんなささやかなことで助けることができたら嬉しいです。

あなたに可能な善のすべてを、この過酷な年の後の、安らぎを与えてくれる、もっと平穏な夏を願っています！　私はあなたの友達です―

インゲボルク

226　GからBへ、パリ、一九六〇年一二月二日

ロンシャン通り七八番地

一九六〇年一二月二日

パリ一六区

親愛なるインゲボルク、

パウルがチューリヒに行ってから、一週間が経ちました、彼はそこへ、人間らしく正しい反応に出会えると希望を抱いて心も軽く向いました、彼は失望しませんでした、あなたとヴェーバーに会えましたから。彼は勇気と希望を取り戻していました。

一週間過ぎたのです！……そして何も起こりませんでした、インゲボルク。パウルは絶望しています。パウルはとても疲れています、パウルは元気ではありません。彼はもう全く勇気を持っていません、絶対にこの作り話は彼の真実の中で一目瞭然とならなければなりません。お願いです、このことのためにあなたができるすべてのことをして下さい。人々がこの作り話は卑劣で、何もしないままでいる権利はないのだと理解するのに手を貸して下さい。

こうしたことすべては七年前から続いています、パウルにとって手遅れになり始めてます、恐ろしく手遅れに、言葉も慰めも重要ではありません、今は行動が必要なのです、人々は新聞や雑誌に書かなければなりません、嘘を、中傷を告発しなければなりません、でも速かにそうしなければなりません、インゲボルク、すぐにそうしなければなりません。「真実」、詩、それは同じものですが、それらの名において、そうするのが彼らの義務です、―反抗し、憤慨しなければなりません、こんなことが続くのを許してはなりません。繰り返し言いますが、インゲボルク、パウルはもう駄目です。彼はすべての郵便を、すべての新聞や雑誌の出るのを待っています、彼の頭はこのことで一杯です。他のどんなことも入る余地がありません―七年間の後に他にどうしようがあるでしょう？
チューリヒで彼は本当に再び希望と勇気に満ち、仕事をしようと決心し、幸福といってよいほどだったのですが、そこから帰ってから、一行の文も彼のもとに届きませんでした。N.Z.Z. に『ルントシャウ』誌に掲載された「反論」を報じる何行か、これで全部です、とても少ない、とてもとてもわずかです。そしてもしこれで全部であるとしたら、恐ろしいことでしょう。かつてのナチ党員のアルミン・モーラーからも電話がありました、彼はもしまだであるのならば、これからリヒナーの雑誌に何か書くでしょう。こんなことは私たちを大いに喜ばすことにはならず、彼のとは別の声を期待していることをあなたはおわかりですね。アルミン・モーラー、かつてのナチ党員が、パウルを弁護するなんて、おわかりですね、インゲボルク、これは心を傷つけることです。

カーザクですが、パウルは彼にチューリヒから帰った時に電話しました、彼は『骨壷たちからの砂』を欲しています……そう、もちろん、でもやはり、証拠を見ることが本当に必要なのです。パウルを中傷する人々に憤慨すること、彼の「死のフーガ」が攻撃されたら、即刻応戦すること、それが彼について広めるひどい悪口を告発することは、可能ではないのでしょうか？　彼の最初の詩集を所有しなければ、彼の憤激は書きとめられないのでしょうか？　こうしたことすべては恐ろしいことです。パウルの前では人々は憤慨し、彼の言うことを傾聴しますが、彼が遠ざかるや、すべてが消え去ります、まるでこんなことは彼らには何も関係ないかのようです。

インゲボルク、あなたはヴェーバーに会い、おそらくブルク劇場の責任者ともう一度話し、マックス・フリッシュにこの件について手紙を書いて下さったでしょう。そうして下さるよう、すぐにもそうして下さるよう、そしてパウルに知らせて下さるよう、あなたにお願いします。どうか彼に電話して下さい。人々に行動するよう手を貸して下さい。あなたが、どれほどパウルが孤独で、不幸で、彼に降りかかるものによって完全に打ちのめされているかをご存知だったらよいのですが。

実りある何かができるだけ早く起こるように、あなたができるすべてのことをして下さるよう、あなたにお願いします。彼に音沙汰もないままにしないで下さい。

日曜日にフィッシャー夫人がパリにやって来て、私たちは友人たちの家で彼女に会うことになっています。けれども……どんなに信じがたいことに見えても、C．G．の友人たちも招待されているのです、今起きているのはこんな風なのです。彼自身の出版社でも、彼はこれから誰に会うかわかりません。昨日彼は会う約束を取り消しました。

状況は今書いた通りなのです、インゲボルク、それはとても悪いのです。もう一度あなたに言うのを許して下さい、行動しなければなりません、ひたすら速かに行動しなければなりません──パウルを見捨てないで下さい、彼に知らせて下さい。あなたは彼を助けることができます。どうぞそうして下さい。すぐにそうして下さい。言葉や慰めによってではなく、それでは彼はどうすることもできないでしょう。行動、行為、適切な、そして勇敢な行動──真実の名において、「詩」の名において、パウルの名において、私はあなたにそれをお願いします。

私の手紙はごく個人的なものと考え、私がパウルの状況についてあなたにお話しすることを誰にも話さないで下さい。

私たちは非常に絶望しています、あなたにそうお話しします、きっとわかって下さるあなたに。

ジゼル

六〇年一一月三日

227　BからGへ、ウエティコン・アム・ゼー、一九六〇年一二月三日

親愛なるジゼル、

今、私はあなたの手紙を受け取りました。あなたの不安はわかります、けれども、どうか絶望しないで下さい、今は絶望しないで下さい！　パウルが発った後、月曜日に、私はマックス・フリッシュに手紙を出しました―イタリアのルーズな郵便業務を考慮すると、来週まで返事は期待できないでしょう。同じ日に私はヴェーバー氏に会いましたが、彼はとても急いでいて、私はソンディの記事を彼に頼むことしかできませんでした、コピー―これは昨日着きました、郵便の間違いで（キルヒガッセ！）。結局、私は来週の月曜日（か次の日）にヴェーバーに会って、実際にそれについて話すことになっています。よりよく情報を伝えるために、昨日、コピーを取り、手紙を添えてそれをレオンハルト氏（『ディ・ツァイト』誌）に送りました。彼が何かしてくれるだろうととても期待していますし、説得するために、何かがなされなくてはならない、それも早急に、ということを理解させるために、言うべき言葉を見つけられたことを期待しています。明日、シャウシュピールハウスの責任者のところに行きます、彼は今夜、旅行から戻ります。彼もまた、パウルの後で、旅行していました。

ジゼル、私を信じて下さい、私はできることをしています、このことに本当に携わっています！　私はこのことしか考えていません！　でもやはり私たちには忍耐が必要です、七年間の卑劣な行為を一週間後にやめるということはありません。パウルをどうか落ち着かせて下さい。パウルがここにいて、この恐ろしく、異常な年の後で信頼を取り戻すこともできたこの二日間とても幸せでした。親愛なるジゼル、

インゲボルク

私は一四日頃ローマに出発するでしょう。その前に電話しますね！

228　BからGへ、一九六〇年（?）クリスマス前

親愛なるジゼル、
心から——
そしてあなたとパウルとエリックが幸せな夜を過ごしますように！

インゲボルク

229　BからGへ、『三十歳』の中の献辞、ローマ、一九六一年六月四日

親愛なるジゼル、あなたのために――

インゲボルク

六一年六月四日

230　GからBへ、パリ、一九七〇年五月一〇日

ロンシャン通り七八番地
パリ一六区
一九七〇年五月一〇日

親愛なるインゲボルク、

私の手紙があなたに届くかどうかわかりません。あなたは恐ろしい知らせをご存知だと思います。私はそれでもあなたに手紙を書きたかったのです。

四月一六日の木曜日に、息子のエリックがいつものようにパウルと昼食を取りに行った時、彼の具合がまたとても悪いことに気づきました。私自身がその翌日パウルに電話しましたが、四月一九日の日曜まで、彼と連絡を取ろうとした友人たち、あるいは彼に会った友人たちは私にただ、彼がまた発作を起こしたと確信させるばかりでした。

四月一九日の日曜から二〇日の月曜にかけての夜に、彼は自分の住まいを離れ、二度ともう戻りませんでした。

私は彼をありとあらゆるところに探すのに二週間費やしました、生きている彼を見出すという希望は全く持っていませんでした。警察が彼を見つけたのは五月一日です。つまり彼の恐ろしい行動の後からほぼ二週間経った後です。私がそれを知ったのはようやく五月四日になってからです――

パウルはセーヌ川に身を投げたのです。彼は最も無名の、最も孤独な死を選びました。他に何を言うことができるでしょう、インゲボルク。私は自分が望んでいたように彼を助けることができませんでした。

エリックは来月一五歳になります。

あなたを抱き締めます

ジゼル・ツェラン

230・1　同封物（ジャン・ボラック、通知）

パウルは今朝九時に、三〇人ほどの人々、ジゼルの家族や数人の友人たちの列席のもとで、ティエの墓地に埋葬された。他に市の警察官、もと海外県の役人が一人。春の小糠雨のもとで。人々は墓穴の前でお辞儀をして、それからジゼルとエリックを抱擁した、エリックは昔とは変わっており、驚くほど父親に似ていた。

一九七〇年五月一二日、火曜日

ジャン

231　GからBへ、パリ、一九七〇年一一月二三日

ロンシャン通り七八番地
パリ一六区
一九七〇年一一月二三日

親愛なるインゲボルク、
あなたの一言が添えられたあなたの今日のお花がどんなに私の心を打ったかを、どうやってあなたに告げたらよいのでしょう？　あなただけが今日、私に連絡を取ってくれました。それで今年のこの一一月二三日がどんな風なのかおわかりでしょう！

あなたがパリにいらっしゃったら、あなたにまたお会いするのはいつでも嬉しいです。私は何度かローマに行きましたが、あなたの住所を知らなかったし、あなたが私に会いたいかどうかわからなかったので、思い切ってあなたに連絡することができませんでした。

何度もあなたに手紙を書きたいと思いました。

今年の恐ろしい四月の数週間以来、この不幸のすべてに対して、答えも、解決もないまま、考

えに考えています。

パウルはありうる限りで最も無名の、最も孤独な死を選びました。沈黙し、尊重することしかできません、でもそれはとても辛いことです、あなたはそれをよくわかって下さるでしょう。私が二年前からもう彼と一緒に暮らしていなかったことを、あなたはきっとご存知ですね。私はもう彼を助けることはできず、ただ彼とともに自滅するばかりでした、そしてエリックがいました。パウルはそれを時々確かに理解していたと思います。でもそれはとても辛いことでした。それは解決策だったのでしょうか？　何か解決策があったのでしょうか？　どんな？　私は正しかったのでしょうか？　私はこのことをとても考えています。私にわかっていたら？　何てわたしは恐かったでしょう！　私はこうしたことすべてを書くことはできません、私は非常に悪い形でしかそれを生きることもできません。そして私は失敗から失敗へと進みます。でもどうしてあなたにこうしたことすべてを言うことができるでしょう。

時々私はあなたについて耳にします、とても漠然と、あなたの具合が良くないと、そして私は何度もあなたの厳しい運命のことを考えていました。

信じて下さいね、私のすべての祝福はあなたに向かっていました。あなたに、あなたの生活に、あなたの仕事に。

私は闘おうとしています、時々耐えることはあまりに辛く、何度も私も倒れてしまいました。あなたのみ花がここにあります、薔薇が。前にも一度私に送ってくれましたね。私は忘れていません――パウルがあれほど好きだった花々を。花々はここにあります、同じようにパウルのために苦しみ、そして同じようにパウルを愛していた誰かある人の花々が。

幾語かをとても不器用にしかあなたに話せないのを許して下さい、でも、あなたを今日私の近くに感じることは、とても私の胸を打つのです――

もし私がローマに行ったら――多分クリスマスの頃に?――あなたに会いに行ってもいいですか?

エリックは一五歳、多分一番父親が役に立つ年齢でしょう。彼はとても優しいですが、彼のことがとても心配です。

彼は自分自身に対して苦しそうで、よく勉強せず、思春期の危機の真只中にいます。それは劇的なことではないけれど、彼を助けるのは難しいのです。

あなたを抱き締めます、インゲボルク、私の愛情のすべてを込めて、そしてもう一度ありがとう。

ジゼル

232　GからBへ、パリ、一九七〇年一二月二〇日

ロンシャン通り七八番地
パリ一六区

あなたのことを私に知らせて下さい。あなたが今は元気だと知りたいのです。お願いしますね。

日曜日

親愛なるインゲボルク、

祝日が近づいていますが、それは私にはずい分前から苦痛なのです。エリックはスキーをすべりにオーストリアに出発します。

この頃ずっと、身体の具合があまりおもわしくありません、私は私を打ちのめすパリと私の家を離れなければなりません。私はいつも計画を立てることができないので、今日ようやく出発してみようと決心しました。とても優しい友人の女性が私をローマに誘ってくれています。明日すぐに、ローマに行くための列車に席を見つけるつもりです。

ご迷惑でなかったら、あなたにとてもお会いしたいのです、そしてもしあなたの電話番号を見つけられたら、お電話するつもりです。

来週の水曜日の席が取れたら、木曜日の朝にローマに着くでしょう。そうでなければその次の日に、と期待しています。十日ほど滞在するつもりです。

マリアンネ・クライスキー夫人宅、住所はヴィア・ルドヴィーコ・ディ・モンレアーレ一二番地（一六号室）、電話番号は五八〇　七四　五五、に滞在します。

あなたが今はお元気で、仕事をしていらっしゃるといいのですが。

まもなくお会いしましょう。

心をたくさん込めて。

ジゼル

233　GからBへ、ローマ、一九七一年一月一日

一九七一年一月一日

親愛なるインゲボルク、

ローマでの私たちの出会いは私にとって本当の出会いでした、本当の事がそうであるように重要で、重いものでした。めったにないものでした。

ただ、あんなに長く留まり、あなたを眠れなくしてしまったので、あなたを疲れさせたのではないかと心配です。フランクフルトで何もかもうまくいきますよう、あなたがローマに戻ることが、新しい出発ともなりますよう、願っています。

あなたがそこにいらっしゃること、あなたが元気なこと、あなたが仕事をしていらっしゃることを知るのが、私にとって重要だということを決して忘れないで下さい。

あなたのことをとても思っています。あなたを抱き締めます

ジゼル

おもてなしありがとう。

234　GからBへ、パリ、一九七一年二月一一〜一三日

ロンシャン通り七八番地
パリ一六区

一九七一年二月一一日

親愛なるインゲボルク、
今晩あなたのことをたくさん、そして多分少し身勝手に考えています、ローマがこんなに遠くなかったら、あなたに電話をかけて、こう言うでしょう、今夜一晩に過ごしましょう、私は一人ぼっちのままでいる勇気がありませんと！　それであなたに手紙を書いています。
もしできるなら、時々私に一言手紙を書いて下さい。私があなたのことを心配しているのをご存知ですね。今はお元気ですか？　あなたの肩の具合がすっかりよくなっているといいのですが。あなたが私に、ローマは居心地がよい、仕事をしている、読書をしている、作品を書いている、あなたが望む時には、優しい友人たちがあなたの傍らにいる、そして人生は結局あなたにとってそれほど悪意のあるものではない、と言うことができたらよいのですが。
あなたの本はいつ出版されるのですか？　私に送って下さらなければいけません、そしてそれがフランス語にも、それもすぐにも翻訳されるよう期待しています。

ローマで、とても辛い時期の後で、あなたに会った時は私は元気でした、その後は良くなったり、悪くなったりです。睡眠が十分でなく、時おり気持ちがひどくくじけた時期。私はローマで心が高まったそのままでいようと、グアッシュを描こうとします―そして生計を立てるための仕事が許すときはいつも、仕事をします。でも、ご存知のように、グアッシュやエッチングが対話の真の可能性に出会わないことは、とても気持ちのくじけることです。全部、引き出しの中に残っていて、それにはとてもがっかりします。それでも私はやはり生きるための手段であるこの仕事を続けようとします。でもとても孤独です。

エリックはどんどん耐えがたくなっています。彼の問題、彼の困難、彼の反抗、彼のリセでの不満はわかっています、それでも時々彼に耐えられなくなります。彼は—この年齢ではそうであるかもしれないように—あまりに身勝手で、あまりに辛辣でさえあり—、そして、ご存知のように、とても似ていると感じ、やはり非常に理解していると思う子供を助けてやれないこと、それもまたとても、とても辛いことです—


こんな風に話す以外に何があるでしょうか？　私はあちこち外出し、時間をつぶし、ある人たちと夕食を取ることを、また他の人たちと映画に行くことを受け入れ、その後はそれだけ一層孤独に感じ、でもせめて数時間私の家から逃れ、私自身から逃れるのです—こんなことになってしまうのは恐ろしいことです、そして大概、私は失敗、失策をし、ひどく難しい状況に陥るのです—でもこんなことはみな話したくはありませんでした。


（……土曜日）

ベーダ・アレマンはまだパリにいます、彼はパリに客員教授として、グラン・パレ（ソルボンヌの外国語、特にドイツ語のための付属施設）に一年間招かれています。私が働いているのはそこなので、しばしば彼に会います。

彼はパウルの詩にとても真剣に取りかかったと思います、でも私にとってはそれはとても辛いことです。彼がこの仕事のために何百万フランも獲得し、パリに彼の助手のうちの二人を三年間来させようとする時、私は、パウルは、生前、彼の詩で暮らしていくのは容易ではなかったと考え、苦い思いをせずにはいられません、そして資料整理用のカード、フォトコピー、注といった仕事にいそしむ中で、どこに本当に詩があるのかとも思います。でもそんな風なのです——人は今日では長い時間待ったりはせず、急いで出版しようと最新の手段を使うのです。

あなたはいつかパリにいらっしゃるでしょうか?

私がローマにまた行く時には、あなたにそう言いますね。

私は時々何もかも投げ出し、この仕事を、ここに持っている友人たちを、町を、このアパルトマンから離れたいと強く願います!

まもなくパリから一〇〇キロの所に、エリックと一緒に出かけます、そこに、多分ご存知だと思いますが、私たちは一軒家を持っています。そこではすべてが静かで孤独です。エリックはその家がとても好きで、小型のペダル付きバイクに乗ったり、木工作で力を使い果たします。私はそこで、誰にも会わずに長い散歩をしたり、大概は本を読んだり、デッサンしたりすることができるし、そこではかなりよく眠れます。でもそうした場所のすべてではあまりに多くの思い出、あまりの存在と不在に取り憑かれているので、そこでもくつろぐことは難しい、とても難しいのです。

でも今私はどこでくつろげるでしょう?

あなたに私の一番親しい思いを送り、そしてあなたを抱き締めます

ジゼル――

235　GからBへ、一九七一年三月一八日

ロンシャン通り七八番地
パリ一六区
一九七一年三月一八日

親愛なるインゲボルク、

あなたの電話にどのようにしてお礼を言ったらよいのでしょう？　私はとても心を打たれました、それに、あの日、友情のしるしは遠くから来ました、テル・アヴィヴ、ローマ、それからウィーン、パリの自宅ではもっと孤独です！

私はペーター・ソンディにあなたの伝言を伝え、私にそう言ったように、彼があなたに電話するよう願っています。私は彼にずいぶん長い間会っていませんでした、彼に再会できて嬉しかったです。

私は復活祭に二週間イスラエルへ行く決心をしたところです。ご存知のように、私はいつも出発

する決心をするのがとても難しいのですが、グラン・パレでのこの馬鹿げた仕事が休みの間、パリに留まっているのは、いつも気が重いのです、なぜなら自分のために仕事をすることができないし、仕事ができないためにあの孤独が恐いのです。とても暖かく私を誘ってくれるテル・アヴィヴからの優しい電話で決心しました。私は四月三日から二十日まで行くでしょう。でもあなたがパリにいらっしゃる時に、あなたに会えないようなことはないようにと思います。

あなたがそうできるならば、いつあなたが来られるか私に一言お知らせ下さい。

『メルクール・ドゥ・フランス』社のパウルの翻訳の本は今日出版されたらしく、私は誕生日なので明日受け取ることになっています。この日にと予定されていたパウルの何冊かの本はもう届いているし、彼がこの出版日をいつもとても喜んでいただけに、このことは私の心を打ちます。

(私はたった今、アンドレ・デュ・ブーシェの電話でそれを知りました。)

私が誕生日だとあなたはどうやって知ったのですか?

今はまたあなたの新しい本が出版されますね、そして心から、私のお祝いの言葉のすべてをご本に、あなたに送ります。あなたのドイツでの滞在が良いものであるよう願っています。

すぐにお会いしましょう。あなたを抱き締めます。

お元気でいて下さい――

ジゼル

236　GからBへ、三つのエッチング『一九七一年末に』のための単独の献辞、パリ、一九七一年末

一九七二年の
新年おめでとう

ジゼル

237　GからBへ、パリ、一九七三年一月二日

704 39 63
一九七二年《ママ》一月二日

親愛なるインゲボルク、
私はまだあなたの昨日の電話にとても心を動かされています。私は驚いたのと、あなたは遠くにいらっしゃるということで、ちょっとぼうっとしてしまい、あなたが私にとって何であるか、あなたに言いたかった言葉を見つけられませんでした。
あなたが私に下さる心遣いはとても胸を打ちます、私が元気だということ、自分に合った道を見つけていることがあなたに重要なのだということを、とても強く感じます、これほど暖かなお気持ち、ありがとう。

ご存知のように、ご存知のように……人は誰も、自分自身に対して困難さを抱えています。試み、道を間違え、どこにも通じていない道を見つけ、いつも正しいわけではない歩みを進め、また袋小路に戻ってしまうのです……

四年前からこんな風なのです。それまでは幸い、いつもこんな風だったわけではありません。あなたはご存知のように、本当の人生の歳月もありました—そしてどんな代償を払わなければならなかったか—、その時には人生の道のりの正しさ、真実は決して危うくされはしませんでした。ある日私はすべてを失い、この真実、私の真実から離れてしまいました、—それからは、失敗の連続、間違った方向に向う努力の数々、挙句のはてに孤独—私には友人たちが、良い友人たちが、何人かの友人たちがいます、そしてそのことは私にとってとても重要です—けれども……

時が経つにつれ、私はとても苦痛を感じるようになっています。糧として私が生き続けている過去、私の現在の一部になっている過去。それは、現在になっているこの過去による、現在の私という人間なのです。でも過去は時々現在を麻痺させます、なぜならあまりに強くのしかかるからです。私は過去に対して距離を置こうとしました、おそらく乱暴すぎる方法で、そして相変わらず現在である過去に連れ戻されました。これからも過去を否定することなどないこと、そうできもしないし、したくもないことはよくわかっています。でも過去に対して最小限の距離を置いて生きること、生き続けることは容易に見つけられる安定ではありません。私は試み続け、何歩か踏み出し、進みます—でもとてもうまくというわけにはいきません。

仕事は私にとって一つの助けではありますが、でもおわかりのように、私の年齢や、こんなに急速に次々続く世代のために、孤独なギャップが日ごとに大きくなります、また銅版画やエッチングに取り組む中で、時々とても気がくじけてしまいます―私はこの仕事に忠実であり続けようとします。

パウルの原稿の整理は、パリ在住の、フランス語も上手に話せるオーストリア人の友人の助けを得て始められましたが、絶えず私を動揺させます。私にとって刺激的でもあります―私たちはとても丹念に、とてもゆっくり、そしてそれにふさわしい―と私は思いますが―敬意をもって整理していますが、でも時々それは私にとって重荷となります。私がいくらかは分かち合ったこれほど多くの生が、この上なくわずかなページに書き込まれています。幸い私はこの友人を信頼しており、この仕事が私にとってあまりに重すぎる時、彼の慎み深さと感受性は大きな助けです。

でもアレマンに関しては、私は少し危惧しています。彼は彼の大学、学生たち、個人的な仕事に関してしなければならないことをあまりに多く抱えており、また一年前から彼の健康が彼に多くの心配の種となっています―パウルに関する彼の仕事は迅速に進んでいません―こうしたことは彼がかなりの仕事ができるなら、重大なことではないでしょう、でも私は彼の助手の人々が彼の気力が衰えているために、あまりに重要な位置を占めているのではないかと恐れています、そしてその場合には、パウルが彼にふさわしいように力を尽くしてもらえるとは思えません―

多分私は数日間ボンに行くでしょう。六通の手紙がそちらから返事のないままなのですが、とても重要なものなのです―

今はあらゆることに少し気がくじけており、それにあまりに眠れない夜がまた数週間前から続いていて、そのために何も片付きません。でもあなたもおっしゃっていたし、ご存知でしたね、この上辺だけのお祭り騒ぎは役にも立たないし、私はやっとのことでそれをやり過ごすのです。私はあなたは勇気があると思います、あなたがその時その時で違う国ですべてをもう一度始める力を持つのを、オーストリアの後で、ドイツ、イタリア、今はアフリカ。それらの地であなたが暖かく迎えられますよう、心から願っています。

もっとたびたびあなたにお会いしたいです。

目下はエリックをあまり一人にしておきたくありません、彼がそれを喜ばないからではありません、その逆です。でも彼の行動、彼の友人たちは私を少し不安にさせます。彼は時々私を不安にさせる活動へと引き込まれます、たとえ今のところそれに完全にかかりきるわけではなく、それがしばらくの間しか続かなくても、やはり私の中で不安は大きいのです。

彼は自分自身に対し、彼を取り巻いている人々に対し、彼の年齢に対し、うまくやっていけません。どうやったらそんな風でなくいられるでしょう。時に私は彼の深刻さに動揺し、時に彼の浅薄さにとても悲しくなります。彼は探し求め、自分自身を探し求めており、今彼を助けるのは容易ではありません。私は彼が望む時には、その場にいようとしています、そういうことはよくあり、彼をいわば迎え入れ、してほしいことは自由に頼めるようにしておこうと願っています。彼にとって、はるかにもっと多くのことをすることはできないし、とてもわずかなことでしかありません。

いつか、できたら、私に何行か手紙を書いて下さいね。そうでなくても、私にはやはり、私たちが親しいことがわかっているし、あなたの沈黙を理解し、尊重します。
私はあなたのことをとても思っています。あなたが元気で、仕事を続けていて、勇敢にこの世のどこかにいて下さることが、私にとって大切なことです。でも私はそれ以上を望みたいのです。あなたの人生が最終的にはいくらかの安らぎ、いくらかの優しさ、いくらかの真の生に取り巻かれていると知りたいのです。

あなたを抱き締めます。あなたをとても心を込めて抱き締めます

ジゼル

あなたに私の仕事のちょっとしたしるしである『一九七三年に向かって』をお送りしました。イタリアの郵便局はあなたにそれをお渡ししたでしょうか？

第4部
図版

図　1

図 2

図　3

図　4

図 5

図　6

図　7

図 8

図 9

図　10

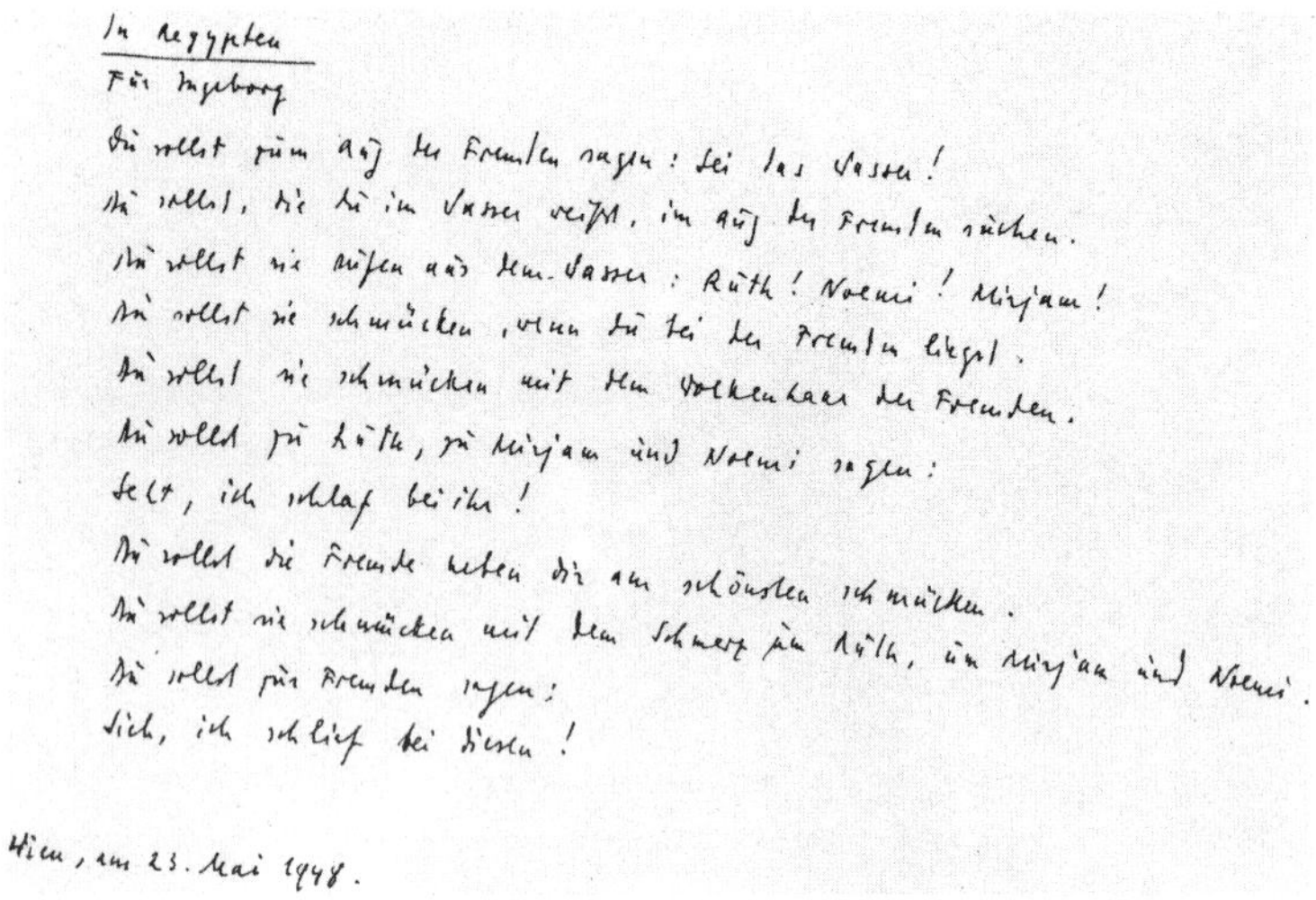

In Aegypten

Für Ingeborg

Du sollst zum Aug der Fremden sagen: Sei das Wasser!
Du sollst, die du im Wasser weißt, im Aug der Fremden suchen.
Du sollst sie rufen aus dem Wasser: Ruth! Noemi! Mirjam!
Du sollst sie schmücken, wenn du bei der Fremden liegst.
Du sollst sie schmücken mit dem Wolkenhaar der Fremden.
Du sollst zu Ruth, zu Mirjam und Noemi sagen:
Seht, ich schlaf bei ihr!
Du sollst die Fremde neben dir am schönsten schmücken.
Du sollst sie schmücken mit dem Schmerz um Ruth, um Mirjam und Noemi.
Du sollst zur Fremden sagen:
Sieh, ich schlief bei diesen!

Wien, am 23. Mai 1948.

図　11

März 51.

Paul, Lieber,

es ist Ostermontag, und ich bin zum ersten Mal aufgestanden, nach einer Krankheit, die nicht sehr arg war, die mir aber sehr wichtig war, die mir fast wunderbar zu Hilfe gekommen ist. Denn ich wusste nicht mehr, wie ich es hier und wie ich es hier mir recht machen sollte. Der erste Fehler war, dass ich eine Woche mein altes Wiener Leben weiterspielte, genau so, als wäre nichts gewesen, dann plötzlich verzweifelt und hysterisch abbrach und nicht aus dem Haus wollte und dabei doch wusste, dass es so nicht immer bleiben könne, und dann kam noch von aussen etwas dazu, das sehr schlimm war und fast schlimmer als alles bisher. Dann kam meine Schwester und dann diese Grippe. xxxx Jetzt ist es so still wie nach den Bombenabwürfen im Krieg, wenn sich der Rauch verzogen hatte und man entdeckte, dass das Haus nicht mehr stand und nichts zu sagen wusste; was hätte man auch sagen sollen?
Morgen werde ich vielleicht schon ausgehen, eine Arbeit suchen. Es findet sich immer etwas. Das Telephon ist heute schon ganz still- wie in einem heimlichen, heiteren Einverständnis.
Im Herbst komme ich vielleicht nach Paris. Es hat sich jedoch noch nichts entschieden. Aber auch, wenn ich hierbleiben muss, will ich nicht traurig sein. Ich habe soviel gehabt, soviel genommen, dass es noch lange reichen könnte; aber auch, wenn es nicht reicht - man kommt mit so wenigem aus. Später einmal werden wir sowieso nur wenig Gepäck mitnehmen dürfen, vielleicht überhaupt keines.
Du erwartest ja nicht, dass ich heute schon etwa zu "uns" beiden sage, ich kann jetzt nicht gut denken, ich muss zuerst wegkommen von allem, nur fürchte ich, dass ich dann auch von Dir zu weit weg sein werde. Schreibe mir bitte zuweilen. xxxxxxxxxxxxx Schreibe mir nicht zu vage, erzähle ruhig, dass der Vorhang vor unserem Fenster schon wieder abgebrannt ist und uns die Leute zusehen von der Strasse.
[redacted]

Von Herzen

Deine

Ingeborg

Lass die Nani innig grüssen von mir.
Milo Dor hat sich sehr gefreut.

4. Juli: Ich lege diesen Brief nun bei, – es ist einer von vielen, die [illegible] und alle schon zerschnitten – damit Du Dich ein bisschen auskennst.

図 12

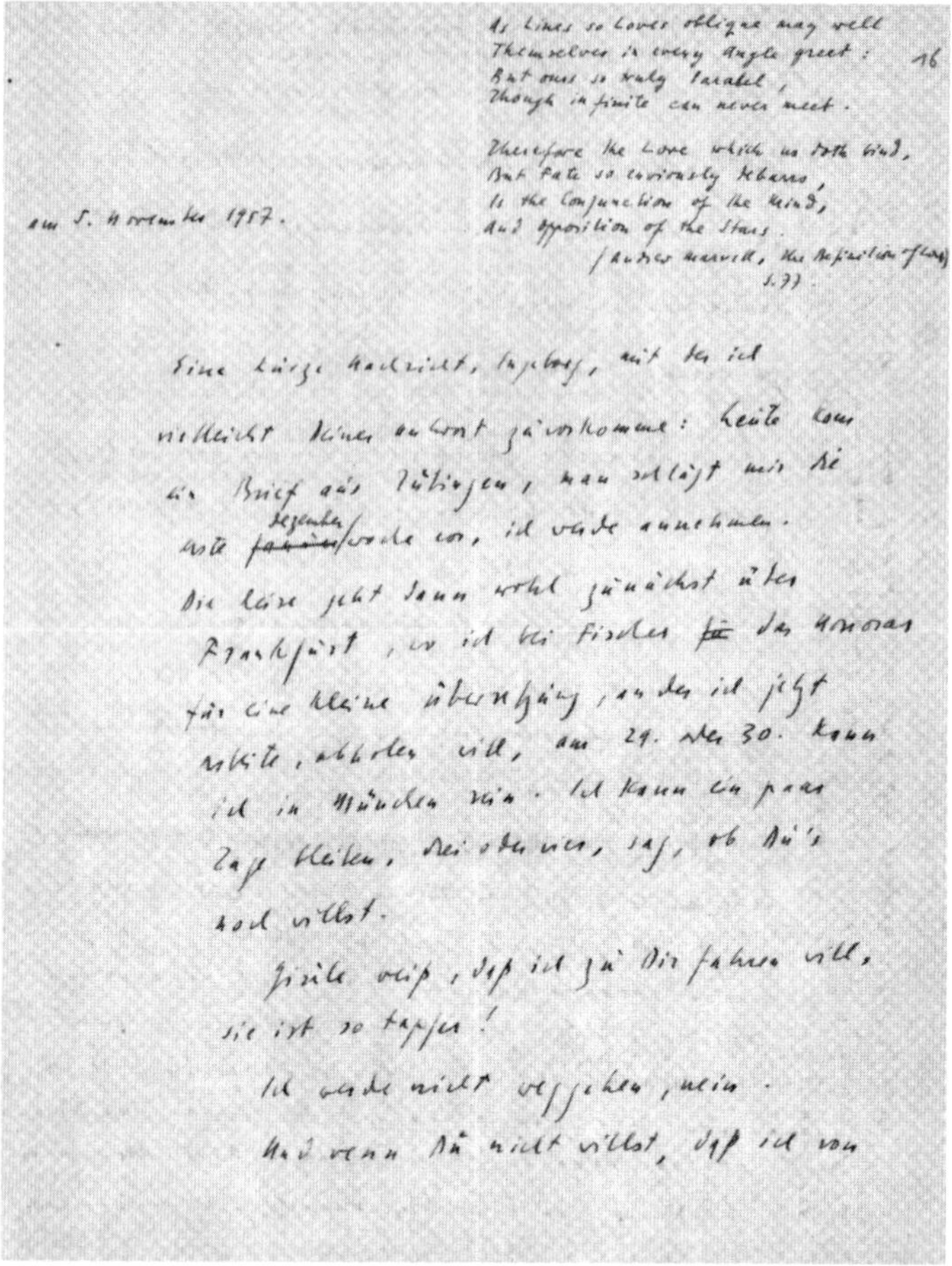
As Lines so Loves oblique may well
Themselves in every Angle greet:
But ours so truly Parallel,
Though infinite can never meet. 16

Therefore the Love which us doth bind,
But Fate so enviously debarrs,
Is the Conjunction of the Mind,
And Opposition of the Stars.
(Andrew Marvell, The Definition of Love)
S. 97.

am 5. November 1957.

Eine kurze Nachricht, Ingeborg, mit der ich vielleicht keiner Antwort zuvorkomme: heute kam ein Brief aus Tübingen, man schlägt mir die erste ~~Januar~~ Dezemberwoche vor, ich werde annehmen.

Die Reise geht dann wohl zunächst über Frankfurt, wo ich bei Fischer ~~für~~ das Honorar für eine kleine Übersetzung, an der ich jetzt arbeite, abholen will, am 29. oder 30. kann ich in München sein. Ich kann ein paar Tage bleiben. Sei ehrlich, sag, ob Du's noch willst.

Gisèle weiß, daß ich zu Dir fahren will, sie ist so tapfer!

Ich werde nicht weggehen, nein.

Und wenn Du nicht willst, daß ich von

図　13a

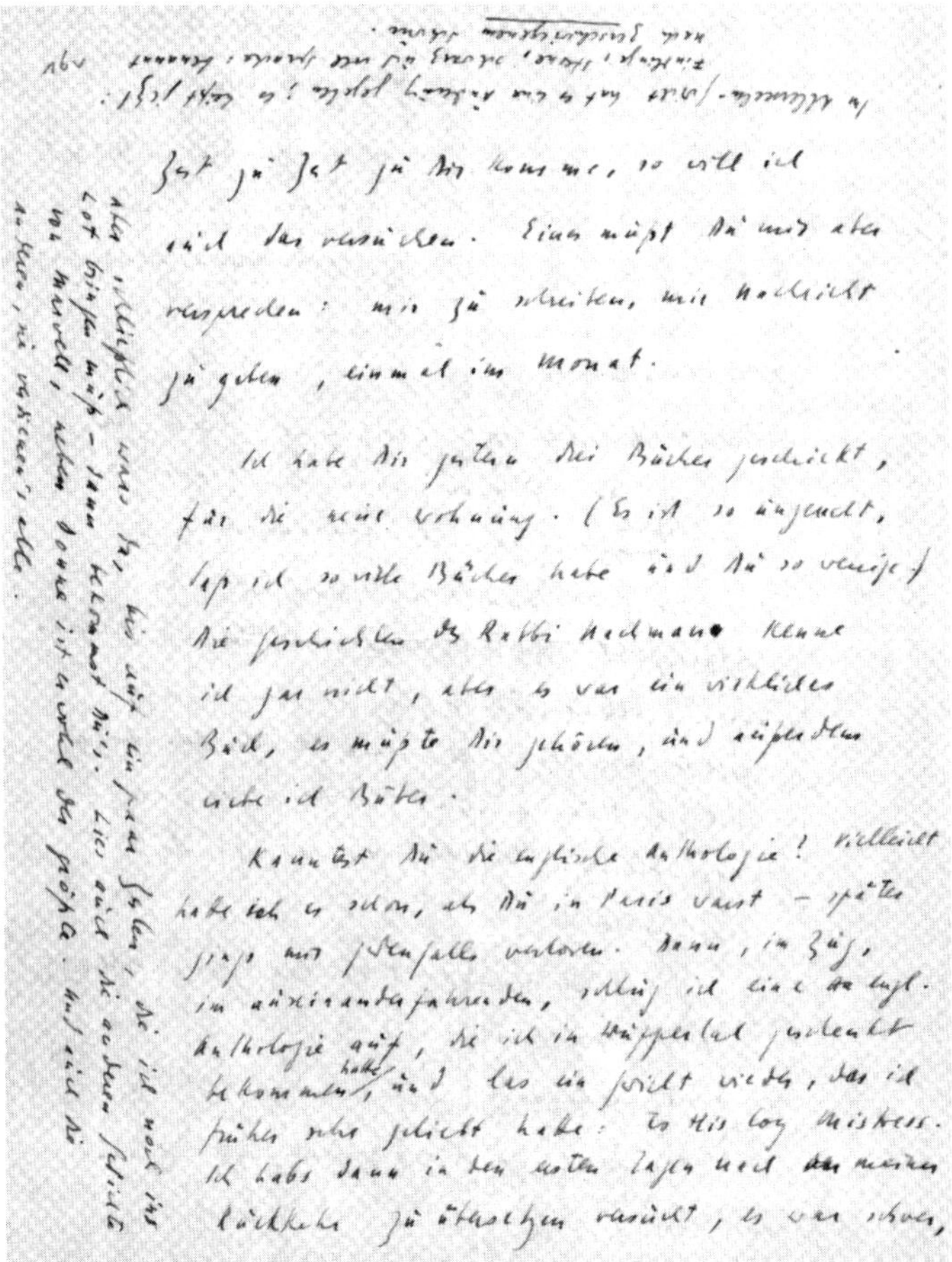

Gut, ja, geht zu Dir kommen, so will ich
mich das versuchen. Eins mußt Du mir aber
versprechen: mir zu schreiben, mir Nachricht
zu geben, einmal im Monat.

Ich habe Dir gestern drei Bücher geschickt,
für die neue Wohnung. (Es ist so ungerecht,
daß ich so viele Bücher habe und Du so wenige.)
Die Geschichten des Rabbi Nachman kenne
ich gar nicht, aber es war ein wirkliches
Buch, es mußte Dir gehören, und außerdem
liebe ich Buber.

Kanntest Du die englische Anthologie? Vielleicht
habe ich es schon, als Du in Paris warst – später
ging mir jedenfalls verloren. Dann, im Zug,
im auseinanderfahrenden, schlug ich eine engl.
Anthologie auf, die ich in Wuppertal geschenkt
bekommen habe, und las ein Gedicht wieder, das ich
früher sehr geliebt habe: To His Coy Mistress.
Ich habs dann in den ersten Tagen nach meiner
Rückkehr zu übersetzen versucht, es war schwer,

図　13b

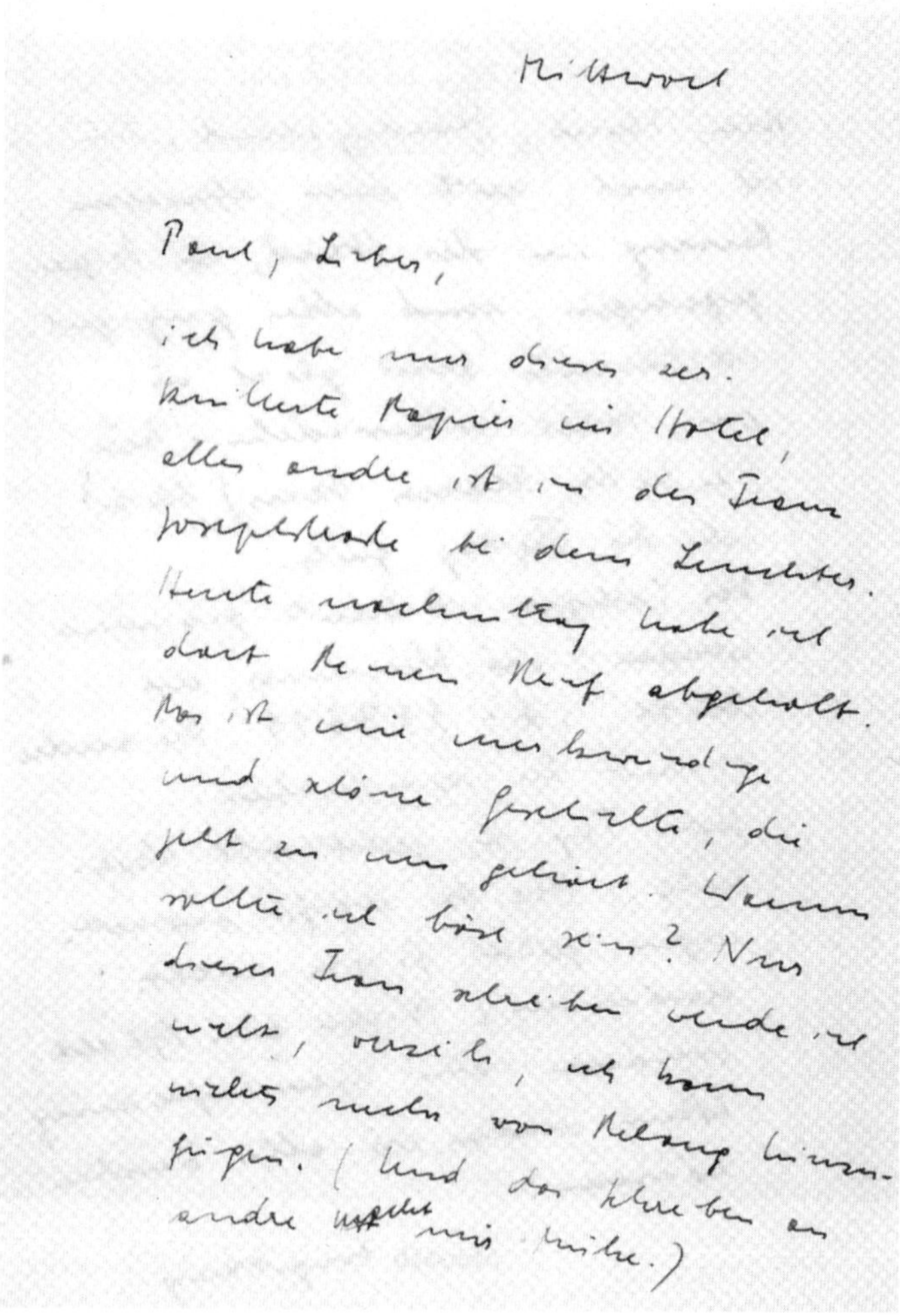

Mittwoch

Paul, Lieber,

ich habe nur dieses zer-
knitterte Papier im Hotel,
alles andere ist in der Traum-
gepäckablage bei dem Leuchter.
Heute nachmittag habe ich
dort Deinen Brief abgeholt.
Das ist eine merkwürdige
und schöne Geschichte, die
jetzt zu uns gehört. Warum
sollte ich böse sein? Nur
dieses Traumschreiben werde ich
nicht, verzeih, ich kann
nichts mehr vom Anfang hinzu-
fügen. (Und das Schreiben an-
einander ~~ist~~ macht mir Mühe.)

図　14a

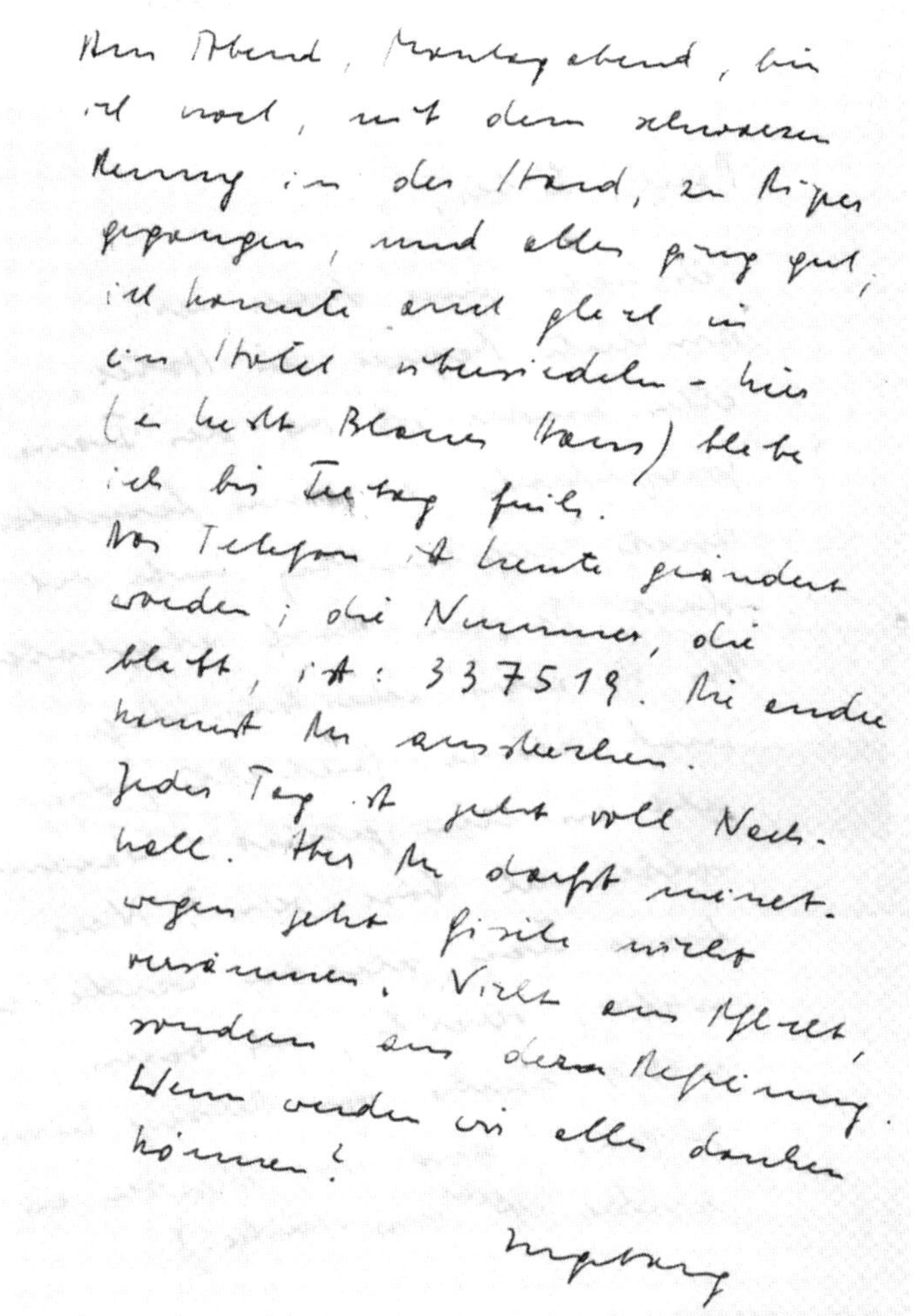

Am Abend, Montagabend, bin ich noch, mit dem schwarzen Kenning in der Hand, zu Piper gegangen, und alles ging gut; ich konnte auch gleich in ein Hotel übersiedeln – hier (es heißt Blaues Haus) bleibe ich bis Freitag früh.
Das Telefon ist heute geändert worden; die Nummer, die bleibt, ist: 337519. Die andere kannst Du ausstreichen.
Jeder Tag ist jetzt voll Nachhall. Aber Du darfst meinetwegen jetzt Gisèle nicht versäumen. Nicht aus Pflicht, sondern aus dieser Hoffnung. Wann werden wir alles danken können?

Ingeborg

図　14b

Allemagne
Mademoiselle Ingeborg Bachmann
München 13
PAR AVION

図　15

-JAHRFEIER MÜNCHEN
58 1958
UNI -31.AUG.
(13b) MÜNCHEN BPA 1
19.1.58.-12
dh
800-JAHRFEIER MÜNCHEN
1158
14.JUNI
BRIEFWOCHE 1957
20
DEUTSCHE BUNDESPOST
M. Paul Celan
78, Rue de Longchamp
PARIS 16ème
FRANCE

図　16

Ich ann alles überstehen durdh Gleichmütigkeit, urch eigän gelentich
Anfall ömhselimmsten Falö Es fiele mir nichtein, mich an jemand zu
wenden, um Hilfe, auch nih an Dich, we l ich mich stärker fühle.
ch belage mich nicht. Ich habe, ohne es zu wissen, gewusst,,
dass di s r Weg , den ich einschlagen woll e, einsc lagen habe, nicht
mit Rosen einfass s in würde.
Du sag s, maian vereide Dir Deine Uerbersetzungen.Lieber Paul, ich
as war vielleicht das einzige, das i h ein wenig angezweifelt habe,
ch meine nicht Deine B richte, ondern ihre Auswikungeen, aber ich
glaube Dr Dir jetzt vollkommen, denn ich habe nun die B sarzgike ti
der professionellen Uebersetzer auch zu spüren bekommen, mit d ren
xxxxxxxxxx Einkischung ich auch nicht rechnete. Man macht sich einen
Wtz daraus, ber meine angeblichen Fehler zu sprechen, Leute, die
was mich nicht kr ne wrde, behlechter italinische können und
ancre, diees vielleicht besser könn n, abr jedehfalls Leute, die
keine Ahnung haben, wie ein Gedicht im Deutscen aussehen sollte.
Versteh t Du: ich glyube Dir, alles, alles. Nur glaube ich nicht,
dass sch der Klatsch, die Kritik, auf Dich bescrän en, denn
ich könnte benesogut des Gkäubens sein, dass sie si h auf mich be
schränken. Undich könnte Dir beweisen, wie Du mirbeweisen kannst,
dass es so ist.
as ich nict kann: es Dir ganz beweisen, weil ich die anonymen und
andren Papirfetzen wegwerfen, weil ich laube, dass ich stär er bin
als diese Fetzen,
und ich will, dass Du stärker bist, als diese Fetzen, ie nichts,
nichts besagem.
Abr das willst Du janicht wahrhaben, dass dies nih s besagt, Dunwillst,
dass es träker ist, Du willst Dich begraben lassen darunter.
Das ist Dein Unglückl das ich für starker halte als das Unglück, das
Dir widerfährt. Du willst das Opfer sein, aber es lieg an Dir, es
nicht zu sein, und ich muss denken an das Buch, das Szondisc ibe,
an das moto, das mich etroffen ht weil ich nicht anders könnte, als
an Dich denken. Gewiss, es wird, es kommt, es wirdjetzt von aussen
kommen, aber Du sanktionierst es. Und es ist die Frage ob du es sankti
i r , es animmst. A er das isthdann Deine Gescichte nd dass
wird nicht meine Gesihte sein, wnnn Du dich ü erwälitigen lässt
davon. Wenn Du eingeshts darauf. Du gehst daraufnein. Das nehme
ich dir übel. Du gehst daraufnein, und gibst ihm dadu ch den Weg frei.
Dunwillsr der ein, das dran zuschanden wird, aber ic ann das nicht
guthissen, denn du kannst es ändern. Du willst, dass die Schuld haben
an dir, xxxx und das werde ich nicht hindern können, dass es will.

図 17a

Verstehst Du mih einmal, von e aus: ich glaube niht, dass die Welt
sich ändern kann, aber wir können es und ich wünsche, dass Du es
kannst. Hier sette der Hebel an. Nicht der "Strassenfeger" kann es weg
yondern Du annst es, Du allein. Du wirst sage, ich verlange zuviel
von Dir für Dich. Das tue ich auch. (Aber ich verlange es auch von
mir für mich, darum wage ich es, Dir das zu sagen) Man kann nichts
anders verlangen. Ich werde es nicht ganz erfülle können und das
Du wirst es nich t ganz rfüllen könne, aber af dem Weg zu dieser
Erfüllung ird vieles wegfallen.

Ich bin oft sehr bitter, wenn ich an Dich denke, und manchmal v rzeihe
ich mir nicht, dass ich Dich niht hasse, für dieses Gedicht, diese
Mordbeschuldigung, die Du geschrieben hast. HtaDih je einKwnwxhc,
den du liebst , des Mordes beschuldigt, ei Unschuldiger? Ich hasse
Dich nicht, das ist das Wahnsinnige, jd wenn je etwas gerad und
gutnwerden soll: dann versuch auch hier anzufangen, mir zu antworten,
nic t kit Antwort, sondernmi keiner schriftlichen, sondern
im Gefülhl, in der Tat. Ich erwarte darauf, wie auf einige andre,
keine Antwot, keine Entschuldgung, weil keine Entschuldigung ausreich
und ich sie auch nict anhemenkönnte. Ich erwarte, dass Du, mämi Dur
mir h lfst, Di selbst ehilfst, Du ir.

Ich habe Dir gesagt, dass Du es ser leicht hast m t mir, aber
so wahr das ist - es is auch wahr, dass Du es schwerer haben wirst
mir mir als mit irgen einem anderen. Ich bin glücklich, wenn
ich Du auf mich zkomst im Hoel du Louvre,wennn Du heiter und befreit
bist, ich vergesse alles und bin froh, dass Du heiter bist, dass
Du es sein kannst. Ich de ke viel an Gisele, wenn es mir auh
nicht gegeben ist, das seh laut werden zu laasen, am wenigsten ihr
g enüber, aber ich denke wiric an sie und bewundre sie für eine
Grösse und Standhaftigkeit, die Du ichts hast. Das musst Du mir
nun verzeihen: aberich laube, dass ih e Selbstv rle gung, ihr
sc öner Solz und ih Diden vor mir mehr sind, s Dein lagen.
Du gnügst ihr in De nem Unglüc. aber Dir würde sie nie in einem Unglück
genügen. Ich verlamge, dass ein Mann genug at an der Bestätigung
durch mich, aber Du billgst ihr das nicht zu, we.che ngerechtigkeit.

図　17b

図　18a

図　18b

図　18c

図1．ニーンドルフのグルッペ四七の会合におけるインゲボルク・バッハマンとパウル・ツェラン。ラインハルト・フェーダーマン及びミロ・ドールとともに（PNIB）．

図2．パウル・ツェラン。ウィーン、一九四八年（Fotostudio Schulda-Müller, エリック・ツェラン所蔵）。バッハマンはこの写真をおそらく一九四八年の誕生日に受け取ったのであろう。この写真はバッハマンの遺品にも保管されている（1番注参照）。

図3．インゲボルク・バッハマン。ウィーン、一九五三年、年鑑『シュティメン・デア・ゲーゲンヴァルト 一九五三年』（hersg. von Hans Weigel, Wien 1953; Foto Wolfgang Kudronofsky, PNIB）の写真コラージュのために。

図4．インゲボルク・バッハマン。ミュンヘン、一九五三年頃（Foto Erika Sexauer, PNIB）。

図5．パウル・ツェラン。ナニ・マイアー及びジャン＝ドミニク・レイとともに。パリ、エコール通り、一九五一年五月（ジャン＝ドミニク・レイ所蔵）。

図6．ジゼル・ツェラン＝レトランジュ。パウル・ツェラン及びクラウス・デムスとともに。パリ、エコール通りのツェランの部屋のバルコニーで、一九五三年春（Foto Nani Maier, エリック・ツェラン所蔵）。

図7．パウル・ツェラン。ロンドン、タワー・ブリッジで、一九五五年二月・三月。バッハマンの遺品に

ある切り抜かれた写真、もともとは右側にナニとクラウス・デムスが写っている（Nr.22 PC/GCl II（フランス語版）参照、PNIB）。

図8．パウル・ツェラン。パリ、ロンシャン通りの住居、一九五八年（Foto Gisèle Celan-Lestrange, エリック・ツェラン所蔵）。

図9．インゲボルク・バッハマン。ドイツ批評家文学賞受賞の際の朗読、ベルリン、一九六一年一一月一七日（193番注参照。Foto Heinz Köster, PNIB）。

図10．インゲボルク・バッハマン。ローマ、一九六二年（Foto Heinz Bachmann,PNIB）。

図11．パウル・ツェランによる、バッハマンのための手書きの献呈詩「エジプトで」（1番参照、HAN/ÖNB）。

図12．インゲボルク・バッハマンによる、一九五一年七月四日のツェラン宛の手紙の同封物（18・1番、DLA）。

図13．パウル・ツェランによる、一九五七年一一月五日のバッハマン宛の手紙（55番、HAN/ÖNB）。

図14．インゲボルク・バッハマンによる、一九五七年一二月一一日のツェラン宛の手紙（70番、DLA）。

図15．ツェランからバッハマン宛の一九五七年一一月九日の手紙の封筒（58番、DLA）。

図16．バッハマンからツェラン宛の一九五八年一月一八日の手紙の封筒（85番、DLA）。

図17．インゲボルク・バッハマンによる、ツェラン宛の手紙の草案の最終二ページ、一九六一年九月二七日より後（191番、HAN/ÖNB）。

図18．ジゼル・ツェラン－レトランジュ、『一九七一年末に』。ここに転載されている順番でⅡ、Ⅰ、及びⅢ（バッハマンはそれぞれ10番を所有していた、236番参照。エリック・ツェラン所蔵。PNBにはⅡのエッチングのみ保管されている、つまりここでは図版18ａ）。

第5部

書簡集　原注

1

手書きの詩、»*Peintures 1939-46*, Introduction d'André Lejard, Paris 1946« の中に手書きの献辞

* エジプトで―これについての他の資料としてNIBの中に、「インゲボルク・バッハマンのために、一九四八年ウィーン」という献辞のあるタイプ原稿（その上方に［！］「フランスの思い出」と書かれている）と、右上に「パウル・ツェラン」という覚書のあるカーボン紙によるコピーがある。

* 一九四八年五月二三日―右記のコピーにはバッハマンがツェランに初めて会ったほんの数日後の日付が付されている。彼女がウィーンから折に触れ両親に宛てて書いた手紙の中では次のように書かれている。「昨日、さらにドクター・レッカー（Otto Löker）、イルゼ・アイヒンガー（Ilse Aichinger, 1921-）、エドガー・ジュネ（Edgar Jené, 1904-1984）（シュルレアリズムの画家）のところを騒々しく訪問、とても楽しかったです、そして私はあの有名な詩人パウル・ツェランにちょっと注目しました、―たくさんの、たくさんの人」もしくは「今日さらにちょっとしたことが起こりました。シュルレアリズムの詩人のパウル・ツェランが、彼と私は画家のジュネのところで一昨日の夕べ、ヴァイゲ

ル（Hans Weigel, 1908-1991）と一緒に知り合い、彼はとても魅力的なのですが、素敵なことに私に夢中になりました、そしてこのことは私が荒涼としたつまらない仕事にかまけている中に何かピリッとした薬味を添えてくれます。残念ながら彼は一ヵ月後にはパリに行かねばなりません。私の部屋は目下のところ罌粟の野原です、というのも彼が溢れんばかりに私にこの花を降り注ぎかけたがるので」（一九四八年五月一七日もしくは二〇日）。二二歳の誕生日には彼女はこう書いている。「パウル・ツェランからマチス（Henri Matisse, 1869-1954）とセザンヌ（Raul Cézanne, 1839-1906）の最後の作品の入った現代フランス絵画の豪華な二巻本、チェスタートン（Gilbert Keith Chesterton, 1874-1936）（有名な英国詩人）の本が一冊、花、タバコ、私のものだという詩が一篇［おそらく「エジプトで」］、一枚の写真［図版2参照］、それは休暇のときに見せます。（彼は明日パリに向かいます）。それで私は昨日、もう誕生日イヴに彼と一緒にとても盛大に出かけ、夕食を取り、少しワインを飲みました」（一九四八年六月二五日、PNIB）、53番参照。

2

手書きの手紙

* また書いて――ツェランがウィーンを発った後の最初の半年間における手紙のやりとりについては跡付けられない。

* 詩集――ツェランはパリから『骨壷たちからの砂』（九月末に出版された）の出荷を差し止めたが、その一番の理由は誤植が多かったからである。この詩集のごく一部だけがツェランのウィーン時代に生まれている。バッハマン所蔵の本（五〇〇部のうちの一八番、BIB）には、他の人の手で朗読のた

めの印がつけられているのと並んで、バッハマンにより次のとおり鉛筆の書き込みがなされている。五二ページの詩のタイトル「デウカリオンとピラ」の左に大きなかぎ印、五三ページの最後の行の「カーネーションを持った一人の人間が」が、詩集『罌粟と記憶』のこれに当たるテキスト（新しいタイトルは「晩くそして深く」）の「墓からの一人の人間が」に書き替えられている。この詩集に挿入されていたものについては42番の注参照。

＊ ジュネ―画家のエドガー・ジュネと彼の妻のエリカ・リレッグ（Erica Jené Lillegg, 1910-1988）とツェランはウィーンの戦後シュルレアリズムの関連で知り合った。ツェランのエッセイ「エドガー・ジュネ。夢のなかの夢」（BIB には七〇〇部のうち四九六番）は一九四八年にジュネの何枚かの絵の複製を載せて一冊の本として出版された。ジュネは『骨壷たちからの砂』の出版の費用を援助し、二枚のリトグラフを提供した。このことと、ツェランがパリに移った後にリレッグが詩集の印刷稿のチェックをいい加減にしたことで感情のこじれが生じた。

＊ 私たちが一緒に作ったあの詩―NIB にも NPC にも二人が一緒に書いた詩を示唆する信頼できる資料はない。

3

手書きの航空便、宛先は「Mademoiselle Ingeb［or］g［Bachmann］/ Beatrixgasse 26/ Vienne III/ Autriche」、差出人は「Paul Celan, 31, Rue des Ecoles/ Paris 5ème/ France」。切手は剝がされている。

＊ エコール通り―一九四八年夏以降、ツェランはカルティエ・ラタンにあるオルレアン・ホテル（シュリ・サン・ジェルマン・ホテル）の月極の部屋を宿としていた。

* ロケット――発見されていない。

4

手書きの訂正のあるタイプライターによる手紙。封筒は見つからない。

* 送りませんでした――2番の注参照。

* あなたの詩――詩集『骨壷たちからの砂』。友人たちは誰であるかは確認できない。

* グラーツからきた人々――特に詩人であり翻訳家であるマックス・ヘルツァー（Max Hölzer, 1915-1984）のことをいうのかもしれない。一九五〇年四月に彼はジュネとともに年鑑『シュルレアリスティッシェ・プブリカツィオーネン』を発刊し、そこにツェランの詩と翻訳を入れている。

* ナニとクラウス・デムス――ツェランはバッハマンの大学入学資格試験クラスの時からの友人ナニ・マイヤー（Nani Maier, 1925-）と後に彼女の夫となるクラウス（Klaus Demus, 1927-）と、ツェランのウィーン滞在の終わり頃知り合った。抒情詩人であり美術史家であるクラウスは一九四九年から五〇年まで、ドイツ語ドイツ文学研究者であったナニは一九五〇年から五一年まで（図版5ならびに6参照）パリに留学した。彼らはツェランの最も親しい友人に属する（ツェランと二人の間で交わされた書簡の刊行が予定されている。（訳注：二〇〇九年に刊行された））。

* アメリカかパリの奨学金――これらの奨学金のどれもバッハマンは受けなかった（10・1番、18番、21番参照）。一九五〇年秋のパリ旅行のために彼女はウィーン市から三〇〇オーストリア・シリングの一回限りの助成金を受けている。

* 新聞や放送局などのため――『ヴィーナー・ターゲスツァイトゥング』紙に「天と地上に」（一九四九

年五月二九日)、「スフィンクスの微笑み」(一九四九年九月二五日) 並びに「彼岸の隊商」(一九四九年一二月二五日) が掲載された。ウィーンの雑誌『ディ・ツァイト』には一九四九年四月一五日に詩「酩酊した夕べ」が掲載された。放送局ロート・ヴァイス・ロートのためのテクスト(2番参照) は残っていない。

5

タイプライターによる手紙の草稿

* 葉書の挨拶——2番参照。
* 最近の三つ——一九四九年五月二六日にデムスはツェランに特に詩「(お前とそしてすべての)」と詩「(心を夜に)」の礼を述べている。後者はNIBにタイプ原稿として保管されている。
* ベアトリクス・ガッセ—バッハマンは一九四九年六月に、ツェランと出会った頃住んでいたベアトリクス・ガッセの又借りしていた部屋から、同じく三区の、ゴットフリート・ケラー・ガッセ一三番地の女友達のエリザベート・リーブル (Elisabeth Liebl) の住居を又借りし、そこに引っ越した。
* あなたの手にカーネーションを——ツェランの詩「デウカリオンとピラ」の最終部の暗示。

6

手書きの航空便の絵葉書 (絵葉書はMarc Chagall, L'Œil vert-Das grüne Auge) 宛先は「Mlle Ingeborg Bachmann/ ~~Beatrixgasse 26~~ [第三者によって Gottf. {Kellergasse 13/10.} と訂正されている] ／Vienne III. Autriche」。消印は一九四九年六月二一日、パリ、差出人は「Paul Celan, 31 Rue des Ecoles,

Paris 5^{e}」。

＊　シャガール（Marc Chagall, 1887-1985）―このユダヤ系ロシア人画家に対するツェランの関心については詩「小屋の窓」ならびにPC/GCL 151 参照。

＊　「きっちりとではなく」―1番参照。

＊　罌粟、そして記憶―詩「コロナ」の第一〇詩行の暗示。「罌粟と記憶」は詩集『骨壷たちからの砂』の最初の詩群のタイトルであり、さらに一九五二年一二月に出版された新しい詩集のタイトルになった。「罌粟」については1番の注参照。一九四九年六月二四日にバッハマンは両親に宛てた手紙でこう書いている、「今日何か誕生日の郵便のようなものがもうすでにゆっくりとやってきました、こんなふうにパリのパウル・ツェランから、素晴しい罌粟の花のアレンジメントと一緒に」（PNIB）。

＊　誕生日のテーブル―一九四九年六月二五日の二三歳の誕生日。

7

手書きの訂正のあるタイプライターによる手紙。封筒は見つからない。

＊　「コロナ」……―ツェランの詩「コロナ」の第一七詩行「時となる時だ。」参照。NIBにはタイプ原稿が一部保管されている。

8

手書きの航空便、宛先は「Mlle Ingeborg Bachmann/ Gottfreid Kellergasse13/10/ /Vienne III./Autriche」。消印はパリ、一九四九年八月四日。

＊ 君が来ることを―バッハマンは一九五〇年秋にようやくパリに来た。
＊ DAN 78-41 ―ホテルの電話番号、ツェランは自分自身の電話は持っていなかった。

9

手書きの航空便。宛先は「Mlle Ingeborg Bachmann/ Gottfreid Kellergasse13/10/ /Vienne III./Autriche」。消印はパリ、一九四九年八月二〇日。差出人は「Paul Celan, 31 Rue des Ecoles/ Paris 5^éme」。
＊ 二ヵ月後に…「手紙を交換」できる―手紙が一通欠けているのかもしれない。
＊ そそくさと書かれた数行―2番の注参照。
＊ あの手紙―4番のことかもしれない。

10

手書きの訂正のあるタイプライターによる手紙。同封物は、手書きの訂正のあるタイプライターによる手紙。封筒は見つからない。

10・1

＊ 栗の木々のあちら側―「栗の木々のあちら側にはじめて世界がある」は、ツェランの詩集『骨壷たちからの砂』の冒頭の詩である「向こうに」の主題となる詩行。
＊ 最初のもの―一九四九年七月八日にバッハマンはヴァイゲルに二つの詩の完成を知らせている。物語については4番の注参照。

＊　二つの推薦状―草案では「…私が奨学金のために二通の推薦状を持っているということ、一つはワシントンからの、一つはロンドンの友人たちからの…」と書かれている。パリのための推薦状（私講師レオ・ガブリエル（Leo Gabriel, 1902-1987）、哲学研究所）だけがNIBに保管されている（4番注参照）。

＊　ほとんどそうなりかかったのですから―草案には―「…そうしたらその男の人に何か不都合が生じました…」と書かれている。

＊　博士の学位―バッハマンは『マルティン・ハイデッガーの実存哲学の批判的受容』（*Die kritische Aufnahme der Existentialphilosophie Martin Heideggers*）（初版、ピーパー社、ミュンヘンならびにチューリヒ、一九八五年）を一九四九年一二月一九日に学位請求論文として提出した（口頭試験は一九五〇年三月一八日、認可は一九五〇年一月九日）。

＊　遠くにいる―草案には―「私はすべてについてずいぶん途方に暮れてあれこれ考えているところです、でも私はそのままにしておくつもりです〔…〕」と書かれている。

＊　恐れる―草案には―「〔…〕誰かと一緒に真実から転がり出ること、と私は言いません、それは最も美しい愛です。もしかしたらそれはそうなのかもしれません」と書かれている。

＊　一語を見つける―草案はこう終わっている、「ほんの小さな大切な語だけをも見つけること。私はこれにここであなたのために赤で下線を引きましょうか、あなたがそれを見つけて、そしてついに摑むために」。

11
手書きの手紙。封筒は見つからない。
* パリに―マイヤーはデムスのパリ留学の期間が終了した後に彼をパリに迎えに行った。

12
手書きの手紙。封筒は見つからない。
* ナニとクラウス―マイヤーとデムスは一九五〇年七月二一日頃パリに滞在していた。彼らはその前にフェロンから、その後、アヴァロン、ニース、ヴェニスから葉書を送っている。
* 神経虚脱障害―神経虚脱障害は七月前半に起こったが、「麻痺症状」をともなう完全な「虚脱」（一九五〇年七月一六日の両親宛）であった。バッハマンはヴァイゲルと親交のあったウィーンの精神科医師のヴィクトール・フランクル（Viktor Fraukl, 1905-1997。訳注：オーストリアの精神科医、心理学者。強制収容所を生き延びる。『夜と霧』の著者）の治療を受けた。

13
手書きの手紙、封筒は見つからない。
* ローゼンベルク博士―ゲルトルート・ローゼンベルク（Gertrud Rosenberg）。イヴァン・ゴルの弁護士であり遺言執行者であったチャールズ・ローゼンベルク（Charles Rosenberg）の夫人。オーストリア人にとって必須であったフランス入国査証のためにはまず招待状が必要であった（この招待状は査証の申請に添付されたので残っていない）。ツェランはまだフランス国民ではなかったので、

彼自身が招待状を出すことはできなかった。

* ナニの手紙―発見されていない。

* 知らされた―一九五〇年九月一日にマイヤーは、バッハマンの、「夏中ベッドにいることを強いられ」た「なかなか治らない神経虚脱障害」について書いている。

14

手書きの手紙。封筒は見つからない。

* ドクター・ベルマン（Gottfried Bermann Fischer, 1897-1995）―バッハマンはベルマン・フィッシャー出版社を説得して『名前のない町』に協力してもらうよう試みたが、この小説の計画は一九五二年に断念した。その後ゴットフリート・ベルマン・フィッシャーはS・フィッシャー社の社長としてむしろツェランにとって重要になる。すなわち、フィッシャーは一九五八年以降、ツェランの『言葉の格子』、『誰でもない者の薔薇』、『子午線』ならびに多くの翻訳を出版することになる。ツェランはまたこの出版社の出している雑誌『ノイエ・ルントシャウ』でも作品を発表した。フィッシャーとツェランは一九五六年以降書簡を交わしている。

* インスブルック―バッハマンの女友達のリリー・ザウター（Lilly (von) Sauter（=Juliane Sauter）, 1913-1372）宅。

* バーゼル―バッハマンの友人のヴァイゲルの友人たちや親戚たちのところに。

15
手書きの手紙。封筒は見つからない。
* 必要なお金も到着すれば──バッハマンはパリ旅行のための費用の工面に非常に苦労した（4番注参照）。彼女は母方の親戚からの金銭的援助を待っていた。「六月一日以来私は収入がありません、その上病気だったり、等々。そして今、出発前の最後の最後の瞬間になってある職を受諾するのは不可能でした、時間が迫っていて」（O・バッハマン（訳注：母オルガ）宛、一九五〇年九月三〇日）。

16
手書きのメモ。おそらくツェランのホテルの部屋の前に残されたのだろう。
* 一九五〇年一〇月一四日──バッハマンがパリに着いた日（NkPC）。もしかしたらバッハマンの二回目のパリ滞在（一九五一年二月二三日～三月七日）であるかもしれない。ツェランは彼女を自分で駅に迎えに行くことはできなかった（ナニ・デムス宛、一九五一年二月二三日）。
* 生徒──誰であるかは確かめられない。ツェランは避難民の学生のための大学共済から受給される小額の奨学金を、特にフランス語とドイツ語の個人教授や翻訳によって補っていた。

17
ツェラン本人が残した、引きちぎられた紙片に書かれた手書きの知らせ。紙の裏側には第三者の手で「~~10. 30 / [xxxx xxx] chter/ à [xxx] 6924~~」と書かれている。
* 一九五〇年一〇月一四日…一九五一年二月二三日──16番の注参照。もしかしたらこれはツェランが

一九六〇年一一月二五日から二七日の間にチューリヒに滞在した時期のものかもしれない。NIBではその関連に分類されている。しかしその時期にはツェランはもはや「インゲ」という呼びかけをバッハマン宛の手紙では用いていない。

18

手書きの手紙。同封の1は手書きで訂正や補足がなされているタイプライターによる手紙。同封の2は手書きの訂正のあるタイプライターによる手紙の一部。同封の3は手書きの訂正のあるタイプライターによる手紙。封筒は見つからない。これらの手紙はクラウス・デムスが持参した。

* ユンガー――ドイツの右派保守派の作家エルンスト・ユンガー（Ernst Jünger, 1895-1998）は一九三三年（訳注：ナチス政権樹立）の前にも後にも何度もナチスに口説かれたが、当初の共感にもかかわらず、それに応じなかった。デムスの提案でツェランはユンガーに、あるドイツの出版社から彼の詩集を出版してもらうのに力を貸してくれるように依頼した（一九五一年六月二日の手紙、FAZ 8.1.2005）。

* ドーデラー（Heinrich von Doderer, 1896-1966）――この高名なオーストリアの小説家はナチス党員であったために、一九五〇年になってようやく作品の公刊が再び可能になった。彼はバッハマンが『名前のない町』の出版を試みた際に支援した。ツェランの後年の、ドーデラーに対する態度については詩「断かれた柩の祈り」参照。

* （一九五二年二月か三月）パリへ――4番の注と10・1番の注参照。

* 私たち四人――名前を挙げられている者たち以外にナニ・マイヤーも。

18・1（図版12参照）

＊私の昔のウィーン生活―バッハマンはパリとロンドンに滞在する前に（ウィーンを発ったのは一九四九年一〇月一四日、帰国したのは一九五一年三月七日）ウィーンの作家であり文学界の保護者であるハンス・ヴァイゲル（訳注：1番注参照）と関係を持っていた。

＊これまでで一番ひどい―バッハマンはおそらくヴァイゲルが一九五一年初頭に完成させようと取り組んでいたモデル小説『未完成交響曲』（ウィーン、一九五一年［春］）について不安を抱いていたのであろう。というのはその小説の女主人公はバッハマンをモデルとしていた。ウィーンに帰る直前に彼女はヴァイゲルに「小説はもうずいぶん進んだのかしら？」（日付のない手紙、NHW）と書いている。

＊妹―イゾルデ、結婚して姓はモーザー（Isolde Moser, 1928-）。ウィーンで教員養成課程を修了し、バッハマンとともにヴァイゲルやドールの友人グループの一員となる。一九五二年四月に結婚して以降は、ケトシャッハ（ケルンテン州）に暮らす。

＊爆弾投下の後に―物語「オーストリアのある町での青春」のクラーゲンフルトの爆撃の叙述を参照。

＊人々が通りから私たちを眺めている―ツェランの詩「コロナ」第一三詩行参照。次の文が続いているが、それは黒いインクでびっしりと規則的な波線で消されている。「私たちは私たちの軌道を一つにするにせよ、しないにせよ、私たちの生にはやはり何か非常に数例的なものがあります、あなたはそう思いませんか？」

＊ドール（Milo Dor（＝Milutin Doroslavac），1923-2005）―ブダペスト生まれで、セルビア育ちの小説家（図版1参照）。戦争の一時期を「保護検束を受けている者」としてウィーンで送る。ツェラン

とは一九四八年に雑誌『プラーン』（訳注：オーストリアの文学芸術総合誌。ナチス時代に発禁処分を受けるが、戦後再刊され、オーストリア戦後文学に大きく貢献した）の編集部で知り合う。ドールの小説『国際地帯』（一九五三年）のペトレ・マルグルという人物はウィーン時代のツェランをモデルとしている。

18・2

* 一九五一年六月―左の余白に手書きで書かれている。手紙の上のかなり大きな部分は切り取られている。

* 八月―もともとの「六月」が手書きで訂正されている。

18・3

* 仕事―バッハマンは四月以来アメリカの占領軍当局で働いていた。彼女は自分の仕事を「朝の八時から夜の五時半までの勤務」もしくは「事務所の名前は―ニュース・エンド・フィーチャー・セクションです」と説明している（両親宛手紙、一九五一年三月二九日、PNIB）。

* パリの奨学金―4番注、及び10・1番注参照。

19

手書きの訂正のある、タイプライターによる手紙（ドイツ語のタイプライター、第五段落でタイプに新しい紙を挟みこむ前ではssがßとなっていない）、封筒は見つからない。

* ルヴァロア・ペレ―パリの北東の郊外にある町。ツェランは約三ヵ月間、学校友達のジークフリー

ト・トリヒター（Sigfried Trichter）のブコヴィーナ出身の義父母のもとに暮らした。

＊「数例的なもの」―18・1番の手紙の注にある、消された最後の文を参照。

＊辛い体験―ツェランは「辛い決断」と書いたのを訂正している。「体験」がただユダヤ人の大量虐殺のみを意図するかもしれないのに対して、「決断」はウィーンの文学界との関連で、おそらく彼のウィーンを去るという決断と関係していよう。

＊『メルクール』―ツェランのアポリネールの翻訳は、この雑誌とのもともとの約束にもかかわらず、この雑誌にではなく、一九五二年から一九五九年の間に散発的に掲載された（PN二四七、二四八ページ、GW IV 八五一ページ参照）。

＊シュピール―（Hilde Spiel, 1911-1990）ユダヤ系のオーストリア人のジャーナリスト。ペーター・ドゥ・メンデルスゾーン（Peter de Mendelssohn, 1908-1982）と結婚。一九三六年以降ロンドンに暮らす。ドイツ語圏におけるツェランの受容のおそらく最初の証左は彼女によるものといえよう。書評とは『ノイエ・ツァイトゥング』紙のものか、年鑑『シュルレアリスティシェ・プブリカチオーネン』のものか、どれを指しているのかは確認されていない。あるいはNPCには発見されていない。ツェランは一九五一年の晩夏にロンドンに滞在していた間には、シュピールと行き違いになり、同年九月一九日に手紙で彼女に礼を述べている。「私に打ち明けるわずかなものに、不確かな希望のほんの稀な瞬間においてしか私にとって明らかになろうとしないものを、つまり輪郭と姿を、あなたが見つけたということ―私はそれを、あの、その直接的な近さから一つの扉が存在の中に通じる、そういう証明の一つとして体験しました。」（OLA）。バッハマンは一九五〇年一二月にパリを発ってロンドンに滞在した際にシュピールと知り合った。

20

手書きの訂正のある、タイプライターによる手紙、封筒は見つからない。

* クラウス―18番参照。

* 「会社」―アメリカ占領軍当局（18・3番注参照）。

* オーストリアでの生活―物価水準は一九四八年から一九五一年の間に一四〇パーセント上昇し、そのため一九五〇年秋には全国的なストライキが起こった。

* オーストリアに来るという計画―NPCには根拠となるものはない。

* ウィーン・ゼツェッシォーン（訳注：一九世紀末ウィーンの芸術家グループ「分離派」（原語 Secession）が作品発表の場として建てたユーゲントシュティールの展示館）であなたの詩が―不明。

* ザンクト・ヴォルフガング―オーストリアの有名な避暑地であるザルツカンマーグートにあるヴォルフガング湖畔の町。ここでバッハマンは八月の最終週を過ごした。

21

手書きの訂正のある、タイプライターによる手紙、封筒は見つからない。

* 新しい、前よりもよい仕事―バッハマンはアメリカ占領軍当局から、ロート・ヴァイス・ロート放送局のスクリプト部門の編集チームに移った（26番参照）。ここでは新シリーズ（特に『ラジオファミリー』）が仕上げられることになっていた。

* ドクター・シェーンヴィーゼ（Ernst Schönwiese, 1905-1991）―ロート・ヴァイス・ロート・ザルツブルクの文学部局長。彼自身、抒情詩人であり、雑誌『ダス・ジルバーボート』の編集兼発行者で

もあったが、ツェランに対してはすでにツェランがブカレストにいた時から注意を促されていた。

＊　ミル（Edith Mill, 1925-）―ウィーンのブルク劇場の俳優、映画俳優。

＊　パリの奨学金―4番注、及び10・1番注参照。

22

手書きの絵葉書（絵葉書はGiacometti : Three Figurs Walking. International Open Air Exibition of Sculputre, Battersea Park, London, 1951）、宛先は「Dr. Ingeborg Bachmann / Gottfried Kellergasse 13 / Vienna III / AUSTRIA.」

＊　ジャコメッティ―この絵葉書は、このスイスの彫刻家の作品に対してツェランが関心を持っていたことを示す最初の証左である。後年書かれた詩「ヴェニスの婦人」（Les Dames de Venise）（遺稿）も参照。

＊　ロンドン―ツェランは定期的に当地に彼の叔母のベルタ・アンチェル（Berta Antschel, 1894-1981）ならびにナチスから逃れた他の親戚たちを訪ねている（１２８番及び１９９番参照）。

23

タイプライターによる手紙の草案。

24

手書きの手紙。封筒は見つからない。

＊『ヴォルト・ウント・ヴァールハイト』―25番参照。

25

手書きの訂正のある、タイプライターによる手紙。同封された詩はタイプライターによる。封筒は見つからない。

＊ロンドン―22番参照。

＊フリート（Erich Fried, 1921-1988）―ユダヤ系オーストリア人の詩人、翻訳家。一九三八年以降ロンドンに亡命し、BBCの編集者として生活していた。ツェランは彼とこれより以前にすでに知り合っていたかもしれない。イスラエルに対する意見の相違により、一九六〇年代の終わりには両者の関係は疎遠になる。フリートは一九六〇年一一月二〇日の手紙でなおも、一九五一年二月二一日にアングロ・オーストリアン・ソサエティで開かれた合同朗読会でバッハマンに会った際に受けた彼女の強い印象を回想している。

＊フレッシュ（Hans Flesch（＝Johannes Flesch Edler von Brunningen), 1895-1951）―オーストリアの小説家、翻訳家。バッハマンは彼とおそらくシュピールの友人として知り合ったのだろう。彼は一九三四年以降ロンドンで亡命生活を送り、フリート同様にBBCの国外担当部で働いていた。

＊短い文面―未発見。ツェランはシュピールに、一九五〇年一〇月の日付のある、まだ「骨壷たちからの砂」とタイトルのつけられていた、だがこの詩集よりもすでにかなり増補されていたタイプ原稿を残していったが、一九五一年一〇月一四日の彼女の手紙によれば（NPC)、彼女はそれをまだ手にしていなかった。

＊　栗の木々が二度目に――ツェランの詩「九月の暗い目」（第七詩行）参照。

＊　『ヴォルト・ウント・ヴァールハイト』及び手紙の下方に書かれているフランス語の注――ハンゼン－レーヴェ（Friedrich Hansen-Löwe, 1919-1997）はオーストリア生まれのデンマーク人ジャーナリスト。彼は、ウィーンの月刊誌『ヴォルト・ウント・ヴァールハイト』の編集委員としてこの雑誌にツェランの詩「（どんなふうに時は枝分かれするのか）」と「さあ眠れ」を載せた（一九五一年一〇月、七四〇ページ）。手紙の下方に手書きでツェランが補っているフランス語の注（「美しく脇に置いて目立たないようにして彼はそれを発表した、この親愛なるハンゼン－レーヴェは」）は、これらの詩が、左側という不利な印刷ページに、二つの社会政治的記事の間に埋め草として場所が与えられたことをいう。詩「さあ眠れ」はNIBにタイプ原稿として保管されている。

＊　『ダス・ロート』――ベルリンの雑誌。これに「水と火」、「彼女はその髪を」、「夜に」の三篇の詩が発表されたのは、クレール・ゴルの仲介による（最初は一九五二年六月、六七、六八ページ）。

＊　スウェーデン語――詩「結晶」は文芸雑誌『オルト&ビルト』に、詩「心を夜に」は『ヴィ』に、両方ともツェランがパリで知り合ったエストニアの詩人イルマー・ラーバン（Ilmar Laaban, 1921-2000）によって翻訳され、発表されるはずであった（実証はされていない）。

＊　二つの詩――「落ちつきのない心」と「磯波」をデムスは一九五一年九月二〇日の手紙と一緒に受け取った（一枚の紙の表面と裏面に書かれている）。

＊　ルヴァロア・ペレからの手紙――19番参照。

＊　これらの時刻の最も明るいものを！――手書きで書き加えられている。

26
手書きの訂正があり、また別のタイプライターによって補足されている、タイプライターによる手紙。同封の手紙はタイプライターによる。封筒は見つからない。

* 自身の放送劇―バッハマンの最初の放送劇『夢との取引』は一九五二年二月二八日にロート・ヴァイス・ロートで放送された。

* エリオット（Thomas Stearns Eliot, 1885-1965）からアヌイ（Jean Anouilh, 1910-1987）まで―バッハマンによって放送のために作られた翻案は残っていない。

* 偶然―おそらくロート・ヴァイス・ロート放送局の組織替えのこと、放送局はそれを運営していたアメリカの占領軍当局と同じ建物にあった。

* クラウスのために「水と火」を―デムスはツェランに一九五一年一一月一一日の手紙で、バッハマンのところでこの詩を見たと書いている。バッハマンは彼女に送られたその詩が書かれた紙を自分自身でデムスに渡したらしい。

* 「思い出してごらん、ぼくが　いまあるものであったことを」―ツェランの詩「水と火」の第二三詩行。

26・1

* ヴァーグナー嬢―おそらくオーストリアの画家ヘートヴィヒ・ヴァーグナー（Hedwig Wagner, 1923-）のことであろう。彼女は当時まだウィーン・アカデミーで勉強していた。デムスは彼女にツェランの作品を紹介し、彼のところに行かせた。

＊　あなたのウィーンへのクリスマス旅行――20、21番参照。

＊　グルッペ四七――ことによると一〇月に、ハンス・ヴェルナー・リヒター（Hans Werner Richter, 1905-1993）の主宰するこの戦後の最も重要な文学者グループの秋の会合の周辺で、ツェランについて話されたのかもしれない。

＊　ミロ・ドール――ドール自身はこの会合に参加しなかった。彼からの手紙は発見されていない。

＊　「職業訓練」――21番参照。

27

タイプライターによる手紙、封筒は見つからない。

＊　ヘラー一家――「人文科学センター」（Maison des sciences de l'homme）の共同設立者であるオーストリア人のクレメンス・ヘラー（Clemens Heller, 1917-2002）と、サロンを主宰していたアメリカ人の夫人、マチルダ・モルティマー（Mathilda Mortimer）の家（ヴァノ通り五番地、パリ六区）に、バッハマンは最初のパリ滞在の間、すなわち一九五〇年一二月初頭にツェランとの「結婚がストリンドベリ的に」（一九五〇年一一月一四日のヴァイゲル宛手紙）なった時に、身を寄せた。

28

手書きの訂正のある、タイプライターによる航空便。宛先は「（手書きで）Mademoiselle Ingeborg Bachmann / Gottfried Kellergasse 13 / Vienne III / Autriche」、消印はパリ、一九五一年一一月一六日、差出人は「Paul Celan / 31, rue des Ecoles / Paris 5e」。消印は一九五一年一一月二一日、ウィーン。

＊　最初の手紙―草案は発見されていない。
＊　もはや取り返しのつかないこと…失われてしまった―ツェランはおそらく一九五一年一一月初頭に、富裕なフランスの古い貴族の家系のグラフィックアートの画家、ジゼル・ド・レトランジュに出会い、一九五二年末に結婚した。
＊　ヒルデ・シュピール―一九五一年一二月一五日の手紙で、彼女はフリートを通じて受け取ったツェランの詩に感激した様子を書き表し（NPC、25番参照）、どのように彼の仕事を支援できるか問い合わせている。彼女に宛てたツェランの手紙に対しては実際には手紙による返事はなかったようだ。
＊　Tant pis（訳注：フランス語）―まあ、いいさ。
＊　僕は本当に嬉しい―手書きで書き加えられている。

29

（同封の手紙とも）手書きの訂正のある、タイプライターによる手紙、同封の手紙には手書きで補足もなされている。封筒は見つからない。
＊　パリに行くことはしません…あるいはないのか？―後に、一九五六年一一月から一二月になって、バッハマンはかなり長期間パリにいたが、ツェランには知らせなかった。
＊　「決して許さず、そして決して忘れない」―手紙が一通失われているのか？
＊　パリから戻ってから…生活していたようには―18・1番参照。
＊　シェーンヴィーゼはあなたの詩を―21番参照。

29・1

＊ アート・クラブ――一九四七年に創設されたアヴァンギャルドの芸術家たちの団体。特にウィーンのゼツェッシォーン（20番参照）で展覧会や朗読会を開催した。デムスはツェランに次のように報告している。「僕はアート・クラブのある朗読の夕べに参加した、君の詩と僕の詩をそれぞれ四五分ずつ朗読した。残念ながら四〇人しかいなかった。君の詩（最近のはかなり全部そろえて、以前のもいくつか）を僕は上手に朗読できたし、はっきりとコンタクトが感じられた」（一九五二年五月五日）。

＊ ドゥ・マゴ――サン・ジェルマン・デ・プレ広場にある、知識人たちがよく出入りしていたカフェ・レ・ドゥ・マゴ。

＊ あなたのバルコニー――図版6参照。

＊ ニーチェ全集…リヒテンベルク――ツェラン所蔵のニーチェ（Friedrich Nietzsche, 1844-1900）の二つの出版物、すなわちヴィーナー・アカデーミシェ・ブッフハンドルング・ウント・アンティクヴァリアートで買った『選集』（*Werke*, hrsg. von August Messer, Leipzig 1930。両方の巻に書店の貼り印）と *Briefwechsel mit Franz Overbeck*, hrsg. von Richard Oehler und Carl Albrecht Bernoulli (Leipzig 1916) には、読んだ日付として一九五二年八月が付されている。ツェランが所蔵していたリヒテンベルクの本（*Gesammelte Werke*, hrsg. von Wilhelm Grenzmann, Frankfurt a. M. 1949）を読んだのは一九六五年になって初めて裏づけられる。

＊ コスモス劇場でハンス・ティミヒ（Hans Timig, 1900-1981）が――コスモス劇場は映画館として建てられた催し物会場であり、アメリカの占領軍当局によって、特に「オーストリアの夕べ」として無名のオーストリアの作曲家や作家たちの公演のために用いられた。ツェランの問い合わせに対してデ

ムスは次のように返事を書いている。「コスモスの夕べ（ぼくたちは君の手紙で初めてそれについて知ったが）はヴァイゲルが構成したということだ。どの三つの詩が読まれたのかは僕は聞き出すことができなかった。もしかしたらインゲが探り出すことができるかもしれない」（一九五二年一月一二日）。ハンス・ティミヒは俳優、当時この劇場で客演演出家としても働いていたが、戦争中にはナチスの協力要請に対して真っ向から抵抗した。

30

手書きの訂正のある、タイプライターによる手紙、封筒は見つからない。

* ドイチェ・フェアラークスｰアンシュタルト―後にツェランの本を出版することになるこの出版社はグルッペ四七の会合の資金提供に参加していた。招待状は発見できない。

* ハンブルク―32・1番参照。

* ドール―ドールはドイツでのリヒターとの会談から戻ってきた。その際彼はリヒターに対してツェランを招待してほしいという希望を繰り返した。

* トーマス・ウルフ（Thomas Wolfe, 1900-1938）―アメリカ人の劇作家。バッハマンによる彼の戯曲 *Mannerhouse*（一九四八）の翻訳は、一九五二年三月四日に、『領主一家』という題で、ロート・ヴァイス・ロートで初放送された。後年ツェランがウルフを読んでいることについてはKG七九二ページ（詩「光の放棄の後に」について）を参照。

* 放送劇―『夢との取引』については26番参照。

* クレーボーン（Hermen von Kleeborn（＝Hermine Girtler von Kleeborn, 1908-1978）―ウィーン

のアマンドゥス・エヂツィオーン出版社の外国部長。彼女自身も詩人でもあり、再三再四ツェランのために尽力した。ツェランは彼女と一九四九年春にパリで知り合った。

＊ フィーヒトナー教授（Helmut Albet Fichtner, 1911-1984）――高等学校正教授、作曲家、音楽ジャーナリストであり、カトリックの週間新聞『ディ・エストライヒシェ・フルヘ』の文化部門を取り仕切っていた。この新聞には一九五二年二月一七日にバッハマンの詩「出航」と「イギリスとの別れ」が掲載された。

＊ いくつかのベン（Gottfried Benn, 1886-1956、訳注：ドイツの詩人・評論家）――ベンの詩は一篇（きわまりなきもの」）だけであり、この詩を幾編かの他の詩人たちの非常に保守的な詩が囲んでいた（一九五二年二月九日）。バッハマンとツェランはベンのナチスへの関与（一九三三・三四年）について知っており、彼の要求する芸術と生活との分離に対して批判的であった。バッハマンはベンによる洗練された無関係性に対して反論し（一九六五年九月五日のインタヴュー参照、Gul）、ツェランはベンの技巧をきわめた詩の構想に対して反論している（TCA/M 62）参照。

31

手書きの訂正および補足のあるタイプライターによる手紙、封筒は見つからない。

＊ 病気でないとしたら―ほとんど読めないように「なかったとしたら」が消されている。

＊ クラウスに―一九五二年五月五日にデムスはハンブルクへの到着についていくつか詳細な情報を伝え、また補足している。「もし何かうまくいかなかった場合には、インゲがそれをまだ正すことはできる、だが君はすぐに手紙を書くべきだと思う」。

＊ アイヒンガー―小説家、バッハマンの最も親しい友人の一人、後にギュンター・アイヒ（訳注：7番参照）と結婚する。彼女はナチス時代を「半ユダヤ人」（訳注：アイヒンガーの父はドイツ人、母がユダヤ人であった）としてウィーンで生きながらえた。彼女の小説『より大きな希望』は、ツェランの詩集『骨壷たちからの砂』と同年の一九四八年に出版された。ツェランは彼女とはすでにウィーンに滞在していた際にヴァイゲルのグループで知り合っていた（1番注参照）。

＊ ミュンヘン―ツェランはミュンヘンから出発する会合行きの団体バスでではなく、列車でパリから直接ハンブルクに向かった。

＊ ツヴィリンガー一家―ウィーンの詩人フランク・ツヴィリンガー（Frank Zwillinger, 1909-1989）は戦時中フランスの外人部隊に参加した後、パリに在住。そこでバッハマンは彼とその妻アン（Ann Zwillinger）と知り合った。もしかしたらツェランも一緒にかもしれない（ヴァイゲル宛手紙、一九五〇年一一月一四日）。ツェランのツヴィリンガー夫妻との関係は一九五九年以降初めて跡付けられる。

＊ 『ヴォルト・ウント・ヴァールハイト』―一九五二年七月の第七号、四九八ページ及び五〇六ページに掲載された詩「永遠」、「静かに！」、「アーモンドを数えよ」はここでもまた「埋め草」として配置されている。

32

手書きの訂正のある、タイプライターによる手紙、同封の手紙は、手書きの葉書（折りたたまれている、消印はない）、宛先は「Herrn / Paul Clean / Paris 5e / 31, rue des Ecoles / Hôtel d'Orléans / France」、差出人は「H. W. Richter / Wien XII / Hertherg. 12 / bei Milo Dor」、封筒は見つからない。

＊ シュナーベル（Ernst Schnabel, 1913-1986）―ドイツの小説家。バッハマンとツェランは彼とハンブルク及びニーンドルフでＮＷＤＲの監督として知り合った。彼は同放送局における両者の朗読放送に責任者としてサインしている（バッハマンの録音は一九五二年五月二七日、ツェランの録音は一九五二年五月二一日及び二五日）。放送劇作家としてのバッハマンにとってシュナーベルは重要な相談相手の一人となった。ツェランのためには一九六七年になってもなお最初のテレビ朗読の計画を準備した（一九六七年一二月）

＊ またあなたの詩を―『ヴォルト・ウント・ヴァールハイト』だけがすでにツェランの詩を掲載発表していた（25番及び31番参照）。ロート・ヴァイス・ロートでの計画については21番参照。

＊ 「死のフーガ」―ツェランはなかんずく「荒野の歌」、「眠りと糧」、「お前からぼくへの幾歳」、「アーモンドを数えよ」、「エジプトで」を読んだ。「死のフーガ」の朗読についてはヴァルター・イェンス（訳注：60番参照）が「期待はずれ」だったと回想している（PC/GCLII）。

32・1

＊ ハンブルク―共催のＮＷＤＲの所在地。会合はバルト海沿岸のニーンドルフで行われた。この会合の写真参照（図版１）。

33

手書きの訂正および補足のある、タイプライターによる手紙。

＊ ドクター・コッホ（Willi August Koch, 1903-1960）――ディ・ドイチェ・フェアラークス＝アンシュタルトの主席原稿審査係。彼はニーンドルフでツェランの詩集に関心を示し、『罌粟と記憶』の出版の実現に尽力した。

＊ あなたの拒絶――この朗読会は一九五二年七月一七日か一八日に、ツェランがジゼルとともにシュトゥットガルトを経由してオーストリアに向かった折に埋め合わせされた。

＊ ディンゲルダイ――ヘルムート・ディンゲルダイ（Helmut Dingeldey）。ディ・ドイチェ・フェアラークス＝アンシュタルトの社長であったことは一度もない。同出版社と同様にシュトゥットガルトにあったクレーナー・フェアラーク社で働いていた。

＊ これらの翻訳――ディ・ドイチェ・フェアラークス＝アンシュタルトはツェランにマルロー（André Malraux, 1901-1976）の『人間の条件』の翻訳を提案していた。

＊ 詩集――『罌粟と記憶』。

＊ フランクフルター・ヘフトー――ツェランは一九五二年六月二日にジゼルに、この出版社が秋に計画している詩集の一つに応募することについて知らせている。ヴァルター・ディルクス（Walter Dirks, 1901-1991）とオイゲン・コゴン（Eugen Kogon, 1907-1960）が一九四五年に創立したカトリック左派のこの出版社の雑誌は社会政治や文学の寄稿を載せていたが、一九五〇年代前半に、「早い真昼」を皮切りに（一九五二年、一二号、九五二ページ）、バッハマンの詩を数多く掲載した。

＊ ローヴォルト――不明。

＊ 原稿――『猶予された時』の草稿。

＊ 心を傾けてあなたのもとに――手書きでこの結びは書かれている。

＊ 最近の詩―ツェランがあらためて詩を送ったということを示唆するものはない。ロート・ヴァイス・ロートと『フルへ』のための計画については21番及び30番参照。

34

手書きの訂正のある、タイプライターによる手紙、封筒は見つからない。

＊ グラーツに―ツェランはジゼルとともに七月後半にオーストリアに滞在し、デムスとマイヤーのほかにグラーツにヘルツァー（訳注：4番注参照）も訪ねた。

＊ 一〇月の招待―ハンゼン・レーヴェはツェランを一九五二年五月二九日に現代社会誌研究所の朗読会に招待したが、実現しなかった（NPC）。

＊ DVA（訳注：Deutsche Verlags-Anstalt、ドイチェ・フェアラークス－アンシュタルトの略）―『罌粟と記憶』はこの出版社から出版された。この手紙の時点（一九五二年六月三〇日）では印刷に回す原稿がすでに出版社のもとに提出されており、一九五二年八月七日にツェランは受諾の返事を受け取った。

＊ イタリア―バッハマンは一九五二年九月八日にローマを経由して、ナポリの南にあるポズィターノに休暇旅行に出かけた。

＊ ある会議―不明。

＊ 何か送って―詩の草稿をバッハマンは二度だけツェランに送っている（39番及び98番参照）。

35

手書きの訂正及び補足（日付）のある、タイプライターによる手紙、封筒は見つからない。

＊ 『フルヘ』と放送局――30番及び21番参照。

＊ 八月一五日――DLAでは一九五一年に分類されている。

＊ 前の――『骨壺たちからの砂』のタイプ原稿については25番注参照。

36

手書きの手紙、封筒は見つからない。

＊ ポズィターノ――34番注参照。

37

『罌粟と記憶』*Mohn und Gedächtnis*（Deutsche Verlags-Anstalt 1952）の見返しに手書きの献辞。

＊ 『罌粟と記憶』――読んだ痕跡として、四一、四二ページ（詩群のタイトル「逆光」）から四九、五〇ページ（詩「結晶」）まで、これらのページにしるしを付けるためのように右上が折られている。また、カールスルーエ、マンハイム、フランクフルトという駅名のある、かなり大き目の紙から破り取られている手書きの列車時刻表の一部が挟み込まれている。BIBにあるこの版のもう一部には献辞がない。四六ページに拭き取った跡。第二版の本については67番参照。

＊ 小さな壷一杯の青さ――詩集『罌粟と記憶』の中の詩「マリアンネ」（第九詩行）参照。

＊ 三月――この詩集は出版社の友人たちのためのクリスマスプレゼントとしてすでに一九五二年一二月一七日に刊行され、その後に、この版の大部分が一九五三年一月初頭に刊行された。

38

手書きの手紙。封筒は見つからない。

* 詩集――『罌粟と記憶』。

* パリについて――クラウス夫妻（一九五二年一二月に結婚）は一九五三年春にパリのツェラン夫妻を訪ねた（図版6参照）。この時にオーストリアの詩のアンソロジーの計画も生まれたのであろう。

* ウィーンを離れます――バッハマンは一九五二年秋のグルッペ四七の会合（ゲッティンゲン近郊のブルク・ベルレプシュ）でドイツ人の作曲家ハンス・ヴェルナー・ヘンツェ（Hans Werner Henze, 1926-）と知り合い、彼は一九五三年七月七日にイシア島の彼の住まいの近くに越してくるようにバッハマンを招待した。バッハマンはヘンツェと一時、共同生活を送った。彼女は彼のためにオペラの台本を書き、彼は彼女の詩を作曲している。この後、バッハマンが永続的にオーストリアで暮らすことは二度となかった。

* 五月に――29・1番参照。

39

タイプライターによる手紙。手書きの訂正のあるタイプ複写の詩四篇（「知らせ」、「三月の星たち」、「落ちよ、心よ、時の木から」、「ある軍指令官に」）、二番目と三番目の詩には左上方に鉛筆で疑問符が付けられている、ツェランによるものかもしれない？）が一緒にされている。さらに詩「ウィーン郊外の大きな風景」のタイプ複写が同封。封筒は見つからない。

* オーストリアの抒情詩のアンソロジー――この計画は実現しなかった。一三人の作家が一九五三年の

七月から九月の間に詩を送っている、すなわち、ハンス・カール・アルトマン（Hans Carl Artmann, 1921-2000）、インゲボルク・バッハマン、クリスティーネ・ブスタ（Christine Busta（＝Christine Dimit), 1915-1987）、クラウス・デムス、ジェニー・エブナー（Jennie Ebner, 1918-2004）、ヘルベルト・アイゼンライヒ（Herbert Eisenreich, 1925-1986）、ミヒャエル・グッテンブルンナー（Michael Guttenbrunner, 1919-2004）、エルンスト・カイン（Ernst Kein, 1928-1985）、アンドレアース・オコペンコ（Andreas Okopenko, 1930-）、ヴィーラント・シュミート（Wieland Schmied, 1929-）、ヘルムート・シュトゥムフォール（Helmut Stumfohl）、ハンス・ヴァイセンボルン（Hanns Weissenborn）、ヘルベルト・ツァント（Herbert Zant, 1923-1970）である。「ウィーンの郊外の大きな風景」はツェランが選び出した小さな選集に（アルトマン、ブスタ、デムス、シュミート、シュトゥムフォール、ツァントの詩と一緒に）入れられている。

＊ 九月に――詩集は一九五三年一二月に刊行された（42番参照）。

40

手書きの葉書。宛先は「Monsieur/ Panl Celan/ Tournebride/ GRAND-BOURG./ par Evry-Petit-Bourg/ Seine-et-Oise/ Frankreich」。消印はウィーン、一九五三年八月二日。差出人は［ナニ・デムスの手で］「インゲ、ナニ、クラウス」／［差出人の住所の代わりに］「かつての王宮厩舎、黒い、高い壁沿いの小さなワイン酒場」。

＊ インゲのウィーンでの最後の日――バッハマンは八月二日にクラーゲンフルト経由でイシア島に向かい、そこに一九五三年八月八日に到着した。

＊ Tout mon coeur à Gisèle ― 「ジゼルに心を込めて」。

41

手書きの訂正のある、タイプライターによる航空便。宛先は「[タイプライターで] M. Paul Celan/~~Tornebride, Grand Bourg /PAR EVRY PETIT BOURG (Seine et Oise)~~（[他の人の手で]「5 rue de Lota/Paris 16e」と訂正されている）/FRANCIA」。消印はイシア、一九五三年九月二日。差出人は「Bachmann, San Francesco di Paola, Casa Elvira Castaldi,/FORIO d'ISCHIA, Napoli, Italia」、消印はEvru-Petit-Bourg, 一九五三年九月七日。

＊ サン・フランチェスコ…：「日照りで枯れた海」―38番注参照。バッハマンは島の北西部のフォリオという集落に住んでいた。そこは「Mare bruciato（訳注：イタリア語で「焼けた・枯れた海」の意）」とも呼ばれた。

＊ あなたのアンソロジー―39番参照。

＊ 別のドイツのアンソロジー―詩「落ちよ、心よ」、「詩篇」、「何のためにもならない証拠」が *Deutsche Gedichte der Gegenwart*（hrsg. von Georg Abt, Gütersloh: Bertelsmann 1954、三〇八〜三一一ページ）に掲載された。

＊ ドイツに―テュービンゲン近郊のベーベンハウゼンでのグルッペ四七の秋の会合（一九五三年一〇月二二日から二四日まで）のため。

＊ パリに―29番注参照。

42

『猶予された時』（*Die gestundete Zeit. Gedichte*）（Frankfurt a. M.: studio frankfurt in der Frankfurter Verlagsanstalt 1953）の見返しに書かれた献辞。

＊『猶予された時』―読んだ痕跡として、一二ページ（詩「パリ」）に、後の版では変更された第九行及び第一〇行（「仲たがいさせられている　その光が、／そして仲たがいさせられている　門の前のあの石が」）の余白に線が引かれている。おそらくバッハマンは本当は献辞カードを同封するつもりであったのだろう。『骨壷たちからの砂』のバッハマンの持っていた本（2番注参照）に挟まれていた紙「パウルのために――／慰められるために　交わされながら／インゲボルク／一九五三年一二月に」を参照。二八ページにはもともと「インゲボルク・バッハマン／クラーゲンフルト／ヘンゼル通り二六番地／オーストリア」というバッハマンの住所を書いた紙片が添えられていた。他の同封物については74番と119番を参照。おそらくこの本にはもともと細長い紙切れに書かれたバッハマンの詩「薔薇たちの雷雨のなかで」の手書きの草稿が同封されていた（53番参照）。第二版の本については68番参照。

＊　慰められるために　交わされながら―ツェランの詩「(心臓と脳から)」の第八詩行。NIBにはこの詩の手書きの草稿が保管されている。その裏面にはバッハマンのいくつかの草案が書かれている（断念した小説『名前のない町』の草案か？）。

43

手書きの絵葉書（絵葉書はウィーン、シュテファン大寺院）、宛先は「[ヴィンターの手で]／Monsieur

/Paul Celan /Poste restante /Rue de Montevideo /Paris 16^{e} /France」。消印はウィーン、一九五五年一月八日。

＊　ハンス・ヴィンター（Hanns Winter, 1897-1961）―オーストリア人の翻訳家。ツェランが彼とどこで知り合ったかは不明。

44

一九五七年一〇月一一日から一三日の間に行なわれたヴッパータール連盟の第一一回会合「文学批評―批判的にみて」のプログラムの裏面に書かれた手書きの会話のメモ。

＊　ヴッパータール―一九四五・四六年に「精神的刷新のための協会」として創設されたヴッパータール連盟に、ツェランとバッハマンが四年間音信のないままに過ごした後に一緒に参加したのは、申し合わせたことではなかっただろう。一〇月一三日に二人は一つのグループ討議にエンツェンスベルガー（訳注：60番注参照）、P・フーヘル（訳注：72番参照）、W・イェンス（訳注：60番注参照）、H・マイヤー（訳注：１５８番注参照）と参加している（PN参照）。この後の会合については１３５番及び１４２番参照。バッハマンのホテルにツェランが預けた、「フロイライン・インゲボルク・バッハマン／ホテル・カイザーホーフ」（おそらく第三者の手で「三〇八」という部屋番号が書かれている）と宛名の書かれた封筒も保存されている（HAN/ONB）が、その中身は確認できない。

＊　デュッセルドルフ―この旅行の理由は不明。

45
手書きで書かれた、読むようにという要請（A４のファイル用に折りたたまれたA３の紙一枚の表面）。手書きの詩。同封物はここには掲載していないが、五七年一〇月一七日と日付の付された詩「夜」の手書きの訂正のあるタイプ原稿、「手紙と時計のある静物画」の手書きの訂正のあるタイプ原稿、「ぼくは来る」のタイプ原稿、「ブルターニュのマチエール」のタイプ原稿。
＊　同封の詩―これらに関する他の資料としては66番注参照。

46
「Fräulein Ingeborg Bachmann / Pension Biederstein / München 23 / Biedersteinerstraße 21a / Allemagne」と宛名の書かれた手書きの詩、消印はパリ、一九五七年一〇月一八日。
＊　ごみ運搬船 II―詩集『言葉の格子』に印刷された詩「ごみ運搬船」の第二草稿かそれより後のヴァリアント（一九五六年一〇月六日、66番注参照）。

47
「Fräulein Ingeborg Bachmann / Pension Biederstein / München 23 / Biedersteinerstraße 21a / Allemagne」と宛名の書かれた手書きの詩。消印はパリ、一九五七年一〇月二〇日。
＊　ケルン、アム・ホーフ―ヴッパータールの会合の後、ツェランはバッハマンと一九五七年一〇月一四日にケルンで会った。そこで彼はドームとライン河畔に近いアム・ホーフ通りのホテルに宿泊した。この通りは大司教の宮殿（「ホーフ」）から市役所広場まで通じる。この地域は中世にはユダヤ人

の住居区として指定されていた。この通りの名前はバッハマンとツェランの間では一種の符丁になった（68番及び118番参照）。NIBにはこの詩の他の資料として、「パリ、一九五七年一〇月二〇日」という日付の付されたタイプ原稿がある。66番注釈も参照。

＊ ブルボン河岸――このサン－ルイ島の河岸からはノートルダム大寺院のあるシテ島やセーヌの右岸が展望できる。

48

手書きの手紙、封筒は確認できない（「Fräulein Ingeborg Bachmann / Pension Biederstein / München / Biedersteinerstraße 21 A / Allemagne」と宛名が書かれ、裏面には第三者の手で「Benjamino Joppolo / 1 Gobernanti」と書かれた封筒と、「Mademoiselle Ingeborg Bachmann / Pension Biederstein / München 23 / Biedersteinerstraße 21a / Allemagne」と宛名が書かれた封筒がある。航空便。いずれも切手は剝がされている）。

＊ Benjamino Joppolo――反ファシストのイタリア人作家であり、劇作家でもあるベニアミーノ・ジョッポーロ（Beniamino［!］Joppolo, 1906-1963）の作品『*I Gobernanti*』は確認できない。

＊ 手紙――ヴッパータールでの恋愛関係の再開以降、ツェランは詩だけを送ったのではないらしい。もしかしたら詩に添付された手紙は失われたのかもしれない。少なくとも一九五七年一〇月一六日という消印のある一通の手紙については、バッハマンの反応（52番参照）や封筒からその存在がわかっている。

49

手書きの航空便、宛先は「[タイプライターで] Mademoiselle Ingeborg Bachmann / Pension Biederstein / MÜNCHEN / Biedersteinerstraße 21 A / Allemagne」。消印はパリ、一九五七年一〇月二五日。

* 五七年一〇月二五日——もしかしたらこの手紙にはツェランの詩「遠くへ」が同封されていたのかもしれない。

* Il est ...ressentent ——「偉大な心たちにとっては彼らが感じる混乱を広げることはふさわしくない」。この引用の原典は確認できない。ここにあるのはクロティルド・ドゥ・ヴォー（Clotilde de Vaux, 1815-1846）が書いた、友人であるオーギュスト・コント（Auguste de Comte 1798-1857）の『実証政治学体系』（*Système de politique positive*）のための「補足の献辞」（Complément de la Dédicace）で発表された「リュシー、新しい書簡体作家」（Lucie, nouvelle épistolaire）からの抜粋である（Œuvres, Paris 1969, 第七巻、二八ページ）。

* …あなたはそれが何を指しているのかわかっています——ツェランは失われた手紙を引用しているのかもしれない。

* 話した——ツェランはおそらく、彼がジゼルに正直に話したことを伝えた失われた手紙か、あるいは電話の会話を引き合いに出しているのだろう。

50

タイプライターで書かれた詩、宛先は「Mademoiselle Ingeborg Bachmann / Pension Biederstein / MÜNCHEN / Biedersteinerstr. 21 A / Aallemange」、消印はパリ、一九五七年一〇月二七日（航空便

料金）。

＊口の高さに──66番注釈参照。

51

電報、宛先は、Paul Celan, 29 bis rue du Mondevideo Paris 16ᵉ。発信はミュンヘン、一九五七年一〇月二八日、一一時三八分、受信はパリ、一九五七年一〇月二八日、一二時四〇分。

52

手書きの航空便、宛先は「［タイプライターによる］M. Paul Celan / 29 bis Rue du Montevideo / Paris 16ᵉ / France」、消印はミュンヘン、一九五七年一〇月二九日。

＊十日前に──おそらく一九五七年一〇月一六日の消印のある封筒に入れられたものであろう（48番注参照）。

＊「わたしたち二人はまた」（訳注：原語はフランス語 Nous deux encore）──ミショー（Henri Michaux, 1899-1984）の詩、ツェランの翻訳「なおも繰り返し、わたしたち二人は」（清書は一九五七年一二月一七日）参照。一九四八年にパリで刊行された本を彼は一九五七年八月に手に入れた。この版の一冊をバッハマンも所有していた（BIB）が、彼女はこの本を、ツェランが一九六〇年五月にメモしているように、彼女の本棚に見えるように立てておいていた（NkPC）。

＊あなたの奥様──ジゼル・ツェラン‐レトランジュ。

＊あなたたちの子供──クロード・フランソワ・エリック。

＊「生に」―49番参照。

＊夢みられたものたち―詩「ケルン、アム・ホーフ」の第二詩行参照（47番）。

＊火曜日―一九五七年一〇月二九日。

＊王女―一九四八年にローマで創刊された国際的な文学雑誌『ボッテーゲ・オスクーレ』。アン・インターナショナル・レヴュー・オヴ・ニュー・リテラチャー』の発行人であるバッスィアーノの王女、マルゲリット・カエターニ。バッハマンは彼女と一九五四年初頭にローマで知り合った。ツェランの詩の一つはすでに一九五六年にこの雑誌の第一七号に掲載された（「一本の蠟燭の前で」、三五八、九ページ）。バッハマンの詩はまず一九五四年の第一四号に（「ある島の歌」、「霧の国」、二一五～二一九ページ）、さらに一九五七年の第一九号に（「オテル・ドゥ・ラ・ペ」、「この大洪水の後で」、「愛、それは暗い大陸」、「亡命」、「ミリヤム」、四四五～四四九ページ）掲載された。第二一号については58番注参照。

＊ドナウエッシンゲン…すべてを言わなければならない―バッハマンは一九五七年一〇月二〇日にドナウエッシンゲンの音楽大会における、彼女の詩「アリアⅠ」と「アリアⅡ」を作曲したヘンツェの『夜想曲とアリア』の初演に出席した。バッハマンはヘンツェには後年になってもツェランとの関係については一切話さなかった。

＊「逃亡の途上の歌」―詩集『大熊座の呼びかけ』の最終部の連作詩。その最後の歌（XII）は形式及び内容において、一九五〇年一〇月に成立したツェランの詩「霧笛のなかへ」を暗示している。

53
手書きの、いくつかの部分に分かれている手紙、宛先は「Mademoiselle Ingeborg Bachmann / Pension Biederstein / München / Biedersteinerstraße 21 A / Allemagne」。消印はパリ、一九五七年一一月二日（航空便料金）。

* 二六日―ドイツ滞在の間（一九五七年一二月になってようやく三日から一一日まで）ツェランは七日から九日までミュンヘンにいた（NkPC）。

* 「エジプトで」―1番参照。

* ハンブルク―ニーンドルフの会合の後（32番参照）。

* テュービンゲン…デュッセルドルフ―ツェランのテュービンゲンでの朗読会については56番参照。一九五八年五月五日にはデュッセルドルフで当地の市民大学の招待で朗読した。

* フランクフルター・ツァイトゥング―この新聞（一九五七年一〇月三一日）からちぎりとってある、バッハマンの詩「アリアⅠ」と「アリアⅡ」の載っている紙片は、今日ではこれより後の手紙（98番）のものとされている。この記事ではこの二つの詩の掲載に先立って、一九五七年のドナウエッシンゲンの音楽大会でのヘンゼの『夜想曲とアリア』の初演について簡単に紹介されている。ヘンツェはバッハマンのこの二つの詩を作曲したのであるが、「アリアⅠ」は、おそらく42番に同封されていた詩「薔薇たちの雷雨のなかで」に、バッハマンがこの作曲のために一詩節書き加えたものである。後に送られた草稿参照（98番）。

* 「ケルン、アム・ホーフ」―47番参照。

* ヘラー（Walter Höllerer, 1922-2003）―小説家ならびに文芸学者。ツェランとバッハマンは

一九五二年にニーンドルフで彼と知り合ったが、ツェランは一九五七年一〇月二一日に、ヘラーが共同編集者であった隔月雑誌『アクツェンテ』のためにこの詩を渡した（NkPC、72番参照）。

＊「夢みられたものたち」—詩「ケルン、アム・ホーフ」の第二詩行。47番参照。

54

手書きの詩、宛先は「Mademoiselle Ingeborg Bachmann / Pension Biederstein /München / Biedersteinerstraße 21 A / Allemagne」。消印はパリ、一九［五七］年、［一一月］三日。

＊万霊節—「報告」というタイトルが線で消されて、このタイトルに変えられている。NIBにはこの詩に関する他の資料として、「パリ、一九五七年一一月二日」という日付のあるタイプ原稿がある。66番注釈も参照。

55

手書きの航空便、宛先は「Mademoiselle Ingeborg Bachmann / Pension Biederstein / München / Biedersteinerstraße 21 A / Allemagne」。消印はパリ、一九五七年一一月六日（図版13参照）

＊マーヴェル（Andrew Marvell, 1621-1678）—英国の形而上詩を代表する一人。ツェランはこの前日に手に入れたアンソロジー『*Metaphysical Lyrics&Poems of The Seventeenth Century : Donne to Butler*』(Selected and edited with an Essay by Herbert J. C. Gierson, London 1956.）から最後の二詩節（七八ページ、この詩は七七ページから始まる、BPC）を引用している。この本の七四ページにはダン（John Donne, 1572-1631）の詩「羞しがる彼の恋人」（To His Coy Mistress）の翻訳の試みが

残されている。E・E・ダンカン－ジョーンズ（E. E. Duncan-Jones）の論説「The Date of Marvell's >To his Coy Mistress<」（『The Times Literary-Supplement』）をちぎった紙片が同封されている。

＊ 一二月の第一週――「一月の」が訂正されている。

＊ 小さな翻訳――フランスの抽象画家ジャン・バゼーヌ（Jean Bazaine, 1904-2001）の短いエッセイ（パリ、一九五三年）の翻訳「現代絵画への覚書」は一九五九年になって初めて刊行された（Frankfurt a. M.: S. Fischer Verlag）。

＊ ジゼル…勇気がある――この旅行については53番参照。ジゼルの「勇気」は彼女の一九五八年一月の日記の書き込みが証している（PC/GCL II 92/3；２１６番参照）。

＊ 三冊の本――贈られた三冊目の本は確認できない。

＊ ブーバー――『*Geschichten des Rabbi Nachman. Ihm nacherzählt von Martin Buber*』（Frankfurt a. M. 1922、BIB、BPCにもある）。ツェランは哲学者であり小説家であるブーバーの熱狂的な読者であり、すでに一九五四年に彼に『罌粟と記憶』を送らせ、一九六〇年九月一四日にブーバー本人に会っている。

＊ 英語のアンソロジー――『*The Oxford Book of Englisch Verse 1250-1918*』（hrsg. von Sir Arthur Quiller-Couch, Oxford 1939、第三者の手で「ロンドン、一九五一年二月」と入手した日付が付されている。BIB）。ツェラン自身はこの本を所有していなかった。彼はこの本を友人である英語教師のギー・フランドル（Guy Flandre）からしばらくの間借りていた（ツェランが読んだ痕跡がある）。

＊ アンソロジー――ハンス・ヘネッケ（訳注：72番注参照）の編纂したアンソロジー『シェイクスピアか

らエルザ・パウンドに至る詩』。この本の中にもツェランは次に名前を挙げている詩の翻訳の草案をメモしている（Wiesbaden 1955、八二ページ、BPC）。もしかしたらツェランはこの本をすでに一九五五年にヴッパータールに最初に滞在した際に手に入れたのかもしれない。

＊ To His Coy Mistress［…］―ツェランは後にバッハマンに彼の翻訳「彼の沈黙する恋人に」の清書（一九五八年一月五日、HAN/ONB）並びにいくつかの手書きの翻訳の草案（一九五七年一〇月一七日から三〇日）を送っている。一九六八年末になって初めてツェランはジョン・ダンの「呪い」を翻訳した。

56

手書きの手紙。同封された翻訳はタイプ原稿、それぞれに「パウル・ツェラン訳」という覚書が付されている。封筒は確認できない（48番参照）。

＊ 二つの翻訳―同封された翻訳は『ネルヴァルから現代に至るフランス文学のアンソロジー』(hrsg. von Flora Klee-Pályi Wiesbaden 1958、一七ページならびに二七七ページ）に掲載された。同書にはさらにツェランのロベール・デスノス（Robert Desnos, 1900-1945）の翻訳「墓碑銘」と「最後の詩」（三一八〜三二一ページ）も載っている。フローラ・クレー－パリー（Flora Klee-Pály, 1897-1961）はテレージエンシュタット収容所を生き延びたユダヤ系ハンガリー人の版画家並びに翻訳家。彼女は一九五二年以降ヴッパータールに暮らす。一九五七年一〇月の連盟の会合の際に（44番参照）ツェランは彼女の家（ボルテンベルク通り一〇番地）に宿泊した。彼女は特にフランスとドイツの現代文学の仲介に尽力した。ツェランはその関係で一九四九年以降彼女と交流があった。

＊お前たち　ぼくたちの奥深くにある時計よ―詩「ケルン、アム・ホーフ」の最終詩行（47番参照）。
＊テュービンゲン―オジアンダー書店のためにツェランは大学の「旧講堂」で朗読した。

57

手書きの手紙、宛先は「［タイプライターによる］M. Paul Celan / 29 bis Rue du Montevideo / Paris 16ᵉ / France」。消印はミュンヘン、一九五七年一一月八日。

＊今週はひどすぎます―フリーの作家としてバッハマンは経済的に行き詰まり、やむなく一九五七年九月にミュンヘンにあるバイエルン・ラジオ放送局の一部門であるバイエルン・テレビ放送局の文芸部員としての常勤職に就いたが、彼女はこの職を「強制労働」（ヘルマン・ケステン（Hermann Kesten, 1900-1996。訳注：ユダヤ系ドイツ人の小説家）宛、一九五七年九月三日の手紙）と感じていた。加えてこの時『マンハッタンの善い神様』の完成の締め切り期限も迫っていた。

＊ペンション―ペンション・ビーダーシュタイン（ビーダーシュタイナー通り二一a番地）。一九五七年一二月一日に予定していた、同じくシュヴァービングにあるフランツ・ヨーゼフ通り九a番地の住居への引越しは、一九五七年一二月一六日まで遅延された。

58

手書きの航空便、宛先は「Mademoiselle Ingeborg Bachmann / München 13 / Franz Josephstr. 9A / Allemagne / ［第三者の手で Franz Josephstr. 9A が線を引いて消され、目下のところ Fremdenheim / Biederstein / Biedersteinerstr. / 21. A. と訂正されている］、パリ、［xx.xx.］一九五七年（図版15参照）。

＊ ロンシャン通り七八番地、パリ一六区―ツェラン夫妻が初めて持ち家として入手した住居。

＊ 最初の訪問―日付は不明（PC／B.O., 一四ページには反して）。

＊ ドイツ語の寄稿［…］テクストを選び出す―第二号（一九五八年、BPCにあるものはいくつかの誤植が訂正されている）のドイツ語の部分は、記載されてはいないが、実際はツェランとバッハマンが編集責任者であった。ただしレゾーリ（Gregor von Rezzori（＝Gregor D'Arezzo), 1914-1995）の「断片」（三七九～三九九ページ）だけは別で、それはモラスが寄稿したものであったが、しかしツェランも原稿審査した。他に六人の作家たちと一人の翻訳家が集められている、すなわち、ゲオルク・ハイムの詩「役者の死」（三七〇ページ）、ネリー・ザックスの八篇の詩（「ダニエルを見よ」、「すでに舌はパンの中の砂を味わう」「そしてお前は叫び、そして叫ぶ」、「子供」、「語は魔術的なキスをかくまっていない」、「塵の粒をわたしは話す」、「喉をごろごろ鳴らす回り道」、「ああ　それほどわずかしかわからないとは」（三七一～三七三ページ）、アルチュール・ランボー（Arthur Rimbaud, 1854-1891）の詩「酔いどれ船」（パウル・ツェランによるドイツ語訳、三七五～三七七ページ、99番参照）、ヴァルター・ヘレラーの六篇の詩（「ロック鳥」、「脚と鉄」、「イチイ」、「束の間の女友達のために」、「顔、編まれて」、「グラス」（四〇八～四一〇ページ）、ギュンター・グラスの「カッコウ」（『おじさん、おじさん』の第二幕、四一三～四一五ページ）ハンス・マグヌス・エンツェンスベルガーの六篇の詩（「物質の対話」、「大発明」、「メモ」、「ある殺人者のための弁護」、「梟たちの最後」、「別離」、四二五～四二七ページ）。

＊ わずかな暗さ―この雑誌のタイトル（具体的意味でも比喩的意味でも字義通り「暗い仕事」）はローマの編集部の住所、つまり Via Botteghe Oscure 32, Palazzo Caetani から取っている。

59
手書きの航空便、宛先は「M. Paul Celan / 29 bis, Rue du Montevideo / Paris 16ᵉ / FRANCE」。消印はミュンヘン、一九五七年一一月一五日。

* 「モンテヴィデオ」―モンテヴィデオ通り、一九五七年一一月末までのツェランのパリの住所。
* 素晴しい―55番参照。
* テュービンゲン―56番参照。
* 『コオロギたち』―バッハマンはこの放送劇をすでに一九五四年から五五年にかけての冬にナポリで完成した（初放送は一九五五年三月五日、NWRD）。イギリス放送協会3は七月三〇日と一九五七年八月一日に英語版を放送した。
* クラウスをB．O．に―第一九号（一九五七年）にデムスの詩「海の星たち」、「空を通り過ぎていく」、「山頂の凪」が掲載された（四五五～四五九ページ）。

60
手書きの航空便。宛先は「Mademoiselle Ingeborg Bachmann / Pension Biederstein / München / Biedersteinerstraße 21 A / Allemagne」。消印はパリ、一九五七年一一月一六日。

* エンツェンスベルガー（Hans Magnus Enzenzberger, 1929-）―ドイツ語詩人、当時ノルウェーに住んでいた。ツェランはこの依頼の理由として、エンツェンスベルガーがこの雑誌をラジオ放送を通じてドイツで宣伝することができるのではと示唆している（一九五七年一〇月一八日、NPC）。ツェランは一九五五年四月にパリでエンツェンスベルガーと知り合った。エンツェンスベルガーとバッハ

マンとの友情関係は一九五〇年代の終わりになって初めて緊密になる。
＊イェンス（Walter Jens, 1923-）―テュービンゲンの作家かつ文献学者。ツェランとバッハマンは彼と一九五二年にニーンドルフで（32・1番参照）知り合い、ヴッパータールで再会した。

61
手書きの手紙。宛先は「M. Paul Celan / 78, rue du Longchamp / PARIS 16e / FRANCE」。消印はミュンヘン、一九五七年一一月一八日。
＊テュービンゲンの後に―ツェランの朗読の後に（56番参照）。
＊土曜日―一九五七年一一月一六日。
＊ウィーンの市立公園―4番参照。

62
手書きの速達。宛先は「M. Paul Celan / 78, rue du Longchamp / PARIS 16e / FRANCE」。消印はミュンヘン、一九五七年一一月二二日及びパリ、一九五七年一一月二三日。
＊七年前に―一九五〇年一一月二三日に、二人はツェランの三〇歳の誕生日を、バッハマンがパリを離れる直前に祝った。
＊そこへ―一九五七年九月のバッハマンとツェランの恋愛関係の再開によってツェランとジゼルの結婚生活は破綻の危機にあった。この理由からバッハマンは誕生日のプレゼントをロンシャン通りに送ろうとしなかった。

63

手書きの手紙。宛先は「Mademoiselle Ingeborg Bachmann / Pension Biederstein / München / Biedersteinerstraße 21 A / Allemagne」。切手は剝がされている。

64

手書きの手紙。宛先は「M. Paul Celan / 78, rue du Longchamp / PARIS 16^{e} / FRANCE」。消印はミュンヘン、一九五七年一二月四日。

* テュービンゲン——56番参照。
* フランツ・ヨーゼフ通り九a番地——57番注参照。

65

手書きの速達、宛先は「Fräulein / Ingeborg Bachmann /München / Franz Josephstr. 9a //」［第三者の手で Fremdenheim / Biederstein / Biedersteinerstr. / 21a と訂正されている］。消印はシュトゥットガルト、一九五七年一二月五日。［裏面に、第三者の手で］「受取人 Bachmann Franz-Josephstr. 9a / 目下のところまだ入居していない / Pension Biederstein」と書かれている。消印はミュンヘン、一九五七年一二月五日。

* シュトゥットガルト——ツェランは友人であるハンネ・レンツ、ヘルマン・レンツ（Hanne Lenz, 1915- / Hermann Lenz, 1913-1998）夫妻の家（ビルケンヴァルト通り二〇三番地）に招かれていた。

66
「確信」、「手紙と時計のある静物画」、「ヴィンセント・ファン・ゴッホの一枚の絵の下に」、「帰郷」、「今日と明日」、「条痕」、「下で」、「声たち」、「言葉の格子」、「テネブレ」、「花」、「「白い」そして「軽い」」、「雪の寝台」、「ブルターニュのマチエール」、「夜」、「ごみ運搬の小船」、「ケルン、アム・ホーフ」、「遠くへ」、「口の高さに」、「風に応じて」、「万霊節」のタイプ原稿の束のためのカバーとしての見開きの紙に書かれた手書きの献辞、これらの詩の前には、一九五七年一二月二日と日付の付された、これらのタイトルの書かれた一枚のリストが入れられている。この原稿の束はおそらくミュンヘンで手渡されたのであろう。

67
『罌粟と記憶』(Stuttgart : Deutsche Verlags-Anstalt 第二版、一九五四年)の八、二四、二七、二八、二九、三〇、三三、四三、四四、四八、四九、五〇、五五、五六、五七、五八、五九、六八、七二、七三、七四、[七六]、並びに七〇ページに手書きの献辞(それぞれ左上に)。
* 『罌粟と記憶』—この本はクリスティーネ・コシェル(Christine Koschel)を通じてDLAに収められた。初版の本については37番参照。
* f.D. u.f.D—君のために、そして君のために。

68
『猶予された時』(München : R. Piper & Co.Verlag 第二版、一九五七年)の見返しの裏面に手書きの献辞、この本はおそらくミュンヘンで手渡されたのであろう。

＊ 読んだ痕跡—九ページ（「イギリスとの別れ」）では下の方に省略符（初版の最終詩行 Alles bleibt unbesagt（訳注：「すべては述べられないままだった」）がこの版では欠けている）が付けられている。一二ページ（「パリ」）では、第九、一〇詩行の余白に下線、第一四詩行の fliehende（訳注：「うしろへたなびく」）に下線。［三二］ページ（空白のページ）には、ツェランによって省略符とともに「Beweis zu nichts」（訳注：「何のためにもならない証明」）（この詩は初版には入れられていたが、この版では削除されている）というメモが書かれている。三七ページ（「詩篇」第二部）には、第一詩節に感嘆符と余白に二重の下線が付けられている。この詩節はこの版においてのみ次のように初版とは変えられている（「Da alles eitel ist:-/vertrau dir nicht mehr/ und übernimm kein Amt./Verstelle dich nicht mehr,/ um der Bloßstellung zu entgehen」（訳注：「すべては空しいのだから—／もはや自分自身をあてにするな／そして任務を引き受けるな。／もはやふりをするな、／笑いものにならないために。」）。三〇ページと三一ページの間に、バッハマンによる一一篇の、本として刊行された際（188番参照）とは部分的に異なるジュゼッペ・ウンガレッティの詩の翻訳（「宇宙」、「自身にも以て」、「また別の夜」、「孤独」、「別離」、「カルソの聖マルティーノ村」、「押しつぶされて」、「兄弟」、「見張り」、「思い出に」、「眠り」）の載った新聞の切り抜き（NZZ、一九六一年一二月三日）が挟んである。詩集『猶予された時』の初版本についてはは42番参照。

＊ ミュンヘン、アム・ホーフ—ツェランの詩「ケルン、アム・ホーフ」（47番）参照。

69 手書きの手紙、封筒は見つからない。

* フランクフルト、月曜日夜—ツェランは一九五七年一二月九日にミュンヘンからフランクフルトに到着し、そこで一二月一一日までフィッシャー出版社とインゼル出版社もしくはズールカムプ出版社の代表者と話し合った（NkPC）。特に雑誌『ディ・ノイエ・ルントシャウ』のシャールの『イプノス。マキについての手記』の翻訳の掲載に関して。

* 君の詩集—おそらく『猶予された時』の新しい本。

* 『アクツェンテ』—バッハマンの四つの詩「この大洪水の後で」、「オテル・ドゥ・ラ・ペ」、「亡命」、「愛、それは暗い大陸」はちょうど第六号に掲載されたところだった（四九一～四九五ページ）。この号はヒルデ・ドミン（Hilde Domin（＝Hilde Palm）, 1909-2006）、ゲルト・カロウ（Gert Kalow, 1921-1991）、ハインツ・ピオンテーク（Heinz Piontek, 1925-2007）、ヴォルフディートリヒ・シュヌーレ（Wolfdietrich Schnurre, 1920-1989）の寄稿も載せている。バッハマンはツェランと同様に、ヴァルター・ヘレラーとハンス・ベンダー（Hans Bender, 1919-）が創設したこの『文学のための雑誌』に第一号（一九五四年）から作品を寄稿していた。

* 二冊の詩集—『罌粟と記憶』と『敷居から敷居へ』。

* ヒンドルフ（Margot Hindorf）—彼女の刊行した作品は実証できない。ツェランに宛てた唯一の手紙の中で彼女は新年の挨拶に感謝し、彼の詩に対する賛嘆を表し、次のように続けている、「そして今初めて私にはわかります、私はインゲボルク・バッハマンをただ愛しているのではなく、彼女の本質を把握することができたと。このことは私に私の孤独を忘れさせ、私の魂を喜ばしい響きで満た

した大きな贈り物でした」（ケルン、一九五七年一二月二六日、NPC）。

＊カシュニッツ（Marie Luise Kaschnitz（＝Freifrau von Kaschnitz-Weinberg, 1901-1974）―ドイツの小説家。ツェランは彼女と一九四八年にパリ近郊で知り合った。カシュニッツは一九四九年にドイツでのツェランの詩の最初の刊行のきっかけをつくった。それ故後にツェランはビュヒナー賞授賞式の際の受賞者に対する祝辞のスピーチを彼女に頼んだ。バッハマンは最初のローマ滞在以降、カシュニッツと変わらぬ友情を結んだ。バッハマンはフランクフルト大学での詩学講義「詩について」でカシュニッツの反戦詩「花婿の蛙の王様」を引き合いに出している（IBW4、二〇六〜二九八ページ）。

＊シュヴェリン（Christoph Schwerin, 1933-1996）―一九四四年七月二〇日のヒットラー暗殺計画に加わった将校、ウルリヒ－ヴィルヘルム・グラーフ・フォン・シュヴェリン（Ulrich-Wilhelm Graf von Schwerin von Schwanenfeld, 1902-1944）の息子であり、当時フィッシャー出版社の編集者であった。ツェランは彼と一九五四年夏にシャールの詩の公刊の関連で知り合った。フランクフルトのライムント通り二一番地にあったシュヴェリンの住居では、確かにバッハマンの『猶予された時』と『大熊座の呼びかけ』ならびにツェランの『罌粟と記憶』と『敷居から敷居へ』を見ることができた。

70

手書きの手紙。宛先は「M. Paul Celan / 78, rue du Longchamp / PARIS 16^{e} / FRANCE」。消印はミュンヘン、一九五七年一二月一二日、図版14参照。

＊燭台―ツェランの詩「一日そしてまた一日」の第九詩行参照（73番）。

＊その女性―マルゴット・ヒンドルフ。

＊ ピーパー社──ミュンヘンの出版社。『大熊座の呼びかけ』（一九五六年）以降バッハマンの本はここから出された。

＊ ブラウエス・ハウス──ヒルデガルト通り一番地にあった長い伝統を持つホテル。バッハマンは、理由は不明だが、取り決めていた期日にフランツ・ヨーゼフ通りの新しい住居に入居することができなかったため、数日このホテルに泊まった（57番注参照）。

71

Ingeborg Bachmann, Franzjosephstr 9a 宛の電報。発信はパリ、一九五七年一二月一二日一二時四九分、受信はミュンヘン、一九五七年一二月一二日。

＊ モラス（Joachim Moras, 1902-1961）──ジャーナリスト、翻訳家、雑誌『メルクール』の共同創立者であり共同発行人。一九五四年以降、ドイツ工業連邦連合会が公刊し、ツェランの出版社（訳注：ドイチェ・フェアラークス──アンシュタルト社）から出されていた年鑑『ヤーレスリング』の編集メンバーでもあった。ツェラン自身が詩「声たち」を一九五七年のクリスマスの直前に『ヤーレスリング』第五八・五九巻のために送った（一九八、一九九ページに掲載）。同巻にはバッハマンの『マンハッタンの善い神様』も掲載された（九六〜一三八ページ）。ツェランとバッハマンは一緒にミュンヘンでモラスと会っていた（NPC）。

72

二部からなる手書きの手紙。宛先は「Fräulein / Ingeborg Bachmann / München / Franz-Joseph Str.

9a / Allemagne」。消印はパリ、一九五七年一二月一二日。
＊　薔薇…七つ――ツェランの詩「結晶」の第二詩節参照。
＊　ブレーメン――ブレーメン市文学賞授賞についてはツェランは確かに電話で報告していた。ツェランは三日間だけミュンヘンのバッハマンのもとに滞在した（一九五八年一月二八～三〇日、NkPC）。
＊　アクツェンテ――一九五七年一二月一二日にヘレラーに送られた詩「雪の寝台」、「風に応じて」、「ブルターニュのマチエール」、「夜」、「万霊節」、「口の高さに」ならびに「ケルン、アム・ホーフ」（53番参照）は一九五八年二月号に掲載された（一号、一八～二四頁、BPC）。
＊　フーヘル（Peter Huchel, 1903-1981）――ドイツ人の詩人。ツェランは彼にヴッパータールの会合（44番参照）で詩「雪の寝台」、「風に応じて」、「ブルターニュのマチエール」、「夜」を東ベルリンの彼の雑誌『ジン・ウント・フォルム』のために渡した。ツェランは、第三者から掲載日はまだ確定していないと聞き知ったため、フーヘルに一九五七年一二月一二日に『アクツェンテ』に載せることに決めた旨通知した。
＊　ヘネッケ（Hans Hennecke, 1897-1977）――ドイツ人のジャーナリストであり翻訳家。ツェランは彼に一九五七年一二月一〇日に会った（NkPC）。
＊　約束した号――60番参照。
＊　ザックス（Nelly Sachs, 1891-1970）――ベルリン生まれのユダヤ系詩人。一九四〇年以降ストックホルムに住む。彼女が『ボッテーゲ・オスクーレ』に参加したことがきっかけとなって、ツェランは彼女と一九五四年に手紙で連絡を取るようになった。

73

手書きの詩、封筒は見つからない。

＊ 一日そしてまた一日—63番の中の「一日、もう一日」参照。NIBにはこの詩に関する別の資料として、「パリ、一九五七年一二月一三日」と日付の付されたタイプ原稿が一部と日付のないタイプ原稿がもう一部ある。

74

手書きの手紙。宛先は「M. Paul Celan / 78, rue du Longchamp / PARIS 16ème / FRANCE」、消印はミュンヘン、一九五［七］年一二月［一］七日。差出人は「[…] Klagenfurt, Henselstr. 26, Österreich」。

＊ 私が入居した時—フランツ・ヨーゼフ通り九a番地の住居に。

＊ お金—『猶予された時』の献呈本にはもともと四六ページに、一九五七年一二月一一日にフランクフルトから発送された四〇〇ドイツマルクの郵便為替の領収書が同封されていた（42番注参照、BK III）。

＊ 詩—「一日そしてまた一日」

＊ B. O. —『ボッテーゲ・オスクーレ』。

75

ツェランによるギョーム・アポリネール（Guillaume Apollinaire, 1880-1918）の三篇の詩の翻訳（「サロメ」、「シンダーハネス」、「別離」）の載った『ノイエ・ルントシャウ』一九五四年第二号（一～五ページ）〔雑誌に実際に振られているページは三一六～三二一ページ〕の別刷りの五ページに書かれた手書きの献辞。封筒は見つからない。

76

手書きの手紙。宛先は「M. Paul Celan / 78, rue du Longchamp / PARIS 16e / FRANCE」。消印はミュンヘン、一九五七年一二月二八日。

* 本―プレゼントとしてわかっているのはバッハマンに献呈されたアポリネールの詩の別刷りだけである。

* ある仕事のために―おそらくバイエルン・テレビ放送局での仕事の範疇のもの。

* ウィーン―一九五八年一月一一日のヨーゼフシュタートのダス・クライネ・テアターでの朗読会への招待。

77

手書きの手紙。宛先は「〔タイプライターで〕M. Paul Celan / 78, rue du Longchamp / PARIS 16e / FRANCE」。消印はミュンヘン、一九五八年一月一日。

* アイヒ（Günter Eich, 1907-1972）―ドイツ人の抒情詩人。ツェランとバッハマンは彼と一九五二年にニーンドルフで知り合った。バッハマンは彼と彼の妻であるイルゼ・アイヒンガーと一九六二年まで緊密な友情を結んだ。

＊　ハイセンビュッテル（Helmut Heissenbüttel, 1921-1996）――出版社原稿審査担当係、ラジオ放送編集者、ならびに実験的なテクストの作家。バッハマンは彼をグルッペ四七の会合で知っていた。

＊　B. O. ――『ボッテーゲ・オスクーレ』。

＊　王女が今日――カエターニは特に次のように書いている、「私たちはまだ原稿を受け取っていません、そして、私がツェランに書いたように、私たちは遅くとも一月一五日までには全部欲しいのですが。」（訳注：原文は英語）（日付はない、NIB）。

＊　ホルトゥーゼン（Hans Egon Holthusen, 1913-1997）――抒情詩人であり、影響力のあった批評家。彼はバッハマンを一九五五年夏のハーヴァード大学への留学に推薦した。彼女の詩に対しては後年になってようやく意見を公にした（雑誌『メルクール』（一九五八年六月、五六三～五八四ページ）に「闘う言語精神。インゲボルク・バッハマンのために」という題で）。彼がナチス親衛隊員であったことをツェランはハンネ・レンツ（訳注：65番注参照）を通じて知った。ツェランは『罌粟と記憶』についてのホルトゥーゼンの批評（『メルクール』一九五四年五月、三七八～三九〇ページに掲載された「五人の若い叙情詩人Ⅱ」89番注参照）を、当然なことに、クレール・ゴルの剽窃非難に影響されたものとみなした。

＊　グラス（Günter Grass, 1927-）――小説家、画家、版画家。バッハマンは彼と一九五五年五月のベルリンでのグルッペ四七の会合で知り合った。彼は彼女のビュヒナー賞受賞スピーチ『不慮事と発作の場所』（Berlin : Wagenbach 1965、BPC には見返しにツェランが「クラウス・ヴァーゲンバッハから／六五年三月五日」という覚え書きを付し、また五二ページに読んだ痕跡がある）に挿絵をつけた。バッハマンとヘンツェは一九六五年にグラスがヴィリー・ブラント（Willy Brandt, 1913-1992）のた

めに行った選挙キャンペーンに参加した。ツェランはグラスがパリに滞在していた（一九五六〜一九五九年）間に彼と知り合い、グラスが『ブリキの太鼓』を執筆した際に彼を支援し、一方でグラスはツェランをゴル事件に際して擁護した。

78
手書きの手紙、封筒は確認できない（もしかしたらHAN/ONBの「Mademoisell Ingeborg Bachmann / München 13 / Franz-Josephstr. 9a / Allemagne」と宛名が書かれた航空便のそれかもしれない）。

＊ ウィーンに―76番参照。

＊ オーストリア絵画館―デムスは美学研究者としてウィーンのベルヴェデーレ宮殿に収蔵されている一九・二〇世紀オーストリア絵画館で働いていた。

＊ ベルリンに［…］ハンブルク、キール―朗読旅行、一つ一つの日取りは不明。

＊ ザックス、ヘレラー、エンツェンスベルガー―ヘレラーは一九五七年一二月一九日に、ザックスは二一日に、エンツェンスベルガーは二六日に、それぞれ原稿を送っている（NPC）。

＊ K・L・シュナイダー（Karl Ludwig Schneider, 1919-1981）（ハイムの遺稿）―シュナイダーは、学生時代にはナチス政権に対する抵抗運動に参加したハンブルクのゲルマニストであり、ちょうどハイムの作品集の出版を準備していた（ハンブルクの国立図書館蔵の遺稿）。バッハマンとツェランはシュナイダーとヴッパータールで知り合った（44番参照）。

79

手書きの手紙。封筒は確認できない（78番参照）。この手紙にはもしかしたら詩「けれど」と「ある風景の下絵」が同封されていたかもしれない（80番参照）。

* イェンス――一九五八年一月七日（消印）にイェンスは、差し当たりのらりくらりとした返事を出している（NPC）。このテクストは確認できない。

* グラス――一九五七年一二月三〇日に（NPC）。

* シュレールス（Rolf Schroers, 1919-1981）――小説家、ジャーナリスト、出版社原稿審査担当係。ツェランとバッハマンは彼と一九五二年にニーンドルフで知り合った。ドイチェ・フェアラークスーアンシュタルト出版社の原稿審査担当係として彼はツェランの詩集『罌粟と記憶』の出版に寄与した。

80

手書きの速達。宛先は「M. Paul Celan / 78, rue du Longchamp / PARIS 16ème / FRANCE」。消印はミュンヘン、一九五八年一月七日とパリ、一九五八年一月八日。

* 書いてください――未発見。

* 朗読します――76番参照。

* マルティン・ヴァルザー（Martin Walser, 1927-）――ドイツ語作家。ツェランとバッハマンはニーンドルフの会合で彼を知った。後にツェランは彼について次のように書いている。「ヴァルザーはドイツの最上の家禽に属し、エンツェンスベルガーとともに、ズールカムプ出版社の大黒柱の一人だ」（一九六六年五月二七日。PC/GCL445）。

＊　カレンダー——未発見。

＊　詩——NIBには、79番の手紙と一緒に、あるいは別々に送られた（折り跡から）この直前に成立した二つの詩がある、すなわち「けれど」（一九五七年一二月三一日、タイプ原稿）と「ある風景の下絵」もしくは「風景」（一九五八年一月三日、タイプ複写と手書きの草稿）。

81

封筒に書かれた手書きの詩。宛先は「Mademoiselle Ingeborg Bachmann / München 13 / Franz-Joseph Str. 9a / Allemagne」。消印はパリ、一九五八年一月七日。

82

手書きの訂正と補足のあるタイプライターによる手紙。宛先は「[タイプライターで] M. Paul Celan / 78, rue du Longchamp / PARIS 16ème / FRANCE」。消印はミュンヘン、一九五八年一月八日。

＊　けれどももし［…］今回は［…］過ぎたら［…］ありがたいことに——それぞれ手書きで書き加えられている。

＊　あなたは絶対に——ツェランの参加については58番注参照。

＊　ウォルター（Eugene Walter, 1921-1998）——アメリカ人のジャーナリスト、作家、翻訳家。『ボッテーゲ・オスクーレ』の編集者であった。

83

手書きの手紙。宛先は「Fräulein Ingeborg Bachmann / München 13 / Franz-Joseph Str. 9a / Allemagne」。消印はパリ、一九五八年一月一一日。

＊ 君は今読んでいる―76番参照。

84

手書きの手紙。宛先は「M.Paul Celan / 78, rue du Longchamp / PARIS 16ème / FRANCE」。消印はウィーン、一九五八年一月一四日。

＊ ウィーン―76番参照。

85

手書きの手紙。宛先は「M. Paul Celan / 78, rue du Longchamp/ PARIS / France」。消印はミュンヘン、一九五八年一月一九日、図版17参照。

＊ プルースト（Marcel Proust, 1871-1922）が届きました―BIBにある三巻本の版 *A la recherche du temps perdu*（Texte établi et presenté par Pierre Clarac et André Ferré, Bibliothèque de la Pléiade, Paris 1954）には献辞はない。

＊ 電話してくれた―一九五八年一月一四日。両方の電話が書き留められている（NkPC）。

＊ ブレーメン―授賞式については72番参照。

86

手書きの航空便。宛先は「Mademoiselle Ingeborg Bachmann / München 13 / Franz-Josephstr. 9a / Allemagne」。消印はパリ、一九五八年一月二一日。

* ケルン…ハンブルク―ツェランは一九五八年一月二三日から三〇日までドイツにいた。一月二四日にはケルンで友人のハインリヒ・ベルとパウル・シャリュック（Paul Schallück, 1922-1976. 訳注：ドイツ人作家）に会った（NkPC）。ブレーメンの授賞式については72番、ハンブルク滞在については88番の電報参照。

* ミュンヘン―72番注参照。

* ひどい紙―罫入りの剝ぎ取り式のメモ用紙の紙。

87

「Paul Celan, Gaestehaus des Senats Bremen」宛ての電報。ミュンヘン、発信は一九五八年一月二六日一四時一九分、受信は〔ブレーメン〕一九五八年一月二六日一四時二三分。

* 一九五八年一月二六日―バッハマンは一九五七年の同日にブレーメン市文学賞を受賞していた。ツェランは彼の受賞スピーチのテクストをおそらくミュンヘンでバッハマンに渡したのだろう。

88

「Ingeborg Bachmann, Franzjosepfstr. 9a Muenchen/13」宛の電報。ハンブルク、発信は一九五八年一月二七日一八時一二分、受信は〔ミュンヘン〕一九五八年一月二七日一八時五六分。

89 手書きの手紙、宛先は「M. Paul Celan / 78, rue du Longchamp / PARIS 16ème / FRANCE」。消印はミュンヘン、一九五八年二月三日。

＊　仕事―『マンハッタンの善い神様』。

＊　ゴル事件―エルハルト・ケストナー（Erhart Kästner, 1904-1974）は受賞者への祝辞の中でツェランにとって重大な影響を与えた様々なものの一つとしてイヴァン及びクレール・ゴルの作品を挙げていた。一九五八年一月三一日のFAZにはこのスピーチの一部が掲載されたが、この箇所はケストナーが約束したにもかかわらず、改められていなかった。ツェランは一九五三年から、クレール・ゴル（Claire Goll, 1890-1977。訳注：イヴァン・ゴルの妻であり、自身も詩人）に、『罌粟と記憶』には彼女の亡夫のイヴァン・ゴル（Iwan Goll（あるいはIwan = Isaac Lang, 1891-1950）。訳注：エルザス人を父親に、ロートリンゲン人を母親にして独仏二か国語地帯に生まれたユダヤ系詩人）の後期の作品が剽窃されていると非難されてきた。しかし事実は、ゴルの作品とツェランの初期作品の類似は、『骨壺たちからの砂』を所有していた未亡人のクレールが、部分的に断片で遺されていたゴルの詩を改作して創作したものであった。彼女はその上、ツェランの印刷されていなかった、ゴルの三冊のフランス語の詩集の翻訳を自身の翻訳のために使っていた（179番参照）。

＊　「ファスィル」―『マーリナ』の第二章にはこの謎めいた語（フランス語とイタリア語で「軽い」の意味）が同様に現れる（IBW3, 195）。ポール・エリュアール（Paul Éluard（＝Eugène Grindel）, 1895-1952）の詩集 *Facile*（『自在な』（宇佐美斉訳））（初版にはマン・レイのエロチックな写真が付けられている、パリ、一九三五年）からツェランは「夜は祝われた」を翻訳した（93番参照）。BIBに

はこの本はない。

＊　ケルン――47番注参照。

＊　テュービンゲン、あなたの跡を辿って――ある朗読旅行の範疇でバッハマンは、オジアンダー書店のためにツェランと同じシリーズ（56番参照）で一九五八年二月四日にテュービンゲンで朗読した。

90

手書きの手紙、本書には載せていない同封物は、ブローク（Alexander Block, 1880-1921, 訳注：ロシアの詩人）の翻訳のタイプ複写と、右上に一九五八年二月七日と日付の付された、手書きの訂正のあるエセーニンの翻訳のタイプ原稿。封筒は見つからない。

＊　デュッセルドルフ――日付は不明。

＊　革命のあの詩――ツェランはブロークの連作詩「十二」をわずか数日で翻訳した（一九五八年二月二日から四日、NkPC）。

＊　エセーニン（Sergej Jessenin, 1895-1925. 訳注：ロシア及び旧ソ連の詩人）――ツェランはエセーニンの翻訳を一九六一年にGedichte（訳注：『詩集』）という選集にまとめた（Deutsch von Paul Celam, Frankfurt a. M.: Fischer Verlag、BIBには献呈本はない）。

＊　放送劇――『マンハッタンの善い神様』は一九五七年の夏から秋に成立した（初放送は一九五八年五月二九日）。

91

手書きの手紙、封筒は確認できない（78番参照）。

＊　詩集――『猶予された時』と『大熊座の呼びかけ』（217番参照）。

92

手書きの手紙。宛先は「M. Paul Celan / 78, rue du Longchamp/ PARIS 16ème / FRANCE」。消印はミュンヘン、一九五八年二月一七日。

＊　本――『猶予された時』と『大熊座の呼びかけ』。

＊　「十二」――90番の同封物を参照。

＊　エセーニンの詩――「わたしの故郷にわたしはもはや暮らしたくない」（90番の同封物参照）。

＊　テュービンゲンとヴュルツブルク――朗読旅行の滞在地（89番注参照）。ヴュルツブルクではバッハマンは一九五八年二月三日にダンテ協会で朗読した。

93

手書きの詩の翻訳（刊行されたテクストはGW IV 八一二～八一三ページに収録されている。初出は『インゼル・アルマナッハ』（一九五九年、三二ページ））。宛先は「Mademoiselle Ingeborg Bachmann / München 13 / Franz-Josephstr. 9 a / Allemagne」。消印はパリ、一九五八年三月四日。

＊　一九五八年二月二七日、ポール・エリュアール――日付は清書の日付と合致する。*Facile*（89番参照）からの翻訳は一九五七年一二月二四日に成立していた。ツェランはブカレスト時代すでにこのユダヤ

系フランス人のシュルレアリズムの詩人の詩をいくつか翻訳している。この詩だけを彼は刊行した。

94
手書きの手紙。宛先は「M. Paul Celan / 78, rue du Longchamp / PARIS 16ème / FRANCE」。消印はミュンヘン、一九五八年三月五日。
* ベルリン—朗読旅行については78番参照。バッハマンはこの次のベルリン訪問（96番参照）の際にヘンツェの代わりにベルリン評議会振興賞を受け取ったが、この時にこの断った朗読の埋め合わせをした。

95
「Ingeborg Bachmann, Franz-Josephstr. 9a München 13」宛の電報、発信はパリ、［一九五八年三月一四日一一時〇五分、受信は［ミュンヘン］一九五八年三月一四日一一時四一分。
* ホウソウゲキ—90番で頼んだ『マンハッタンの善い神様』の写しは未発見。だが108番の献呈本参照。

96
手書きの手紙。宛先は「M. Paul Celan /78 rue du Longchamp / PARIS 16ème / FRANCE」。消印はミュンヘン、一九五八年四月三日。
* ベルリン以来—バッハマンは一九五八年三月二三日にベルリンからミュンヘンに戻った（NIB）。

＊　スタンプ…書類―期限の切れていたドイツ連邦共和国における滞在許可証の延長のための正式の手続き（NIB）。
＊　ラジオ―バイエルン・テレビ放送局を運営していた（57番注参照）。
＊　ロ―バイエルン・ラジオ放送局にバッハマンのための常勤の職が計画されたが、実現しなかった。
＊　ドイツ―ドイツ連邦国防軍の核武装についての議論。バッハマンはミュンヘンの『クルトゥール』（一九五八年四月一日）においてなされた、文化知識人たちによる「ドイツのためには核兵器は決して！」という声明にちょうど署名したところであった（122番注参照）。
＊　一週間の予定で―行き先は不明。
＊　五月―一九五八年五月四日から八日まで、ツェランは朗読会のためにドイツにいたが、五月七日にミュンヘンでバッハマンと会った（NkPC/GCL）。彼らがウィーンで出会ったまさに一〇年後のこの二人の逢瀬で彼らの関係は異なる趣きを帯び始めるようにみえる。

97
手書きの航空便。宛先は「Mademoiselle Ingeborg Bachmann / Münchem 23 / Franz-Joseph Str. 9a / Allemagne」。消印はパリ、一九五八年六月六日。
＊　不穏な時…仕事―ちょうど成立したばかりのツェランの詩「ひとつの目、開いて」と「上で、音も立てず」、さらにこの少し後に成立した「世界」（おそらく六月末にパリで手渡された）は、ドイツにおける、しかしまたフランス（アルジェリア戦争に関連した戦争の脅威）における危機的な政治状況を反映している。

* à fonds perdu──直訳で「元金の回収の見込みなしに」。
* マンデリシュターム（Ossip Mandelstamm（あるいは Mandelstam）, 1892-1978）──ユダヤ系ロシア人の詩人オシップ・マンデリシュターム。ツェランは彼の詩を一九五八年五月一一日から翻訳している。すなわち「お前の顔」、「消し去るのだ」、「ペトロポリス」、「今夜」、「誰の同時代人もいなかった」、「その言葉は言われないままだ」、「Silentium」、「不眠」、「ヴェニスの生」、「モミの木々の」、「無言」、「盗人たち」、「わたしの時間」、「聖職者たち」、「馬の歩み」、「貝殻」、「おお、空よ、空よ」、「空気」（NIB、102番参照）。
* 詩集──最新の詩集『言葉の格子』については103番参照。

98

手書きの手紙。宛先は「M.Paul Celan / 78, rue du Longchamp / PARIS 16ème」。消印はパリ、一九五八年六月二四日。同封物はタイプ複写。この手紙にはひょっとしたら他の同封物もあったかもしれない（料金がかなり高い）が、それは現在この手紙にファイルされている、53番で言及された新聞の切り抜きであったとは考えられない（折り目が違う）。

* パリに──バッハマンは両親に宛て、この滞在の理由を一九五八年六月一五日の手紙で次のように述べている、「私は今パリに行きます、でも、誰にもわからないように、というのも私は邪魔されずに仕事をしなければならないのです、九月一日までは」。バッハマンは一九五八年六月一八日にミュンヘンを発ち、パリ五区、トゥルヌフォール通り四番地のパリジアンナ・ホテルに宿泊した。
* ドイツ──ジゼルと一緒にツェランはヴッパータール、デュッセルドルフ、フランクフルトに滞在し

た（一九五八年六月一四日から二〇日）。

＊　カフェ・ジョルジュ・サンク――バッハマンとツェランは実際にこのカフェで二五日の一六時に会った（NkPC）。

＊　私の二二歳の――1番注参照。

＊　「私たちが薔薇たちの雷雨のなかで向くところは」――ヘンツェの作曲した詩「アリアI」（53番注参照）のもともとのテクスト。

99

アルチュール・ランボー、「酔いどれ船」（Deutsch von Paul Celan, Estratto da Botteghe Oscure XXI、三七五～三七八ページ）に書かれた手書きの献辞。

＊　一九五八年六月――おそらくバッハマンが六月末にパリを訪れた際に手渡されたのであろう。刊行については58番注参照。NIBには一九五七年九月八日の日付の付されたタイプ原稿があった。

100

手書きの手紙。宛先は「M. Paul Celan / 78, Rue de Longchamp / Paris 15ème / FRANCIA」。消印はナポリ、一九五八年七月一七日。

＊　ナポリ――バッハマンは、邪魔されずにヘンツェの住居で仕事ができるようにと、パリからチューリヒとミュンヘンを経由してナポリに向かった。

＊　「滞在するために」――不明。

＊　仕事―クライスト（Heinrich von Kleist, 1777-1811。訳注：ドイツの劇作家）を翻案した、ヘンツェの『公子フォン・ホンブルク』のためのオペラ台本ならびに『三十歳』（１８７番参照）。
＊　戦争―96番及び97番参照。
＊　サン・ルイ島―一九五八年六月三〇日（NkPC）。
＊　子供―エリック・ツェラン（Claude François Eric Celan, 1955-）。

１０１
手書きの手紙。封筒は見つからない。同封物はいずれも手書きの訂正のあるタイプ原稿。
＊　君の手紙が、幾通もの君の手紙が―手紙が一通紛失したか？
＊　エセーニンの詩―翻訳の二つともテクストは初出（『メルクール』（一九五九年第八号、七一九～七二〇ページ及び七一八～七一九ページ）の際のテクストとも、『詩集』（90番注参照、一八、一九ページ及び一七ページ）に印刷されたものとも、何箇所か異なる。
＊　Il y aura toujours l'Escale ―「つねに寄港地が、あのエスカール（訳注：原語 Escale はフランス語で「寄港・寄港地」の意味）があるだろう」。おそらく（ツェランは初め escale と書いた）サン・ルイ島にあるワイン酒場 L'Escale（デ・デュポン通り一番地、四区）のことも意味しているのだろう。
＊　田舎に―２１９番参照。

１０２
手書きの航空便。宛先は「M.Paul Celan/ 78 Rue de Longchamp / Paris 16ème / FRANCIA」。消印は

ナポリ、一九五八年八月一一日。

＊ マンデリシュタームの—ＮＢには、おそらく六月末にパリで手渡された二四篇の詩の翻訳の書かれた原稿の束（初出の際の、もしくは『詩集』に印刷されたテクストと異なる）がある。97番で挙げられている一八篇の詩に、「私に与えられた」、「ぴんと張って」、「否、月ではない」、「黄昏、秋の」、「夜に」ならびにツェランが刊行しなかった「勝利ではない」が加わっている。出版された『詩集』については154番参照。

＊ エセーニン詩—「お前たち　畑よ、数えられず」と「春の雨が泣いている」、この詩の第二二詩行が続いて引用されている。

＊ ジゼル—219番参照。

103

手書きの手紙。宛先は「Mademoiselle Ingeborg Bachmann / ~~Via Generale Parisi 6~~ / Napoli/Italie / ~~Prière de faire suivre!~~ [転送してください] / [第三者の手で] Portovenere / (La Spezia) / fermo posta / [ヘンツェの手で] Scrivimi / fin quando rimani la – / Affetuosità [いつまで君はそこにいるのか私に書いてほしい—心をこめて] /Hans」、消印はパリ、一九五八年九月一日とナポリ、一九五八年九月三日。

＊ ナポリ—封筒参照、バッハマンは一九五八年の晩夏にマックス・フリッシュとリグリア（訳注・イタリア北西部の地中海沿岸の州）の海辺で落ち合った。

＊ 四つの詩—八月に「線路の土手、道端、荒廃した場所、瓦礫」、「夏の報告」、「低水位」「木の星が

一つ」が成立している。『言葉の格子』のためのこれらの最後の詩の個々の草稿あるいは個々のタイプ原稿は、「エングフュールング」を除く他のすべての詩とは異なり、NIBにはない（66番及び97番注参照）。ツェランは同時期に成立した翻訳、すなわちマンデリシュタームの詩「星たちの単調さ」と「あそこで花咲いている町々」（ともに一九五八年八月四日）とエセーニンの詩「落ちるな、星よ」（一九五九年八月一八日）についてはここでは言及していない。

＊興奮―ツェランは『酔いどれ船』もしくは『十二』の九月の刊行のことを言っているのか？

＊ネスケが…レコード録音―ネスケは哲学書ならびに文学書、特にマルティン・ハイデッガーの著作を出版していたフイリング社の発行人。ツェランは彼を一九五七年から個人的に知っていた。ネスケが企画した二枚組みレコードアルバム『時代の抒情詩』は一九五八年末に出されたが、ここにはバッハマン、ハイセンビュッテル、クローロ、アイヒ、アルプ（Hans Arp, 1886-1966）、ツェラン、グラス、ヘレラーが録音されている（NPC-Paris、１４０番参照）。

＊葉書―未発見。

＊何か送る―バッハマンは『三十歳』を執筆していたが、一九六〇年二月一日になって初めてその中から「すべて」を送った（１５６番参照）。

＊出立―バッハマンはパリを一九五八年七月半ばより前に離れている。１００番の日付参照。

＊王女…原稿料…手紙を受け取りました―ローマからの手紙（一九五八年一一月一八日）でカエターニがバッハマンに、バッハマンが約束したドイツ語の寄稿者のリストを依然として待っていることを次のように伝えている、「私はいまだに、ドイツ人たちの載った最新号のために支払わねばならないもののリストを待っています」（訳注：原文は英語）。『ボッテーゲ・オスクーレ』（58番参照）の原稿料

の未払いの件は、ツェランが一九五九年一〇月一七日にはすでに「ようやく!!!／（原稿料B．O．）とメモしているにもかかわらず（NkPC）一九六〇年一月になってもまだ両者の文通で問題となっている（155番参照）。

＊『アクツェンテ』―69番注参照。

＊クローロウ（Karl Krolow, 1915-1999）―ドイツ人の抒情詩人、ツェランとバッハマンは彼とすでに一九五二年にニーンドルフで知り合った。彼は四月から九月初めまでパリに滞在し、ツェランは彼と定期的に会った（BK III）。

＊ベル（Heinrich Böll, 1917-1985）―ケルンの小説家。ツェランは一九五二年に彼と知り合い、一九五七年九月から文通を始めた。ベルはバッハマンの個人的な友人の一人であったが、六月末にパリに来て、そこで一九五八年六月二四日にツェランと会った（NkPC）。

＊スペイン―ひょっとしたらバッハマンが第三者に対して述べた旅行計画は、ナポリで（100番注参照）邪魔されずに仕事をするためだけに使われたのかもしれない。

＊クラウス―一九五八年九月一〇日から。

＊「エングフュールング」…原稿―「木の星がひとつ」の後にはそれ以上もはや『言葉の格子』に加えられた詩はない。「エングフュールング」は一九五七年七月にすでに着手され、一九五八年九月にほとんど完成したが、詩集では独立した連作詩として最後に置かれた。ツェランは原稿を一九五九年一一月三日になって初めてフィッシャー社に送った。

104
手書きの航空便。宛先は「M. Paul Celan/ 78, Rue de Longchamp / Paris 16ème / FRANCE」。消印はミュンヘン、一九五八年一〇月一六日。

＊ 不安なパリの日々――いずれも一九五八年九月八日に予定されていたフランスにおける憲法国民投票（訳注：第四共和制を廃し、大統領に強大な権力を与えることとする第五共和制憲法の採択に関わる国民投票）と各植民地が独立国家としてフランス共同体に統合されることに関する投票を前にして、パリでは九月半ばから、過激なアルジェリアの自由運動ＦＬＮによるテロリズム的な襲撃の波が新たに起こっていた。

＊ 新しいこと…マックス・フリッシュ（Max Frisch, 1911-1991）――スイスの作家。チューリヒのシャウシュピールハウスがマックス・フリッシュの『ビーダーマン氏と放火犯たち』ならびに『フィリップ・ホッツの大きな怒り』をパリで上演した際に、バッハマンとフリッシュは出会った（一九五八年七月二日と三日。一九五八年七月三日は『マーリナ』において一つの重要な日付となっている、IBW3、二五四〜二五五ページ）。バッハマンはフリッシュと一九五八年一一月から四年間一緒に暮らした。一九六二年秋にバッハマンは彼と別れたことにより、精神的に破綻をきたした（１９５番参照）。

＊ ロンシャン通り――六月末から七月初めにかけてのパリ訪問（98番参照）の際に、バッハマンも初めてツェラン一家に客として招かれた（２１９番参照）。

＊ ローマ――『ボッテーゲ・オスクーレ』の原稿料の件（１０３番参照）。

＊ パリとトリーアートリーアでデムスはドイツ工業連邦同盟における文化圏賞を受けた（一九五八年九月九日）。彼はパリにツェランを訪ねた後、仕事で（一九五八年一〇月五日から七日まで）ミュン

ヘンに来た。

105

手書きの航空便。宛先は「Mademoiselle Ingeborg Bachmann / München 13 / Franz-Josephstraße 9 a / Allemagne」。差出人は「Paul Celan, 78 rue de Longchamp / Pairs 16è」、消印はパリ、一九五八年一〇月八日。

＊　一〇月九日──消印参照!。

106

手書きの手紙。宛先は「M. Paul Celan / 78, Rue de Longchamp / Paris 16ème / FRANCE」。消印はミュンヘン、一九五八年一〇月二六日。

＊　詩──103番参照。

107

手書きの手紙。宛先は「M. Paul CELAN / 78, Rue de Longchamp / Paris 16ème / FRANCE」。消印はチューリヒ、一九五八年一一月二〇日。

＊　あなたの誕生日──一九五八年一一月二三日の三八歳の誕生日。

＊　きっちりと正確に──1番参照。

108
『マンハッタンの善い神様。放送劇』(Piper & Co.Verlag : München 1958,=Piper Bücherei 127)の見返しに書かれた手書きの献辞。封筒は見つからない。

109
アルチュール・ランボー『酔いどれ船』(Übertragen von Paul Celan, Insel-Verlag : Wiesbaden 1958)の見返しに書かれた手書きの献辞。封筒は見つからない。

＊　一九五八年一一月二四日―ツェランの誕生日の直後の日付が付されていることから、誕生日のプレゼントの返事かと思われる(108番か?)。一九五七年七月末に成立したこの翻訳はすでに一九五八年九月には刊行されていた(初出、99番参照)。ツェランはデムスの『重い国』を二冊同封している(TbPC、111番参照)。

110
手書きの手紙。宛先は「Mademoiselle Ingeborg Bachmann / Zürich / Feldeggstr. 21 / bei Honegger / Suisse」。消印はパリ、一九五八年一二月一日。

＊　原稿料―この見出し語のついた手紙がTbPCにメモされている(103番参照)。

111
手書きの手紙。宛先は「M. Paul Celan / 78, Rue de Longchamp / Paris 16ème / FRANCE」。消印は

チューリヒ、一九五八年一二月二日。

＊ for a hit（?）―バッハマンはカエターニの読みにくい字「list」を、「hit」と読んでいる（１０３番注参照）。

＊ クラウスの詩―ツェランはデムスの詩集『重い国』の出版をフィッシャー社に仲介した（Frankfurt a. M. 1958）。BIB にはデムスの「インゲ　心をこめて／一九五八年一二月　クラウス」と献辞の記された本が一冊保管されている。

１１２

手書きの手紙。同封物は、手書きで余白に下線の引かれたタイプ原稿。封筒は見つからない。

＊ ボンでの朗読会―ボン大学での一九五八年一一月一七日の朗読会。ジャン・フィルゲス（Jean Firges, 1934-）はツェランの作品を論じた最初の博士号試験有資格者である（『語素材からみるパウル・ツェランの抒情詩の形成層』Köln, 1959）が、ツェランは彼と一九五七年から文通していた。同封物はフィルゲスの一九五八年一一月一九日の手紙からの抜書きである（PC/RH、五八ページ）。同日、ツェランは同日、ヘレラー、ベル、シャリュック、シュレールスに同様の手紙を送っている（TbPC）。

１１２・１

＊ エルハルト（Heinz Erhardt, 1909-1979）―一九五〇年代及び六〇年代に人気のあったドイツのコメディアン。

＊ ホザンナの箇所―「エングフュールング」第一一五から第一六五詩行。スケッチの下に書かれた文

は聖書のマタイ福音書第二一章第九節を引き合いに出している。

113
手書きの速達。宛先は「M. Paul Celan / 78, Rue de Longchamp / Paris 16ème / FRANCE」。消印はチューリヒ、一九五八年一二月二三日。

* 実習ーハインツ・バッハマンの地質学の研究の実習。

* 王女…一〇〇ドルー『ボッテーゲ・オスクーレ』の原稿料については103番参照。

114
もともとは『大熊座の呼びかけ、詩集』(Anrufung des Großen Bären. Gedichte, München : R. Piper & Co. Verlag 1956) の二四ページと二五ページの間に挟みこまれていた (この本の [二] ページにはツェランが「ケルン、一九五六年一〇月」と記している。カードはもはや見つからない。テクストはBKによる)。

* Pour Gisèle, pour Paul ージゼルのために、パウルのために。このカードが添えられていたはずの贈り物は確認できない。

115
アレクサンドル・ブロークの『十二』(Deutsch von Paul Celan, Frankfurt a. M. : S. Fischer 1958) ([一] ページ) に手書きで記された献辞。封筒は見つからない。

＊　ブローク―117番の謝辞参照。この翻訳は一九五八年夏にすでに成立していた。ひょっとしたらクリスマス・プレゼントかもしれない（113番参照）。バッハマン宛に発送されたか、あるいはバッハマンから受け取った郵便物の一つに付けられた一九五九年二月六日の日付の付されたメモ（TbPC）はこの献呈本に関するものではありえない。もしそうだとしたらバッハマンがそれを一九五九年二月八日の日曜日にすでに手にすることはありえなかっただろうから。

116
手書きの手紙。封筒は見つからない。
＊　ボン事件―112番参照。
＊　ドイツ―ツェランは一九五九年三月一七日から二〇日まで『言葉の格子』を朗読するためにフランクフルト・アム・マインに滞在した（一九五九年三月一九日、NkPC)。

117
手書きの速達。宛先は「M. Paul Celan / 78, Rue de Longchamp / Paris 16ème / FRANCE」。消印はチューリヒ、一九五九年二月九日とパリ、一九五九年二月一〇日。
＊　会うこと―両者は一九五九年七月一九日に初めて会った（135番参照）。おそらくそれ以前には両者の出会いは避けられていたのだろう。バッハマンとフリッシュが一九五八年一二月初頭にパリに滞在していたことを、ツェランは第三者から聞き知った、「驚いたこと（そしてまたそうでもない）。というのはインゲボルクを二日前にカフェ・オデオンで見たと、マックス・フリッシュと一緒に。

チューリヒ人たちが喜ぶことには、最も偉大なドイツ語作家が最も偉大なドイツ語女流詩人と結婚するそうだ。（フリッシュは離婚する。）愉快だ」（TbPC）。

＊ ブローク—『十二』（115番参照）。

＊ 私たちの時—『言葉の格子』について。この第四詩群には、バッハマンに向けて書かれた、一九五七年一〇月から一九五八年一月の間に成立した詩が含まれている。124番参照。

＊ カバー—ツェランは装丁を非常に重視した。『言葉の格子』の場合にはすでに一九五八年一一月二六日にヒルシュに対して自分の要望を述べている。

118

手書きの葉書。パリ、一九五九年二月一一日。

＊ アム・ホーフ—詩「ケルン、アム・ホーフ」（47番）参照。この葉書はバッハマンの住所の他には何も書かれていないが、その一部はドイツ文字の筆記体で書かれている。ドイツ文字の筆記体については、ツェランはヘルマン・レンツに宛てて「私がそれを何年も前に私の母から学んだように」と書いている（PC/HHL 136）。

119

絵葉書（絵葉書は Tarquinia, Tomba degli Auguri［アウグル（訳注：古代ローマの祭司で、主に鳥占いを掌った三～一六名の卜占官）の墓］に手書きで書かれた手紙。宛先は「M. Paul Celan / 78, Rue de Longchamp / Paris 16ème / France」。消印はチューリヒ、一九五九年二月一八日。

* Tomba degli Auguri ―ツェランは一九六四年四月三〇日に、ローマでの朗読会の後で、そこで彼はマックス・フリッシュとも会い（NkPC）、そしてそこから重要なエトルリアのネクロポリス（訳注：古代の共同墓地）のあるチェルヴァテリを訪れたのだが、詩「真昼に」を書いたが、もしかしたらその時に、この絵葉書を思い出したのかもしれない。

* 短い文章―年鑑『ムジカ・ヴィヴァ』(hersg. von K. H. Ruppel, München 1959、一六一～一六六ページ）に初出。おそらくその別刷りの一部がもともとは『猶予された時』の献呈本（42番参照、BK III）の後ろに入れられていたのだろう。

* いくつかの習作―『フォン・ホンブルク公子』のオペラ台本の完成（ヘンツェはこれを送ってくれたことに対して一九五九年二月二〇日に礼を述べている）というよりもむしろ、いくつかの物語（例えば『ボッテーゲ・オスクーレ』二三号のために書いた『あるオーストリアの町での青春』）を言っているのだろう。

120

手書きの手紙。宛先は「Mademoiselle Ingeborg Bachmann / Zürich / Feldeggstr.21 / bei Honegger / Suisse」。消印はパリ、一九五九年二月一九日。

* 宛先―118番の間違った番地参照。

* 同じ場所で―47番に書かれた「ケルン、アム・ホーフ」の日付の場所の記載参照。

* マンデリシュターム―年頭からツェランは少なくとも六篇の詩を訳し、一九五八年二月一八日には「あそこで薄暗くなる自由」も訳した。出版された本については154番参照。

＊　クラウス＝デムスはフィッシャー出版社内で『重い国』を朗読した（111番注参照）。

121

手書きの手紙。封筒は見つからない。

＊　ヴァイゲル…ドイチェ・フェアラークス・アンシュタルト…侮辱する＝アンソロジー『ノイエ・リリック』（刊行されなかったか？）のための、特に「死のフーガ」に関する問い合わせ（一九五九年二月一四日）は、一九五九年月二〇日に、ドイチェ・フェアラークス＝アンシュタルト出版社の事務部長のゴットホルト・ミュラー（Gotthold Müller, 1904-1993）からツェランに転送された（NPC）。彼は添え状の中でツェランが出版社をフィッシャー社に変えたことについて非常に失望した旨を書いている。

＊　ピーパー——70番参照。

122

手書きの訂正のあるタイプライターによる手紙。宛先は「M. Paul Celan / 78, Rue de Longchamp / Paris 16ᵉ / France」。消印はチューリヒ、一九五九年三月三日。

＊　批判——「新しいオーストリアの抒情詩」という題で、ホルスト・ビーネック（Horst Bienek, 1930-1990）がデムスの詩集『重い国』（111番注参照）について書いたが、特に次のように評している、「だが彼の詩の難しさは例えば、本物の芸術作品をしばしば「理解しずらく」するという、そういう詩的な真実から生じるのではなく、表面的で、制御されていない連想から来ているのだ。その際彼に

欠けているのは語の魔術ではなく、単に詩的本質なのだ」（FAZ、一九五九年二月二八日）。

＊ レーバー（Kuro Raeber, 1922-1992）―スイスの小説家、エッセイスト。バッハマンは、彼女同様に一九五〇年代にローマとミュンヘンで暮らした彼と親交があった。

＊ ヴェーバー（Werner Weber, 1919-2005）―NZZ の文芸欄部長（一九五一年から一九七三年）。バッハマンは特にマックス・フリッシュの後援者であり友人として彼と知り合った。バッハマンの仲介によりツェランも一九五九年から彼と定期的にコンタクトを持つようになった。

＊ 最初の詩集―『猶予された時』の最初の書評は一九五四年八月一八日の雑誌『シュピーゲル』に載った署名のない記事「バッハマン、時代の速記文字原稿」（二六～二九ページ、表紙に彼女の写真）であり、これをバッハマンの初期の名声の皮切りとみなすことができる。

＊ モラス―年鑑『ヤーレスリング』一九五八・五九年号にモラスはデムスの詩を三篇、つまり「深みに夢のように澄んで根付いて」、「太陽の黄色にぶら下がる」、「一つの姿、あるいは二つの」を掲載した（Stuttgart 1958, 三五～三七ページ）。

＊ シュヴァーブ-フェリシュ（Hans Schwab-Felisch, 1918-1989）―FAZ の文芸欄部長（一九五六年～一九六一年）。バッハマンはグルッペ四七の会合で彼を知った。ツェランは一九五八年から彼と文通していた。

＊ 別の住居―手紙の冒頭に挙げられている住所参照。

＊ ローマ―バッハマンとフリッシュの計画はフリッシュの発病によって延期された（132番参照）。

＊ 本―『三十歳』。

＊ パリに―一九五九年にツェランとバッハマンは会っていない。

＊　シャール（René Char, 1907-1988）の翻訳―『イプノス。マキについての手記』（『ノイエ・ルントシャウ』第四号、一九五八年、五六五〜六〇一ページ、一九五九年二月に初めて刊行）。バッハマンがツェランから別刷りを受け取ったのか、受け取ったならばそれはいつなのかは不明。本として刊行された René Char, *Poesie/Dichtungen* (hersg.von Jean-Pierre Wilhelm unter Mitarbeit von Christoph Schwerin, Frankfurt a. M. : S. Fischer 1959) にはツェランの翻訳「凍りついた晴れやかさ」と「イプノス。マキについての手記」が入れられているが、BIB に保管されているのはツェランからの献呈本ではなく、ルネ・シャールのサインのある本である。ツェランはこのフランスの詩人でありレジスタンスの闘士とすでに一九五三年に知り合い、一九五四年からその作品を翻訳していた。

＊　野卑な言葉―ヴァイゲルはバッハマンが「声明」（96番参照）に署名したことで彼女を激しく非難していた（「署名に関する公開状」（『フォールム』第五四号、一九五八年六月、二二八ページ）。

＊　あなたの本―『言葉の格子』、124番参照。この文は手書きで補足されている。

123

手書きの手紙、宛先は「Mademoiselle Ingeborg Bachmann/ Zürich/Feldeggstr. 21/ bei Honegger/ Suisse」、消印はパリ、一九五九年三月一二日。

＊　君の賞―一九五九年三月一一日に FAZ は、バッハマンの『マンハッタンの善い神様』が「戦傷失明者の放送劇賞」に選ばれたことを伝えた。

＊　卑劣な言動…シャール―不明。ツェランは一九五九年一月二七日にシャールと会っている（NkPC）。

124

『言葉の格子』（Frankfurt a. M.: S. Fischer 1959）の見返しに書かれた献辞、この本にはフランクフルトのパルメンガルテンの入場券一枚と一本の乾いた小枝が挟んである。封筒はない。

* パルメンガルテン――一八六八年に創設されたエキゾチックな植物コレクションの庭園。フランクフルトのヴェストエンド地区にある。

* 一九五九年三月二〇日――この本は直前に刊行された（送付についてTbPCに書き留められている、235番参照）。

125

絵葉書（絵葉書はパルメンガルテン、フランクフルト）に書かれた手書きの手紙。宛先は「Mademoiselle Ingeborg Bachmann / Uetikon bei Zürich / Haus zum Langenbaum, /Seestraße / Suisse」。消印はパリ、一九五九年三月二三日。

* 本――『言葉の格子』。

* 金曜日――一九五九年三月二〇日。

126

「Paul Celan, 78 Rue de Longchamp Paris 16」宛の電報、発信はウエティコン・アム・ゼー、［一九五九年］三月二三日一一時五五分、受信はパリ、一九五九年三月二三日一三時三〇分。

* シ――『言葉の格子』（117番注及び123番参照）。

＊　ニュウジョウケン――124番参照。

＊　NOUS DEUX ENCORE――特にミショーの詩とツェランの翻訳「いまだに　そして再び、私たち二人は」の暗示。

127

手書きの手紙。宛先は「M. Paul Celan / 78, Rue de Longchamp / Paris 16ème / FRANCE」、消印はメネドルフ（チューリヒ）、一九五九年四月一五日。

＊　水曜日でも、つまり――すなわち一九五八年四月二三日。訪問の理由については197番参照。一九五九年四月一三日に試みられた電話についても同手紙参照。

128

手書きの手紙。封筒は見つからない。

＊　五九年四月一五日――同じ日付のマックス・フリッシュ宛の手紙（199番）参照。その手紙が書かれたのは一九五九年四月一八日でしかありえない。そうだとすればバッハマンの返事（129番）は日付が間違っていることを証拠だてる。だがツェランは彼の日記でも両方の手紙を一九五九年四月一五日と記している。

＊　叔母――一九五九年四月二二日のペサハ（訳注：過越祭。ユダヤ教で最も重要な祭事の一つ）のために、叔母ベルタ・アンチェルを訪問することが一九五九年四月二一日以降に計画されたが、実現はされなかった（199番参照）。

129
手書きの手紙。宛先は「M. Paul Celan / 78, Rue de Longchamp / Paris 16ème / FRANCE」。消印はメネドルフ（チューリヒ）、一九五九年四月二一日。

130
手書きの手紙。宛先は「Mademoiselle Ingeborg Bachmann / Haus zum Langenbaum, / Seestraße / Uetikon bei Zürich / Suisse」。消印はパリ、一九五九年四月二三日。差出人はPaul Celan/ 78 Rue de Longchamp/ Paris 16e」。

* 一九五九年四月二二日――この手紙はTbCPに書き留められている。
* イギリス旅行――128番参照。
* マンデリシュタームの翻訳――ツェランはヒルシュ（フィッシャー出版社）に同日に、選集『詩集』の引き渡しの期日は守れると確認している。

131
手書きの訂正のある、タイプライターによる手紙。封筒は見つからない。

* 木曜日――一九五九年五月二一日。
* 代官屋敷のあるグライフェン湖――チューリヒの東方にある湖と田舎町、かつては代官の居住地であった。

132
手書きの訂正のある、タイプライターによる手紙。宛先は「M. Paul Celan / Gasthof Walderwirt / Wald bei Krimml / (Land Salzburg) / Österreich」。消印はチューリヒ、一九五九年六月二日。
* 金曜日—一九五九年五月二二日。
* キアチャーノ—シエナの南東にある温泉。
* カンパーニャ—ローマ近郊の地方。
* クリムル—135番注参照。

133
手書きの訂正のある、タイプライターによる手紙。宛先は「M. Paul Celan / Pension Chasté / Sils-Maria [Sils-Baselgia の代わりに] / Engadin / SVIZERA」。消印はローマ、一九五九年七月九日。
* ヴィア・デラ・ステレッタ—(訳注:日本語にすれば「小さな星通り」となる)この通りは町の中心にある。
* 電報—未発見。
* バート・メルゲントハイム—ノルト・ヴュルテンベルク地方にある湯治場。フリッシュはここでの治療を慌しく打ち切った(ツェランのヒルデスハイマー(訳注:151番注参照)宛の手紙、一九五九年一二月二三日)。
* タールヴィル—チューリヒ州にある集落。
* 飛行機旅行—バッハマンはSDRとNDRから「ジェット機に乗ったダブル世界旅行」についてル

ポルタージュを書くよう依頼を受けた（アンデルシュ（訳注：138番注参照）宛の手紙、一九五九年六月一六日、DLA）。それは「最初の民間飛行」として「八〇時間で五大陸すべて」をまわることになっていた（バウムガルト宛の手紙、一五一九年七月一日）。これを断ったことについては139番参照。

134
手書きの訂正のあるタイプライターによる手紙。封筒は見つからない。
* シルス…二四日まで―スイス・エンガディン地方にある山村シルスには二つの集落がある。その一つ、シルス・マリア（137番参照）はニーチェ（Friedrich Nietzsche, 1844-1900）が滞在した場所として有名である。もう一つのシルス・バゼルジアにツェランは一九五九年七月二三日まで滞在した（135・1番参照）。
* 原稿料―103番参照。
* グラス―ツェランは彼におそらく一九五九年七月一日頃に会っている。二人ともこの日にチューリヒ湖の遊覧船に乗っている。

135
手書きの航空便。宛先は「Mademoiselle Ingeborg Bachmann / Via della Stelletta 23 / Roma / Italie」、消印はシルス・セーグル［XXX］、一九五九年七月二〇日。同封物は手書きの手紙。宛先は「Mademoiselle Ingeborg Bachmann / Via della Stelletta 23 / *Rome* / *Italie*」であり、差出人は「Paul Celan,

Pension Chasté, Sils-Baselgia / Suisse」となっており、切手は貼っていない。

* アレマン夫妻――スイス人の文芸学者ベーダ・アレマン（Beda Allemann, 1926-1991）とその妻ドリス（Doris Allemann）をツェランは、アレマンがENS（高等師範学校）の講師（ウルム通り、一九五七～一九五八年）の時代から知っていた。ツェランは彼と一九五九年六月三〇日と七月一日にチューリヒで会った（NkPC）。ツェランは遺言で彼に自身の詩と翻訳の出版を委託した（234番参照）。

* 若きパルク――ツェランはこのフランスの詩人ポール・ヴァレリー（Paul Valéry, 1871-1945）の有名な哲学的な詩を一九五九年一月初めから七月一五日の間に翻訳した。彼による、ドイツ語による初めての翻訳『若きパルク』（160番参照）はフリッツ・アルノルト（Fritz Arnold, 1916-1999）（インゼル出版社）とペーター・ソンディ（訳注：167番参照）の二人に促されたものである（135・1番も参照）。

* 書くこと――「葡萄酒と孤独のもとで」（一九五九年三月一五日）と「かれらのなかに土があった」（一九五九年七月二七日）の間にツェランは自作の詩は書いていない。

* フランクフルトの講師の職――一九五九年七月一一日にFAZは、差し当たりフィッシャー出版社が費用を負担するフランクフルト大学での詩学の講師の職（「フランクフルト講義」）について報告している。

* ジェット機の世界飛行――133番参照。

* パリ――シルス・バセルジアからツェランはチューリヒ経由（一九五九年七月二三日）で帰国した（NkPC）。

135・1

＊ 小さな星通り──133番釈参照。

＊ 雨の数週間…チューリヒ─ザルツブルク州のクリムル近郊の森にツェランは一九五九年五月二六日から六月二八日まで滞在したが、途中六月五日から一二日まではウィーンに、六月二二日から二四日まではインスブルックに滞在した。リグリア（訳注：イタリア北西部、地中海沿岸の州。ジェノヴァは主要都市の一つ）で数日過ごした後にチューリヒ（一九五九年六月三〇日から七月三日）を経由してシルス・バゼルジアに向かった。

＊ ザウター（Lilly（von）Sauter = Juliane Sauter, 1913-1972）─美術史家、作家、翻訳家。彼女はインスブルックのフランス文化研究所で働いており、ツェランは彼女とおそらく一九四八年七月初めにインスブルックで知り合った。

＊ 仲間よ…人間に!…大地に固定されて…連盟─ウォルト・ホイットマン（Walt Whitman, 1819-1892。訳注：アメリカの詩人）の『草の葉』の最後の詩「さようなら」（BPC : London 1909、四六〇ページ）からの引用（酒本雅之訳）。この引用は、ツェランが一〇月にヴッパータール連盟で行おう─つまり自身で詩学について話そう─とし、しかし実際には断った講演『詩的なものの暗さについて』のために準備した材料の中にも見出せる（PN 一三〇～一五二ページ、特に一三八ページ）。ツェランとバッハマンが二人で一緒に参加した一九五七年のこの連盟の会合（44番参照）では、その直前に打ち上げられたスプートニック一号（訳注：旧ソ連の人工衛星）が論議のテーマとなった（PN 一〇六ページ）。それにここでは大地に縛り付けられていることが対峙されている（引用としては実証されていない）。

＊　魂の突起―詩「ラインの岸。ごみ運搬の小船Ⅱ」の第八詩行（46番参照）。
＊　原稿料―103番参照。
＊　射殺―一八八九年一月四日にニーチェが友人のフランツ・オーヴァーベック（Franz Overbeck, 1837-1951, Ida Overbeck）夫妻に宛てて書き、「ディオニッソス」と署名した手紙からの引用。ツェランは一九六一年一二月二一日になってもまだこの引用を次のように回想している。「ニーチェ。ぼくは若きパルクをシルスで彼へのオマージュとして訳したのだった―そしてぼくはあそこで（あの高地で！）インゲボルクに宛てて書いた手紙を思い出す、その手紙でぼくは、射殺するべきすべての反ユダヤ主義者たちについての箇所を引用していた。」（訳注：原文はフランス語）（TbPC）。
＊　リンドウ…野ヂシャ―八月に成立した物語「山中の対話」の中の花の名前（特に野ヂシャ）参照（165番参照）。

136
手書きの手紙、封筒は見つからない。
＊　パリ―この手紙は帰国した後に書かれた最初の手紙のうちの一つである（TbPC）。
＊　水曜日―一九五九年七月二二日。
＊　シャステ―シルス湖の半島。
＊　アルプ・グリュム―二〇九一メートルの高さにあるベルニーナ鉄道の駅。ツェランは一九五九年七月二一日にここにハイキングした（NkPC）。
＊　Poggioli―主としてロシアの作家たちについて、しかしまた特にカフカ（Franz Kafka, 1883-1924）

について書かれた論文集。マンデリシュタームについての論考は一一三〜一三二ページ（BPC にはない）。
＊フリンカー書店―チェルノヴィッツ出身のマルティン・フリンカー（Martin Flinker, 1895-1986）がパリで営んでいたドイツ語書店。
＊誕生日の本―一九五九年六月二五日の三三歳の誕生日の贈り物。NkPC に書き留められてある（１３９番参照）。

137
手書きの訂正のあるタイプライターによる手紙。宛先は「M. Paul Celan / 78 Rue de Longchamp / Paris 16ème / France」。消印はメネドルフ（チューリヒ）、一九五九年八月八日。
＊ローマ―バッハマンはローマで自分とフリッシュのための住居を探していた。一九五九年七月二二日にナポリから両親に宛てて、次のように書いている、「私は二七日月曜日にローマを発ってウエティコンに行きます」（PNIB）。
＊スクオル―スイスのエンガディン地方の町、ドイツ語でシュールス、ここにフリッシュは治療のために逗留していた。
＊シルス・マリア―１３４番注参照。
＊カシュニッツ…ヴァルザー―二人とも『ボッテーゲ・オスクーレ』の新しい号、つまり二三号（一九五九年）に掲載されている。
＊原稿料―１０３番参照。

＊飛行機旅行――133番参照。

＊フランクフルト大学のゼメスター――「フランクフルト講義」。「問いとみせかけの問い」（一九五九年一二月九日）に続いて、「詩について」（ここでは特にツェランに言及している。日付は一五五番注参照）、「書くわたし」（日付は不明）、「名前との交わり」（一九六〇年二月一〇日）、「ユートピアとしての文学」（一九六〇年二月二四日）が講じられた。

＊ハイデッガー記念論集――『マルティン・ハイデッガー 七〇歳記念論集』（hersg. von Günther Neske, Pfuillingen 1959）にはバッハマンもツェランも寄稿していない。ただバッハマンの詩「大熊座の呼びかけ」はイェンスの寄稿の中でそっくり全文が掲載され、詳細に解釈されている（「現代文学のための余白。三つの解釈」、二二五〜二三一ページ、特に二二九、二三〇ページ）。ツェランとハイデッガー（Martin Heidegger, 1889-1976）は一九五〇年代の末から相互に本を送りあうことで交流があった。両者が初めて個人的に出会ったのは一九六七年七月のことであり、それを証言するのがツェランの批判的な詩「トートナウベルク」である。ツェランが一九五〇年代初めからハイデッガーの著作に取り組んでいたことは、BPC の広範な読書の痕跡が裏付ける。

＊ハイデッガー論文――バッハマンの博士号請求論文『マルティン・ハイデッガーの実存哲学の批判的受容』はハイデッガーに反対する立場を取る論文として構想されているが、結局ハイデッガーの思想の意味において芸術と文学を実存的体験の真の表現形態として賛美することになっている。ハイデッガーは自身の記念論集にバッハマンが詩を寄稿してくれることを個人的に望んだが、その種の寄稿の依頼はバッハマンは他でも断っている。

＊政治的誤ち――138番参照。

＊ヴィトゲンシュタイン（Ludwig Wittgenstein, 1889-1951）―オーストリア出身の哲学者、ケンブリッジで教鞭を取る。ヴィトゲンシュタインの『論理哲学論考』と『哲学探索』の初版（Schriften, Bd. 1, Frankfurt a. M. : Shurkamp 1960）はバッハマンが主要なイニシアチヴを取った。しかし編集刊行も引きうけてほしいというウンゼルトの依頼（一九五九年六月一一日、Archiv des Suhrkamp Verlags, Universität Frankfurt）にはバッハマンは応じなかった。ツェランはこの本の別冊付録を所有していたが、ヴィトゲンシュタインについては一九六七年に初めて、フランツ・ヴルム（Franz Wurum, 1926-）を通じて知ったようである。

138

手書きの訂正のある、タイプライターによる手紙。封筒は見つからない。

＊数日前に―ネスケは、一九五九年七月二九日の手紙（NPC）で、是非記念論集に詩を一篇寄稿してほしいという依頼にあわせて、ハイデッガーはまさに今『言葉の格子』に集中的に取り組んでいるところであり、ツェランの寄稿を特に喜んでいると伝えてきた。

＊リスト―ツェランだけでなく、バッハマンもリストに載っていた。その他に一連の彼らの共通の友人たち、ならびにツェランが非常に批判的であった人物たちも（140番参照）載っていた。

＊フライブルク大学学長就任演説―バッハマンとツェランが一九三三年五月一〇日のハイデッガーの演説のテクストをいつ、そしてどのような形で知ったのかは不明。ハイデッガーはこの演説でナチスの政権掌握をはっきりと次のような言葉で歓迎した。「我々は我々自身を望んでいる。というのも民族の若い、そして最も若い力は、それはすでに我々を超えて伸びているが、これをすでに決断した。」。

そして「この出発の素晴しさ」と「偉大さ」について語った（*Die Selbstbehauptung der deutschen Universität*, hersg. von Hermann Heidegger, Frankfurt a. M. 1983, S.19)。

＊ ベル…今日──一九五八年一二月二日に書かれ、ボンの朗読会についてのフィルゲスの報告が同封された手紙（112番参照）に対して、一九五九年四月三日にベルは、真の答えは次の小説の中で書かれるだろうと返答した。一九五九年四月八日のツェランの辛辣な非難に対して、ベルも同様に辛辣に応酬した（197番参照）。ベルがおそらく意図したことをツェランは、一九五九年八月一〇日のFAZ紙上に掲載されたベルの小説『九時半のビリヤード』（この小説は後に単行本として刊行される）の第一四回において読むことができた。そこではわたしという語り手の視点から、名声を夢見ていたその伯父が次のように回想されている。「よくできた詩によって名声を得てやろうと夢想したのだった、沼ぞいの道で夢みた夢、二年のあいだ［…］残ったのは、詩を書きつけた四つ折判のノート一冊、一着の黒い服」（佐藤晃一訳）。少し後の箇所で語り手が描き出す自画像には同時代のいくつかの写真に写っているツェランの姿を認めることができる、すなわち「きゃしゃで、小柄ともいえるわしは、若いユダヤの牧師かボヘミアンの合いの子みたいなものに見えた、黒い髪に黒い服、田舎出のあいまいな風采」（同訳）。

＊ アンデルシュ（Alfred Andersch, 1914-1980）──『猶予された時』の最初の出版人（訳注：小説家でもある）。ツェランは、彼に宛てて一九五九年七月二六日にゴル事件に関する長い手紙を書いたが、これをアンデルシュがあまり親身に取り上げなかったため、それ以降彼に対して態度を留保するようになった。またアンデルシュの小説『ザンジバル、または最後の理由』を潜在的に反ユダヤ主義であると受けとめた（ヘルマン・レンツ宛書簡、一九五九年三月二一日）。

＊　シュナーベル――『ある子供の痕跡』の著者（訳注：32番注参照）。彼が原稿料を断ったことを、ツェランはこの本が基づいているラジオ放送についての報道記事（FAZ、一九五八年三月一一日）で知った。誤って一九五八年と日付の付されている、呼びかけのない一通の手紙（一九五九年四月八日）で、ツェランは、シュナーベルが審査員としてレッツォーリ（Gregor von Rezzori（＝Gregor D'Arezzo, 1914-1998）の小説『チェルノポールの白鼬』にフォンターネ賞を授与した（FAZ、一九五九年三月二六日）いうことで彼を非難している。レッツォーリはチェルノヴィッツ生まれの小説家であるが、その小説の中で「ユダヤ人たちの裏庭の側溝の伝染病」についてと同時に、アンデルシュと同様に、「美しい、アーモンドの目をしたユダヤ女性」について書いているとツェランは非難した（PN二〇〇ページ、注一）。

＊　オックスフォード――ツェランは『ヴェルト』に載った論説「ポエタ・ドクトゥス」の「イギリスには、著名なオックスフォード大学には、文芸の教授職がある」を暗示している（Dg.一九五九年七月一四日）。

＊　「第三の」――シュナーベルが協力していたNDRは一九五六年末から一つの文化プログラム（『第三プログラム』）を進めており、その計画にはレッツォーリが、特に彼の連続放送『ドイツ社会の白痴的指導者たち』が入れられていた。

＊　暗い空の下で――「ハンス・ベンダーへの手紙」（一九六〇年五月一八日）参照。

＊　飛行――133番参照。

＊　ヴッパータール――135・1番注釈参照。この文は日付とともに手書きで書き加えられている。

139
手書きの手紙、宛先は「M. Paul Celan/78 Rue de Longchamp / Paris 16ème / FRANCE」、消印は一九五九年［xx , xx］。
＊ 飛行――133番参照。
＊ フランクフルト――「フランクフルト講義」。
＊ 『ヴァレリー』―Paul Valéry, *Poesies. Album de vers anciens —La Jeune Parque—Charmes—Pièces diverses-Cantate du Narcisse—Amphion—Sémiramis*（Paris 1942 ; BIB, BPC にも）。ツェランの翻訳『若きパルク』については160番参照。
＊ あの時、パリで――バッハマンは一九五〇年から五一年にかけてのパリ滞在を意味しているのか、それとも一九五八年夏のパリ訪問を意味しているのかもしれない。

140
手書きの手紙、封筒は見つからない。同封物については142番参照。
＊ フランクフルト――『フランクフルト講義』。
＊ レコード――103番参照。ツェランは嫌な体験として、作家たちの名前の配置が申し合わせたのとは異なっていたこととといまだに謝礼が支払われていないことを考えている（ネスケ宛の手紙、一九五九年一一月一二日もしくは八月二八日、NPC）。
＊ フリードリヒ・ゲオルク・ユンガー（Friedrich Georg Jünger, 1895-1977。訳注：ドイツの詩人・小説家）――エルンスト・ユンガー（彼もまた一九五九年七月二九日に送られたリストに載っている、

138番参照）の弟。一九二〇年代にはナチズム的な戦闘同盟や国家社会主義ドイツ労働党（NSDAP）に近い考え方をしていたが、一九四〇年代になると工業化されたナチズム的社会に反対して技術批判を展開するようになり、特にこの考えはハイデッガーに影響を与えた。

＊　七五歳の誕生日―これを契機とした記念論集は刊行されなかった。ツェランは彼の提案以外にも、次のようにネスケに書いている、「もしあなたが私に一年以上前に約束して下さったように、時宜を得て書いて下さっていたならば！　でもあなたは今になってようやく、最後の最後になって、書くのです、私の未発表のものの手持ちはそうこうするうちに減ってしまいました、私はハイデッガー記念論集のための寄稿になりうるようなものは本当に何も持っていません。そして私はいきなり何か始めることもできません、本当にできません、そんなものは全く真剣とはいえないでしょう―そしてハイデッガーは真剣さと熟慮を求めます」（一九五九年八月二八日、NPC）。

＊　「存在の牧人」―ツェランはハイデッガーの『ヒューマニズムについての手紙』（1946, in : Wegmarken, Frankfurt a. M. 1967 : BPC）の「人間は存在の牧人だ」という表現に下線を引いている。

＊　ルントシャウの校正刷り―翻訳『若きパルク』の一～一七三詩行は、一九五九年に、『ノイエ・ルントシャウ』第三号に掲載された。仕上げ組の校正刷りは一九五九年九月七日にフィッシャー社に送られた（バッハマン宛の手紙とともにTbPCにメモされている）。

＊　マンデリシュターム…ひどい体験―『ノイエ・ルントシャウ』（第三号、一九五八年、NIBは献辞はない）に載ったツェランの翻訳に対する反響の一つとして、反ユダヤ主義の雑誌が送付された（ヒルシュ宛の手紙、一九五九年四月二二日）。『詩集』の出版については154番参照。

＊　ヴッパータール―135・1番注参照。

＊　ブルク劇場でのマチネー―ブルク劇場（訳注：ウィーンにあるオーストリアを代表する国民劇場）のヘルムート・シュヴァルツ（Helmut Schwarz, 1928-。訳注：演出家・劇作家）は一九五九年八月二七日にツェランに、一九五九年から六〇年にかけてのシーズン中に朗読をするつもりがあるかと問い合わせた。それはその後バッハマンとイルゼ・アイヒンガーとの共同の朗読会として計画され、次のシーズンに延期されたが、ゴル事件で不安に陥ったツェランは一九六〇年一二月末に、その催しに参加することを断念した。

＊　ドイツ語講師の職―一九五九年一〇月一日から亡くなるまで、ツェランはエリート校である高等師範学校（エコール・ノルマル・シュペリユール（ウルム通り））にドイツ語・ドイツ文学講師として勤務した。

＊　沈黙している―「かれらの中には土があった」（一九五九年七月二七日）と「チューリヒ、ツム・シュトルヘン」（一九六〇年五月三〇日）の間にはツェランは自作の詩を書いていない。

１４１
手書きの手紙、封筒は見つからない。
＊　五九年九月二二日―この手紙は TbPC に書き留められている。

１４２
手書きの速達、宛先は「M. Paul Celan / 78, Rue de Longchamp / Paris 16ème / FRANCE」、消印はチューリヒ、一九五九年九月二八日、差出人は「Ingeborg Bachmann, Kirchgasse 33 Zürich」、消印は

パリ、一九五九年九月二九日、同封物は、手書きの訂正のある六枚のページ組、各右上に「-i-」という印が付けられている（ツェランによる）。

＊　キルヒガッセ…ゴットフリート・ケラーの家―バッハマンが一〇月に入居した住居の家には、一八六一年から一八七六年まで、スイスの作家ゴットフリート・ケラー（Gottfried Keller, 1819-1890）が住んでいた。

＊　注―ツェランはバッハマンの提案は取り上げなかった。

＊　ヴッパータール―135・1番注参照。バッハマンが実際に招待されていなかったのかどうかは不明。

＊　ツヴィングリ（Ulrich Zwingli, 1484-1531）―スイスの宗教改革者。一五二五年からキルヒガッセ一三番地に住んでいた。

＊　ビュヒナー（Georg Büchner, 1813-1837）―ドイツ人の作家、革命家。彼が一八三六年一〇月から住んでいたシュピーゲルガッセ一二番地の家はキルヒガッセ一三番地の家と一つの横通りによって直接つながっていた。

143

手書きの手紙、宛先は「Mademoiselle Ingeborg Bachmann/ Zürich/ Kirchgasse 33 / Suisse」、消印はパリ、一九五九年［xx. xx.］、差出人は「Celan, 78r. Longchamp / Paris 16^{e}」。同封物はツェランによる手書きの（ただしカーボン紙による写し）訂正及び強調がなされているタイプ複写。

＊　批評―ブレッカー（Günter Blöcker, 1913-2006）の『言葉の格子』の書評をツェランは、ベルリン

に住む知人エーディト・アーロン（Edith Aron）から受け取った（一九五九年一〇月一四日の手紙、NPC）。ツェランはこのテクストを同日にさらにシュレールスにも送ったが、一九五九年一〇月二三日に、この送付に対して今まで誰からも返事を受け取っていないと書き留めている（それぞれ、TbPC）。ツェランは一九五九年一〇月二一日に詩「ルピナス」（訳注：遺稿に残されている詩）に次のように書いている、「母よ、ぼくは／手紙を書きました。／母よ、返事は来ませんでした。／母よ、一通の返事が来ました。／母よ、ぼくは／手紙を書きました　―に宛てて」（三九～四四詩行）。この記事に対するツェランの返事については201・1番参照。

143・1

＊　詩集―『言葉の格子』。オリジナルでは「抒情詩集」と書かれている。ツェランは、この直前に「詩的なものの暗さについて」という講演（135・1番注参照）のために作成したいくつもの文章において、はっきりと抒情詩という概念から離れた（PN二四五、二四六、二五三ページ）。

＊　二つの…旗―オリジナルでは詩「世界」の第三詩行から第一一詩行が省略されずに引用されている。しかし第一詩節が欠けていることは示されていない。それゆえおそらく斜線（／）が引かれているのだろう。

＊　探しながら―ブレーメン市文学賞受賞スピーチの最後（GW III 一八六ページ）。

144

手書きの手紙（ツェランによる手書きの日付）、宛先は「M. Paul Celan/ 78 Rue de Longchamp / Paris

16ème / FRANCE」、消印はチューリヒ、一九五九年一一月一〇日、封筒の左上にツェランの手で「パリ、一九五九年一一月一二日」と書かれている。
* ドイツ―ミッテンヴァルト近郊のエルマウ城でのグルッペ四七の会合に参加（一九五九年一〇月二三日〜二五日）。
* マックスがあなたに―ツェランはフリッシュの返事（203番参照）を「臆病、不誠実、下劣」（一九五九年一一月一二日、TbPC）と決めつけている。
* ブレッカー―ブレッカー宛のツェランの手紙についてバッハマンはフリッシュを通じて知っていた（201・1番参照）。
* その批評で―PNBIにはブレッカーの書評を集めたものが保管されており、そこには次のような下線の引かれた（バッハマンによるものか？）『大熊座の呼びかけ』についての書評の切り抜きもある、「この作者は成功によって意欲が減退してしまったか、あるいは軽薄になってしまったのだろうか？彼女は妥協し、ところどころで冗漫に詩篇を頌読することに陥っている。形象は以前ほどつねにしっかりと余韻を響かせているというわけではない。表意記号的なものが時に音楽的に和らげられて現れる、つまりいくらかぼやけたシベリウス（Jean Sibelius, 1865-1957）調といったものがのさばっている。多くは目の粗すぎる言葉の型へと引き伸ばされている、この詩集はいくらか水で割ったように思える。ここかしこに自己引用まであるのだから。」（「サッフォ風の月の下で」『ターゲスシュピーゲル』、一九五七年七月七日）。
* 一一月二五日と二六日―詩学の講義の開始については137番参照。
* パリに―バッハマンが第三回目の「フランクフルト講義」の際にツェランと会うことを避けたこと

については155番参照。

145
手書きの訂正のあるタイプライターによる手紙、宛先は「Mademoiselle Ingeborg Bachmann / Zürich / Kirchgasse 33 / Suisse」、消印はパリ、一九五九一一月一三日、差出人は「Paul Celan, 78 rue de Longchamp, Paris 16e」。二部タイプ複写が残っているが、その一部にだけ手書きの訂正がなされている。
* マックス・フリッシュに――201番参照。
* 「すべて」――156番参照。ツェランはFAZで、バッハマンが「彼女の偉大な能力の証」として何を読んだかを知った（ハンス・シュヴァーブ－フェリシュ「抒情詩人たちが散文を読む」、一九五九年一〇月二九日）。
* マックス・フリッシュの――203番参照。
* 母…ジゼルと子供――ツェランの母、フリーデリーケ・アンチェル（Friederike Antschel, 1895-1942?）は一九四二年から四三年にかけての冬にドイツの強制収容所で殺された。彼女と自分の息子のエリックの姿をツェランはブレッカーの批評に関連して詩「ルピナス」の中で喚起する、「ぼくたちの／子供は／それを知り、そして眠る。／／（遠く、ミハイロフカで、／ウクライナで、そこで／彼らはぼくの父と母を撲殺した［…］」。

146
手書きの速達、宛先は「Mademoiselle Ingeborg Bachmann/ Zürich/ Kirchgasse 33 / Suisse」、差出人

は「Paul Celan, 78 rue de Longchamp, Paris 16e」、消印はパリ、一九五九年一一月一七日とチューリヒ、一九五九年一一月一八日。

＊　文学―おそらくグルッペ四七の会合に関連しているのだろう（１４４番注参照）。一九五九年一〇月一日にツェランはこの会合についてグラスから受け取った情報を記している、「インゲボルクはブレッカーの件について一言も触れなかった」（TBPC）。

＊　文学的に興味あるもの―２０３番参照。

＊　シュレールス―おそらく一九五九年一一月一三日以来（NkPC）。

１４７

手書きの速達、宛先は「M. Paul Celan / 78 Rue de Longchamp / Paris 16ème / FRANCE」、消印はチューリヒ、一九五九年一一月一八日とパリ、一九五九年一一月一九日。

＊　ジゼル―２２１番参照。

＊　ひどかったあの手紙―１４４番参照。

＊　このこと―つまりマックス・フリッシュとの関係。

１４８

Paul Celan, 78 Rue de Longchamp Paris/16宛ての電報、発信はチューリヒ、［一九五九年］一一月一八日一五時一三分、受信はパリ、一九五九年一一月一八日一六時三五分。

149
絵葉書（チューリヒ、ザンクト・ペーター教会）、宛先は「M. Paul Celan / PARIS 16ème / 78 Rue de Longchamp / France」、消印はチューリヒ、一九五九年一一月二一日。
* クラウス―デムスは出張先のルクセンブルクから来た。

150
Paul Celan. 78 Rue de Longshamp Paris/16宛ての電報、発信はチューリヒ、［一九五九年一一月］二三日〇一時三六分、受信はパリ、一九五九年一一月二三日、八時一〇分。
* オンガク―おそらく別に送られたレコード、何であるかは確認できない（221番参照）。
* タンジョウビ―一九五九年一一月二三日の三九歳の誕生日。

151
手書きの手紙、宛先は「M. Paul Celan / 78, Rue de Longchamp / Paris 16ème / FRANCE」、消印はチューリヒ、一九五九年［一二月］二二日。
* 月曜日―月曜日は一九五九年一二月二一日になる。もしかしたらこの手紙は真夜中近くに書き始められたのかもしれない。一九五九年一二月二〇日の日付のあるジゼル宛の手紙（222番）参照。
* 昨夕クラウスと―デムスは仕事の旅行の途上で一九五九年一二月一九日にパリに途中下車した。
* マックスの手紙―203番参照。
* 傷つける拒絶―145番参照。

＊　あなたの最初の手紙――バッハマンは１４３番の手紙を指しているのかもしれない。

＊　ヒルデスハイマー（Wolfgang Hildesheimer, 1916-1991）――作家、画家、ピーパー社の原稿審査員。一九四六年に亡命先からドイツに帰国した。グルッペ四七のメンバーとして一九五三年以降、バッハマンの親しい文学仲間となり、まもなく彼女とヘンツェにとって、政治的な問題を話し合う最も重要な相手の一人になる。彼とバッハマンとの間に交わされたアイロニーと友情に満ちた書簡は彼らの結束を証している。ツェランとの個人的な手紙のやり取りはこれが最初であろう（ヒルデスハイマー宛、一九五九年一二月二三日）。彼は一九五九年一二月にパリのツェラン夫妻を訪問している。「一一月末」と日付の付された手紙で彼はバッハマンにチューリヒ訪問を予告している。

＊　これらの重荷が、フランクフルト――「フランクフルト講義」。

１５２

手書きの手紙、宛先は「M. Paul Celan / 78, Rue de Longchamp / Paris 16ème / France」、消印はチューリヒ、一九五九年一二月二九日。

＊　本――『三十歳』。

＊　原稿――１５６番参照。

１５３

手書きの訂正のある、タイプライターによる手紙、宛先は「M. Paul Celan / 78, Rue de Longchamp / Paris 16ème / France」、消印はチューリヒ、一九五九年一二月三〇［?.］日。同封物は手書きの訂正のあるタイプ複写によるコピー（『*Der Bremer Literaturpreis 1945-1987. Reden der Preisträger und andere Texte*』hersg. von Wolfgang Emmerich, Bremerhaven 1988, 八八ページに掲載）。

＊ シュレールスーブレーメン市評議会はグラスの『ブリキの太鼓』へのブレーメン市文学賞の授与を拒否権を行使することによって阻止した。ツェランは、前年度の受賞者として審査委員を務めることになったシュレールスに、グラスに投票するようにはっきりと頼んだ（一九五九年、一二月三日、Nordrhein-Westfälisches Staatsarchiv Münster）。シュレールスはツェランにまず電話で連絡し、その後手紙でバッハマンを含んだ他の受賞者とも同時に連絡を取ることを知らせた（一九五九年一二月二八日、NPC）。

153・1

＊ 三年前に―87番注参照。

＊ ヴィーゼ（Benno von Wiese, 1903-1987）―ボン大学のドイツ語ドイツ文学教授であり、審査委員会の委員を務めていた。ツェランとはフィルゲスの博士号請求論文の件で交流があった（112番参照）。

＊ ヒルシュ（Rudolf Hirsch, 1905-1996）―作家、フィッシャー出版社に勤めていた（一九五四年から一九六三年まで社長）。ツェランとは一九五二年五月から個人的に交流があった。二人の交わした膨大な書簡は二人の間の批判的な結束を証する。

＊ 評議員殿―おそらく当時の教育大臣のエーベルハルト・ルッツェ（Eberhord Lutze）であろう。

154
手書きの手紙、宛先は「Mademoiselle Ingeborg Bachmann/ Zürich/ Kirchgasse 33/ Suisse」。差出人は「Paul Celan, 78 rue de Longchamp, Pairs 16e」、消印は［パリ］一九六〇年一月三日。

＊　マンデリシュターム—ツェランは一一月に出版されていた『詩集』(Frankfurt am M.: Fischer 1959) を一九六〇年一月一日に送った (このことと手紙は TBPC に書きとめられている)。BIB にはツェランからの献呈本はなく、クラウス夫妻から贈られた本が一冊ある。

＊　ヒルデスハイマー—151番参照。一九五九年一二月二三日のヒルデスハイマー宛の手紙でツェランは、ブレッカーの批評に対するマックス・フリッシュの反応に関して「疑わしい」という言葉を使ったことを否定した。ヒルデスハイマーは一九五九年一二月二七日（バッハマン宛の手紙のタイプ複写によるコピー）にこの言葉は自分がツェランの発言を解釈したものであると説明し、それを用いたことを「どぎつすぎた」と弁明した。ツェランは一九六〇年一月二日に返事を書き、友情を確認した。この手紙に関してはデムスに宛てた手紙でツェランは、それをバッハマンに渡さないようにと頼んでいる—「ぼくはインゲボルクとマックス・フリッシュにさらにあの「明晰な」言葉を言いました—無駄だった、クラウス、無駄だった…」（一九五九年一月二五日）。

＊　ブレーメン市評議会—PC/HHL 232 ならびに「ブレーメン市文学賞」の図版参照（八八ページ、153番注参照)。

155
手書きの手紙、宛先は「M. Paul Celan / 78, Rue de Longchamp / Paris 16ème / France」、消印はチュー

リヒ、一九六〇年一月二三日（もともとピンダーロス（Pindar, BC552/518-445）のフランス語版の全集『*Pythiques*』（Paris、第三版、一九五五年、八三ページ）の第二巻に入れられていた）。

＊ フランクフルト――「フランクフルト講義」の第三回。ツェランは一九六〇年一月一六日にフランクフルトで『若きパルク』を朗読した時のことについて、苦々しくデムスに書いている、「インゲボルクは二日前にはここにいた、だがぼくが来ることを知っていながら、それ以上ここに残ることはできなかった…」（一九六〇年一月二五日）。ツェランは一九六〇年一月一五日にフランクフルトに到着した。

＊ シャールやヴァレリーの翻訳…ブローク――それぞれ『イプノス。マキについての手記』、『若きパルク』、『十二』。

＊ あなたのための仕事――ツェランがなかなか書けないでいることについては１４０番注参照。

＊ 去年生まれたもの――『三十歳』のための物語。

＊ 原稿料――１０３番参照。

１５６

手書きの手紙、宛先は「M. Paul Celan / 78, Rue de Longchamp/ Paris 16ème / France」、消印はチューリヒ、一九六〇年二月二日。同封物は手書きの訂正のある二三枚のタイプ複写によるコピー（刊行された『三十歳』の七七ページから一〇四ページに当たる）。

157
手書きの手紙、宛先は「M. Paul Celan / 78, Rue de Longchamp / Paris 16ème / FRANCE」、消印はウエティコン、一九六〇年二月一九日。封筒の左上にツェランの手で「ブラヴォー、ブレッカー！／ブラヴォー、バッハマン！／六〇年二月二〇日」と書かれている。

158
絵葉書（絵葉書は見本市の町、ライプツィヒ、諸国民の戦いの記念碑。折られている。切手は貼られていない）にそれぞれ手書きで書かれた挨拶の言葉（日付はツェランの手による、葉書の文と住所はハンス・マイアーが書いている）、宛先は「Herrn. Paul Celan / 78, Rue de Longchamp / Paris 16ème / FRANCE」。封筒は見つからない。

* ライプツィヒ—バッハマンはこの町でマイアーが主宰した抒情詩シンポジウムに参加した（一九六〇年三月二九日〜三一日）。マイアー、イェンス、フーヘル、エンツェンスベルガーは一九五七年のヴッパータールの会議に参加している（44番参照）。マイアーか、あるいは署名している者たちのうちの誰か他の者が添え状を書いているかもしれないが、確認できない。

* マイアー——（Hans Mayer, 1907-2001）ユダヤ系ドイツ人の文芸学者、この時点ではまだライプツィヒで教鞭を取っていた。ツェランは彼と二月にENSのビュヒナー・ゼミナールで出会った。

* マウラー（Georg Maurer, 1907-1971）—ジーベンビュルゲン生まれで、東ドイツ（訳注：当時の）在住の叙情詩人。ツェランは彼の名前を一九五六年にクレール・ゴルから匿名で送られた手紙で知った。その手紙ではツェランがイヴァン・ゴルに依拠しているという申し立ての証拠としてマウラーの発言

が挙げられている（GA 一九八、一九九参照）。マウラーは「剽窃のマイスター」という表現を後に公的に撤回した（GA 一九八、一七九番参照）。

* エルンスト・ブロッホ（Ernst Bloch, 1885-1977）—ユダヤ系ドイツ人の哲学者。この時点ではまだライプツィヒで教鞭を取っていた。バッハマンが彼の著作に早くから取り組んでいたことは彼女のユートピアの概念に現れている。「フランクフルト講義」の第五回「ユートピアとしての文学」参照。ツェランのブロッホに対する関心は詩集『誰でもない者の薔薇』のいくつもの詩にブロッホの著作からの引用や暗示が指摘されることから窺える（KG 六七八～六八二、六八八、六九二ページ参照）。

* クラウス（Werner Krauss, 1900-1976）—ドイツの小説家、ライプツィッヒの教授。ヒットラー体制に対する抵抗運動に参加した。ツェランとは交流はなかった。

* カローラ・ブロッホ（Karola Bloch, 1905-1994）—ポーランド系ドイツ人の建築家、ジャーナリスト。エルンスト・ブロッホ夫人。

* シューベルト（Werner Schubert, 1925-）—ハンス・マイヤーの助手。

* クレッツシュマール（Ingeborg Kretzschmar）—当時、東西ペンクラブ・センター（すなわち東ドイツの）の業務担当秘書。

* インゲ・イェンス（Inge Jenz, 1927-）—ドイツ人のドイツ語学ドイツ文学研究者であり、また英語学英文学研究者。ヴァルター・イェンス夫人。

* ヘルムリン（Stephan Hermlial（＝Rudolf Leder）, 1915-1997）—ユダヤ系ドイツ人の作家。パレスチナに亡命（一九三六年）した後、一九四七年以降東ベルリン（訳注：当時の）在住。ツェランとの個人的な交流はない。

159
手書きの訂正のある、タイプライターによる手紙、封筒は見つからない。タイプ複写も残っているが、その手書きの訂正は完全ではない。

* Poincaré 39-63…話し合う――バッハマンはジゼルに一九六〇年五月二四日に電報を打ち（223番参照）、続いて電話で話した。その前にツェランは一九六〇年五月二一日に二度、電話でバッハマンと連絡を取ろうとしたが不首尾に終わった。

* ぼくは君に書きます――ツェランはタイプ複写を手元に持っていると書き留めている（TbPC）。

* 発つ――103番参照。

* 証拠――五月初めに、「パウル・ツェランについて知られていないこと」という題で、ツェランがイヴァン・ゴルのドイツ語で書かれた後期の作品を盗作したというクレール・ゴルの非難が公表された。このことはツェランがビュヒナー賞に選ばれたこと（新聞報道は一九六〇年五月一九日）に関連して、大規模なプレスキャンペーン（ゴル事件）を惹き起こした。事実は、盗作者はクレール・ゴル自身であった（179番参照）。ここでツェランが何を具体的に暗示しているのかは不明。バッハマンはクレール・ゴルの発表した文は確かにまだ知らなかった。

* ブレッカー［…］夜――144番と153番参照。

* 起こったこと――157番参照。

* ザックス…二四日に――ザックスはチューリヒから一九六〇年五月二九日にメールスブルクに赴き、ドロステ賞（訳注：ドイツの女流詩人 Annette von Dreste-Hülshoff, 1797-1848 を記念した文学賞。ドロステ＝ヒュルスホフの義兄はボーデン湖畔のメールスブルクに居城を所有し、彼女の晩年の代表作はここで生まれた。）を受け取っ

た。ツェランは事実、一九六〇年五月二五日にチューリヒに到着している。彼は一九六〇年五月六日のザックスの手紙から、バッハマンが彼女を空港に迎えに行こうとしているということも知った。ツェランが実際に、バッハマンのことを示唆したにせよ、しなかったにせよ、自分は空港に行けないとザックスに書いたかどうかは不明。というのも一通の手紙が彼の要望に従って破棄されている(PC/Sachs 40f.)。

160
ポール・ヴァレリー『若きパルク』(Deutsch von Paul Celan, Wiesbaden : Insel-Verlag 1960) の(一ページに)手書きの献辞。封筒は見つからない。
* 一九六〇年五月三〇日――この送付は TbPC に書き留められている。この翻訳はすでに三月に刊行されていた。

161
手書きの手紙、宛先は「M. Paul Celan / 78, Rue de Longchamp / Paris 16ème / FRANCE」、消印はチューリヒ、一九六〇年六月七日(?)。
* 家に帰り――チューリヒから。ザックスのドロステ賞受賞をきっかけとしてツェランとバッハマンは何度か会った。ジゼルやフリッシュが同席することもあった(224〜225番参照)。
* 妨害――バッハマンは確かに新しい盗作の非難について(159番注参照)口頭で情報を得ており、一九五三年以来くすぶっていたゴル事件の再燃によりツェランが非常に動揺していることを知ってい

た。

* 一三日—ザックスはその後一九六〇年六月一七日までパリにいた。

* まだここに—ツェランは一九六〇年五月二八日にチューリヒを発った。ザックスはおそらく一九六〇年六月二日にチューリヒからアスコナ（訳注：スイスとイタリアの国境にあるマジョーレ湖畔の町）に向かったのであろう。

162

手書きの手紙、宛先は「M. Paul Celan / 78, Rue de Longchamp / Paris 16ème / FRANCE」、消印はウエティコン、一九六〇年七月一一日。

* 本—Guillaume Apollinaire : *Œuvres Poétiques* (hersg. von Marcel Adéme und Michel Décaudin, Bibliothèque de la Pléiade, [Paris] 1959, BIB)。一九六九年六月二二日に「お祝いの言葉」（未発見、TbPC）が添えられて送られている。

* 誕生日—一九六〇年六月二五日の三四歳の誕生日。

* 田舎—ツェランは家族とともにブルターニュで休暇を過ごした（一九六〇年七月一〇日から二四日）。

163

手書きの手紙、宛先は「M. Paul Celan / 78, Rue de Longchamp / Paris 16ème / FRANCE」、消印はチューリヒ、一九六〇年八月二八日。

＊　書きかけの手紙…電話…ストックホルム―バッハマンは一九六〇年八月二五日に、ツェランに発送すると約束した二通の手紙（下書きは未発見）について話している。会話のテーマの一つは「反論」の調子に対するバッハマンの批判であり、もう一つは急激に悪化したザックスの病状についてである。つまりツェランは一九六〇年八月九日に（TkBC）彼女が精神科に入院するように指示されたことを聞いた。病人についてはすでに一九六〇年八月一一日に話されている（NkPC）。

＊　家族―M・バッハマン（訳注：バッハマンの父、マティアス）はオーストリアではすでに教師の職は退いていたが、一九六〇年にスイスの全寮制の寄宿学校に就職した。O・バッハマン（訳注：バッハマンの母、オルガ）は遅れて後から来た。

＊　ボビー―長年の友人であるエリザベート・リーブル（訳注：5番注参照）が重篤であることをバッハマンは一九六〇年三月に聞き知った。彼女は一九六一年五月二五日に亡くなった。

＊　アッペルトフト（Hella Appeltofft）―ネリー・ザックスのストックホルムの友人の女性。ザックスからツェラン宛の手紙も一通差出人が彼女になっている（PC/Sachs 126）。

＊　水曜日…マドリード―バッハマンとフリッシュは一九六〇年九月にスペインを旅行し、そのままモロッコにも向かった。水曜日は一九六〇年八月三一日。

＊　クラウスの反論―クレール・ゴルの非難（150番注参照）に対するこの態度表明の形にツェラン、ヒルシュ、デムスは一九六〇年五月に同意した。デムスはそのテクストをツェランと一緒に書いた（PN 886参照）。バッハマンはこのテクストに九月末にようやく署名した。

＊　この形では、ただ不利に―バッハマンはデムスだけがサインしたタイプ原稿（HAN/ONB）のことを言っている。デムスに対してはバッハマンはもっとはっきりと書いている、「私はこの反論は、

その表現ゆえに、不利だと、いえ、むしろ不吉だと思います、これはパウルにとって害になるでしょう」（一九六〇年八月二八日、NPC）。もしかしたらこの手紙のことを知って、ツェランは手元に届いた手紙を「インゲボルクの嘘つきで臆病な手紙」（一九六〇年八月三〇日、NkPC）と書いたのかもしれない。

* 原稿…カシュニッツ─デムスはカシュニッツに連署してもらうために一九六〇年八月一二日にテクストのタイプ複写を送った。カシュニッツは語彙についていくつか異議を唱えた上で、一九六〇年八月一六日にそれに賛同した。

164
航空便の絵葉書（絵葉書は *Goya, El Pelele*［人形］）、宛先は「M. et Mme Paul CELAN / 78, Rue de Longchamp / Paris 16ème / FRANCIA」、消印はマドリード、一九六〇年九月一一日。

165
「山中の会話」（『ディ・ノイエ・ルントシャウ』一九六〇年第一号一九九～二〇二ページの別刷り）のタイトルページに書かれた手書きの献辞。

* 一九六〇年一〇月二九日─この別刷りはおそらく一九六〇年一〇月三〇日の午後に、ツェランがルーヴル・ホテルでバッハマン、フリッシュ、ウンゼルトに会った時に（NkPC）、自分で渡したのだろう。この号は八月に刊行されていた。デムスに宛ててツェランはこの時のことを次のように書いている、「三日前に僕はここでインゲボルクとマックス・フリッシュに会い、彼らに謝った」

（一九六〇年一一月一日、二日）。

166

手漉き紙のグリーティングカードに手書きで書かれた手紙、宛先は「Mademoiselle Ingeborg Bachmann / Haus zum Langenbaum, Seestraße / Uetikon bei Zürich / Suisse / Faire suivre s.v.p. / 転送して下さい！」とあり、消印はパリ、一九六〇年一一月一七日、差出人は「Paul Celan, 78 rue de Longchamp, / Paris 16e」。この手紙にはひょっとしたら「インゲボルク」と宛名の書かれた手漉き紙のグリーティングカードと関係した同封物があったかもしれない。

＊　チューリヒ［…］ヴェーバー――ツェランは一九六〇年一一月二五日から二七日までゴル事件（159番注参照）について話し合うために、チューリヒにいた。彼はバッハマンとは毎日、ヴェーバーとは一一月二六日に会い、話し合った。バッハマンとツェランが個人的に会うのはこれが最後となる。ローマに移住する（「ローマおよび世界に対して」参照）というバッハマンとフリッシュの計画について、ツェランは一九六〇年一〇月三〇日にパリで会った時に知らされている（165番注参照）。

＊　『ヴェルト』誌［…］『クリスト・ウント・ヴェルト』誌――「過去への議論の余地のある小旅行」という題で、ドクトラント（訳注・学位取得準備中の者）であったライナー・カーベル（Rainer Kabel）（筆名はライナー・K・アーベル）は『ヴェルト』誌で『バウブーデンポエート』誌に載ったクレール・ゴルの非難（179番参照）を取り上げた。この論説の目的はツェランへのビュヒナー賞の授与をさらに阻止することにあったが、一九六〇年一一月一一日になって初めて掲載された。一九六〇年一〇

月二七日の『クリスト・ウント・ヴェルト』誌のカーベルの「誰もがオルフェウスだ」と題した論説は、『ヴェルト』誌のものよりは用心深く、まだ盗作については触れず、まだ「死のフーガ」を非難の対象には入れてはいなかった。バッハマンの遺稿として残されているこの二つの論説についてのタイプライターで書かれた覚書には『クリスト・ウンド・ヴェルト』誌の発行所の住所も付けられており、バッハマンはこの雑誌に投稿することを計画していたことが窺える（HAN/ONB）。

＊ 陰謀―ゴル事件に対してツェランが用いた概念。

＊ 君たちの反論―カシュニッツ、デムス、バッハマンが署名したテクストは一九六〇年一一月二〇日に『ノイエ・ルントシャウ』の第三号に掲載された。

167

手書きの手紙、宛先は「M. Paul Celan / 78, Rue de Longchamp / Paris 16ème / FRANCE」、消印はウエティコン、一九六〇年一一月一八日。

＊ パリのあの雨の日―おそらく一九六〇年一〇月三〇日（165番注参照）。

＊ ソンディ（Peter Szondi, 1929-1971）―ハンガリー・ユダヤ系の出自のスイスの文芸学者。ツェランは一九五九年四月から個人的な交流を持つようになった。ここで言われているのは、NZZに掲載されたソンディの論説「剽窃か誹謗か？　パウル・ツェランをめぐる論争に対して」（一九六〇年一一月一八日、国外版は一九六〇年一一月一九日）。

168

Paul Celan, Rue de Longchamp Paris / 16宛ての電報、発信はウエティコン、［一九六〇年］一一月二三日一三時〇五分、受信はパリ、一九六〇年一一月二三日、一四時一五分。

＊ オタンジョウビ―一九六〇年一一月二三日の四〇歳の誕生日。

＊ チイサナツツミ―170番参照。

169

Ingeborg Bachmann, Haus Langenbaum Seestrasse Uetikon am See bei Zürich宛の電報、発信はパリ、［一九六〇年］一一月二四日一〇時一三分、受信はウエティコン、一九六〇年一一月［二四日］、一一時〇五分。

＊ アーバン―ツェランはこの時のチューリヒ滞在（166番参照）では、それまでしばしば宿としたホテル・アーバン（224番の便箋参照）ではなく、ホテル・ノイエス・シュロス（シュトッカー通り一七番地）に泊まった。

170

グリーディング・カードに手書きで書かれた献辞、もともとはGertrude Stein, »*Drei Leben*«. Berechtigte Uebertragung von Marlis Pörtner, mit einem Nachwort von Marie-Anne Stiebel, Zürich 1960（BPC）に挿入されていた。裏面にはもともとは一枚の写真があったと思われる。

＊ 誕生日…いくつかの十一月の日―このカードはツェランがチューリヒに滞在していた時にもしかし

たら本も一緒に直接手渡された、（168番参照）。
＊ ガートルード・スタイン（Gertrude Stein, 1874-1946）—アメリカ人の女流作家。『三人の女』は三人の女性の苦難の道を物語っている。プレゼントの小さなリボン（八四、八五ページ）が挟まれている他には、ツェランの持っていた本には使った痕跡はない（BIBにも）。

171
電報、オリジナルの電報は未発見であり、ここに掲載したテクストは、「二時三〇分、インゲボルク宛の電報」という簡潔なメモが付された、一九六〇年一一月二日の日付のツェランの手書きの日記の記述に従っている。この記述では電報のテクストは引用符に囲まれ、ダッシュ記号が後につけられている。
＊ もうこれ以上—ツェランがチューリヒから戻った後に出し、それに対する反応を期待していた、一九六〇年一一月二九日という消印のある封筒（HAN/ONB）に入っていたはずの手紙は未発見。
226番も参照。

172
Paul Celan, Rue de Longchamp Paris/16E 宛ての電報、発信はウエティコン、［一九六〇年］一一月三日〇〇時三〇分、受信はパリ、［一九六〇年一一月］三日、六時五五分。
＊ ヒミツバンゴウ—望ましくない、特にゴル事件に関連した電話を避けるための処置。

173
手書きの手紙、宛先は「M. Paul Celan / 78, Rue de Longchamp / Paris 16ème / FRANCE」、消印はウエティコン、一九六〇年一二月五日。
＊　ジゼルに――227番参照。
＊　ヒルシュフェルト（Kurt Hirschfeld, 1902-1964）――ユダヤ系ドイツ人の演出家。チューリヒのシャウシュピールハウスの文芸部員であった。
＊　出版者――おそらく『ヴェルト』の出版者であったアクセル・シュプリンガー（Axel Springer, 1912-1985）（ヒルシュフェルトが一九六〇年一二月一九日にツェランに宛てた手紙の中で名前を挙げている、NPC）、及びエンツェンスベルガーがこの雑誌に送った投稿のことであろう。エンツェンスベルガーは一九六〇年一一月一一日に、つまりカーベルの論説（166番注参照）が掲載された日にすでにそれを書いたが、この時点ではそれはいまだに掲載されておらず、一九六〇年一二月一六日になってようやく公表された（クレール・ゴルの依頼で書かれたディートリヒ・シェーファー（Dietrich Schaefer）の論説と並んで）。

174
手書きの手紙、宛先は「M. Paul Celan / 78, Rue de Longchamp / Paris 16ème / FRANCE」、消印はメネドルフ（チューリヒ）、一九六〇年一二月五日。
＊　六〇年一一月五日――消印参照！
＊　資料――ヒルシュフェルトはツェランに宛てて一九六〇年一二月一九日に、バッハマンは彼に約束し

た資料をまだ全部渡していないと書いている（NPC）。

＊『タート』—チューリヒの日刊新聞。一九六〇年一二月一七日にようやくこの新聞にモーラー（訳注：226番の注参照）の論説「あるキャンペーンについて。必要な一言」が載った（226番参照）。

＊フランクフルト—バッハマンはヘンツェのオペラ『フォン・ホンブルク公子』の上演を観に行き、アドルノ（Theodor Adorno, 1901-1969。訳注：ドイツの思想家）とカシュニッツと会った。

175

白紙の封筒に入れられた小さなカードに書かれた手書きの挨拶の言葉（おそらくプレゼントに添えられた）。

176

M. et Mme Paul Celan, bei Wüst Les Fougères Montana Wallis宛の電報、発信はローマ、［一九六〇年］一二月二四日、一四時一五分、受信はモンタナ・ヴェルマラ、一九六〇年一二月二四日、一七時。

177

手書きの手紙（タイプ複写、オリジナルは未発見）。

＊モンタナ—ツェラン一家は一九六〇年一二月一五日から一九六一年一月四日まで冬の休暇をスイスのヴァリス州で過ごした。

＊電報—未発見。

＊　ヴィア・ジュリアーバッハマンとフリッシュは一二月からローマに在住していた、正しい番地は一〇二番。

＊　電話―一九六〇年一二月一二日と一三日の電話、ならびに一九六〇年一二月一四日の電話、これは前もって約束していたにもかかわらず不首尾に終わった。いずれもおそらくゴル事件に関してバッハマンがもう一つ別に計画していた反論に関連したものであったと思われる（166番注参照）。一九六〇年一二月一三日にツェランは書き留めている、「一三時。インゲボルクに電話をかける（彼女は反論をいくらか変えるかもしれない…）（NkPC）。

＊　チューリヒ―一九六〇年一二月三〇日にツェランはここでソンディと会った。

＊　レオンハルト［…］返事をすることー『ツァイト』に載せようとして書かれたカーベルの論説（「ツェランの抒情詩はゴルしている。パウル・ツェランは剽窃の罪を着せられて当然か？」）は特にバッハマンによって阻止された。彼女はこの週間新聞の文芸欄部長にソンディの論拠（167番参照）を指摘した（一九六〇年、一二月一五日、HAN/ONB）。ツェランはカーベルの棒組みゲラ刷りのテクストをレオンハルト（Rudolf Walter Leonhardt, 1921-2003）から受け取った。レオンハルトは彼に、バッハマンとフリッシュに反論を書いてくれるように頼んだが不首尾に終わったと知らせ、ツェランに自分自身で応じてほしいと頼んでいる（一九六〇年一二月一九日、この論説はIBの遺稿にもある、HAN/ONB)。

＊　ベック（Enrique Beck（Heinrich Beck), 1904-1974）―ガルシア・ロルカ（Federico García Lorca, 1888-1936。訳注：スペインの詩人・劇作家）の翻訳者。一九三三年にドイツを去り、バーゼルに移住。ツェランは彼とおそらく一九五七年七月に知り会った。

＊『クルトゥール』―ミュンヘンの雑誌。ここには一九六一年一二月に初めてゴル事件についての論説が寄せられた（ラインハルト・デール（Reinhard Döhl, 1934-2004）「ドイツの出版者の行儀。イヴァン・ゴルの『詩集』についてのいくつかの必要な申し立て」六、七ページ）。179番参照。

178

手書きの手紙。同封物は、手書きの訂正のあるタイプライターによる手紙、同封された手紙の封筒の宛先は「M. Paul Celan / bei Frau Wüst / Les Fougères / Montana / Walis / Svizzera」となっている（折りたたまれていて、消印はない）。本体の手紙の封筒は見つからない。

＊一九六二年一月三日―ツェランがこの手紙を受け取ったのは一九六二年一月九日（NkPC）。

＊『コメルス・ヘフテ』―パリで一九二四年から一九三二年まで、カエターニが出資し、ポール・ヴァレリー、レオン=ポール・ファルグ（Léon-Paul Fargue, 1876-1947）、ヴァレリー・ラルボー（Valéry Larbaud, 1881-1957）が編集した国際的な季刊文学雑誌。ヨーロッパの現代文学の重要な作家たちの作品が発表されたが、その中にはバッハマンによるウンガレッティの翻訳やツェランによるミショーの翻訳もある。

＊ドクター・ヴェーバー―おそらく一九六〇年一二月二四日の電話での話し合いだけだろう（NkPC）。

＊ビュヒナー賞受賞者たちの声明―一九五八年の受賞者であるマックス・フリッシュ（205番参照）は、K・エートシュミット（Kasimir Edschmid, 1890-1966）、G・アイヒ、E・クロイダー（Ernst Kreuder, 1903-1972）、K・クローロ、F・ウジンガー（Fritz Usinger, 1895-1982）とともに、

ツェランを「人間的にも文学的にも潔白である」ことを認めるとする声明に署名し、この声明は一九六一年一月にドイツ通信社の報道としてドイツのジャーナリズムにくまなく回った。その当時ジゼルは次のように書き留めている、「「ビュヒナー賞受賞者たち」のテクスト—無内容、何も攻撃していない、信じられないほどひどい、恥ずべき—クローロとマックス・フリッシュは、パウルの清廉潔白を認めているのに、くたくたになるほどがんばったわけではないし、打ち込んだというにはほど遠い」（一九六一年一月一三日、NkPC/GCL）（訳注：原文はフランス語）。２０９番参照。

１７８・１

＊　報告—未発見。

＊　アベル—カーベルは、関与した者たちの中で唯一人、『クリスト・ウント・ヴェルト』のエッカルト・クレスマン（Eckart Kleßmann, 1933-）の論説（一九六一年六月九日）の中で、さらに『ディ・ヴェルト』に発表した自身の「声明」（一九六一年六月一二日）において謝罪した。彼の手紙（未発見）にバッハマンはおそらく返事を出さなかったと思われる（１８０番参照）。

１７９

手書きの訂正のあるタイプライターによる速達、宛先は「Ingeborg Bachmann/ Roma / Via Giulia 102 / Italie」、消印はパリ、一九六一年一月九日、差出人は「Paul Celan, 78 Rue de Longchamp / Paris 16e」、消印はローマ、一九六一年一月一一日。タイプ複写も二部残っているが、その一部においてのみ手書きの訂正は完全であり、そのうちの一つの訂正はオリジナルにはない。同封物は、『バウブーデンポエート』（第五号、一九六〇年三月・四月、一一五、一一六ページ）からの写真複写、ツェランにより手書きでいくつかの箇所が強調され、さらに下方にいくつかの補足が書き込まれている。

* ウルム通り―140番注参照。

* アベル…ソンディ―これらの論説（166―167番参照）はNIBには未発見。ツェランはおそらくバッハマンがアベルの手紙のコピーを同封してくれることを期待したのだろう（一九六一年一月九日、NkPC/GCL）。

* 『ディ・ツァイト』―177番注参照。

* マウラー―題は「剽窃のマイスターか？」（『ディ・ヴェルト』一九六〇年一二月三一日、158番注参照）。

* 遺稿―クレール・ゴルはイヴァン・ゴルが遺したドイツ語の詩と断片をツェランの『骨壷たちからの砂』のスタイルで改作し、さらにそれにイヴァン・ゴルのフランス語の遺稿からの翻訳ならびに自身の創作を付け加えた。ツェランの未発表のゴルの翻訳（「マライ人の愛の歌」、「パリのゲオールギカ」、「イフェトンガ・エレギー」、「灰の仮面」）を彼女は自身の翻訳に使った。ゴルの遺稿は一九五一年に『夢の草』として、一九五六年に『パリのゲオールギカ』として、一九六〇年に『詩集』として刊行された（一九五六年以降Luchterhand社から刊行）が、刊行の際に、これらの遺稿の成立年は実際の年より前の一九四八年以前とされた。ツェランはすでに一九五六年に出版社にこの操作について通知している。

* 『バウブーデンポエート』―159番注参照。（NPCにはこの雑誌が三部、さらにこの論説の多くの写真コピーや書き写しが残されている。）写真複写にはツェランによって次の文に二重の下線が引

かれている——「彼の悲しい伝説は、それを彼はあのように悲劇的に描くすべを心得ていたが、我々を震撼させた。すなわち、両親がナチスによって殺され、故郷を喪失した、理解されない偉大な詩人、彼が絶え間なく繰り返したように…」」。さらに彼はぞんざいに引用された詩のテクストを訂正し、またリヒャルト・エクスナー（Richard Exner, 1929-）の大学での地位が実際よりも嵩上げされているのを訂正している。この両方のやり方ともがクレール・ゴルの典型的な論証戦略であった。リヒャルト・エクスナーはアメリカ人のドイツ語学ドイツ文学研究者であり、一九五三年にクレール・ゴルにゴルとツェランの詩の間の類似性に対して注意を喚起した。

＊『クルトゥール』——177番参照。

＊『パノラマ』——ミュンヘンの雑誌『パノラマ』（第一二号、一九六〇年、七ページ、NPC）に掲載された無署名の論説「剽窃」を指摘するツェランの手紙は未発見。この論説はツェランとゴルの間の「驚嘆すべき一致」を参照するように促しており、「影響」や「依存」や「剽窃のマイスター」と書いた新聞雑誌の記事を引用している。

180

手書きの訂正のあるタイプライターによる手紙、封筒は見つからない。

＊一九六一年一月二〇日——おそらく一九六一年一月二四日になって初めて受け取ったこの手紙をジゼルは次のように要約している、「インゲボルクからのわずかな数行、何も語らないで、要するに次のような意味だ、「私はチューリヒにいます、一人ぽっちで、あなたは電話することができます、そして最後に、あなたが近いうちにローマに来ることを期待しています」」（訳注：原文はフランス語）（NkPC/

GCL)。

＊　フィッシャー社…『ノイエ・ルントシャウ』――「反論」については163番参照。

＊　手紙の草案――未発見。

＊　朗読会――バッハマンは一九六一年二月二一日に、テュービンゲン大学の大講堂で（予告されていた、それよりはるかに小さな九番講堂ではなく）「ウンディーネがゆく」といくつかの詩を朗読した。

181

手書きの手紙、宛先は「M. Paul Celan / 78, Rue de Longchamp / Paris 16ème / FRANCE」、消印はメネドルフ（チューリヒ）、一九六一年一月二七日。同封物は『ノティツェン』（テュービンゲン、三一号、一九六一年二月、八ページ）の記事のオリジナル。

＊　六一年一月二七日――ジゼルは一九六一年一月二八日にこの手紙に対して、「二分の一行」（訳注：原文はフランス語）と書き留めている（NkPC/GCL）。

＊　『ノティツェン』――ツェランはこの記事を筆者自身からすでに受け取っていた（一九六一年一月二二日付の手紙とともに、NPC）。この号にはバッハマンの詩「行け、思考よ」と「大きな積荷」も掲載されていた。

182

手書きの手紙、宛先は「M. Paul Celan / 78, Rue de Longchamp / Paris 16ème / FRANCE」、消印はウエティコン、一九六一年一月二九日。

* ソンディ――「パウル・ツェランをめぐる論争に対して」（『ノイエ・ドイチェ・ヘフテ』一九六一年一月、九四九、九五〇ページ）。ソンディは別刷りを一部、一九六一年一月一一日にツェランに送っている。
* 『ノイエ・ルントシャウ』――つまり「反論」のこと。
* 『ダス・シェーンステ』――カール・クローロの「フランス語の船に乗ったドイツ語。詩人であり翻訳家であるパウル・ツェランの抒情詩的言語」（『ダス・シェーンステ』一九六一年二月、四二、四三ページ、NPC）。
* マウラー――179番参照。

183
Paul Celan, rue de Longchamp 78 Paris 宛ての電報、発信はローマ、［一九六一年四月］二五日、〇二時三〇分、受信はパリ、一九六一年四月二五日、八時二〇分。

184
イタリック体のレターヘッドが印刷された紙に手書きで書かれた手紙、封筒は見つからない。若干の相違のあるタイプライターの写しもある（「手書きで書いた」という手書きのメモ）。
* ここにいて、ここにとどまること――パリの住所の書かれたレターヘッド参照。この便箋はツェランとバッハマンの間の文通においてこの時一回だけ使われた。
* 日曜日から月曜日にかけて――一九六一年四月二三日から二四日にかけてツェランをこのような熟考

に促した具体的なきっかけは、もしかしたらドイツ語文学アカデミーの『年報一九六〇』（ダルムシュタット、一九六一年、一〇一～一三二ページ）に発表されたラインハルト・デール（訳注：177番注参照）の調査論文「一つの非難の歴史と批判。パウル・ツェランに反対する申し立てについて」であったかもしれない。ツェランがこの論文をずさんで、それゆえに有害であると思ったのは正当であった。この論文はツェランがビュヒナー賞を返還することを考え、またアカデミーの会員になることを断った原因となった。この年報は一九六一年四月二二日にアカデミーの会員用にすでに配布されていた。

185
タイプライターによる手紙。裏面に次のテクストが書かれているが、それはこの手紙の一部ではない。「私は、ゲオルク・ビュヒナーを思い出しながら、遠慮なく、この「調査論文」と称するものの代父から電報で知らされた会員の資格をお断りしました」（タイプ原稿）。
＊　カシュニッツ…カーザク…マルティーニ―ツェランは、カシュニッツは彼のビュヒナー賞の受賞式において受賞者への祝辞を述べた者として、なぜ彼が一九六一年四月二四日にドイツ語文学アカデミー会長のヘルマン・カーザク（Hermann Kasack, 1896-1966）を通じて彼に電報で申し出られたアカデミー会員の資格を断ったのか知りたいであろうと思い測った（カシュニッツ宛のツェランの手紙、一九六一年四月二七日、NPC）。カーザクは、アカデミーの年報における調査の主導者であったが、もともとはこの調査を、かつてのナチス党員でありナチス突撃隊員であったシュトゥットガルトのドイツ語文学研究の教授であったフリッツ・マルティーニ（Fritz Martini, 1909-1922）に依頼したとこ

ろ、マルティーニはこの仕事を彼の助手のデールに回したのであった。

186

手書きの航空便、宛先は「M. Paul Celan / 78, Rue de Longchamp / Paris 16ème / FRANCE」、消印はローマ、一九六一年六月二日。

* ヴィア・デ・ノタリス　1F─長い間探していた住居。ヴィラ・ボルゲーゼの北にある。

* ギリシャ─フリッシュの五〇歳の誕生日に際して。

* フィッシャー社─「反論」が載った『ノイエ・ルントウャウ』の出版社。

* クレール・ゴルの手紙─同じ手紙をデムスも受け取った（GA 六〇八 f. 参照）。

* ビュヒナー賞のスピーチ─一九六〇年一〇月二二日にダルムシュタットで行なわれたスピーチは、「子午線」という題で、デールの論文と同じアカデミー年報に掲載された（184番注参照、七四〜八八ページ）。一九六一年一月に刊行された初版（Frankfurt a.M.: S. Fischer 1961）は BIB には見つからない。

* エセーニンの詩をすべて─セルゲイ・エセーニンの『詩集』（パウル・ツェラン選・訳、Frankfurt a.M.: S. Fischer 1961、BIB には見つからない）は三月に刊行された。個々のエセーニンの詩はツェランはいくつかの手紙に同封して送っていた（90番と101番参照）。

* ウンガレッティ（Giuseppe Ungaretti, 1888-1970）の試み─単行本として刊行された『詩集』については188番参照。バッハマンは翻訳の一つ一つをばらばらに送ることはしなかった。ただしツェランはそれらの翻訳をエンツェンスベルガーが出版し、ツェラン自身も協力した『現代詩のミュージ

アム』（Frankfurt a.M.: Suhrkamp 1960。BPC）ならびにNZZに掲載されたもの（一九六〇年一二月三日、68番注参照、ここにはツェランのシュペルヴィエル（Jules Supervielle, 1884-1960）の翻訳も掲載されている）から知ることができた。

＊ジゼル—この手紙に対してジゼルは次のように書き留めている、「インゲボルクの手紙、取るに足りない、偽りの（エンツェンスベルガーと彼女はおそらくシャウシュピールハウスにおける詩の夕べのためにチューリヒに向かう途上）」（訳注：原文はフランス語）（一九六一年六月五日、NkPC/GCL。手紙はNkPCに書き留められている）。

187

『三十歳。物語集』（Das dreißigste Jahr. Erzählungen, Piper & Co., München 1961）の見返しに手書きで書かれた献辞。封筒は見つからない。

188

ジュゼッペ・ウンガレッティの『詩集』（イタリア語及びインゲボルク・バッハマンによるドイツ語の対訳と後書、Frankfurt am Main : Suhrkamp Verlag 1961=Bibliothek Suhrkamp 70）の見返しに手書きで書かれた献辞。封筒は見つからない。もともと三〇ページと三一ページ（≫Tramonto≪／≫Sonnenuntergang≪）の間に、インゲボルク・ブラント（Ingeborg Brandt）が『文学の世界』にこの本について書いた書評の載っている一ページ（一九六一年一一月三〇日）が一緒に挟まれていた（BK II）。

189
手書きの手紙。
＊『フォーアヴェルツ』の挑発―SPD（ドイツ社会民主党）の雑誌『フォーヴェルツ』に載ったロルフ・シュレールスとフェリックス・モントシュトラール（Felix Mondstrahl（＝Richard Salis）, 1931-1988）の論説については、フリッシュ宛の詳細な手紙の草案（207番）参照。

190
手書きの手紙、封筒は見つからない。
＊本―『三十歳』とウンガレッティの『詩集』（187番と188番参照）。
＊フリッシュ―210番参照。

191
タイプライターによる、必ずしも明確ではない手紙の草案、多くの書き間違いもある。図版17参照。
＊あなたの具合が悪いと―ツェランの深刻で危機的な精神的状況はゴル事件との関連で考えられる。
＊あらゆる説明も、どんな擁護も―バッハマンは確かに、特に彼女が署名した「反論」とマックス・フリッシュが署名したビュヒナー賞受賞者の声明（178番参照）を念頭に置いているのであろう。しかしさらにソンディ（167番と182番参照）、シュレールス（207番参照）、エンツェンスベルガー（173番注参照）、モーラー（174番注参照）及びマウラー（179番参照）の態度表明や、デールの調査論文（184番注参照）、ならびにオーストリアで発表されたヴィーラント・シュ

ミート（訳注：39番参照）の論説（「文学的人身攻撃。パウル・ツェランとイヴァン・ゴルをめぐる争いについて」（『ヴォルト・イン・デア・ツァイト』グラーツ、一九六一年、第二号、四〜六ページ）や次に言及する『フォールム』に載った論説も意図している。

＊　あなたは友人たちもなくします―実際にはバッハマンは「あなたは友人たちもなくしません」。と書いている。

＊　ヴッパータール―44番参照。

＊　ブレッカーの批評―143番参照。

＊　本、もしくは本たち―『三十歳』とウンガレッティの『詩集』。

＊　ブレッカーの批評―ブレッカーは、『メルクール』の九月号で、『フォン・ホンブルク公子』と『三十歳』を貶めるように彼女の二冊の詩集と対比させることにより、バッハマンの発展を否定的に概観した（「形象だけしか残っていない」八八三〜八八六ページ）。

＊　フォールム…弁護―フランツ・テオドーア・チョコーア（Franz Theodor Csokor, 1885-1969。訳注：オーストリアの劇作家、詩人）とフリードリヒ・トーアベルク（Frèdrich Torberg, 1905-1979。訳注：オーストリアの小説家、編集者、批評家、翻訳家、抒情詩人。『フォールム』を五四年に創刊し、六五年まで編集を努めた）によるゴル事件に関する声明、それにはさらに、ドデラーやドールといったツェランとバッハマンの共通の知人も含め、九人のオーストリアの作家たちも署名した、（「パウル・ツェランに関して」『フォールム』、ウィーン、一九六一年一月、二三ページ）。この雑誌上でヴァイゲルが表明したバッハマンに対する非難については122番参照。

＊　あなたの翻訳を台無しにすると―ツェランの『若きパルク』に対する批判的な書評がカール・アウ

グスト・ホルスト（Karl August Horst）（「鎖に繋がれて踊ること」FAZ、一九六〇年四月九日）とペーター・ガン（Peter Gan（＝Richard Möhring），1894-1974）によって書かれた。後者の『メルクール』への掲載は第三者の介入によって結局阻止されたが、ツェランはそれを知っていた（現在この書評は *Celan wiederlesen*, hersg. vom Lyrik Kabinett München, München 1998、八五〜九六ページに収録されている）。エセーニンの『詩集』については、カール・デデツィウス（Karl Dedecius, 1921-）によって「スラヴ的抒情詩。翻訳－翻案－改作」（『オストオイローパ』一九六一年三月、一六五〜一七八ページ）、ホルスト・ビーネックによって「リャザン（訳注：モスクワ南東方、オカ川支流の町、あるいはその町を州都とする州）出身のダンディ」（FAZ、一九六一年五月二〇日）、及びギュンター・ブッシュ（Günter Busch）によって「歴史のテーブルにつく酒飲み」（SZ、一九六一年六月三、四日）という批判的書評が書かれた。

* 悪意…間違い――いくつかの超地方版新聞（訳注：ドイツ語圏において一般的な地方紙でない新聞）にウンガレッティの『詩集』についての書評がすでに掲載された。『クリスト・ウント・ヴェルト』ではこの翻訳の仕事は無視されている（K-mという署名による「自身の美しい伝記」一九六一年七月二八日）一方で、FAZでは激賞されている（ホルスト・ビーネック「現代の最高の詩人」一九六一年八月一九日）。SZのギュンター・ブッシュだけがマニエリズムを批判している（「ウンガレッティの抒情詩的速記文字」一九六一年八月二六・二七日）。

* ソンディ［…］モットー――「悲劇的なものについての試論」の冒頭には二つのモットーが置かれている、すなわちアグリッパ・ドビニェ（Théodore Agrippa d'Aubigné, 1550-1630。訳注：フランスのバロック詩人）の「もしあなたが私たちを傷つけるとしても、それは私たち自身によるのだ」（訳注：原語

はフランス語）とジャン・ドゥ・スポンド（Jean de Sponde, 1557-1595。訳注：フランスの詩人）の「自身を助けようとすることで、かえって私は自分自身を傷つける」（訳注：原語はフランス語）（フランクフルト・アム・マイン、一九六一年）。

＊　詩、この殺害の非難―バッハマンはツェランの詩「ルピナス」の詩行「昨日／彼らの一人が来たそして／あなたを殺した／もう一度／わたしの詩の中で」（第二一～第二五詩行、NIBには未発見）を暗示している。しかしツェランのいう「一人」は疑いもなくギュンター・ブレッカーと「死のフーガ」に対する彼の発言を指している（１４３番と１４５番参照）。

＊　ルーヴル・ホテル―１６５番注参照。

１９２

手書きの手紙、宛先は「Paul Celan / 78, Rue de Longchamp / Paris 16ème / FRANCE」、消印はバーゼル、一九六一年一〇月二六日。

＊　パリに―バッハマンとツェランは一九六一年秋には会っていない。

＊　私の本―『三十歳』（１８７番）とウンガレッティの翻訳『詩集』（１８８番）。

＊　マックスの劇場の仕事―チューリヒのシャウシュピールハウスでの『アンドーラ』（２１２番参照）の初演のためのリハーサル（一九六一年一一月二日）。

１９３

手書きの手紙、封筒は見つからない。

＊　帰りの旅…その間のもう一つの旅――バッハマンはチューリヒからさらに一一月にベルリンに赴き、当地で開かれた朗読会に関連して『三十歳』に対してドイツ批評家連盟の文学賞を授与された（図版9参照）。

＊　健康を維持する――191番参照。

＊　私たちの様々な課題［…］学びましょう――ジゼルはこの二つの文をバッハマンの手紙に関連して書き留め、その際「私たちの」に下線を引いている（一九六一年一二月一一日、NkPC/GCL）。

194

手書きの挨拶の言葉、おそらくプレゼント（212番か？）に添えたものであろう。封筒は見つからない。

195

手書きの航空便、宛先は「Mademoiselle Ingeborg Bachmann / Berlin-Grunewald / Königsalle 35 / Berlin – Secteur Occidental」、消印はパリ、一九六三年九月二一日、差出人は「Paul Celan, 78 rue de Longchamp, Paris 16e」。

＊　ロシア…ペテルスブルク――一九六三年八月二一日の『シュピーゲル』誌は、八月初めにソヴィエトの作家イリヤ・エレンブルク（Ilja Ehrenburg, 1891-1967）がレニングラード（！）における作家会議に出席したことを報道（「カフカを推論するのではない」七四ページ）し、ドイツ連邦共和国（！）からの出席者としてエンツェンスベルガー、ハンス・ヴェルナー・リヒターとバッハマンの名前を挙

げた。FAZはすでに一九六三年八月一二日にそれについて報道しているが、バッハマンの名前は挙げていない。

* 八月末に［…］ヴァーゲンバッハ—ツェランは八月末にある朗読会のためにドイツにいた（テュービンゲン、一九六三年八月二五日）。彼がいつ、どこで、カフカの専門家であり、フィッシャー社の原稿審査員であったヴァーゲンバッハ（Klaus Wagenbach, 1930-）と会ったのかは不明。

* 退院—一九六三年七月から八月までバッハマンはベルリンのマルティン・ルター病院で治療を受けていた。一九六二年秋にフリッシュと別れた後、彼女は健康を損ね、危機的状況に陥った。

* 電話を持っていない—バッハマンは一九六三年春以来、フォード財団の招きでベルリンに滞在していたが、初めのうちは芸術アカデミーのゲストハウス（ハンゼアーテンヴェーク一〇番地）を宿舎とし、一九六三年六月一日からケーニヒスアレー三五番地に自身の住居を構えた。

* 必ずしも喜ばしいとは言えない数年—ゴル事件に関連して、ツェラン自身、一九六二年末から一九六三年年頭にかけて初めて精神科の診察を受けた。

* 新しい詩集［…］織り込まれています—『誰でもない者の薔薇』は一〇月末に刊行された（*Die Niemandsrose*, Frankfurt : S. Fischer Verlag 1963。BIBには献辞はない）。ツェランは自身の出版者であるゴットフリート・ベルマン・フィッシャーに宛てて次のように書いている。「苦い、そうです、そうなのです、これらの詩は。けれども（本当に）苦いもののなかにすでに「もはや-苦くは-なく-そして苦い-以上の-もの」があります—そうではありませんか？」（一九六二年一二月四日、GBF 633）。

* 「芸術から遠い」道—ビュヒナー賞受賞スピーチ「子午線」の冒頭の「芸術」と「詩作」の対比を

参照。

196　航空便、宛先は「Fräulein Ingeborg Bachmann / Via Bocca di Leone 60 / Roma / Italien」、消印はフランクフルト・アム・マイン、一九六七年七月三〇日、差出人は「Paul Celan 目下のところ Frankfurt am Main, / Suhrkamp Verlag, Grüneburgweg 69」。消印はローマ、一九六七年八月二日。

* ウンゼルト（Siegfried Unseld, 1924-2002）―ズーアカムプ出版社の社長。ズーアカムプ社は一九六六年末以降ツェランの出版社となった。

* フライブルク―フライブルク大学での朗読会（一九六七年七月二四日）の機会に、ツェランはハイデッガーとも会った。

* アフマトーヴァ事件…シュピーゲル誌―バッハマンは彼女の出版社だったピーパー社がナチス党歌「朽ちた骨が震える」の作者であったハンス・バウマン（Hans Baumann, 1914-1988）にロシアの女流詩人アンナ・アフマトーヴァ（Anna Achmatowa, 1889-1966）の翻訳を依頼した（『シュピーゲル』一九六七年七月二四日、九五、九六ページ）ことに対して、ピーパー社にアフマトーヴァの「原作に劣らない翻訳家」としてツェランを推薦し、自身はこの出版社と袂を分かった。バッハマンは一九六七年三月一八日にピーパー社に次のように書いている。「私は幾通もの手紙とアフマトーヴァ翻訳に関連して出版社の中で起きたことから結論を出します。私は去ります」（NIB）。『マーリナ』はズーアカムプ社から刊行された。NPC にはアフマトーヴァの翻訳はない。

* 住所―ツェランはパリの精神科の大学病院に強制入院した末に正式にはまだ患者だったが、すでに

教えることは再開した。

197
手書きの手紙、宛先は「Monsieur Max Frisch / Haus zum Langenbaum / Uetikon bei Zürich / Seestraße / Suisse」、差出人は「Paul Celan, 78 rue de Longchamp /Paris 16e」、消印はパリ、一九五九年四月一四日。
* 四月一四日―この手紙は TbPC に書き留められている。
* いつかのように―不明。
* ベル―138番参照。
* オーストリア―135・1番注参照。

198
手書きの訂正が一つある、タイプライターによる手紙。封筒は見つからない。
* インゲの手紙―127番参照。
* 自発的な―草案は未発見。

199
手書きの手紙。封筒は見つからない。
* 一九五九年四月一五日―ツェランは一九五九年四月一四日の手紙(127番)と一六日の手紙

＊（198番）に対して礼を述べている。なぜ彼が日を間違えたのかは不明（128番参照）。
＊甥の義務［…］叔母─ベルタ・アンチェルの訪問については128番参照。

200
手書きの手紙。封筒は見つからない。
＊シュールス…医者たち─131番、132番参照。
＊シルス・マリア［…］シルス湖─シルス・バゼルジア近郊で一九五九年七月一九日と二二日の間にフリッシュとツェランが会ったことについては135番と136番参照。
＊奥様─ジゼル。

201
非常に大きな文字で書かれた手書きの手紙。同封物はタイプ複写。もう一つの同封物（この本には掲載していない）はタイプ複写で書き写したものであり、一九五九年一月一一日の『ベルリナー・ターゲスシュピゲール』の論説のテクストと同じと結論できる。143・1番参照。封筒は見つからない。
＊リヒナー（Max Rychner, 1897-1965）─チューリヒの日刊新聞『ディ・タート』の文芸欄部長であり、一九四八年に西ヨーロッパでツェランの作品を最初に刊行した一人。彼とブレッカーとの関係は不明。
＊カフカとバッハマンの論文─ブレッカーの著作集『新しい現実たち』（ダルムシュタット、一九五七年）には「フランツ・カフカ」と表題の付けられた一章（二九七〜三〇六ページ）が収めら

れている。ブレッカーは最初からバッハマンが新しく本を刊行する度に報告しており、最後は『マンハッタンの善い神様』について、一九五八年一〇月一七日の『ディ・ツァイト』に「手本とすべき放送劇、入念な爆弾仕掛け人が恋人たちを空中に飛ばす」という批評を寄せている。

２０２
手書きの訂正があり、さらに手書きで一箇所補足されているタイプライターによる手紙。
＊ 未発送―手書きで書き加えられている。
＊ 四度目の試み―他の草案は未発見。発送された２０３番の手紙とその手紙において踏襲された部分についての注参照。
＊ 詩―『言葉の格子』。
＊ 病院―１３２番参照。
＊ ベル―１９７番参照。

２０３
手書きの訂正のある、タイプライターによる手紙。封筒は見つからない。
＊ 五九年一一月六日―この手紙に関連したバッハマンとフリッシュの間の軋轢及びこの手紙に対する見解については１４４番と１４７番参照。
＊ アンチ・ナチ―フリッシュはここでベルと非常に似た反応を示しており、最初に試みた手紙ではその最後でフィルゲス事件の際のベルについて言及している（１９７番）。

＊ ブレッカーの批評―143・1番参照。

＊ シルス―135、136番参照。

＊ 友情―ツェランは207番の手紙でこれを引き合いに出している。

＊ ひっとらー的乱痴気［…］ヒサシツキグンボウ―201番参照。

＊ あなたの反論―201・1番参照。

204

『ドン・ジュアンへの注解』（*Glossen zu Don Juan*, Walter Jonas による挿絵、Zürich［1959］）の見返しに手書きで書かれた献辞。本は二五〇部のうち二一七番と番号をつけられたもの、後ろにフリッシュとヨナス（Walter Jonas, 1910-1979）のサイン。封筒は見つからない。

＊ 『ドン・ジュアンへの注解』―フリッシュの『ドン・ジュアンあるいは幾何学への愛』（*Don Juan oder die Liebe zur Geometrie*, Suhrkamp Verlag. Frankfurt a. M. 1953）の、本とは別に刊行された後書。

＊ 混乱した一年の終りに―一九五九年一二月二三日の電話の会話でツェランはおそらくこの送付に感謝したのだろう（TbPC）。一九五九年には、フリッシュは肝臓疾患をわずらい、ツェランのためにバッハマンとの関係に歪みが生じ、その上、一九五四年以来すでに一緒に住んではいなかったがトゥルーディー・フリッシュ・フォン・マイエンブルク（Gertrud（Trucly）Constanze Frisch von Meyenburg）とも離婚した。

205

『亡命者たち。一九五八年ゲオルク・ビュヒナー賞受賞スピーチ』の別刷り（四九～六六ページ、出典指示はない）に手書きで書かれている。

* 「亡命者たち」―*Schauspielhaus Zürich 1938/39-1958/59. Beiträge zum zwanzigjährigen Bestehen der Neuen Schauspiel AG*（hrsg. von Kurt Hirschfeld und Peter Löffler, Zürich 1958. に初出。

* 六〇年五月二七日―ツェランが一九六二年初頭にまだ覚えているように（TbPC）、この別刷りは、ツェランがネリー・ザックスの件でチューリヒに滞在していた間にウエティコンで会った際に手渡された（161番注参照）。この時点でツェランはすでに彼自身が一九六〇年度のビュヒナー賞受賞者に選ばれたことを知っていた。

206

手書きの手紙、宛先は「Monsieur Max Frisch / Haus zum Langenbaum / Uetikon bei Zürich / Seestraße / Suisse」、消印はパリ、［一九六〇年］五月二九日、差出人は「Paul Celan, 78 rue de Longchamp, Paris 16e」、裏面にはフリッシュの手で「パリ公演［ジグザグの線で消されている、その上に］275010／／（七月一七／一五／一六／一八日／Serreau」と書かれている。手書きの訂正のあるタイプライターによる写しもある、その左上には「写し」と印がつけられている。

* 「写し」―手紙と写しはTbPCに書き留められている。

* Serreau―同年フリッシュの『ビーダーマンと放火犯』がパリで上演されることに関連した、パリのテアトル・ルテスの主催者との会合のための覚書。

＊　「事物が時間の中に立つこと」……「運命」……関係している──ツェランがこの時点で下準備を始めていた「子午線」のためのいくつもの草案の中で、ツェランは詩を「運命的に定められた言葉」と名づける、もしくは「それは時間の中に入り込んで立つ」ことを要求している（TCA/M Nr. 340, 17）。「触れている」という概念については135・1番の手紙のホイットマンの引用も参照。

207

タイプライターによる手紙の下書き。

＊　トレバブブ・パル・ル・コンケットーブルターニュの西端にある休暇先の住所（一九六一年七月初めから九月五日まで）。

＊　シュレールス－モントシュトラールが発表したもの［…］数々の歪曲──「文学スキャンダル」（『フォーアヴェルツ』一九六一年六月二八日）という論説でシュレールスはツェランの破滅的崩壊をほのめかしていた。フェリックス・モントシュトラールはクレール・ゴルを促して『バウブーデンポエート』にツェランへの弾劾文を発表させ（179番参照）、それに続いてツェランが「全く一篇の詩たりともエピゴーネンや欺き盗み真似する者ではない」ということに対して異議を唱えた（「非常に奇妙な事柄」『フォーアヴェルツ』一九六一年七月一九日）。それを裏付けるために彼は『バウブーデンポエート』から一つの詩の比較を引用している。ツェランはその数ヵ月前に詩「詐欺師と泥棒の歌」でこうした誹謗に答えていた。歪曲については179番注参照。

＊　信じられない場所［…］扇動者…ヒルシュ──ツェランは一九六一年七月にフィッシャー出版社の社長であるヒルシュと交流を絶った。これらの嫌疑は実証することはできない。

＊　ブレッカーの記事─143・1番と201・1番参照。
＊　友情─202番と203番参照。
＊　それはたくさんなのです─ツェランはゴル事件に関してトランク一杯の資料を残している。
＊　「反論」─163番参照。

208
タイプライターによる手紙の下書き。タイプ複写が一部保管されている。
＊　遺稿のペテン─179番参照。
＊　頭韻する誇張表現─雑誌『バオブーデンポエート』（179番参照）についての『フォーアヴェルツ』に載ったシュレールスの次の発言を参照。「そこでは種々様々なおしゃべりなもの（Geschwätziges）や信念のようなものが（Gesinnungshaftes）天才風（genialisch）に膨張している。真の天才の（Genies）誹謗はその一つとならざるをえなかった。」（207番参照。イタリックによる強調は原書の編者による）。

209
手書きの手紙、手書きの写しが一通保管されている。
＊　シュレールス─207番参照。
＊　下劣な行動─166番参照。
＊　「ユダヤ的」関与─ツェランはここでクレール・ゴル自身のことだけでなく、R・ヒルシュのこと

も意図している（207番参照）。

＊　ビュヒナー賞受賞者の声明―178番参照。

＊　ネリー・ザックス・オマージュ―ツェランは一九六一年六月五日に、ザックスの生誕七〇年記念誌の発起人であるエンツェンスベルガーに、カーザクのような、ゴル事件に協力していたであろう作家たちと並んで載りたくないという理由で、寄稿を断る旨を通知した。しかし一九六一年九月二七日にはネリー・ザックスに献呈する詩「チューリヒ、ツム・シュトルヘン」の寄稿を申し出た（*Nelly Sachs zu Ehren. Gedichte — Proza — Beiträge*, Frankfurt a. M. 1961、三二ページ）。211番参照。フリッシュはこの記念誌には寄稿していない。バッハマンは詩「お前たち　言葉よ」を載せている（九、一〇ページ）。

＊　ピントゥス―クレール・ゴルに促されて、クルト・ピントゥス（Kurt Pinthus, 1886-1975。訳注：ドイツ表現主義の代表的な抒情詩アンソロジー『人類の薄明』を編纂）はアンソロジー『人類の薄明』（一九二〇年初版）の新版で次のように書いた、「たくさんのトラークル調、ベン調、ゴル調が見られる」（Hamburg, 1959、一五ページ）。C・ゴルによるイヴァン・ゴルの文献目録には適合する出版のない一連のタイトルが記載されていた。結局ピントゥスはこのオマージュには参加しなかった。

210

手書きの写しとしてのみ保管されている。この資料はMFAには見つからない。

＊　ケルン―ツェランはすでに一九六一年五月二四日に『ヴェルト』で、マックス・フリッシュが次のシーズンにケルンの市立劇場の演劇製作部の顧問になるということを読んで知っていた（NkPC/

GCL)。

* インゲボルクに―190番参照。

211

手書きの写しとしてのみ保管されている。この資料はMFAには見つからない。

* ウンゼルト［…］ネリー・ザックス・オマージュ―209番参照。

* 話―一九六一年一〇月二一日にツェランは書き留めている、「一昨日フリッシュに電話した、彼に、彼の友情が必要だといった…」（NkPC、二〇二～二〇三番参照）。ツェランとフリッシュは一九六一年にはこれ以降もう会っていない。しかし後に何度か、つまり一九六四年四月一八日にローマで、そして一九六七年九月一九日にチューリヒで会っている（NkPC）。

212

『アンドラ』Andra, *Stück in zwölf Bildern*, Frankfurt a.M.: Suhrkamp Verlag 1961の見返しに手書きで書かれた献辞。後ろにフリードリヒ・トールベルク（Friedrich Torberg, 1908-1979）の批評「恐ろしい誤解。マックス・フリッシュの芝居『アンドラ』のチューリヒ初演についての覚書」（『フォールム』誌、一九六一年一二月、四五五、四五六ページ）の掲載された紙面が挟まれている。封筒は見つからない。

* 『アンドラ』…一九六一年一二月―この本（194番に添えたプレゼントか?）は一九六一年秋に刊行された（初演は一九六一年一一月二日）。ツェランは一九六二年一月三日にこれを受け取ってい

る。あるアフォリズムでツェランは『アンドラ』を「ユダヤ化することについての戯曲」と暗示している（PN 三七）。ジゼルはツェランのために次のように書き留めている、「主人公は本当のユダヤ人で、ユダヤ人を演じている非ユダヤ人であってはいけなかったのだ」（訳注：原文はフランス語）、また「『アンドラ』を読む、卑劣で、寓意的な戯曲、いくつかの性的な自然主義で際立たされている。ユダヤ性が小市民階級の水準におとしめられ、この機会に応じて偽似宗教的見地を持つ、いくらかの悪意を持っている。これはドイツ人を楽しませるだろう、ドイツ人のスターリン的・ゴムルカ（Wladyslaw Gomulka, 1905-1982。訳注：ポーランドの政治家）的な知識人たちや、左派のカトリックたちや汎ゲルマン主義の統合派を」（一九六一年一二月二六日もしくは一月六日、NkPC／GCL）（訳注：原文はフランス語）。新聞記事「リハーサルについての覚書。『アンドラ』の作劇的なもの」（NZZ、一九六二年三月一〇日、NPC）の余白にツェランは「下司野郎と反ユダヤ主義者」（訳注：原文はフランス語）ならびに「彼の日記のテレージエンシュタットについての節を参照せよ、ブレッカー事件での彼の手紙［２０３番］を参照せよ」（同上）と書いている。すでに一九六〇年五月にチューリヒを訪れた際にツェランは、マックス・フリッシュの「ユダヤ的なものに対する態度はどこか病んでいる」と書き留めている（NkPC）。

２１３
手書きの手紙、封筒は見つからない。
＊ クリスマス前—ジゼルは一九五七年一〇月半ば以降、ツェランがバッハマンとヴッパータールで会った後、恋愛関係を（44番参照）再開したことを知っていた。

214
手書きの手紙、宛先は「Mme Gisèle Celan / 78, rue de Longchamp / Paris 16ème」（切手はない）。封筒とカードにピンの跡、つまり花と一緒に送られた。封筒の中には赤い薔薇の葉と花びら。この一そろいがジゼルの日記の中に挟まれていた。

215
手書きの手紙、宛先は「Mademoiselle Ingeborg Bachmann / München 13 / Franz-Josephstraße 9a / (Allemagne)」、消印はパリ、一九五七年一二月二九日、差出人は「Madame P. Celan / 78 rue de Longchamp / Paris 16è」。

216
手書きの手紙、宛先は「Mademoiselle Ingeborg Bachmann / München 13 / Franz-Josephstraße 9a / (Allemagne)」、切手は剝がされている。

* 一九五八年一月二三日―ジゼルはこの日の日記に、ツェランの態度を受け入れるのが彼女には困難であることを記している（PC/GCL II 92/3）。彼はこの日ドイツに、つまりバッハマンのもとへ出発した（86番参照）。

* あなたの詩集を読みました―『猶予された時』（42番）と『大熊座の呼びかけ』（114番注参照）を読んだことについては一月のジゼルの日記参照（PC/GCL II 92/3）。

217
『猶予された時。詩集』R. Piper & Co.Verlag : München 1957, 2. Aufl. と『大熊座の呼びかけ』(R. Piper & Co.Verlag : München 1956, 5. Tausend 1957) の見返しに手書きで書かれた献辞。
* 『大熊座の呼びかけ』―ジゼルの読んだ痕跡が多数見られる。特に詩「履歴書」に。目次につけられているいくつかの印はツェランによるものかもしれない(「わたしに説明して、愛よ」と「白色の日々」に)。ジゼルは別に、多分ツェランに助けられて、一九五八年五月かもしくは八月の日付のある、この詩集の詩の荒削りな翻訳を約二〇篇、一冊のノートに書き留めている。
* 影たちの下に、薔薇たち―バッハマンの詩「影たち　薔薇たち　影たち」の暗示。

218
手書きの手紙、宛先は「Mademoiselle Ingeborg Bachmann / München / Franz Josephstraße 9a / (Allemagne)、消印はパリ、一九五八年四月一〇日。
* 本―『猶予された時』と『大熊座の呼びかけ』。

219
手書きの航空便、宛先は「Mademoiselle Ingeborg Bachmann / Via Generale Parisi 6 / NAPLES / (Italie)、消印はパリ、一九五八年七月[xx]、ナポリ、一九五八年八月六日。
* ル・ムーラン―パリの南西約五〇キロにある古い水車小屋はジゼルの姉のモニク・ジェサン(Monique Gessain, 1921-)の所有であった(101、102番参照)。

＊　親切な手紙――未発見。
＊　パリで――104番参照。
＊　中東――一九五八年七月一四日にイラクで君主制が倒され、国王一家が殺され、共和制が宣言された。この地域全体の安定化をはかり、アメリカ合衆国はレバノンに、イギリスはヨルダンにそれぞれ出兵した。

220
手書きの手紙、封筒は見つからない。
＊　ヴァルト――135・1番注参照。
＊　フリッシュ――フリッシュの病気については131、132番及び200番参照。

221
大幅に訂正されている手書きの手紙の草案。
＊　一九五九年一一月一七日［?］――147番参照。この手紙については一九五九年一一月一五日に書かれた、別の、もっとずっと短い手書きの草案が保管されている（HAN/ONB）。そこには引き続きクラウス宛の手紙の次のような草案も書かれている、「残念ながら二五日にはフランクフルトには行けません、その前は無理／ナニとあなたにウィーンに向かう途上で手紙を何通か‐チューリヒ　チューリヒ旅行は可能ではない？／あなたのインゲ／キルヒガッセ三三番地、チューリヒ」。
＊　パウルの手紙――145番参照。

＊ 私の手紙――１４４番参照。
＊ マックスを裏切らず――１５１番参照。
＊ 小さな小包――１５０番参照。

２２２
手書きの手紙、宛先は「Mme Paul Celan/ 78, rue de Longchamp/ Paris 16ème / FRANCE」、消印はチューリヒ、一九五九年一二月二二日。
＊ あなたはおそらくご存知でしょう――１４７番参照。
＊ 夏に会わなかった――１３２番参照。

２２３
Madame Paul Celan, 78 rue de Longchamp Paris 宛の電報、発信はウエティコン・アム・ゼー、一九六〇年五月二四日、一六時三〇分、受信はパリ、一九六〇年五月二四日、一七時三〇分。
＊ ヨウヤクイマ――バッハマンは、自身が台本を書いた、ヘンツェの『フォン・ホンブルク公子』のハンブルク国立オペラ劇場での初演から戻って来た（一九六〇年五月二二日）。この電報（NkPC に挿入されている）はネリー・ザックスと会う件で１５９番に答えるもの。バッハマンはおそらくツェランがもうすでにチューリヒにいると推測したのであろう。

224
手書きの手紙（レター・ヘッドに「アーバン・ホテル・ガルニ・チューリヒ、シュターデルホーファー通り四一番地」とある）、封筒は見つからない。
＊ とても不幸です—特に最近の剽窃の非難（159番注参照）やフィルゲスとブレッカーの件で（112番と143番参照）。
＊ パウルと一緒に—161番注参照。ツェランはこの晩のバッハマンとの会談を次のように注解している、「インゲボルク（キルヒガッセ）。—一層不幸にするぼやけた話し合い」（TbPC）。

225
手書きの手紙、宛先は「Mme Paul Celan/ 78, rue de Longchamp/ Paris 16ème / FRANCE」、消印はチューリヒ（残りの消印の部分のある切手は剝がし取られている）、差出人は「[I]ngeborg Bachmann, Kirchgasse 33 / Zürich」。
＊ ネリー・ザックス—161番参照。
＊ 仕事—『三十歳』、特に「殺人者や狂人たちのあいだで」。
＊ スペイン—163番参照。
＊ スクオル—137番参照。
＊ チューリヒのサーカス—一九六〇年五月にツェラン、ジゼル、エリックはバッハマンと一緒にクニー・サーカスのチューリヒ公演に行った。多分このサーカスで買ったと思われる小さなハンカチにはピエロたちが描かれている。

226
手書きの速達、宛先は「Mademoiselle Ingebort Bachmann / Haus zum Langenbaum / Seestraße / Uetikon bei Zürich / (Suisse)」、消印はパリ、一九六〇年一二月二日。

＊ チューリヒに…ヴェーバー――166番参照。

＊ 人々が理解するのに――166番注と177番注参照。

＊ 七年間――「反論」を暗示するこの表現はクレール・ゴルが最初に公開状として発表した剽窃の非難（一九五三年、GA187-198）とこの事件の頂点となる『バウブーデンポエート』に彼女が載せた論説（一九六〇年、179番参照）との間の期間を意味している。

＊ 新聞――後のツェランを擁護するテクストについては191番注参照。

＊ N.Z.Z――一九六〇年一二月一日の「jc」と署名のある覚書「いくつもの雑誌への視線」では『ノイエ・ルントシャウ』に掲載された「反論」が、「パウル・ツェランに向けられた非難に対して断固として反対の立場を取る」テクストとして言及されている。

＊ モーラー――174番注参照。右翼的な保守的なスイスのジャーナリスト。彼は一九四二年にナチス武装親衛隊に加わる目的でスイス軍から脱走した。一九五一年にはすでにエルンスト・ユンガーの秘書としてツェランと手紙での接触があり、一九五〇年代半ばにパリで様々なドイツ及びスイスの新聞の通信員として活動していた頃に、ツェランと個人的に知り合いになった。

＊ カーザク――ツェランは一九六〇年一一月二九日のこの電話を書き留めている（NkPC）。クレール・ゴルが弾劾する詩のほとんどが収められている『骨壷たちからの砂』は、ツェランがパリに着く前に成立していた（179番注参照）。

＊「死のフーガ」――166番注参照。
＊ブルク劇場―実際はチューリヒのシャウシュピールハウスの責任者であったクルト・ヒルシュフェルト（173番参照）。
＊彼に電話―バッハマンはおそらく一九六〇年一二月一二日になってようやく電話している（177番参照）。
＊フィッシャー夫人（Brigitte Bermann Fischer）―フィッシャー出版社の共同出資者。ツェランは一九六〇年一二月四日にフランス人のドイツ語ドイツ文学研究者のピエール・ベルトー（Pierre Bertaux, 1907-1986）の家で彼女に会うよう求められていた（NkPC）。クレール・ゴルの友人の誰が同様にその食事に招待されていたかは不明。

227

手書きの速達、宛先は「Mme Paul Celan/ 78, rue de Longchamp/ Paris 16ème / FRANCE」、消印はウエティコン・アム・ゼー、一九六〇年一二月五日、差出人は「Ingeborg Bachmann / Uetikon am See, Suisse」、消印はパリ、一九六〇年一二月六日。
＊六〇年一一月三日―消印参照！
＊パウルが発った後、月曜日に―ツェランは一九六〇年一一月二七日の日曜日にチューリヒを発った（166番注参照）。
＊ソンディの記事――167番参照。
＊郵便の間違いで（キルヒガッセ！）―225番参照。

＊　シャウシュピールハウスの責任者―ヒルシュフェルト。

228
手書きの手紙、封筒は見つからない。カードには上の余白に二つのピンの跡、つまり花と一緒に送られた。

229
『三十歳。物語集』（R. Piper & Co.Verlag : München 1961）の見返しに手書きで書かれた献辞。封筒は見つからない。

＊　ローマ、六一年六月四日―187番参照。

230
手書きの手紙、宛先は「Mademoiselle Ingeborg BACHMANN / Via Bocca di Leone 60 / ROME / Italie」、消印はパリ、一九七〇年五月一二日、差出人は「Gisèle CELAN, 78 rue de Longchamp, Paris 16」、消印はローマ、一九七〇年五月一三日。同封物は、ジャン・ボラック（Jean Bollack, 1923-）による手書きの通知。

＊　五月四日に…セーヌ川に―ツェランは（おそらく彼の住居から遠くないミラボー橋から）セーヌ川に身を投げた。彼の遺体はパリの北方の郊外の町クルブヴォアの丘の塵除け格子の中に発見された。NIB には一九七〇年五月六日の FAZ の編集者の書いた追悼の辞「呪文。パウル・ツェランの死につ

いて」、及び死去のニュースに際してNZZに載ったヴェーバーのインタビュー「パウル・ツェラン」（一九七〇年五月一〇日国外版）、がある。

230・1

* ボラック―ツェランと親交のあったパリ在住のヘレニズム研究家。ジゼルはツェランの作品の管理に関して彼と相談した。ツェランは一九五五年にペーター・ソンディを通じて彼と知り合った。
* ティエ―パリの市境界線の南方にあるパリの墓地。ここにはツェランの長男フランソワ（François、訳注：一九五三年一〇月四日に生まれ、数月後に死亡）が埋葬されており、ジゼル自身も一九九一年に埋葬された。
* 何人かの友人―特にクラウス・デムス。

231

手書きの手紙、封筒は見つからない。

* 一一月二三日―一九七〇年のこの日にツェランは五〇歳になるはずであった。NIBにはそれを機会に、『ヴェルト』に載ったツェランのいくつかの短い散文テクスト、すわなち「ユダヤ的な孤独」（一九六九年）、「もっと灰色の語」（一九五八年）、「二枚舌」（一九六一年）がまとめて新聞機関に掲載されたものがある（一九七〇年一一月二一日、HAN/ONB）。第一のテクストはヘブライ作家同盟を前にしての挨拶であり、残りの二つは一九五八年と一九六一年にパリのフリンカー書店のアンケートに答えたものである。

＊　あなたの短い［挨拶］―未発見。

＊　パリに―バッハマンとジゼルはもう二度とパリで会うことはなかった。

＊　ここ二年来―パリの精神科の大学病院に強制入院した（一九六七年一月から一〇月）後、ツェランはジゼルと一緒の住居には戻らなかった。

＊　あなたの具合が良くない―『マーリナ』を完成させることだけでなく、バッハマンは再三再四、様々な疾患や小さな事故の怪我に苦しんだ。

＊　あなたの花―214、215番参照。

232

手書きの手紙、宛先は「Madame Ingeborg BACHMANN / Via Bocca di Leone 60 / ROME / (Italie)」、消印はパリ、一九七〇年一二月二一日。

＊　祝日―ジゼルは彼女の手帳日記の最後のページにドイツ語で「この年の終りに、／ついに！」と書いている（NGCL）。

＊　ローマ―ジゼルは一九七〇年一二月二三日にローマに出発した。

＊　あなたに会う―ジゼルとバッハマンは一九七〇年一二月二七日と二九日に会った（NGCL）。

＊　クライスキー（Marianne Kraisky（旧姓）Ufer, 1934-）―ツェランのブカレスト時代（一九四五年）からの知人。ジゼルは彼女を一九六五年一月にローマに滞在した際に知った。

233
手書きの手紙、宛先は「Madame Ingeborg BACHMANN / Via Bocca di Leone 60 / (interno 2) ROME」、消印はローマ、一九七一年一月二日。

* フランクフルトで――バッハマンは『マーリナ』の出版社をズールカムプ社に変える件でウンゼルトに会った。

234
手書きの手紙、封筒は見つからない。

* 肩の具合――バッハマンは転倒して肩を怪我した（２３１番注参照）。
* あなたの本…フランス語――『マーリナ』は一九七一年三月に刊行された（Suhrkamp Verlag : Frankfurt a. M. 1971, NGCL）。この小説はツェランの生涯や作品への多くの暗示を含んでいる。ジゼルの所蔵していた、フィリップ・ジャコテ（Philippe Jaccotet）の翻訳によるフランス語版（Seuil : Paris 1973）（入手した日付は「一九七三年七月二三日」、NGCL）は多数の読んだ痕跡をとどめており、その一部はツェランに関するものである。
* グアッシュ――これらのグアッシュの三点はチュービンゲンの展覧会『時代のイメージに即して。ジゼル・ツェラン－レトランジュとパウル・ツェラン』のカタログに転写されている（hersg. von Valéry Lawitschka, Eggingen 2001, Nr. 25-27）。
* 生計を立てるための仕事――ジゼルは一九六八年からグラン・パレにあるドイツ語文学研究所（Paris Sorbonne）の所長であるドイツ語ドイツ文学研究者のクロード・ダヴィド（Claude David, 1913-

1999）の秘書を務めることになった。

＊　何百万フランーアレマンがドイツ語ドイツ文学研究の講座を担当していたボン大学でツェランの歴史批判版の刊行が始まっていたが、ドイツ学術振興会によりその準備作業のために提供された資金。アレマンの助手のロルフ・ビュヒャー（Rolf Bücher）とディートリント・マイネッケ（Dietlind Meinecke, 1938-）は何度もパリに滞在した。一九九〇年以降ようやく最初の数巻が刊行されることとなった。

＊　パリに［…］ローマーバッハマンとジゼルが再会したという根拠はない。

＊　仕事［…］住居ージゼルは一九七一年夏に秘書の仕事を辞めることを予告し、一九七六年にようやくロンシャン通りの住居を引き払った。

＊　パリから一〇〇キローージゼルは一九六二年に手に入れたモアヴィル（ウール県）にある田舎の家に行った。

235

手書きの手紙、封筒は見つからない。

＊　一九七一年三月一八日ー翌日がジゼルの四四歳の誕生日だった。

＊　ローマ、それからウィーン、パリの自宅ではもっと孤独です！ーそれともジゼルは「もはや一人ではありません」（訳注：原文はフランス語）と言うつもりなのだろうか？　彼女は特に、テル・アヴィヴ在住のツェランのチェルノヴィッツ時代の学校仲間であり友人であったダヴィトとミハル・ザイトマン夫妻（David / Mihal Seidmann）、バッハマン、M・クライスキー（ローマ）ならびにデムス夫妻

（ウィーン）を暗示している。

＊　ソンディ―おそらく口頭で伝えられたこの伝達の内容は不明。バッハマンはソンディと一九五九年以降親交を結び、一九六八年にローマで会っている。

＊　メルクール［…］アンドレ・デュ・ブーシェ―*Strette. Poèmes suivis du Méridien et d. Entretien dans la montagne* のためにツェランは自分自身で詩と散文を選び、アンドレ・デュ・ブーシェ（André du Bouchet, 1924-2001）、ジャン・ピエール・ビュルガール（Jean-Pierre Burgart, 1933-）、ジャン・デーヴ（Jean Daive, 1941-）による翻訳を指揮した（「指導されて」とデュ・ブーシェは編集者の覚書に書いている）。この選集はすでに一九七一年三月一五日に刊行され、少なくとも二巻がツェランの生前の三月一九日頃に出版されていた。すなわち『言葉の格子』（ツェランの献辞参照、PC/GCL）と『闇の関税』（*Schwarzmaut*）（一九六九年、PC/GCL）である。後者は完全に意図的に一九六九年三月一九日に、つまり彼女の四二歳の誕生日に店頭に出された。フランス語詩人、デュ・ブーシェはツェランの晩年の困難な時期に彼と近しく交わり、ツェランの作品を翻訳しているが、同様にツェランもまたデュ・ブーシェの作品を翻訳している。ジセルは彼と交流を持ち続けた。

＊　あなたの新しい本［…］ドイツ―バッハマンは『マーリナ』の出版のためにフランクフルトに赴いた。

236

手書きの挨拶、封筒は見つからない。

＊　『一九七一年末に』―三枚のエッチングのうち二番目のものだけが発見されている（クリスティア

ン・モーザー（Christian Moser）所蔵）。バッハマンはそれぞれ一〇番のものを持っていた（図版18参照）。

237

手書きの手紙、封筒は見つからない。

＊ 四年前から―つまりツェランと別れて以来。

＊ 生きること、生き続けること―こうした困難な状態の結果、ジゼルはこの年のうちに自殺未遂を図る。

＊ オーストリア人の友人―画家、版画家のユエルク・オルトナー（Jörg Ortner, 1940-）。ツェランは一九六三年から彼と交流があった。

＊ アレマン［…］ボン―このような問題のためにジゼルは死ぬまでツェランの作品を自分で管理した。ジゼルは日記で一九七三年三月二四日から二七日までのボンでのアレマンとの会談を総括している。

＊ オーストリア［…］アフリカ―オーストリア生まれのバッハマンは一九五三年以降、ドイツ（ミュンヘンとベルリン）、スイス（チューリヒ）、そしてイタリア（ナポリとローマ）と、ほとんどもっぱらオーストリア以外の国で暮らした。一九七三年春に予定されたアフリカ旅行は実現しなかった。

＊ 「一九七三年に向かって」―このエッチングは未発見。

年譜

B　B／C　C

一九二〇年一一月二三日
パウル・ツェラン、ブコヴィーナ地方の町チェルノヴィッツに、ドイツ語を話すユダヤ人家庭に生まれる。

一九二六年六月二五日
インゲボルク・バッハマン、クラーゲンフルトに生まれる。
二年後に妹のイゾルデが、一三年後に弟のハインツが生まれる。

一九三二年
父が NSDAP（国家社会主義ドイツ労働者党）に入党。

一九三八年三月二日
ヒットラーがクラーゲンフルトに進駐。

一九三九年九月
父が軍隊に召集される。

一九四二年六月
両親、すなわち母フリーデリケ・アンチェルと父レオ・アンチェルが、ナチスの強制収容所に抑留される（一九四二年～一九四三年にかけての冬にウクライナ、ミハイロフカの強制収容所で死亡）。

一九四五年五／六月
ウィーン出身のユダヤ系のイギリス占領軍将校ジャック・ハメッシュと出会う。

一九四六年一〇月
インスブルックとグラーツで始めた哲学の勉強をウィーンで続ける。住居はウィーン三区、ベアトリックス・ガッセ二六番地。

一九四七年一二月一七日
ブカレストから逃亡し、ブダペストを経由して、ウィーンに辿り着く。

一九四八年五月一六日
バッハマンとツェランの最初の出会い。

同年五月二〇日
恋愛関係が始まる。

一九四八年六月末
ウィーンを発ち、インスブルック経由（同年七月五日〜八日）で、パリに向かう。

一九四八年七月一三日
パリ到着。
住居は八月以降（?）エコール通り三一番地（パリ五区）。

一九四八年八月（?）
「エドガー・ジュネ。夢の夢」

一九四八年九月
『骨壷たちからの砂』

一九四九年六月
ウィーン三区、ゴットフリート・ケラー・ガッセ一三番地に転居。

一九五〇年三月二三日
博士号学位授与（博士号請求論文のテーマは「マルティン・ハイデッガーの実存哲学の批判的受容」）。

一九五〇年一〇月一四日〜一二月半ば
バッハマンがパリに滞在する。

一九五〇年一二月末〜一九五一年二月
パリからロンドンに向かい、当地に滞在。

一九五一年二月二三日〜三月七日
バッハマンがパリに滞在する、その後ウィーンに戻る。

一九五一年四月〜八月
アメリカ占領軍当局に勤務。

一九五一年九月〜一九五三年七月末
ラジオ放送局ロート・ヴァイス・ロートで脚色家として、後には編集部員として働く。

一九五一年一一月初め（?）
ジゼル・ド・レトランジュと初めて出会う。

一九五二年二月二八日
『夢との取引』が初放送される。

一九五二年五月二一日〜六月六日
ドイツに滞在、特にグルッペ四七の会合でニーンドルフに。

一九五二年五月二三日〜二七日
ニーンドルフとハンブルクで会う。

一九五二年一一月一日
ハンス・ヴェルナー・ヘンツェと出会う。
一九五三年以降何度か共同生活を送る。

一九五二年一二月二三日
ジゼル・ド・レトランジュと結婚。

一九五二年一二月／一九五三年一月
『罌粟と記憶』

一九五三年五月
グルッペ四七賞受賞（マインツ）

一九五三年七月
ロタ通り五番地（パリ一六区）に転居。

一九五三年八月
クレール・ゴルによる最初の剽窃非難がドイツの批評家、放送局、出版社に送られる。

一九五三年八月〜一〇月
イシア島のヘンツェのもとに滞在する。その後も一九五四年から五五年の冬、さらに一九五五年の二月から八月の間、ヘンツェのもとで暮らす。

一九五三年一〇月
ローマに転居。住居はピアッツァ・デラ・クエールチャ一番地

一九五三年一二月
『猶予された時』

一九五五年三月二五日
『コオロギたち』がヘンツェの音楽とともに初放送される。

一九五五年五月
ドイツ連邦産業連盟文化圏文学賞受賞。

一九五三年一〇月七日／八日
長男フランソワが誕生するが、まもなく死亡。

一九五五年六月六日
次男エリック誕生。

一九五五年六月
『敷居から敷居へ』。
「ジゼルのために」という献辞が付されている。

一九五五年七月
モンテヴィデオ通り二九番地の二（パリ一六区）に転居。
フランスに帰化する。

一九五五年七／八月
アメリカ合衆国のハーヴァード大学の国際セミナーに参加。
ニューヨークを訪れる。

一九五六年一〇月
『大熊座の呼びかけ』

一九五六年一一／一二月
パリに滞在する。
（ドゥ・ラ・ペ・ホテル（ブランヴィル通り六番地）に宿泊。
ツェランには知らせなかった）。

一九五七年一月
ローマ、ヴィア・ヴェキアレッリ三八番地。

一九五七年一月二六日
自由ハンザ同盟都市ブレーメン文学賞受賞。

一九五七年四月
『猶予された時』第二版

一九五七年九月
ドイツ産業連盟文化圏文学賞受賞。

一九五七年一〇月一一日〜一三日
ヴッパータール連盟の会合「文学批評‐批判的にみて」で再会する。

一〇月一四日
会合の後、ケルンで会う。
恋愛関係が新たに始まる（一九五八年五月まで）。
その後、多言語雑誌『ボッテーゲ・オスクーレ』の一九五八年一一号のドイツ語部門を共同で責任編集する。

一九五七年一一月
ロンシャン通り七八番地（パリ一六区）に転居。

一九五七年一二月二日〜一一日
ドイツ旅行。

一二月七〜九日
ツェランがミュンヘンのバッハマンのもとに滞在。

一九五七年九月〜一九五八年五月
ミュンヘンのバイエルン・テレビ放送局で文芸部員として働く。
当初の住居はビーダーシュタイナー通り二一ａ番地。

一九五七年一二月半ば
フランツ・ヨーゼフ通り九a番地に転居。

一九五八年一月二三日〜三〇日
ドイツ旅行、
特にブレーメン（同年一月二六日に自由ハンザ同盟都市ブレーメン文学賞受賞）。

一九五八年一月二八日〜三〇日
ツェランがミュンヘンのバッハマンのもとに滞在。
『罌粟と記憶』（一九五五年・第二版）の個々の詩に内密で手書きで献辞を付ける。

一九五八年四月
ドイツ連邦軍の核武装に反対する抗議声明に参加。

一九五八年五月四日〜八日
ドイツ旅行

五月七日
ツェランがミュンヘンのバッハマンのもとに滞在。
恋愛関係は終わる。

一九五八年五月二九日
『マンハッタンの善い神様』初放送。

六月二三日〜七月初め
バッハマンがパリに滞在。
ツェランとは六月二五日、三〇日、七月二日に会う。
バッハマンとジゼルが初めて個人的に会う。

一九五八年七月三日
パリでマックス・フリッシュに出会う。

一九五八年九月
アルチュール・ランボー『酔いどれ船』（翻訳）。
アレクサンドル・ブローク『十二』（翻訳）。

一九五八年一一月
『マンハッタンの善い神様』

一九五八年年末
レコードアルバム『時代の抒情詩』に
バッハマンとツェランも録音。

一九五八年一一月〜一九六二年秋
フリッシュと同棲。
当初はチューリヒ、フェルデーク通り二一番地。
一九五九年三月からはウエティコン・アム・ゼー。
一九五九年六月以降は、時にフリッシュも一緒に、かなり長期にわたりローマ滞在。

一九五八年一二月初め
博士試験受験有資格者ジャン・フィルゲスが、ボンでのツェランの朗読（一九五八年一一月）の後に知人たちが描いた反ユダヤ主義的なカリカチュアを弁護する。

一九五八年一二月三日
フリッシュとパリを訪れるが、ツェランには知らせなかった。

一九五九年三月
『言葉の格子』

一九五九年三月一七日
戦傷失明者の放送劇賞受賞。
受賞スピーチ「真実は人間に要求しうる」。

一九五九年七月一九日、二二日
初めて個人的にツェランとフリッシュが会う。

一九五九年一〇月
チューリヒ、キルヒガッセ三三番地に仕事場を構える。

一九五九年一〇月以降
高等師範学校（エコール・ノルマル・シュペリユール）（ウルム通り）のドイツ語・ドイツ文学講師の職に就く。

一九五九年一〇月一一日
ベルリンの『ターゲスシュピーゲル』にギュンター・ブレッカーによる『言葉の格子』の書評が掲載されたが、ツェランはこれを反ユダヤ主義的と受け取った。

一九五九年一一月
オシップ・マンデリシュターム『詩集』（翻訳）

一九五九年一一月二五日〜一九六〇年二月二四日
フランクフルト大学の詩学の講師を勤める。

一九六〇年一月半ば
バッハマンの第三回「フランクフルト講義」（一三日か？）。ツェランもフランクフルトで『若きパルク』を朗読するが、両者は会わなかった。

一九六〇年三月
ライプツィヒの抒情詩シンポジウムに参加。

一九六〇年三月
ポール・ヴァレリー『若きパルク』（翻訳）

一九六〇年四／五月
クレール・ゴルによる剽窃非難が

ミュンヘンの雑誌『バウブーデンポエート』で公表される。
五月、フランクフルトでS・フィッシャー出版社の代表者たちやクラウス・デムスと協議し、
『ノイエ・ルントシャウ』に「反論」を掲載することを検討する。

一九六〇年五月二二日
バッハマンが台本を書いたヘンツェのオペラ『公子ホンブルク』の初演。

五月二五日〜二八日
ツェランはネリー・ザックスのドロステ賞受賞をきっかけとしてチューリヒに滞在。
何度かバッハマンと会う。時にジゼルやフリッシュも同席する。

一九六〇年八月
「山中の対話」を『ノイエ・ルントシャウ』に発表。

一九六〇年一〇月二二日
ダルムシュタットでゲオルク・ビュヒナー賞受賞。

一〇月三〇日
ルーヴル・ホテルで会う。
フリッシュとジークフリート・ウンゼルトも同席する。

一一月二〇日頃
ツェランへの剽窃非難に対する「反論」がバッハマン、クラウス・デムス、マリー・ルイーゼ・カシュニッツの署名入りで『ディ・ノイエ・ルントシャウ』に掲載される。

一一月二五日～二七日
ツェランがチューリヒに滞在。地域を限定しないジャーナリズムの剽窃非難との関連で毎日話し合いを重ねる。これが両者の最後の個人的な出会いとなる。

一九六一年一月
ビュヒナー賞受賞スピーチ『子午線』

一九六一年三月
セルゲイ・エセーニン『詩集』（翻訳）

一九六一年六月
『三十歳』。
ローマにフリッシュと住居を構える（ヴィア・デ・ノターリス1F）。

一九六一年夏
ジュセッペ・ウンガレッティ『詩集』（翻訳）

一九六一年末
バッハマンの最後の手紙、
フリッシュとともにツェランとジゼルへのクリスマスの挨拶。

一九六二年秋
フリッシュと別れ、その結果、精神的に深刻な危機的状況に陥る。

一九六二年末／一九六三年初頭
チューリヒの診療所に入院。

一九六三年春〜一九六五年末
ベルリン滞在、当初は芸術アカデミー内に住むが、
一九六三年六月以降は
ベルリン・グルーネヴァルト、ケーニヒスアレー三五番地。

一九六三年七／八月
ベルリンの診療所に入院。

一九六三年一〇月末
『誰でもない者の薔薇』

一九六四年
『様々な死に方』に取り組み始めるが、
亡くなる時まで構想の変更、中断、再開が繰り返される。

一九六四年四月一六日
ツェランとフリッシュがローマで会う。

一九六四年一〇月一七日
ダルムシュタットでゲオルク・ビュヒナー賞受賞。

一九六四年一二月一二日
ローマでアンナ・アフマトーヴァと会う。

一九六五年
ビュヒナー受賞スピーチ「不慮事と発作の場所」。
ギュンター・グラスによる挿絵が入れられている。

一九六五年四月七日
バッハマンが台本を書いたヘンツェのオペラ『若い貴族』の初演。

一九六五年二／三月、
一九六五年一一月、
一九六六年五月と晩夏、
一九六七年二月
バーデン－バーデンでそれぞれ数週間の入院。

一九六五年一一月二四日
ジゼルに対して殺害未遂、

その後いくつかの精神科の診療所に強制入院（一九六六年六月一一日まで）。

一九六六年六月

ゴル事件の際のS・フィッシャー社の対応への不満から、出版社をズールカンプ社に変える。

一九六六年秋～一九七一年末

ローマ、ボッカ・ディ・レオーネ六〇番地。

一九六七年一月三〇日

ジゼルへの殺害未遂ならびに自殺未遂。その後精神科の診療所で緊急手術及び強制入院（同年一〇月一日まで）。

四月にジゼルが別居を申し出る。

一九六七年三月一八日

ピーパー出版社が、アフマトーヴァの翻訳者としてツェランではなく、ナチスの過去のある作家ハンス・バウマンを選んだことにより、同出版社と袂を分ち、出版社をズールカンプ社に変える。

一九六七年七月三〇日

ツェランのバッハマンへの最後の手紙。

九月一九日
チューリヒにおいてツェランとフリッシュのおそらく最後の出会い。

一九六七年九月
『息の転換』

一九六八年九月
『糸の太陽たち』

一九六八年一一月から一九六九年二月まで
精神科の診療所に最後の強制入院。

一九六八年一一月二一日
オーストリア国家文学大賞受賞。

一九七〇年四月二〇日頃
セーヌ川に投身自殺。

一九七〇年六月
『光輝脅迫』

一九七〇年夏
すでに完成していた『マーリナ』の清書稿にツェランの死の後に書いた第一章のメルヘン「カグランの王女の秘密」を挿入する。

一九七〇年一二月二七日、二九日
ジゼルとバッハマンがローマで会う。

一九七一年三月
『マーリナ』

一九七一年九月
『ジムルターン』

一九七二年初頭以降
住居はヴィア・ジウリア六六番地、パラッツォ・サケッティ。

一九七二年五月二日
オーストリア工業経営者連合のアントン・ヴィルトガンス賞受賞。

一九七三年一月二日
ジゼルのバッハマンへの最後の手紙。

一九七三年三月一四日
父死去。

一九七三年五月
ポーランドに朗読旅行。
絶滅収容所アウシュヴィッツを訪れる。

一九七三年夏
フィリップ・ジャコテによる『マーリナ』のフランス語訳。
一九七三年九月二五／二六日夜
重度の火傷を負う。
一九七三年一〇月一七日
ローマの診療所で死去。
一九九一年四月四日
マックス・フリッシュ（一九一一年生まれ）がチューリヒで死去。
一九九一年一二月九日
ジゼル（一九二七年生まれ）がパリで死去。

編者解説

「さあ私たちは言葉を見つけましょう」
インゲボルク・バッハマンとパウル・ツェランの往復書簡について

バルバラ・ヴィーデマン／ベルトラン・バディウ
二〇〇八年二月

一九四八年五月、占領下のウィーンで出会い、恋愛関係を結ぶようになるこの二人の男女のそれまでの運命は非常に異なっていた。すなわち、哲学を勉強する、かつてのオーストリア・ナチス党員の娘と、チェルノヴィッツ出身のドイツ語を話す無国籍のユダヤ人。彼は両親をドイツの強制収容所で失い、自身もルーマニアの労働収容所を生き延びてきた。この乗り越えることのできない違いから、彼、パウル・ツェランはユダヤ人の詩人としてドイツ語の読者に対して書くということを導き出した。そしてユダヤ人の惨劇の後に果たすべきドイツ語の詩に対する高い要求を導き出したのである。彼女、インゲボルク・バッハマンは、この出会いの前にすでにドイツとオーストリアの直前の過去に向き合っていたが、ツェランとの出会いは彼女にとって、生涯にわたり過去を忘却することと闘う新しい動機となり、そしてまたツェランの詩作を支持する動機ともなった。この違いが、そしてまた、それでもまさにこの違いから生まれる、時に非常に深刻な障害の後でなお繰り返し対話しようとする努力が、一九四八年五月・六月の最初の詩の贈り物から一九六七年秋の最後の手紙に至るまで、彼ら二人の手紙にとって決定的な役割を果たした。これは劇的であると同時に感動的な、偉大な生の一証言である。といってもこの証言は、様々な長年の憶測で期待されていたものではない。インゲボルク・バッハマンとパウル・ツェランの関係について私たちが知っていたこと、あるいは両者の作品に表現されていることの確実な根拠を、ついに本書が差し出すことになったのである。

戦後のドイツ語詩の代表として一九五〇年代、しばしば同時に呼ばれたこの二人の生の中心にあったのは書くことである。しかし書くことは二人にとって簡単なことではなかった。手紙を書くこともまたそうであった。言葉をめぐる格闘が、語との闘争がこの往復書簡の中心的位置を占める。彼らは繰り返し発送されなかった手紙について言及する。それらの手紙の多くは書き損じられ、投げ捨てられ、それでもあれこれと試みが繰り返し続けられ、その試みはこの間に存在していた疑いを証明している。投函されなかった手紙の草案がずっと後の手紙に同封されることもあるが、それらもつねに完全であるとは限らない。なぜならばかつて言いたかった色々なことがもはや送られた時点では相手に知られたくないからだ。その間に過ぎ去った時間もそれらの草案から「緊迫感を失わせる」からである。そのようにして、それらは当時相手に言えなかったことを伝えることができる。あるいは書けなかったことを、と言った方がよいかもしれない。というのも口で伝えることの方をとりわけバッハマンは信頼していた。だから時には仲裁してくれる友人たちが語ってくれることに信頼を置き、彼らの方がうまく困難な状況を話すことができる、と彼女は考えたからである。「君はわかっている」や

「あなたはわかっていますとも」が頻繁に直接的な発言の代わりになる。電報や短い手紙が詳細な手紙を書くことを予告するが、そうした手紙が実際にいつも書かれることになるとは限らない。そして繰り返し手紙をほしいと頼む、否、むしろ、懇願する言葉が発せられる。「ただどうか私に書いて」（26番）という言葉にバッハマンの要求は集約される。そしてツェランは、かなり奇妙な言い方でこの頼むことすら彼にはいかに難しいかを明らかにしたこともある。つまり「今、君に、ただ数行だけ書きます、君に同じように数行書いてほしいから」（195番）と。時に、相手の執拗な沈黙が返事を待つ者にその沈黙の理由が自分自身にあることを考えさせる。「ぼくが電報でまくしたてて、君が書くことを一層難しくしてしまった」（116番）、あるいは「私はもしかしたらあまり賢くない手紙を書いたのかもしれません」（34番）。あとはもう対話の可能性を切望することだけが残る場合もある、「さあ私たちは言葉を見つけましょう」（148番）。一方を、あるいは他方を苦しめる沈黙、しかしまた二人ともが押し黙りながら合意することによって保持される沈黙は、この書簡集の重要な要素の一つだ。

この書簡集は六つの時期に区切ることができるが、その区切りは二人の生涯の伝記的な転換点と密接に関連している。本書には手紙、葉書、電報、献辞、会話のメモからなる一九六の資料が収められている。その最初の時期は、ウィーンでともに過ごした数週間であり、一九四八年六月末にツェランがパリへ出立することで終わる。一九五二年五月末にニーンドルフのグルッペ四七の会合で出会ったが、これを契機にかなり長い間両者の関係は疎遠になる。一九五七年一〇月、ヴッパータールでの会合の後に恋愛関係が再開される。そして翌一九五八年夏にバッハマンはマックス・フリッシュと出会う。そして最後にイヴァン・ゴル未亡人のクレール・ゴルによる剽窃誹謗によって惹き起こされたゴル事件が頂点を迎えた後、一九六一年末にツェランの精神的状況が極めて危機的状況に陥る。このゴル事件によってこの往復書簡もまた、ツェランが他の者たちと交わした往復書簡と同様に、「往復」という意味では本来的な終結を見る。これらは、断絶期をもつという特徴があり、非常に豊かに変奏される書簡形式の対話のいくつかの頂点をなしている。これらの転換点によって区切られる時期はそのどれもが、それぞれ独自の調子、独自のテーマ、独自のダイナミズム、独自の沈黙の形によって、そしてそれとともに繰り返し新たに定められるアシンメトリーによって、独自の様相を持つ。

最初の時期、つまりウィーンでの出会いの時期を示すのは、一つの素晴しい資料、つまりツェランの献呈詩「エジプトで」の送付である。これによって二人の親愛関係を最初から最後まで規定する本質的な要素が明らかになる。この詩は、そのタイトルが亡命状況を示しているが、十戒の修辞法を用いて、一方の、「お前」もそれに属する、ユダヤ人の名前で考えられている三人の女性たちと、他方の、ただ異郷の者であるという特徴だけを与えられている女性との間にある、根本的な対立を明らかにする。ある名づけられない上位の者の課す九つの掟で、「お前」には、話す者そして愛する者として、対立するこの両方の側に対する仲裁的な関係が義務とされる。それは性愛的な関係であると同時に、違いを忘れないでいる詩人である作者と詩を読む者の間の関係でもある。過去に属する者たちを悼む悲しみなしには、現在に位置する異郷の女性が「お前」に結びつくことは不可能である。けれども、ただ非ユダヤの、名前を持たない女性に愛情を寄せることだけが、苦痛の中で「お前」に属している、あの失われた女性たちを記憶することを可能にする。バッハマンはこの異郷の女性であるのではない。ほぼ一〇年後にツェランはまさにこの詩で明らかにする、いかに彼が生と詩の関係を異なって見るようになったかを。つまり生と詩は、読むという出来事の中でつねに新たに今日のものとされうるのだ。すなわち「ぼくはそれを読む度に、君がこの詩の中に現れるのが見える。君は生の根幹だ、なぜならば君はぼくが話すことを正当化するものであり、そして正当化するものであり続けるからという理由からも」(53番)。つねに新たに「詩の・中に・現れること」は可能になる、なぜならばこの出会いには、何か「類例的なもの」(18番と19番)がある。たとえこの、まさにバッハマンが初期のパリの手紙で入念に消した語を取り上げて、ツェランがそれに異議を唱えるとしても。そしてまさにこのことがこの献呈詩にすでに書き込まれているのだ。

この直後の時期には、二人のどちらにも、彼らの出会いが互いにとって、またそれぞれ自身の詩作にとって何を意味するのかはこれほど確かではなかった。一九四八年末から一九五二年春までの間、手紙のやり取りはかなり間遠になるが、そこで交わされる手紙からは、二人がウィーンでの出来事について考えをめぐらし、別離を決定的であると理解し、それでもなおこの関係が生き続けることのできる形を見出そうと模索する様子が見られる。あのわずかなウィーンの日々は基点であった、たとえそれらは繰り返すことはできないとしても。結局、ただ「友情」だけが可能なものとして残った。この時期に繰り返された挫折をツェランは、後の一九五七年になって、「取るに足らないこと」によって訳もわからず「死に駆り立てられた」(63番)と描写する。恒常的に重ねられる誤解の真の理由は読者にはわからない。共通の友人であるクラウス夫妻が仲裁を試みた会話もわずかな痕跡しか残さず、バッハマンの一九五〇年と一九五一年の二度のパリ滞在は何の痕跡も残さなかったに等しい。しかしいくつかの新しい試みの主導的立場を取るのはバッハマンの方であるのは明らかであろう。そしてまた物理的にだけでなく、感情的にも、この書簡形式による対話により多く参与しているのはバッハマンであることも。当然ながら、最後になって彼女はこう言わざるを得ない、「私は一か八かの勝負に出て、負けました」（28番）と。だがしかし、この時代の手紙の中心を占めているのは驚くほどツェランの事柄である。その際重要な役割をなしているのは彼の作品であり、それにバッハマンは可能な限り心を砕こうとしている、この相対的な距離の中にあっても、そしてまさにその距離の中において。彼らの手紙は、失われたものを呼び起こそうとする、御伽噺のような、「ロマンティックな」（20番）調子と、雑誌や出版社についての、あるいはニーンドルフ行きのバスの通過地点についての完全に事務的な指示との間で揺れている。その揺らぎは時には一つの手紙の中にすら見られる。後に一九五八年初めに、二人が『ボッテーゲ・オスクーレ』誌のためのテクストを編纂することになった時と同様に、このような裂け目が手紙そのものの中で省察されもする。

ニーンドルフの後の長く、涸渇した時代、つまり五年以上の歳月において一一通の手紙だけしか交わされていないこの時代は、ツェランからの一冊の献呈本を除けば、完全にバッハマンの手中にある。彼女は少なくともツェランが提案した、友人としての結びつきを維持することに努める。ただ生きていることを示すためのしるしとして、第三者の葉書の挨拶に署名する（こうした署名は二人の往復書簡においてこれ以外には一九六〇年の春の困難な時期においてもう一度だけ見られる）だけにせよ、あるいはもっと「無言で」、出版社から彼女の名前で本を贈らせるだけにせよ。しかしここで初めてバッハマンの作品が姿を表す。それは献呈本だけでなく、ツェランが責任編集したオーストリアの詩のアンソロジーのために手紙に同封された四篇の詩である。まさに無礼とも言うべきやり方で、これらに対してツェランは何の意見も表明していない。だが彼がもっと小さな別の選集にこれらの詩から一篇の詩を採ったことは非常に印象的である。その詩「ウィーンの郊外の大きな風景」の詩的な言葉の後ろには彼らの共通のウィーン体験があるだけではない。この詩は、バッハマンが、ツェランの初期の詩、つまり彼女がウィーン時代に知っていた彼の詩を引用しているいくつかの詩のうちの一つなのだ。アンソロジーに関する彼女の手紙に対しツェランから返事のないままに終わった後、何年間にもわたり、ほとんど手紙のやり取りは途絶える。この間、バッハマンは一九五六年にかなり長期にパリに滞在したこともあったが、おそらくそれもツェランには知らせなかった。だが手紙のやり取りの外で、バッハマンはこうした詩的な方法で対話を続けていたように思われる。なぜならば一九五三年以降に生まれた『大熊座の呼びかけ』の詩の多くが、すでに『猶予された時』のいくつかの詩がそうだったように、ツェランのかつての、しかしまた時に現今の作品、つまり『敷居から敷居へ』を引用しているからだ。バッハマンは『敷居から敷居へ』の個々の草稿をおそらく第三者から受け取って所有していたと考えられる。ツェランはこの引用するという対話を、バッハマンが本にする前に雑誌に掲載した作品によって知ることができたが、これはバッハマンの意図したことかもしれない。例えば『ヤーレスリング54・55』に載った「遊びは終わりました」や「ある島からの歌」の一部によって。この年鑑にはツェラン自身の詩も掲載されていた。しかしこの「対話」も一方的なままであった。このような詩的な返事すらバッハマンは受け取らなかった。しかしバッハマンの作品がツェランの詩の中に姿を表さないということは、彼女が「エジプトで」の後には人としてもツェランの詩の重要な契機になることはなかったということを意味するのではない。明らかに一九五七年から一九五八年にかけて再開された恋愛関係の時代の詩においては彼女はその契機となるからだ。さらにその後の時代のツェランのテクストもまた、二人の間の様々な話し合いや、後になってのいくつもの思い出に関係していると思われる。例えば、おそらく一九五九年秋に生まれた、未発表の詩「お前が来る前に幾歳月が来た」や、一九六一年春に生まれた詩「繊毛の木」、あるいは一九六四年にローマに滞在した後に書かれた詩「真昼に」のように。

しかしツェランもまた対話を続けていたことは、ヴッパータールでの再会の後、手紙が急速に性急さを帯び始めることが示す。彼がバッハマンに新しく向き合おうとすることは確かに「準備されていた」。つまり、ツェランは一九五六年にケルンで『大熊座の呼びかけ』を買ったのであった。そして彼は一九五七年夏に、一九四八年以来初めて、ウィーンを再訪した。その時ちょうどローマに滞在していたバッハマンに会うことはなかったが、ここで彼は詩「言葉の格子」を書いた。その中で彼は、特に詩「エジプトで」で表した違いを新しく捉えようと試みた。

いまや再会の後の、この往復書簡の最も短く、同時に最も豊かな時期を支配しているのは、物質的にも感情的にも圧倒的にツェランだ。彼は、バッハマンとの間に限らず、彼のすべての書簡において類をみない一度限りの激しさで手紙を書く。いま、彼は彼女に人としてもう一度、そしてその作品にもしかしたら初めて真に向き合う。いま、彼はこの関係が比類ないことをも熟思する。彼は彼女にあまりに多くの手紙や詩を降り注ぐので、彼女には返事をするのが不可能になるほどだ。いまや彼女が彼に沈黙を求める。少なくとも当初は自己防衛のために距離を促すようにみえる。なぜならばツェランはすでに結婚しており、息子も一人もうけていた。この時期、二人は四度の逢瀬を重ね、電話でも頻繁に会話を交わした。だが書簡形式による対話の密度もまた、この短い数ヵ月が一つの頂点をなしている。その中心にあるのは新しい愛であり、また、古い愛だ。「君はぼくが出会った時、ぼくにとって両方だった。つまり肉体的なものであり、そして精神的なものだった。それは決して別々にはできないのだ、インゲボルク」(53番)。何も添えられずに、ただそれだけが送られたツェランの幾編もの詩は、特に当初は手紙の確かな代わりになっている。幾冊もの献辞の付けられた本や同封された溢れんばかりの多くの詩や詩の翻訳が、この出来事の詩的な次元の証拠である。ウィーンやパリでの出会いへの、当時生まれたいくつもの詩への思い出が、それにともに寄与している。そしてその後の数年間において、この一九五七年一〇月から一九五八年五月の間の体験自身が、いくつもの思い出の基点となる。

フリッシュとの同棲を始めた秋に、バッハマンはこの意味で次のように書く、「過ぎ去った秋は今、この秋の中に押し入ってきます」（107番）。往復書簡は今や、二人自身によっても、またそれぞれのパートナーによっても了承された、友人として互いに向き合う関係という性質を帯びるようになる。とはいえそうした関係は決して常に問題がなかったわけではない。補足的にここに掲載しているフリッシュとツェランの間で交わされた十六通の手紙、ならびにツェラン夫人であるジゼル・ツェラン－レトランジュとバッハマンの間で交わされた二十五通の手紙は、ツェランとバッハマンの書簡形式による対話に密接に引き入れられている、いやむしろ、事実その一部となっている。これらの手紙のいくつかがバッハマンとツェランの間の論議のテーマになるからだけではない。相手のパートナーに宛てた少なからぬ手紙は、本来的な名宛人に向けて書くのが困難であるか、もしくは不可能であるように思われた場合、その名宛人の代理として書かれているのだ。そしてそれによって時に両者の書簡形式による対話が初めて再開されることもある。

この時期、ツェランとバッハマンの往復書簡における文学的な対話の全体において決定的な役割を果たしているテーマの一つが先鋭化される。それはまた自身の創作に対する二人のそれぞれ異なる要求と結びついてもいる。すなわち、ツェランが「死のフーガ」について動揺して書いた一つの手紙（145番）で述べるように、詩作は、もしそれが「墓碑銘」として理解されるならば、どのような妥協に耐えられるか？　もしも生活費の保証をつねに考えに入れねばならないならば、どのような妥協に耐えられるか？　結婚によって物質的に安定を確保されたツェランとバッハマンは全く異なる状況下にあったことを言い添えなければならない。そしてそれぞれの相手の作品はどのような支援を必要とするか？　バッハマンは完全に原則的にツェランの作品に味方する。逆にツェランはバッハマンの作品に対してそのような無条件の同意はしていないように見える。彼はおそらく、バッハマンの詩や放送劇や物語や翻訳は自ずから成功したのであり、それゆえ特別な支援は必要としない、と考えていたのであろう。すでに一〇年前そうだったように、この時、つまり一九六一年になってもなおツェランは、オーストリアやドイツにおいて、ユダヤ人である彼自身の作品は様々な軋轢を受けていると感じ、それに比して、非ユダヤ人女性であるバッハマンには文学的活動のはるかに大きな可能性が許されていると過大に評価していた。

初期の献呈詩に表された違いは、二人がマルティン・ハイデッガーに対する自身の関係を特異な手紙で述べる時にも、その背後で相変わらず決定的な役割を果たしている。つまり、バッハマンがハイデッガーと彼の政治的なかかわりを、学位請求論文の時代から持っている深甚な知識から精緻に言及するのに対して、ツェランは彼に典型的な方法で、ハイデッガーの評価を、ドイツの過去のまさに今日認められるアリバイ「工作」と関係付ける。つまりきっぱりと、そしてこの今日というものと無関係には、彼を「裁く」ことをしないのである。

バッハマンがフリッシュとともに暮らす中で、少なくとも当初はツェランとバッハマンの関係も物理的に均衡が取れるようになったことによって、二人の書簡形式による対話の態度には変化が見られる。例えば以前の一九五三年以降の数年間においてツェランは頑なに沈黙し続けたのとは異なり、今、クレール・ゴルによる剽窃非難が始まると、同時代人や読者たちによって彼が受けた様々な深刻な侮辱をバッハマンに打ち明ける。すなわち一九五八年のボンの朗読会と関連した反ユダヤ主義的な攻撃、一九五九年のギュンター・ブレッカーによる『言葉の格子』についての、反ユダヤ主義的と受けとめられた書評、そして一九六〇年の新しいいくつもの剽窃非難。ツェランがこれらの侮辱を受ける度に、常に変わらずバッハマンはツェランに歩み寄り、彼に力を貸そうとする。しかし往復書簡の均衡は、バッハマンの自意識においてもまた、かつてなかったほどはっきりと映し出されている。というのは今や彼女は彼に力を尽くすのと同時に彼にその見返りを求める。つまり彼もまた彼女のかかえる様々な問題を認知するよう求める。彼女はフリッシュとの関係において問題を抱えていたが、その一部はツェランが彼への無条件の連帯を要求することによって惹き起こされた。あるいはまた凡庸な物質的な事柄について、さらにはドイツの文学活動に関しても問題を抱えていた。バッハマンは一九五八年初頭の手紙ですでに抒情詩から散文への転換を暗示しているが、それが実行に移されたのはまさにこの時期であった。だがこのことはジャーナリズムによって決して好意的には迎え入れられなかった。付け加えるならば、ツェランもまた、まさにこの時期、散文テクストに新たに取り組み、しかしバッハマンのようにもっぱら、そして最終的にそれを選び取ることを再び放棄する。一九五八年に、バッハマンがフリッシュと出会う直前に、ツェランに宛てて書いた手紙に同封された短い詩「わたしたちが薔薇たちの雷雨のなかで向かうのは」は、ヴッパータールでの再会の直後にすでにツェランとバッハマンの二人の書簡において一つの役割を果たしていた。そしてそれはバッハマンが唯一度だけ、特別な目的のためにではなくたんに同封した詩としても重要であるが、この光の下では、一つの別離であるように見える。ツェランへの愛からの別離だけでなく、文学的営みの中心としての詩からの別離であるように。この同じ時期にバッハマンは、ウンガレッティを翻訳することによって、これまでは完全にツェランが自分だけのものとしていた、この翻訳という文学的創作の形式にも向かう。一九六一年秋の一つの手紙の草案（191番）で、彼女はツェランと同じ権利を持った友情関係を求め、彼の状況を驚くほど明晰に鋭く解釈する。名宛人に届くことはなかったけれども、これは一つの心を打つ総決算であった。

一九六一年以降の時期の往復書簡は完全にツェランの手中にあり、それは以前、一九五二年から一九五七年までの時期においてはバッハマンが主導権を握っていたのと対照的である。しかしまさに、長い時間を置いて書かれた二通の短い手紙は、二人の間には個人的接触はもはやなく、また二人の関係を新しく始めることをバッハマンが無言で拒絶しているにもかかわらず、いかに二人は互いの方を向き続けていたかを示す。二度ともツェランは、新聞から知り、共通の知人からの情報によって補われたバッハマンの消息に反応している。最後の手紙からは、バッハマン自身の出版社が、アフマトーヴァの翻訳者としてツェランよりも、ナチスの重大な責任を負う詩人、ハンス・バウマンを選んだことに対して、バッハマンが怒りに燃えて断固としてツェランを擁護したことが理解できる。このように短く、かつ感動的な手紙は、たとえ様々な障害があろうとも毀されえない、そういう一つの特別な関係が存在することを、そしてそれは便箋に委ねられた言葉を越えてもなお特別な関係として存在し続けることを表現している。バッハマンとジゼル・ツェラン＝レトランジュとの間の書簡がツェランの死の後もなおも続いたように、そして何よりもバッハマンが長編小説『マーリナ』で繰り返しツェランを引用し、彼と話し合うことを続けたように。

訳者あとがき

本書は二十世紀のドイツ語詩を代表する二人の詩人、パウル・ツェランとインゲボルク・バッハマンが、一九四八年から一九六七年までおよそ二〇年間に渡り交わした手紙、電報、献辞等を収めた往復書簡集 >*Herzzeit.* Ingeborg Bachmann-Paul Celan Der Briefwechsel Mit den Briefwechseln zwischen Paul Celan und Max Frisch sowie zwischen Ingeborg bachmann und Gisèle Celan-Lestrange<（Herausgegeben und kommentiert von Bertrand Badiou, Hans Höller, Andrea Stoll und Barbara Wiedemann. Suhrkamp Verlag 2008）を訳出したものである。すなわち、同書には、ツェランとバッハマンの間の書簡を補完する形でさらに、それぞれが相手のパートナーと交わした書簡が、つまりバッハマンが一九五八年から一九六二年まで四年間生活を共にしたスイス人作家マックス・フリッシュとツェランの間の書簡、ならびに一九五二年にツェランと結婚したフランス人版画家ジゼル・ド・レトランジュとバッハマンの間の書簡も収録されており、本書ではこれらも併せて訳出している。このうちジゼルとバッハマンの往復書簡は原文のフランス語からの吉本素子による翻訳である。同書には編者によるドイツ語の対訳も付されているが、バッハマン及びジゼル自身の表現を再

現することが彼らの意に添うものと考え、フランス語の原文を尊重した。ただし原文のバッハマンのフランス語は文法的に常に必ずしも正確ではなく、その事は編者も注記している。

ツェランとバッハマンの間の書簡類は、両者の没後（ツェランは一九七〇年没、バッハマンは一九七三年没）遺稿として保管されていたが、遺族の意思で公表が禁じられており、公表が許されるのはおそらく二〇二三年以降であろうと推測されていた。それゆえ二〇〇八年に、本書に収められた書簡等が、遺族の了解が得られ、公刊されたことは、一般の読者はもとより、両詩人の研究者にとっても大きな驚きと深い関心をもって迎えられた。

ナチス政権が倒れ、オーストリアが共和国として新しく出発して間もない頃、二十七歳のツェランと二十二歳のバッハマンはウィーンで初めて出会い、親しく交わるようになる。そして四年後の一九五二年五月、ドイツのニーンドルフにおける「グルッペ四七」の会合でともに作品を朗読し、いわば同時にドイツの詩壇に登場した。この時バッハマンが朗読した詩の一つのタイトル「暗いものを言う」には、ツェランの詩「コロナ」の詩行「ぼくたちは暗いものを語り合う」との呼応が認められる。そしておよそ二〇年後の一九七〇年、ツェランの自死の報に接したバッハマンが、この時すでに成立していた彼女の長編小説『マーリナ』の清書稿に挿入したメルヘン「カグランの王女の秘密」と夢の場面は、まさにツェランへのオマージュとみなされている。このように二人の作品が二人の深い文学的関係の痕跡をとどめていることは、これまですでに様々に指摘されてきたが、実生活での二人の関係については、この往復書簡集によって初めて克明に跡付けられるようになった。すなわち本書に収められている書簡類に接する者は、卓越した才能と、過敏ともいえる鋭い感受性をもった二人の詩人の矛盾と緊張を孕んだ、波乱に満ちた恋愛の姿に立ち会うことになるであろう。

しかしこの往復書簡集が興味深い理由はそれだけではない。これらの書簡は当然、二人の作品の背後にある人間としての内的状況の把握の助けとなり、また時には彼らの作品をこれまでとは全く異なる視点で捉え直すことを促すこととなる。

さらに同書簡集は戦後ドイツ語文学における最も重要な問題、つまり「アウシュヴィッツの後で書く」という問題を示すものと考えられる。東欧のドイツ語を話すユダヤ人の家庭に生まれたツェランは両親や同胞を強制収容所で失い、自身は労働収容所に収監され、過酷な労働の日々から辛うじて生還する。こうした体験を彼は後に、「様々な喪失のただ中で、手に届くものとして、近くにあるものとして、失われず残ったものは言葉だけでした。」「私はこの言葉で詩を書こうとしました」、「自身を方向付けるために、自身に現実の構図を描くために」と語っている。つまり彼にとっては「書くこと」とは最も彼の存在にかかわる問題であった。他方、イタリアと旧ユーゴスラヴィアとの国境に近いオーストリア南部の町クラーゲンフルトに「ドイツ語を書きながら、ドイツとはこの言葉によってしか繫がりを持たない」者として生まれ育ったバッハマンは、早くから言葉の限界や言葉とアイデンティティの問題についての意識を目覚めさせられ、長じてハイデッガーならびにヴィトゲンシュタインの研究にも向かう。だが同時に、彼女の故国オーストリアは彼女の少女期にナチス・ドイツに併合され、彼女の父も一時期オーストリア・ナチスの党員となり、第二次世界大戦には将校として従軍したのであり、彼女の詩作は自身がいわば加害者の娘として繫がるナチズムの過去と向き合うことで始まったということができる。このように境遇も立場も対極にあったと思われる二人の詩人はともに、ユダヤ人絶滅という歴史的惨劇に直面し、自身の歴史性を深く考え、真実への高い要求を掲げるために、書くという行為を選び、また他の言語にも通じていたにもかかわらず、あくまでナチスのイデオロギーの形成に与った過去が深く刻みつけられたドイツ語という言葉によって書くことを選んだのであった。この往復書簡集にもまた、彼らの作品そのものとは別の形で、彼らにとってこの「書くこと」が持っていた意味が、はっきりとした苦悶の証しとなっている。

本書の第二部であるツェランとフリッシュとの間の往復書簡は、ツェランやバッハマンと同様に戦後ドイツ語文学を牽引した一人であるマックス・フリッシュの人生観および文学観を明らかにする。フリッシュのそれは、ツェランとは同時代に生きながら、全く異なるものであった。それと同時に、彼はあくまで傍観者的態度を取り続けたが、この態度はツェランとバッハマンの関係の複雑な緊密さを対照的に浮かび上がらせている。そしてまた第三部に収められているバッハマンとジゼルとの間で交わされた手紙は、夫であるツェランに対するジゼルのたぐいまれな深い愛情はもとより、彼とバッハマンの恋愛関係を承知した時点からツェランの死後もなおバッハマンに対して真摯に向き合い、彼女を理解しようとする、ジゼルの心の信じがたいほどの寛大さと強靭さを印象づけるにちがいない。この二種類の往復書簡によって、ツェランとバッハマンの間に交わされた書簡には、より鮮明で興趣に富んだ相貌が認められるように思われる。

なお原書にはさらに、編者によって執筆された二つの「後書き」が付されている。この「後書き」の一つ、すなわちバルバラ・ヴィーデマン氏とベルトラン・バディウ氏が執筆した「さあ私たちは言葉を見つけましょう」は、ツェランとバッハマンの書簡と生涯との関係を、正確かつ簡潔に解説しており、ここに収められている書簡の理解を大いに助けてくれるものと考え、ここに合わせて訳出した。もう一つの長文の「後書き」、すなわちハンス・ヘラー氏とアンドレア・シュトル氏による「詩の手紙の秘密」は、ツェランとバッハマンの両名の作品の解釈に重点を置いているので、「往復書簡」の解説の域を出るものと考え、本訳書では訳出しないこととした。

本訳書が刊行に至るまでには多くの方々から非常なご好意とご協力を戴いた。訳者がこの翻訳に取り組むきっかけは、二〇〇八年夏、原書がドイツで刊行された直後、ドイツから帰国なさったハインツ・トーニー・ハム上智大学教授から原書を贈られたことによる。一読してすぐ訳者はこの翻訳を切望し、青土社の社長である清水一人さんにお話したところ、こころよく刊行を引き受けて下さった。翻訳に際しては、ハム教授ならびに菅野カーリン上智大学教授が、訳者の疑問や質問に、繰り返し、ひとつひとつ懇切丁寧に答え、教えて下さった。さらに編集にあたっては、青土社の西館一郎さんが、遅々として進まない訳者の仕事を、的確なご助言と綿密なご協力とともに、叱咤し、励まし続けて下さった。これらの方々のご助力なしには、本書は日の目をみることはなかった。これらの方々にここで心から御礼を申し上げたい。

本訳書をきっかけに、一人でも多くの方が、パウル・ツェランならびにインゲボルク・バッハマンの作品を手に取って下さることになれば、訳者にとって望外の喜びである。その手がかりの一端として、両者に関する日本語で書かれた文献を紹介したいと思う。ただしツェランについての日本語文献は、相原勝氏が『日本におけるパウル・ツェラーン―翻訳と研究文献』（日本独文学会編「ドイツ文学」第八六号、一九九一年）ならびに一九九九年以降毎年発刊されている『ツェラーン研究』（日本ツェラーン協会）に網羅的な書誌を発表しているので、それを参照して頂きたい。ここでは単行本として刊行されたもののみ記しておく。

1）翻訳書

飯吉光夫訳『死のフーガ―パウル・ツェラン詩集』（思潮社、一九七二年〈新装版『パウル・ツェラン詩集』一九八四年〉）
同訳『迫る光―パウル・ツェラン詩集』（思潮社、一九七二年〈新装版一九八四年〉）
同訳『雪の区域《パート》』（静地社、一九八五年）
同訳『パウル・ツェラン詩論集』（静地社、一九八六年）
同訳『芥子と記憶』（静地社、一九八九年）
同訳『閾《しきい》から閾《しきい》へ』（思潮社、一九九〇年）
同訳『ことばの格子』（書肆山田、一九九〇年）
同訳『誰でもないものの薔薇』（静地社、一九九〇年）
同訳『息のめぐらし』（静地社、一九九二年）
同訳『パウル・ツェラン詩集』（小沢書店（双書・20世紀の詩人5）、一九九三年）
同訳『パウル・ツェラン／ネリー・ザックス『往復書簡』（ビブロス、一九九六年）
同訳『絲の太陽たち』（ビブロス、一九九七年）
同訳『遺稿からの詩篇』（ビブロス、二〇〇〇年）
金子章訳『パウル・ツェラーン詩集《雪の部位》注釈』（三省堂、一九九四年）
中村朝子『パウル・ツェラン全詩集』（全三巻）（青土社、一九九二年）
同訳『暗闇に包み込まれて』（青土社、一九九四年）
同訳『パウル・ツェラン初期詩篇集成』（青土社、一九九八年）

2）研究書

飯吉光夫『パウル・ツェラン』（小沢書店、一九七七年（新装版一九九〇年））
界冗歩『「だれでもないもの」の「抵抗」―パウル・ツェランと詩（ことば）―』（もく馬社、一九八二年〈新装版、土曜美術社、一九九一年〉）
生野幸吉『闇の子午線　パウル・ツェラン』（岩波書店、一九九〇年）
森治『ツェラーン』（清水書院〈人と思想129〉、一九九六年）
鍛治哲郎『ツェラーン―言葉の身振りと記憶』（鳥影社、一九九七年）
中央大学人文科学研究所編『ツェラーン研究の現在―詩集『息の転換』第一部注解』（中央大学出版部、一九九八年）
平野嘉彦『ツェラーンもしくは狂気のフローラ―抒情詩のアレゴレーゼ』（未来社、二〇〇二年）
福間具子『具有される異性―パウル・ツェランの内なる詩学』（東京大学大学院人文社会系研究科博士論文ライブラリー、二〇〇四年）
北彰（編）『「詩人はすべてユダヤ人」―ツェラーン詩集『誰でもない者の薔薇』集中討議―』（日本独文学会研究叢書025、二〇〇四年）
守中高明『存在と灰―ツェラン、そしてデリダ以後』（人文書院、二〇〇四年）
関口裕昭『パウル・ツェランへの旅』（郁文堂、二〇〇六年）
中央大学人文科学研究所編『ツェラーンを読むということ―特集『誰でもない者の薔薇』研究と注釈』（中央大学出版部、二〇〇六年）
関口裕昭『評伝パウル・ツェラン』（慶応義塾大学出版会、二〇〇七年）
今井美恵『パウル・ツェラン新論―「子午線」という謎をめぐって』（沖積舎、二〇〇八年）

バッハマンの日本語文献についても、ここでは単行本となった翻訳書を挙げる。研究文献に関しては、バッハマンのみを対象とする単行本はまだ書かれていないが、主要部分としてバッハマンについて言及している研究書を三冊挙げておきたい。

1) 翻訳

生野幸吉訳『三十歳』（白水社、一九六五年）

神品芳夫・神品友子訳『マリーナ』（晶文社、一九七三年）

大羅志保子訳『ジムルターン』（鳥影社、二〇〇四年）

中村朝子『インゲボルク・バッハマン全詩集』（青土社、二〇一〇年）

2) 研究書

内藤道雄『詩的自我のドイツ的系譜』（同学社、一九九六年）

中込啓子『ジェンダーと文学―イエリネク、ヴォルフ、バッハマンのまなざし』（鳥影社、一九九六年）

ゲルマニスティネンの会／光末紀子・奈倉洋子・宮本絢子編『ドイツ文化を担った女性たち―その活動の軌跡』（鳥影社、二〇〇八年）

本訳書についても、先般刊行した『バッハマン全詩集』同様に、率直なご教示やご批判を頂きたいと切望している。

二〇一一年三月

中村朝子

インゲボルク・バッハマン
全詩集

明かされる全貌　日本初の全詩集
20世紀最大の詩人パウル・ツェランとの
波瀾に満ちた悲恋があまりにも有名な、
オーストリア生まれの才媛バッハマン。
新時代の到来を感性豊かに捉え、
不条理の世界と真摯に向きあう――。
ツェランとの「往復書簡」刊行を契機に、
世界的注目を集める詩人の、
全詩作を日本初公開。全1巻。
中村朝子訳

青土社

バッハマン／ツェラン往復書簡
心の時

2011年4月5日　第1刷印刷
2011年4月15日　第1刷発行

著者――インゲボルク・バッハマン／パウル・ツェラン
訳者――中村朝子

発行人――清水一人
発行所――青土社
東京都千代田区神田神保町1-29　市瀬ビル　〒101-0051
電話　03-3291-9831（編集）、03-3294-7829（営業）
振替　00190-7-192955

本文印刷――双文社印刷
表紙印刷――方英社
製本――小泉製本

装幀――中島かほる

ISBN978-4-7917-6580-5　Printed in Japan

略語

AZS　連合軍検閲局（占領下オーストリア（1952・53）における検閲当局）

BIB　バッハマン蔵書（個人蔵の遺品　ケルンテン）

BK　ボンのツェラン刊行作業班によるパウル・ツェランの蔵書のカタログ（パリとモアヴィーユ）。これは特にディートリヒ・マイネッケとシュテファン・ライヘルトによって、1972年～74年（パリ）と1987年（モアヴィーユ）に作成された。その後ベルトラン・バディウにより、訂正や補足が加えられ、さらに、特にそれらの書物の現在の所在地に関する批判的なコメントが付けられている。

BPC　パウル・ツェランの遺稿の蔵書（マールバッハ・ドイツ文学資料館）

DLA　マールバッハ・ドイツ文学資料館

ENS　高等師範学校（パリ、ウルム通り45番地）

FAZ　フランクフルター・アルゲマイネ・ツァイトゥウング紙

GA　バルバラ・ヴィーデマン『ゴル事件。ある「卑劣な出来事」の記録』（Wiedemann, Barbara : Die Goll-Affäre. Dokumente zu einer >Infamie<. Frankfurt a.M. 2000）

GN　『パウル・ツェラン遺稿詩集』（Paul Celan, Die Gedichte aus dem Nachlaß, hersg. von Bertrand Badiou, Jean-Claude Rambach und Barbara Wiedemann, Frankfurt a.M. 2000）

GCL　ジゼル・ツェラン－レストランジュ

GBF　ゴットフリート及びブリギッテ・ベルマン・フィッシャー『作家たちとの往復書簡集』（Bermann Fischer, Gottfried und Brigitte : Briefwechsel mit Autoren, hrsg. von Reiner Stach unter redaktioneller Mitarbeit von Karin Schlapp, mit einer Einführung von Bernhard Zeller, Frankfurt a.M. 1990）

GuI　インゲボルク・バッハマン『私たちは真の文を見つけなければならない。対話とインタヴュー』（Bachmann, Ingeborg : Wir müssen wahre

Sätze finden. Gespräch und Interviews, hrsg. von Christine Koschel und Inge von Weidenbaum, München und Zürich 1983)

GW　『パウル・ツェラン全集』（全5巻）（Paul Celan : Gesammelte Werke in fünf Bänden, hrsg. von Beda Allemann und Stefan Reichert unter Mitwirkung von Rolf Bücher, Frankfurt a.M. 1983（+ Band））

HAN/ÖNB　オーストリア国立図書館手稿部門

HKA　『パウル・ツェラン歴史批判版全集』（Paul Celan : Historisch-kritische Ausgabe, hrsg. von der Bonner Arbeitsstelle für die Celan-Ausgabe, Frankfurt a.M. 1990ff.（+ Band）

IB　インゲボルク・バッハマン

IBW　『インゲボルク・バッハマン作品集』（Ingeborg Bachmann : Werke, hrsg. von Christine Koschel, Inge von Weidenbaum und Clemens Münster, München und Zürich : Piper 1978（+ Band）

KG　『パウル・ツェラン全詩集』（注釈付き、全1巻）（Paul Celan : Die Gedichte. Kommentierte Gesamtausgabe in einem Band, hersg.und kommentiert von Barbara Wiedemann, Frankfurt a.M. 2003）

MF　マックス・フリッシュ

MFA　マックス・フリッシュ資料館（チューリヒ）

MFB　マックス・フリッシュ『今が見る時だ。手紙、メモ、記録　1943―1963』（Max Frisch : Jetzt ist Sehenszeit. Briefe, Notate, Dokumente 1943-1963, hrsg. und mit einem Nachwort versehen von Julian Schütt, Frankfurt 1998）

NDR　北ドイツ放送

NGCL　ジセル・ツェラン－レストランジュの遺稿（エリック・ツェラン、パリ）

NHW　ハンス・ヴァイゲルの遺稿書簡（ウイーン市役所・ウィーン図書館。バッハマンの手紙は1948年から1953年のもの）。

NIB　インゲボルク・バッハマンの遺稿（オーストリア国立図書館、ウィーン）

NkPC　ツェランの備忘カレンダー（DLA）

NkPC/GCL　ツェランの備忘カレンダー、ジゼルの手書きによるもの（DLA）

NPC　パウル・ツェランの遺稿（DLA）

NPC-Paris　パウル・ツェランの遺稿（パリ、エリック・ツェラン）

NWDR　北西ドイツ放送

NZZ　『ノイエ・チュルヒャー・ツァイトゥング』紙

ÖLA　オーストリア国立図書館内オーストリア文学資料館

ÖZS　オーストリア検閲局（1953年までの占領下オーストリアにおける検閲当局）

PC　パウル・ツェラン

PC/B.O.　「雑誌『ボッテーゲ・オスクーレ』へのパウル・ツェランの協力とマルゲリット・カエターニとの往復書簡」（Prinzingrilli, Massimo: >>>Votre aide qui est/ m'est si précieuse<. Paul Celans Mitarbeit an der Zeitschrift >Botteghe Osure< und sein Briefwechsel mit Margherite Caetani<<,in >Celan-Jahrbuch 9（2003-2005）, S.7-26）

PC/GCL　『パウル・ツェラン／ジゼル・ツェラン－レストランジュ往復書簡集』（Paul Celan-Gisèle Celan-Lestrange, Correspondance（1951-1970）. Avec un choix de letteres de Paul Celan à son fils Eric, hrsg.von Bertrand Badiou in Verbindung mit Eric Celan, ［Pairs］ 2001. Paul Celan-Gisèle Celan-Lestrange, Briefwechsel. Mit einer Auswahl von Briefen Paul Celans an seinen Sohn Eric, aus dem Französischen von Eugen Helmlé und Barbara Wiedemann, hrsg. von Bertrand Badiou in Verbindung mit Eric Celan, Frankfurt a.M. 2001）

PC/HHL　『パウル・ツェラン／レンツ夫妻往復書簡集』（Paul Celan-Hanne und Hermann Lenz : Briefwechsel, hrsg. von Barbara Wiedemann in Verbindung mit Hanne Lenz, Frankfurt a.M. 2001）

PC/Sachs　『パウル・ツェラン／ネリー・ザックス往復書簡集』（Paul Celan-Nelly Sachs. Briefwechsel, hrsg. von Barbara Wiedemann, Frankfurt a.M. 1993）

PN　『パウル・ツェラン遺稿散文集』（Paul Celan, >Mikrolithen sinds, Steinchen<. Die Prosa aus dem Nachlaß, kritische Ausgabe, hrsg. von Barbara Wiedemann und Bertrand Badiou, Frankfurt a.M. Suhrlamp 2005）

PNIB　インゲボルク・バッハマンの個人蔵の遺稿、ケルンテン

SDR　南ドイツ放送・シュトウットガルト

SZ　『南ドイツ新聞』

TA　インゲボルク・バッハマン『『様々な死に方』―プロジェクト。批判

版』(Ingeborg Bachmann : >>Todesarten<<-Projekt. Kritische Ausgabe, unter Leitung von Robert Pichl hrsg.von Monika Albrecht und Dirk Göttsche, München und Zürich 1995(+ Band)

TbPC　パウル・ツェランの日記(DLA)

TCA/M　パウル・ツェラン『子午線』(Paul Celan : Der Meridian. Endfassung-Entwürfe-Materialien, hrsg. von Bernhard Böschenstein und Heino Schmull, = Tübinger Ausgabe, Frankfurt a.M. 1999)

表記記号

(!)　引用中の訂正の指示

[　]　原書の編者による補足

[xxx]　判読不能な語(の部分)もしくは判読不能な文字

文献一覧

1　書簡、一次資料

Bachmann, Ingeborg: Wir müssen wahre Sätze finden. Gespräche und Interviews, hrsg. von Christine Koschel und Inge von Weidenbaum, München und Zürich 1983.

Bachmann, Ingeborg: Die kritische Aufnahme der Existentialphilosophie Martin Heideggers (Dissertation, Wien 1949). Aufgrund eines Textvergleichs mit dem literarischen Nachlaß hrsg. von Robert Pichl. Mit einem Nachwort von Fritz Wallner, München und Zürich 1985.

Bachmann, Ingeborg: »Todesarten«-Projekt. Kritische Ausgabe, unter Leitung von Robert Pichl hrsg. von Monika Albrecht und Dirk Göttsche, München und Zürich 1995,

Bachmann, Ingeborg: Kritische Schriften, hrsg. von Monika Albrecht und Dirk Göttsche, München und Zürich 2005.

Ingeborg Bachmann — Hans Werner Henze: Briefe einer Freundschaft, hrsg. von Hans Höller, mit einem Vorwort von Hans Werner Henze, München und Zürich ^{2}2006.

Barnert, Arno: »Paul Celan und die Heidelberger Zeitschrift >Die Wandlung<. Erstveröffentlichung der Korrespondenz« [mit Briefen von Marie Luise Kaschnitz], in: Textkritische Beiträge, Heft 6, 2000, S. 111-120.

Barnert, Arno: »Eine >herzgraue< Freundschaft. Der Briefwechsel zwischen Paul Celan und Günter Grass«, in: Textkritische Beiträge, Heft 9, 2004, S. 65-127.

Barnert, Arno und Hemecker, Wilhelm: »Paul Celan und Frank Zwillinger«, in: Sichtungen 2000, S.56-70.

Bonner Arbeitsstelle für die Celan-Ausgabe: Katalog der Bibliothek Paul

Celans (Paris und Moisville), erarbeitet in den Jahren 1972-1974 (Paris) und 1987 (Moisville) von Dietlind Meinecke und Stefan Reichert u. a., transkribiert mit Korrekturen, Ergänzungen und kritischen Bemerkungen u. a. zum heutigen Standort der Bücher von Bertrand Badiou (unveröff.).
Böttiger, Helmut (unter Mitarbeit von Lutz Dittrich): »>Mich freuen solche Bitterkeiten und Härten<. Die Beziehung zu Paul Celan«, in: Elefantenrunde. Walter Höllerer und die Erfindung des Literaturbetriebs, Berlin 2005, S.43-51.
Celan, Paul: La Bibliotheque philosophique — Die philosophische Bibliothek. Catalogue raisonne des annotations établi par Alexandra Richter, Patrik Alac, Bertrand Badiou, Préface de Jean-Pierre Lefebvre, Paris 2004.
Celan, Paul: >Mikrolithen sinds, Steinchen<. Die Prosa aus dem Nachlaß, Kritische Ausgabe, hrsg. von Barbara Wiedemann und Bertrand Badiou, Frankfurt a. M., Suhrkamp 2005.
Paul Celan — Gisèle Celan-Lestrange (1951-1970): Correspondance. Avec un choix de lettres de Paul Celan à son fils Eric, hrsg. von Bertrand Badiou in Verbindung mit Eric Celan, [Paris] 2001. Paul Celan — Gisele Celan-Lestrange: Briefwechsel. Mit einer Auswahl von Briefen Paul Celans an seinen Sohn Eric, aus dem Französischen von Eugen Helmlé und Barbara Wiedemann, hrsg. von Bertrand Badiou in Verbindung mit Eric Celan, Frankfurt a. M. 2001.
Paul Celan — Klaus und Nani Demus: Briefwechsel. Mit einer Auswahl von Briefen Gisèle Celan-Lestranges an Klaus und Nani Demus, hrsg. von Joachim Seng, Frankfurt a. M. (erscheint 2009).
Paul Celan — Hanne und Hermann Lenz: Briefwechsel, hrsg. von Barbara Wiedemann in Verbindung mit Hanne Lenz, Frankfurt a. M. 2001.
Paul Celan — Nelly Sachs: Briefwechsel, hrsg. von Barbara Wiedemann, Frankfurt a. M. 1993
Paul Celan — Peter Szondi: Briefwechsel. Mit Briefen von Gisèle Celan-Lestrange an Peter Szondi und Auszügen aus dem Briefwechsel zwischen Peter Szondi und Jean und Mayotte Bollack, hrsg. von

Christoph König, Frankfurt a. M. 2005.
Paul Celan - Franz Wurm: Briefwechsel, hrsg. von Barbara Wiedemann in Verbindung mit Franz Wurm, Frankfurt a. M. 1995.
Eckardt, Uwe: »Paul Celan (1920-1970) und der Wuppertaler >Bund<« [Briefe an Jürgen Leep], in: Geschichte im Wuppertal 1995, Neustadt an der Aisch 1995, S. 90-100.
Bermann Fischer, Gottfried und Brigitte: Briefwechsel mit Autoren, hrsg. von Reiner Stach unter redaktioneller Mitarbeit von Karin Schlapp, mit einer Einführung von Bernhard Zeller, Frankfurt a. M. 1990.
Frisch, Max: Jetzt ist Sehenszeit. Briefe, Notate, Dokumente 1943-1963, hrsg. und mit einem Nachwort versehen von Julian Schütt, Frankfurt a. M. 1998.
Hildesheimer, Wolfgang: Briefe, hrsg. von Silvia Hildesheimer und Dietmar Pleyer, Frankfurt a. M. 1999.
Huchel, Peter: Wie soll man Gedichte schreiben. Briefe 1925-1977, hrsg. von Hub Nijssen, Frankfurt a. M. 2000.
Mayer, Hans: Briefe 1948-1963, hrsg. von Mark Lehmstedt, Leipzig 2006
Pichl, Robert (Hrsg.): Registratur des literarischen Nachlasses von Ingeborg Bachmann. Aus den Quellen erarbeitet von Christine Koschel und Inge von Weidenbaum, masch., Wien 1981.
Pichl, Robert: Ingeborg Bachmann als Leserin. Ihre Privatbibliothek als Ort einer literarischen Spurensuche [Druck in Vorbereitung].
Pizzingrilli, Massimo: »>Votre aide qui est / m'est si précieuse<. Paul Celans Mitarbeit an der Zeitschrift >Botteghe Oscure< und sein Briefwechsel mit Margherite Caetani«, in: Celan-Jahrbuch 9 (2003-2005) [mit Briefen von und an Eugene Walter und Auszügen aus Briefen von K. L. Schneider, H. M. Enzensberger, H. Heißenbüttel und W. Höllerer], S. 7-26.
Richter, Hans Werner: Briefe, Hrsg. von Sabine Cofalla, München und Wien 1997.
Barbara Wiedemann: Die Goll-Affäre. Dokumente zu einer >Infamie<, Frankfurt a. M. 2000.

2　回想録

Doderer, Heimito von: Commentarii 1951 bis 1956. Tagebücher aus dem Nachlaß, München 1976.

Milo Dor, Auf dem falschen Dampfer. Fragmente einer Autobiographie, Wien und Darmstadt, 1988.

Fried, Erich: Ich grenz noch an ein Wort und an ein andres Land. Über Ingeborg Bachmann — Erinnerung, einige Anmerkungen zu ihrem Gedicht »Böhmen liegt am Meer« und ein Nachruf, Berlin 1983.

Kaschnitz, Marie Luise: Orte. Aufzeichnungen, Frankfurt a. M. 1973.

Kaschnitz, Marie Luise: Tagebücher aus den Jahren 1936-1966, hrsg. von Christian Büttrich, Marianne Büttrich und Iris Schnebel-Kaschnitz, mit einem Nachwort von Arnold Stadler, Frankfurt a. M. und Leipzig 2000.

Schwerin, Christoph Graf von: Als sei nichts gewesen, Berlin 1997.

Spiel, Hilde: Kleine Schritte. Berichte und Geschichten, München 1976.

3　その他の文献

Albrecht, Monika: »Die andere Seite«. Zur Bedeutung von Werk und Person Max Frischs in Ingeborg Bachmanns »Todesarten«, Würzburg 1989.

Bachmann-Handbuch, hrsg. von Monika Albrecht und Dirk Göttsche, Stuttgart und Weimar 2002.

Beicken, Peter: Ingeborg Bachmann, Stuttgart 2001.

Briegleb, Klaus: »Ingeborg Bachmann, Paul Celan — Ihr (Nicht-) Ort in der Gruppe 47 (1952-1964/65). Eine Skizze«, in: Bernhard Böschenstein und Sigrid Weigel (Hrsg.), Ingeborg Bachmann und Paul Celan. Poetische Korrespondenzen. Vierzehn Beiträge, Frankfurt a. M. 1997, S.29-81.

>Displaced<. Paul Celan in Wien 1947-1948, hrsg. von Peter Goßens und Marcus G. Patka, Frankfurt a. M. 2001.

Emmerich, Wolfgang: Paul Celan, Reinbek bei Hamburg 1999.

Encarnação, Gilda: »Fremde Nähe«. Das Dialogische als poetisches und poe-

tologisches Prinzip bei Paul Celan, Würzburg 2007.

Fremde Nähe. Celan als Übersetzer. Eine Ausstellung des Deutschen Literaturarchivs, Ausstellung und Katalog von Axel Gellaus, Rolf Bücher, Sabria Filali, Peter Goßens, Ute Harbusch, Thomas Heck, Christine Ivanović, Andreas Lohr, Barbara Wiedemann unter Mitarbeit von Petra Plättner, = Marbacher Kataloge 50, Marbach am Neckar 1997.

Gehle, Holger: NS-Zeit und literarische Gegenwart bei Ingeborg Bachmann, Wiesbaden 1995,

Gersdorff, Dagmar von: Kaschnitz. Eine Biographie, Frankfurt a. M. 1992.

Hapkemeyer, Andreas: Ingeborg Bachmann. Entwicklungslinien in Werk und Leben, Wien 1990.

Hoell, Joachim: Ingeborg Bachmann. München 2001.

Höller, Hans: Ingeborg Bachmann, Reinbek bei Hamburg 1999.

Ivanović, Christine: Das Gedicht im Geheimnis der Begegnung. Dichtung und Poetik Celans im Kontext seiner russischen Lektüren, Tübingen 1996.

Koelle, Lydia: »>... hier leb dich querdurch, ohne Uhr<. Der >Zeitkern< von Paul Celans Dichtung, in: »Im Geheimnis der Begegnung«. Ingeborg Bachmann und Paul Celan, Iserlohn 2003, S. 45-68.

Schardt, Michael Matthias (in Zusammenarbeit mit Heike Kretschmer): Über Ingeborg Bachmann. Rezensionen — Porträts — Würdigungen (1952-1992). Rezeptionsdokumente aus vier Jahrzehnten, Paderborn 1994.

Stoll, Andrea: Erinnerung als ästhetische Kategorie des Widerstandes im Werk Ingeborg Bachmanns, Frankfurt a. M. u. a., 1991.

Stoll, Andrea (Hrsg.): Ingeborg Bachmanns »Malina«, Frankfurt a. M. 1992.

Weigel, Sigrid: Hinterlassenschaften unter Wahrung des Briefgeheimnisses, Wien 1999.

Wiedemann, Barbara: »Paul Celan und Ingeborg Bachmann: Ein Dialog? In Liebesgedichten?«, in: »Im Geheimnis der Begegnung«. Ingeborg Bachmann und Paul Celan, Iserlohn 2003, S.21-43.

Wiedemann, Barbara: »Sprachgitter«. Paul Celan und das Sprechgitter des

Pfullinger Klosters, = Spuren 80, Marbach 2007.
Wolf, Christa: Voraussetzungen einer Erzählung: Kassandra. Frankfurter Poetik-Vorlesungen, Darmstadt und Neuwied 1983.